하기주 장편소설

목숨

2

나남
nanam

나남창작선 181

목숨 2

2023년 3월 5일 발행
2023년 3월 5일 1쇄

지은이   河基柱
발행자   趙相浩
발행처   (주) 나남
주소   10881 경기도 파주시 회동길 193
전화   (031) 955-4601 (代)
FAX   (031) 955-4555
등록   제 1-71호 (1979.5.12)
홈페이지   http://www.nanam.net
전자우편   post@nanam.net

ISBN   978-89-300-0681-1
ISBN   978-89-300-0572-2 (전3권)

책값은 뒤표지에 있습니다.

나남창작선 181

하기주

장편소설

목숨

2

나남
nanam

강세준 가계도

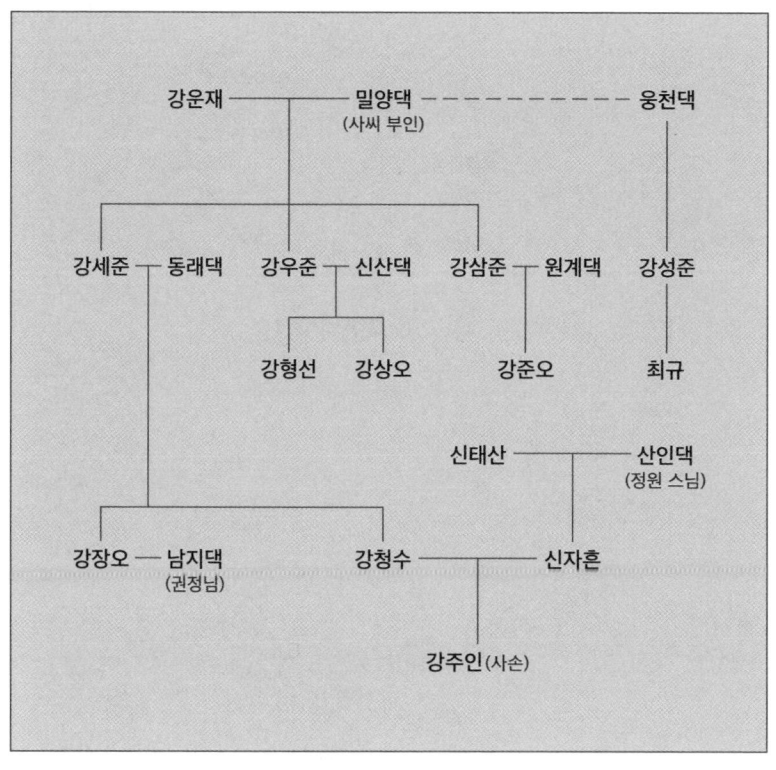

1940년대 동북아

1940년대 마산 일대

미국 텍사스대학 PCL(The Perry-Castañeda Library) Map Collection의 마산 지도를 바탕으로 작성.
이 지도는 1946년 미군이 1940년대 도시계획용으로 만든 일제의 지도를 참고해 제작한 것.

목숨 2

차례

목숨 제3권

등장인물 소개

─ 강씨 일가 및 주변 인물

강운재 姜運載	3·1운동 때 총격으로 숨진 마산 유림 대표.
강세준 姜世駿	유교 가치관이 뚜렷한 강씨 집안 대들보.
동래댁	강세준의 아내, 강씨 가문의 종부.
강우준 姜又駿	마산 인근 안성에서 소 키우며 농업 종사.
신산댁	강우준의 아내.
강삼준 姜三駿	보성전문을 졸업하고 고무신 공장 경영.
원계댁	강삼준의 아내.
강성준 姜成駿	강운재의 서자. 슬하의 아들은 최규.
강장오 姜莊午	강세준의 장남, 일본 중앙대 법대 학생.
남지댁	본명은 권정님으로 강장오의 아내.
강청수 姜淸壽	강세준의 차남, 중학교 5학년 졸업반.
강형선	강우준의 장녀, 고녀 학생.
강준오	강삼준의 장남, 사촌형 강청수를 따름.
최규 崔珪	강씨 가문의 서손, 북만주에서 항일투쟁.
영산댁 고씨 부인	남지댁 권정님의 모친, 강장오의 장모.
권윤칠	권정님의 집안 숙부로 강장오와 도쿄 유학생 친구.
박학추 朴鶴秋	강세준과 죽마고우 사이인 한의사.
김원봉 金元鳳	의혈단 단장으로 강삼준과 보성전문 학우.
조 晢 선생	마산 동인병원 원장.

— 바닷가 사람들

신태산 辛泰山	10세 때부터 어선을 탄 멸치잡이 전문가.
산인댁	신태산의 아내, 비구니 출신으로 법명은 정원靜圓.
신자흔 辛慈欣	신태산의 딸, 여고생으로 총명하고 외모가 수려함.
장용보	홀아비 어부로 지내다 해녀 수생과 살림 차림.
수생	제주 해녀의 딸인 벙어리 해녀.
장수명	장용보의 전처 소생 아들, 마산 행림옥 일꾼.
우렁쉥이 할멈	선장 춘성의 모친.
미더덕 할멈	어부 장용보의 모친.
상도	동신호 선주, 거제도 마을 구장.

— 밑바닥 민초 民草

천성규 千性圭	백정 출신으로 투우챔피언 담비소의 주인.
천중건 千重建	천성규의 아들, 의협심 강해 백지동맹 주도.
곽상수 郭相洙	만주에서 최규와 항일투쟁, 별명 '공산명월'.
은도 銀濤	김원봉을 사모한 기생, 행림옥 주인. 본명은 장정자
끈님	북면댁. 두리, 꼭지, 찬호(삭부리) 등 세 자녀를 낳음.
소엽 小葉	아명이 꼭지인 행림옥의 어린 기생.
용팔(용재)	강청수의 친구, 일본에 징용 갔다가 한쪽 팔을 잃음.
진환	강청수의 친구, 마산역 노무자.

— 연해주 및 흑룡강성 사람들

장씨 노인　　　　　함안 군북 출신의 유맹流氓, 최규와 농장 정착.

산청댁　　　　　　장씨 노인의 아내, 횟배를 앓아 아편을 찾음.

언년　　　　　　　장씨 노인의 딸, '공산명월' 곽상수 청년과 혼인.

고달식 高達植　　　의협심 강한 싸전 양산상회 주인.

박 포수　　　　　　본명은 박용섭, 호랑이를 잡은 명포수.

이상조　　　　　　무장 항일단체 의혈단 단장 김원봉의 밀사.

사샤　　　　　　　러시아인 간호사, 최규의 탈출을 도움.

레오　　　　　　　사샤의 오빠, 비밀경찰 게페우GPU 요원.

— 일본인

가시이 겐타로　　　남해안의 '어장 군주君主'.

미노베　　　　　　가마보코(어묵) 업자 노인.

야스오　　　　　　미노베의 차남, 신자흔을 사모함.

도코모　　　　　　미노베의 딸, 강청수를 짝사랑함.

오카다　　　　　　악명 높은 특고特高 형사, 유도 고단자.

오쿠무라　　　　　고문 기술자 경찰관.

사사키　　　　　　끈님을 겁탈한 산림 공무원.

고키　　　　　　　마산경찰서장.

— 기타 인물

김재우　　　　　　경남도청 산업국장.

김태수　　　　　　김재우의 아들, 강장오와 도쿄 유학생 친구.

조점식　　　　　　마산 정미소 주인.

조태구　　　　　　조점식의 아들.

자라나는 아이들

1. 산사에서

- 현생現生은 전생에서 지은 업으로 고스란히 훈습薰習되게 되어 있다.

자흔이 부둣가 가게 앞 방파제에서 놀다가 바다에 빠졌다. 목선에서 뱃사람이 뛰어들어 건져냈다.

부모는 크게 놀랐다.

"크일 날 뻔 했네. 아아한테 수백이 붙었인께 물에 빠진 거 아이겠소. 지 타고난 멩줄이 길어서 멩한命限을 더 얻었다 카겠다마는 … 보살요! 점을 보고 살煞을 푸소. 우염(위험)해서 갯가에 자석을 놓아 키아겠는교?"

옆집 골무 할매가 걱정을 같이하며 산인댁에게 점쟁이를 추천했다.

"살구지 동네 입 비뚤어진 처사님이 용타 카요. 거 찾아가 보소. 지리산 올라가서 도가 텄다고 소문난 사람이 아인교."

13

신태산도 딸이 걱정되어 복점卜占을 들어 봐야겠다는 생각에 산인댁에게 의논한다.

"살구지 처사가 10년 적공에 복점이 영통하게 들어맞힌다고 들었소. 한 분 모셔 와 보소."

내외는 그를 집안으로 불러들였다.

산인댁은 복사卜師에게 자흔의 사주를 넣었다.

그는 눈을 감고 산통을 흔든다.

"물비소시勿祕昭示!"

그는 한참 만에 산가지를 뽑아 읽어 본다. 점괘가 나왔다. 그는 다시 비뚤어진 입으로 연신 주문을 외우며 칠성신에게 아이의 생사와 길흉화복을 묻고는 쌀알을 뿌린다. 상 위에 쌀이 흩어진 모양을 살핀다.

"보살아! 물도 물이지마는 … 불법에 범계犯戒를 하여 얻은 자식이다. 신중이 파계하여 얻은 자식이란 말이요. 사천왕이 노하기 전에 업장을 풀도록 하소. 숙세宿世에 지은 업은 속세에서 닦아야 한다 카이."

태산 내외는 속으로 적이 놀랬다.

'용타! 어떻게 그걸 다 알아냈을까?'

태산은 잠시 조난당했던 배 위에서 정원 스님과 몸을 섞던 일이 머리를 스쳤다.

"우야모 좋겠는교?"

태산이 물었다.

"아아를 절간에 데리고 가서 부지런히 법문을 듣기고 참구懺咎하시오. 서둘소."

"시주를 하고 짚소. 머가 좋겠는교?"

"부모가 물괴기 살생을 수없이 했으니 목어木魚로 시주하고, 법공양을 하시오."

산인댁은 다음 날 아침 일찍 자흔을 데리고 방장 스님을 찾아 성주사로 올라갔다.

산문으로 들어서면서 자흔은 벽면의 사천왕을 보고 목을 움츠린다. 눈을 부릅뜨고 마귀를 밟고 내려다보는 모습이 여간 두렵지 않다. 울긋불긋한 단청과 금강역사金剛力士와 팔장신八將神의 모습 역시 기가 질리게 하였다.

화상은 막 아침공양을 물리고 있는 참이었다.

"행자님, 따님을 이리 들오게 하시오."

문간에 나타난 산인댁 모녀를 보너니 사흔을 방으로 불러들였나.

"한 손을 이리 내거라."

그는 자흔의 오른손을 쥐고 먹다 남긴 밥술을 한 움큼 올려놓는다.

"저게 우물 절에 반구가 보이제? 거어 갓다 올려놓거라. 사람도 짐승도 다 같이 모다 부처님 품속에 든 육도중생이 아인가. 나누어 묵어야제. 니가 적선을 베풀어 쌓아라."

화상은 세끼 공양을 바리대로 다 비우지 않고, 한 숟가락은 남겨서 손수 산짐승을 먹인다.

"춥어서 묵을 기이 없으이 노루도, 족제비도, 다람쥐도 내리오고, 새들도 모이들지."

그가 뜰에 나서면 새도 날아들고 다람쥐도 쪼르르 기어 나온다.

두툼한 보라색 목도리를 두른 자흔은, 끝이 다 닳은 모지랑 빗자루로 해우소 앞마당을 쓸고 있는 여자 아이 행자하고 둘이서 족제비가 반구(바위) 위에 둔 밥알을 먹는 것을 구경한다.

목도리는 어머니가 올이 굵은 털실로 짜 주었다. 모가지가 썰렁하게 드러난 삼베 장삼의 행자는 자흔을 부러운 눈으로 쳐다본다. 특히 따뜻한 목도리에서 눈길이 떠나지 않는다.

'얼마나 추울꼬?'

자흔은 찬바람이 이는 늦가을 날씨에 이 어린 까까중이 마음에 안쓰러웠다. 그 아이 행자는 '두리'였다.

머리 위에 당까마귀가 날며 까악 깍 짖는다.

산인댁은 딸을 데리고 방으로 올라가서 방장 스님께 합장하고, 그가 밀어 주는 방석을 댕겨 앉았다.

"시님, 이 중생이 목어를 시주해서 법공양을 할라꼬 왔십니더."

화상은 뜨거운 차를 그녀에게 따라 주며 고맙다고 합장한 다음, 간경刊經을 권했다.

"공덕 중에 경전을 만드는 공덕이 으뜸이라. 한 권을 펴내모 한 부처님의 말씀을 듣게 되고, 열 권을 만들모 열 부처를 접하고, 백 권을 펴내모 백 부처님을 접하고, 천 권 만 권 만들모 다 그만큼 부처를 접하게 되는 일이라. 법공양을 올리고, 경에 마음을 붙여 부지러이 외우모 그 공덕으로 업을 풀어 가는 기라."

그녀는 부모은중경父母恩重經 100권을 인쇄에 맡겼다.

"보살은 극락정토에 들 것이오. 나무아미타불!"

화상은 그녀에게 극락왕생을 발원해 주었다.

그리고 물끄러미 자흔을 건너다보더니, 어미한테 들으라고 하는 말인지 혼잣말인지 툭 내뱉는 소리가 산인댁의 귓바퀴를 맴돌았다.

"야아는 어미가 저지른 범계의 업장을 받고 난 몸이라. 그 바라이 (살생, 간음 등 금단)를 3대에 걸쳐 덕을 쌓고 씻어야 풀릴 것을…. 그러나 야아는 장차 귀한 아들을 낳아 그로써 업을 벗을 것이요."

모녀는 일어서서, 정수리에 심줄이 굵게 돋아난 방장 스님을 향하여 합장하고 방을 나온다.

"야야아, 밖에 바람이 부는 갑다. 목도리를 둘르거라."

어머니가 말했다.

자흔은 방에 들어설 때 문간에 벗어 놓은 목도리를 찾았으나 보이지 않는다. 감쪽같이 없어졌다.

"없어진다."

자흔은 계속 두리번거리며 찾았다.

어머니도 같이 둘러보다가 말했다.

"목도리가 발이 달려서 지발로 걸어 나갔겠나아, 날개가 달려서 날아갔겠나. 절간에 물긴을 누가 훔쳐 가기로 하겠나. 벨 희한한 일도 다 있제."

한 달포 가까이 지나서, 절간에 다녀온 이웃집 골무 할미한테서 목어木魚가 다 되었다고 산인댁에게 전갈이 왔다.

바닷가 장막에서 훈증으로 살생했던 멸치 중생들의 원혼을 위로하고 천도를 빌어 주기 위해 그녀는 수륙재水陸齋를 지내기로 하였다.

절에 가는 날을 앞두고 산인댁은 재계齋戒를 지켰다. 육식과 마늘, 파를 삼가고 아침저녁 두 끼만으로 소사蔬食했다.

"자흔아, 법당 가는 날은 식탐 내모 안 된다이. 조신조신 묵거라."

산사에는 가을이 지나고 있었다.

감나무 가지 끝에 까치가 쪼다 만 홍시 반쪽이 대롱대롱 달려 있다. 양지바른 마당에 자리를 깔고 신중이 산나물과 약재를 널어놓는다. 붓순나무 잎도 한쪽에 모아서 햇볕을 쬐어 말린다. 사시사철 붓순 태우는 말향抹香 냄새가 절간에 넘칠 것이다.

커다란 목어는 마당 건너편 범종을 매단 종각과 마주하여 매달려 있었다.

'저의 이 조그만 정업淨業을 헛되지 않게 하옵소서 …….'

그녀는 숙세에 깊고 두터운 복을 심어 속세에 타고난 업을 씻어 나가고 있었다.

스님이, 참나무 속을 도려낸 목어를 두드렸다.

토옹 토옹 토옹!

화상의 범패梵唄 읊는 소리에 섞여 통나무는 명징한 목질 음을 울리며 절간을 돌아 나간다.

산인댁은 말향을 사르고 합장을 했다.

'억울하게 죽어서 구천을 떠도는 물고기의 영혼을 명토冥土로 인도하여 주소서.'

그녀는 딸과 함께 발원했다.

'장차 뱃사람 말고 좋은 연분을 만나, 초례도 올리고 시집가거라.'

자신이 이루지 못한 인연을 딸의 삶에 얹어 기원했다. 남편에게 어장터를 떠나자고 한 이유 중의 하나는 뭍에 건너가 딸을 뭍사람한테 연을 맺어 시집보내고자 하는 원도 있었다.

통 통 통 토옹 토오옹!

목어는 계속 조용한 산사에 명동鳴動했다.

"살생은 자비의 종자를 끊어서 명을 줄이고 갖가지 재앙을 부른다."

화상의 범음梵音은 단전에서 밀어 올리는 청아한 목소리로 울렸다. 법문法問은 계속되었다.

"불보살의 명호를 부르며 염주를 한 알씩 굴려라. 몸과 마음에 산란함이 없이 20만 번을 채우면 저절로 고통이 사라지고 더없이 높은 열반을 향하리라."

산인댁은 딸에게 부처님의 말씀을 들려주고 싶었다.

'듣다 보면 차차 법문에 귀가 열리게 되느니라.'

법당의 꽃살문을 등지고 합장한 비구니가 자흔의 눈에 들어왔다. 물빛 파르스름한 민머리에 바알간 뺨이 무척 곱게 보였다. 귓비퀴에 돋은 솜털은 즙이 찬 수밀도 복숭아를 눈앞에 떠오르게 했다. 어딘지 모르게 그 순결하고 성스러운 모습에 아릿하게 가슴이 저려 온다.

댕경 댕경!

처마 끝에 이는 바람에 풍경風磬이 운다.

'나는 커서 비구니가 될 거야.'

어린 마음에 동경심이 일었다. 어머니의 불심이 고스란히 딸에게로 내린 것일까….

자흔은 절간이 좋았다.

얼룩덜룩한 단청 속에서 뿔 돋은 방망이를 든 금강역사와 주먹을 움켜쥔 나한상羅漢像이 무섭기는 하지만, 법당에 들어서면 부처님은 미소로 맞아 준다. 포근함을 느낀다. 아버지도 절에 오면 쌍소리를 거두고 스님과 조용조용 이야기를 나눈다.

자흔은 부처님 앞에서 불공을 드리면서 타고난 업장業障을 씻어 가고 있었다.

"마음속에 맺힌 것이 없어야 피안으로 가게 된다. '나' 속의 서운한 마음이나 한 많은 마음들을 턱 풀어 버릴 때 영가(영혼)들의 마음도 풀어진다."

절간 마당에서는 칼새가 울고 있다.

저 아래로 바다가 내려다보인다. 돛폭을 부풀리면서 바람을 안고 목선이 비스듬히 밀려가고 있다. 그 너머로 발동선이 하얗게 뱃길을 가르며 헤엄치듯 나아가고 있다.

산인댁은 소나무 가지에 물고기를 그린 종이를 매달고 왕생을 빌며 불에 태운다.

"산인댁! 소전燒篆하는가배, 지방 태우는 거 본께."

옆집 골무 할매가 은수를 데리고 불공 왔다가, 자흔의 머리를 쓰다듬으며 인사한다.

까까중이 도끼로 통나무 장작 쪼개는 소리가 울린다. 겨울이 다가오고 있었다.

2. 뭇떡잎 씨앗으로 움트다

은수는 자흔네 집 담을 이웃한 옆집 남학생이었다.

그의 아버지는 부둣가 어시장에서 태산과 같이 건어물을 취급하는 가게를 하고 있었다. 은수의 할머니 심秋 보살은 독실한 불자여서, 자흔의 어머니 산인댁과도 같이 자주 절에 다니는 처지였다. 그들은 서로 친척이나 다름없이 가깝게 지냈다.

은수는 꼽추였다. 게다가 병치레가 잦은 약질이어서 왜소한 몸집이 보기에 안쓰럽다. 가끔씩 할머니 등에 업혀 등교하는 날도 있었다.

"밤중에 은수 입으로 거싱이(회충)가 기어 나왔다 아이가. 얼매나 징글받던지 … . 아아가 몸이 약한 기 다 이유가 있었던 기라. 거싱이를 배 속에 달고 댕겼으이."

골무 할매 심 보살이 산인댁에게 아이의 횟배앓이를 걱정한다.

은수는 잠결에 목구멍이 간지러워 잠이 깨었다. 무언가 느긋느긋하면서 목구멍을 치밀어 나오고 있어서 손가락을 집어넣어 당겼더니 회충이 뽑혀 나왔다.

아버지가 구충약으로 해초를 구해다가 달여 마시게 해 주었다. 은수는 미역 같은 해초 달인 물을 입에 넣었다가 토해 버리고 말았다. 비위에 거슬리는 고약한 맛에 왈칵 구역질이 솟아올라 삼킬 수가 없었다. 할머니가 흑설탕 한 순갈을 입에 넣어 준다.

"눈 딱 감고 고마 한 분에 마시삐라."

할머니가 약사발을 들이민다.

은수가 어렸을 때 어머니는 호열자 돌림병으로 돌아가 버렸기에 할머니 손에서 자라났다.

아이는 한쪽 귀가 멀어, 제 딴에는 남에게 자기 말을 알아듣도록 하느라고 필요 이상으로 큰 목소리로 말했다. 게다가 말까지 더듬었다. 도통 개맹이라곤 없는 아이였다.

자흔은 은수 오빠가 안타까웠다.

한 반의 학반들은 등에 혹이 볼록 솟아 있는 은수를 '라쿠다'(낙타)라고 놀려댔다. 고비사막의 낙타는 육봉이 하나라고 수업시간에 배운 것을 은수에게 빗대어 일본 아이들이 그렇게 별호를 지어 불렀다. 은수는 그 소리를 들으면 머리를 숙이고 듣고만 있을 뿐이었다.

별로 가까이해 주는 친구가 없어서 항상 베돌이 신세로 지냈다.

은수가 소학교 5학년 시절 운동회 날이 다가왔다.

2인 3각의 달리기 시합을 하기 위하여 짝을 짓는데, 은수와는 아무도 짝을 하려고 들지 않았다. 담임선생은 2인 3각 달리기는 협동심을 기르고 우애도 깊게 해 주는 놀이라고 설명하였으나, 아이들은 은수와 짝하기를 꺼렸다. 은수 자신도 짝을 찾을 염도 못 하고, 서운한 표정으로 두리번거리고 있을 때 청수가 나섰다.

"은수야, 내하고 뛰자!"

그는 은수가 외톨이로 처져 있는 것에 연민을 느끼며 자청했다.

"선생님, 내가 짝하겠습니더!"

담임선생은 청수를 칭찬했다.

"으음, 참 잘 생각했다. 은수 군의 짝을 찾았다! 최고의 짝이다."

반 아이들은 박수치며 은수가 같이 뛰게 된 것을 흐뭇하게 여겼다. 청수는 속으로 '나는 100m 경기에 또 뛸 수가 있으니까' 하고 자위했다. 그는 달리기에는 자신이 있었다. 학반에서 그를 앞설 학생은 아무도 없었다.

운동장에는 횟가루로 선을 그어 커다란 원을 한 바퀴 그려 놓았고, 본부석에는 흰 천막을 쳐 놓고 있었다. 책상 위에는 공책이며 연필이며 필갑, 책 등 상품이 수북이 쌓여 있었다. 여선생님이 타는 발풍금 소리가 경쾌하게 운동장에 울려 퍼진다.

시합은 호루라기 소리와 함께 시작되었다.

"이겨라! 이겨라!"

응원 소리, 박수소리, 왁자지껄 떠들썩하는 소리가 운동장을 덮고, 아이들은 흥분하기 시작했다.

청수는 자기의 왼쪽 다리와 은수의 오른쪽 다리를 함께 헝겊 띠로 묶고 둘은 출발선에 섰다. 키가 큰 청수와 반에서 제일 작은 은수가 지은 어깨동무는 어설프게 보였다.

출발 호루라기가 울린다. 청수의 긴 다리와 은수의 짧은 다리는 아예 짝이 아니다. 둘은 출발부터 발걸음이 엇박자로 논다.

은수는 청수에게 폐를 안 끼쳐야겠다는 마음으로 열심히 발을 내딛어 둘은 발맘발맘 나아가고 있었지만, 다른 주자들은 벌써 결승선에 다가가고 있었다. 청수는 이래서는 안 되겠다 싶어 다리 매듭을 풀어 은수를 겨드랑이에 끼고 두동무니가 되어 달리기 시작한다.

"와아! 와아! 은수 이겨라! 청수 이겨라!"

아이들이 환성을 지르고 격려의 박수가 아낌없이 쏟아졌다.

은수는 아이들의 응원에 너무 황홀하여 함박웃음을 짓고 벌어진 입에서 침을 흘린다.

자흔은 청수와 은수가 짝지어 뛰는 모습을 보고 감동하였다.

자흔은 그들보다 한 학년 아래 더펄머리 여학생이었다.

몸이 허약한 은수 오빠가 낙타처럼 늘상 등을 굽히고 맥없이 다니는 꼴을 볼 적마다 자흔의 마음 구석에는 애처로운 느낌이 들어 그에 대해 일말의 동정심 같은 것을 가지고 있었는데, 오늘은 본인이 저렇게 기뻐하는 얼굴을 보니 자기 자신의 일이거나 한 것처럼 여간 흐뭇하지 않았다.

애처로운 마음은 어린 여자아이의 가슴속에 싹트는 모성애였던 것이다.

'내가 가여운 외톨이 은수 오빠를 감싸 주어야지 하는 마음을 어떻게 알아챘는지 청수 오빠가 나서서 나를 대신해 주었구나' 하는 고마운 느낌이 들었다.

아직 도투락댕기를 드리운 어린아이 자흔의 모성애로 품속에 차고 앉았던 은수의 모습은 밀려나고, 어느 틈엔가 청수의 모습이 서서히 그 자리를 메우고 있었다.

"옴마야, 아미타불이 머라예?"

딸이 느닷없이 산인댁에게 묻는다.

"중생들을 구제해서 극락세계로 인도해 주는 착한 부처님이란다. 그란데 그거는 어디서 들었제?"

"청수 생도같이 어렵고 약한 사람을 도와 적선積善하모 아미타불께서 극락으로 안내해 주신다고 선생님이 칭찬했어예."

"청수라 카모 호두나무집 둘째 아들 맞제?"

"하모요."

"그 집 아바이는 기패가 드세 보이던데 아들 아아는 그리도 착한 구석이 있던 모양이제, 선상님이 칭찬하는 거 본게. 하기사 그집 어마씨 동래댁은 불심이 깊은 보살이라 자비심도 내림이지 … ."

"선생님은 의협심義俠心이라 캤어예."

손톱에 봉숭아물을 들이면서 자흔은 중얼거렸다.

'은수한테는 청수 오빠가 아미타불이야.'

은수를 짝해준 청수의 행동은 그 뒤 학생들 사이에 많은 영향을 끼쳤다. 청수의 의협심이 가려 주는 그늘 속에 은수가 들어 있었다. 둘이 같이 있는 자리에서는 은수를 '라쿠다'라고 부르는 학생이 아무도 없었다. 그리고 차츰 그 별명은 꼬리를 감추고 말았다.

자흔의 손톱에 물든 봉숭아 색은 손톱 뿌리 쪽에서 반달 같은 하얀 각질이 돋아나면서 밀려나고 있었다. 그 사이 여러 차례 청수의 이름이 자흔의 입에 오르내렸다.

학교 앞에는 철도 건널목이 있었다.

초가을 뜨거운 햇살 아래 철도 간수가 긴 말목을 내린 건널목에 빨간 깃발을 들고 학생들을 저지하고 있다. 기차가 지나가고 있다. 덜컹거리면서 철길을 달려가는 열차는 바람을 일으킨다. 자흔의 치맛자락이 날린다.

청수 옆에 멈추어 선 자흔은 어지러웠다. 달리는 열차에 기우뚱 쏠리는 몸이 청수에게 기울어진다. 열차가 사라지자 청수 오빠가 자기의 손을 꼭 쥐고 있는 것을 깨달았다.

"니 큰일 날 뻔했다, 내한테 안 기댔으면."

그가 속삭였다.

자흔은 갑자기 얼굴이 화끈거렸다. 관자놀이가 경련했다. 봉숭아물 들인 손톱을 얼른 말아 쥐었다. 마치 청수를 생각하며 꽃잎을 동여매던 속내를 들키지나 않을까 해서.

자흔은 란도셀 가방을 촐랑거리며 철길을 건너뛰었다.

소학교 졸업식 날이 왔다.

〈올드 랭 사인〉을 부르고 졸업식이 끝나자, 은수가 청수의 손을 끌고 벚나무 아래로 갔다. 벚나무는 벌써 물이 올라 둥치가 번들거리고 있었다.

"이거 니 가지거라."

은수가 필갑통을 하나 청수에게 건네준다. 뚜껑을 열자 필갑 속에는 연필 자루 한 다스가 가지런히 누워 있었다. 삼나무 향이 진하게 풍겨 나왔다.

"톰보우 연필이다."

연필 머리에 물린 지우개 밑에 찍힌 금빛 잠자리가 눈에 들어왔다.

"고만두어라. 나도 집에 연필 마히 있다."

"청수야, 받거라이. 내는 인자 더 필요 없다."

은수는 청수를 올려다보며 힘없이 말했다.

"학교 공부는 고만하기로 했다. 그래서 중학교는 포기했다."

미츠비시 톰보우 연필은 경성의 백화점에서만 파는 물건인데 은수의 외삼촌이 사다 준 것이었다.

은수는 그 뒤 오래 못 가서 죽고 말았다.

자흔은 상급학교로 진학한 청수의 큰 키에 멋을 느꼈다. 성큼성큼 걸어가는 뒷모습을 바라보며 자기와 나란히 걷는 모습을 머릿속에 그리곤 했다.

"머슴애가 싱겁거로 키만 커 갖고 … 중학생이라고 되게 재네."

혼자서 종알거리다가도 먼 발치에서 청수가 나타나면 자흔은 가슴이 뛰었다. 옆을 스치기라도 하면 못 본 척 앞만 바라보는 자흔은 숨이 턱턱 막혔다.

등꽃이 늘어진 초여름 날 햇빛은 포교당 마당에 드리운 등꽃 다발에 보랏빛을 떨구고 있었다. 자흔이 법당 앞 계단을 내려와 마당을 가로지르는데 등나무 그늘에서 누가 부르는 소리가 들렸다.

"자흔아! 오래간만이다."

수명이다.

그는 거제도 장목면에서 국민학교를 마치자 한 해를 쉬고 마산으로 나와 중학교에 입학하였다. 자흔은 장목을 떠난 이래 수명을 처음 만나게 된 것이다.

"엄마야, '새' 오빠 맞제? 몰라보겠네."

교복을 입은 그는 훌쩍 자라 있었다.

"인자 내는 '새'가 아이다. 중학생이다. 니는 엔간히도 부지런히 절간에 댕기 쌓는구나. 그래, 오늘은 우째 왔노?"

"천도재薦度齋에, 은수 할머이하고 어머이하고 같이. 그런데 여게는 어쩐 일로?"

"내도 청수 따라 은수 천도재에 왔지."

은수를 만난 적이 없는 수명은 천도재 잿밥을 얻어먹으러 왔었다.

등꽃 그늘에 청수가 서 있었다.

"야아가 자흔이다."

수명이 청수에게 자흔을 소개했다.

"알고 있다. 한 이웃인데 머 … ."

청수가 웃으면서 계면쩍게 말했다. 등나무 그늘 속에서도 시리도록 하얀 이빨이 가지런하다. 웃느라고 눈꼬리에 지는 잔주름이 자흔의 가슴에 한참 남는다.

"너거는, 이웃끼리 아는 사이면서도 서로 모른 척하고 있노."

"안다 칸께."

청수는 말했다. 그리고 말을 둘러대었다.

"서예전시회 때 쟈아 작품을 봤다 아이가 … ."

교내 사생대회에서 뽑힌 그림들을 강당 벽에 걸어 미술전시회를 벌였을 때, 학급 습자시간에 잘 된 글씨를 따로 모아 둔 서도書道 작품도 같이 전시하였다. 거기에 청수의 글씨도 전시되어 있었는데, 바로 그 옆에 자흔의 붓글씨도 나란히 걸려 있었다.

'아아, 청수도 그걸 기억하고 있구나.'

자흔은 저고리 고름을 말아 쥐며 봉숭아물 들인 손톱을 감추었다.

'청수 학생은 넝큼스럽기는 … 그럴 줄 알았으면 좀 더 공들여 쓸 걸 그랬나.'

귀밑머리 자흔은 앙가슴이 오그라들었다.

연초록 등잎은 짙어 가고 있었다. 등나무 넌출이 기둥을 감고 뻗어 올라가 지붕을 이루고, 보랏빛 등꽃 다발을 주렁주렁 드리웠다. 더더 귀더더귀 꽃차례로 늘어선 등꽃은 그늘 속에서 더욱 짙은 자색紫色을 머금었고, 때마침 불어오는 바람 따라 흔들리는 꽃술이 키 큰 청수의 얼굴을 비빈다. 꿀벌이 등꽃에 붙어 날개 떠는 소리가 잉잉 들리고, 꽃밥의 암술은 씨방 속에서 다소곳이 가루받이 수분受粉을 하고 있는 것이 자흔의 눈에 들어온다.

변성기의 사내 목소리가 울렸다.

"요새도 붓글씨 쓰나? 잘 썼더라."

청수가 마주 보며 웃고 있다. 눈가에 잔주름이 더 깊이 팬다.

"아이라예. 그라고 끝이라예."

마당 건너편 우물가에 선 오동나무가 피운 보라색 꽃이 자흔의 눈동자에 구른다. 자흔은 어지러웠다. 세상은 온통 보랏빛이었다.

'그러면 청수 오빠는 붓글씨를 계속하는가?' 하고 묻고 싶었으나, 말이 되어 나오지 않았다.

쿵쿵 뛰는 심장소리가 청수의 귀에까지 들릴 것만 같아서 자흔은 견디지 못하고 돌아섰다. 그리고 집을 향해 뛰어갔다.

"야아가 이 덥운 날에 머 한다고 띔박질은 해 쌓노? 아이구 숨내야. 이리 온나, 등물 치거로!"

산인댁은 딸을 우물가로 불렀다.

한여름에 학교에서 돌아오는 딸아이의 적삼을 벗기고 자주 등목을 쳐 주었다. 찬물을 한 바가지 퍼부으면 엎드린 아이는 어푸! 하고 작은 어깨를 웅크리고 진저리를 치며 헐떡인다. 깊고 찬 우물이었다.

"아이구 이 비지땀을 철철 흘리 갖고, 옷 다 젖었다 카이 … 가시나는 항상 몸을 정갈하이 거두야 된다 칸께. 어서 씩자!"

"안 할 기라예."

딸아이는 도리질을 한다.

그녀의 머릿속에는 청수의 모습이 떠오르고, 혼자서 부끄러워졌다. 어미의 등물을 사양하는 그녀의 도사린 몸에는 어딘지 살짝 교태가 깃든다.

'쟈아가 컸다고 에미 앞에서 벌써 내우하는 것가? 아직 앙가슴도 안 부풀은 기이 … . 오냐, 니가 컸다고 홀랑 벗기가 민망하다 그 말이제. 그래 가릴 때도 됐구나.'

자흔은 고치 속에 누에벌레 한 마리를 친친 감싸듯이 청수의 모습을 은밀하게 가슴에 저며 넣고 저고리 옷고름을 조여 매곤 하였다. 가슴이 바듯이 조여 왔다.

'언젠가 청수 오빠는 나비가 되어 날아올 거야.'

등꽃 아래서 청수를 만났던 날 자흔은 초조初潮를 비쳤다.

제생당 박학추 의원과 서안書案을 마주하고 신태산은 방석 위에 앉았다.

천장에는 약봉지가 주렁주렁 매달려 있고, 방 안에는 한약재 냄새가 가득했다. 박달나무 약장에는 조그만 서랍마다 한약재 이름을 또박또박 적어서 명찰을 붙여 놓았다. 방구석에는 약재 써는 작두가 놓여 있고, 양지바른 마루에는 약초를 널어놓고 말리고 있었다.

"병세는 좀 누그러졌소?"

의원이 물었다.

"덕분에 환자는 툭툭 털고 일어났십니더. 이원님 약첩에 톡톡히 호험을 봤십니더. 중탕 삼탕까지 마자 달여 멕있십니더. 감사합니더."

어시장 건어물 가게에 붙은 쪽방에서 생활해 오던 산인댁은 살림을 따로 나서 주택가 새집으로 이사한 끝에 과로몸살에 감기까지 덮쳐 몸져눕게 되어, 제생당의 한약을 한 제 지어 갔던 것이다.

태산은 박 의원에게 환자가 쾌차하게 되어 인사차 왔다.

한의원에 처음 들어와 본 자흔은 신기해서 약봉지도 올려다보고 서랍에 다닥다닥 붙은 약 명찰도 읽어보고 이것저것 두루 살펴본다.

'저것이 비상砒霜을 단다는 저울일까?'

약재 써는 작두 옆에 자그마한 형평 저울이 앙증맞게 놓여 있었다.

'새침기도(귀엽기도) 해라!'

사람의 목숨을 앗아가기도 하고 살려내기도 한다는 극약을 단다는 저울을 자흔은 고개를 갸웃거리며 바라본다.

"효험을 봤다 하니 다행이오. 그래 어장 사업은 순탄하이 잘 되어 가고 있소?"

박 의원은 나이가 아래로 열 살 너머 터울이 나는 태산에게 반말을 썼다.

"예에. 그럭저럭 꾸리가고 있십니더."

"소문에 듣자 하니 멜치어장을 크게 하고 있다면서요?"

"아이라예. 고마 쪼꼬만하이 하고 있을 뿐인데예 …. 이거는 벤벤찮은 물견입니다마는 두고 잡수시이소. 메루치폽니더."

어부 태산은 딸아이가 안고 있던 멸치포대를 받아서 박 의원에게 권한다.

"호오. 어찌 이리 귀한 물건을 다 들고 왔소?"

"최상품입니더. 요새 일본으로도 실어 보내는 깁니더. 죽방에서 뜬 깁니더."

"죽방이 뭔 기요?"

박 의원은 호기심이 나서 물었다.

"갯가에 대발로 덤장을 치 놓고 말입니더. 난물에 걸려든 메루치를 비늘 한 쪼가리 안 벗기고 곱게 건지 올리서 … 안 상하거로 말입니더."

"아아, 바로 그 어살 말이로군. 강가에 어전漁箭을 질러 놓고 수월케 고기 잡는 방법 그것 … ."

"마히 몬 잡십니더. 쪽바리들은 큰 배로 한참에 언캉 마히 잡아들이께, 그물이 미여지서 메루치도 상하고 해서 … 가아들은 요롱게 맛있는 거는 몬 해낸다 말입니더. 특히 초여름 메루치는 약해서 창시가 터지 버리니까 맛이 금방 간 께네 곱게 다루야 됩니더."

늦봄과 초여름 사이에 알에서 갓 깬 어린 멸치는 여려서 배가 잘 터진다.

"내는 유자망流刺網 같은 거는 쳐다도 안 봅니더. 그래 잡은 메루치는 메루치라 칼 수가 없습니더."

태산은 자신이 잡은 멸치에 대한 자부심이 대단하다.

멸치가 다니는 길목을 가로질러서 그물을 치면 멸치 떼가 유자망 세 코 그물에 와서 꽂힌다. 그물을 걷고 툭툭 털면 멸치가 제물에 나가떨어지는데, 대가리가 잘리기도 하고 배가 터지기도 하고 비늘이 벗겨지기도 하여 상품 등급으로 치면 하등품이었다.

"죽방멸치가 맛이 있다는 이야기는 들었소만 … 그물로 잡은 멸치도 신 선생은 특별히 맛을 내는 다른 방법이 있소?"

"벨 거야 있겠십니까마는 … 메루치가 안 다치도록 다루어야지요. 잡아서 따까리에 담가서 나르고, 삶을 때도 따까리째 고대로 채곡채곡 솥에 넣어야 서로 엉태(문대) 지지가 안 할 꺼 아입니꺼. 공을 디리는 수밖에 없십니더."

"신 선생은 책도 별로 안 읽은 양반 같은데, 어찌 그리 소상하게 어업에 밝고 조리가 있소? 듣다 보니 우리 같은 향반鄕班의 자손들이야 생각지도 못했던 실학實學인 것 같은데, 내가 배워야 할 것이 많은 것 같소."

박 의원은 눈 밑에 돋은 와잠을 꿈틀거리며 치하의 말을 아끼지 않았다.

"벨 과찬의 말씀을요. 갯가에 오래 붙어살다 보이 그리된 거지 머, 지가 메루치 다듬는 거는 의원님이 명약을 짓는 일에 우째 감히 비할수가 있기나 하겠십니꺼?"

"한빈한 유생들은 벽면서생이 돼 갖고 세상 돌아가는 실정을 전혀 모른단 말이오. 요즘은 눈이 핑핑 돌아가도록 세상이 하루가 무섭게 바뀌는 판인데 …. 금년에 작황은 어떻소?"

"육지 숭년이 바다 숭년이라고 농사나 어장이나 마찬가지라예 …. 금년은 가뭄 끝에 독수毒水가 들어 괴기가 잘 안 잽힙니다. 그나마 어장이라 카는 어장은 쪽발이들이 다 차지하고, 괴기라 카는 괴기는 모조리 다 쓸어 가고 … 우리 조선 어민들은 그물을 쳐도 걸리는 기 없으니 두 손을 놓고 가아들 어장을 기잉(구경)만 하고 있는 꼴이라예. 지야 가아들이 잘 하지 몬하는 거밖에 할 기이 더 머 있겠십니꺼마는."

자흔이 멸치포대를 끄른다. 건멸치 한 마리를 골라내 머리를 따고 배 속의 내장을 발라 버리고 두 손으로 박 의원에게 바쳐 올린다.

"아부지께서 잡은 기라예. 꼬십니더(고소합니다). 한 번 드셔 보시이소."

"허허허! 오냐, 그래 맛 좀 보자."

멸치를 입에 넣고 쩝쩝 입맛을 다시며 씹어 본다. 눈을 깜박이자 와잠이 꿈틀거린다.

"으음, 고소하다."

눈을 오도카니 뜨고 올려다보는 자흔을 두고 박 의원이 칭찬한다.

"신 선생, 참한 딸을 두셨소."

그는 다시 자흔에게 묻는다.

"학교는 몇 학년인고?"

"고녀 1학년입니더."

자흔의 눈동자가 역청색 검푸른 미채를 발하며 어른을 곧바로 마주 본다.

태산이 말을 보탰다.

"과분한 칭찬입니더. 머심애 핵교같으모 중핵교 1학년 택이라예."

"요새 신식 교육은 이런 점이 좋은 것이라. 옛날 세상 같으면 감히 딸아이가 어른들 앞에서 어디 말참견을 하고 나설 수가 있겠소. 인자 여자도 자기주장을 할 때는 말을 해야 하는 세상이 돼 가는 기라… 학교 공부 열심히 하거라이."

자흔의 머리를 쓰다듬는다. 자흔은 멸치포대를 원상대로 매듭을 묶어 서안 옆으로 밀어 놓았다.

박학추 노인은, 일본 사람들과 경쟁해서 조금도 지지 않고 이와 같이 떳떳하게 자기의 생업을 일구어 나가는 태산을 보면서 잔잔한 감동을 느꼈다.

'조선 천지 어디 갖다 놓더라도 제 앞길을 헤쳐 갈 사람이다.'

태산의 어물가게는 번창해 갔다.

건져 올린 멸치더미 속에 섞인 잡어는 골라내어 따로 상자에 담도록 하였다.

"잡어도 돈이 된다. 옛날맨키로 닭 모시(모이)나 주고 거름으로 버릴 일이 아이다. 사 가는 데가 있으이 전부 따로 모아라."

잡어는 어시장 위판 상품이 못 되었다. 그러나 가마보코 공장에서는 원료로 사용했다.

"잡어 그거 멫 푼어치나 된다고 마산까지 갖고 가서 팔라고 하느냐 하겠지만, 그런데 그렇게 생각할 일이 아이다. 우리 배가 메루치 싣고 마산 가는 짐에 여러 집에서 잡은 잡어도 모다 가지고 한 배 싣고 가모 뱃삯이 더 드는 것도 아이고, 모구리暗賣 치기로 처분할 수가 있단 말이다. 내가 어묵공장 하는 미노베 영감을 알 만하이 직접 교섭을 벌리 보께."

그래서 태산은 잡어를 거두어 가지고 건멸치와 함께 한 배 가득 싣고 마산으로 가는 길에 해안통 어묵공장으로 찾아가서 미노베 영감을 만났다.

"잡어를 가져왔소. 사도록 하시오."

"수량이 얼마나 되는가?"

미노베 노인이 묻는다.

"반 배 너머 될 것이오. 앞으로도 우리 동네 어선에서 잡은 것을 내가 바로 거두어 올 것이니까 수량은 웬만큼씩 될 거요."

노인은 톱밥이 묻은 장화를 신고 뒷짐을 진 채 왔다 갔다 하면서 잠시 머릿속에서 주판을 놓아 본다. 어판장에서는 잡어 구하기가 쉽지 않고, 어묵으로 쓸 만한 물건이 나왔다 해도 퇴물거리라 선도도 떨어지고, 또 위판장 거간꾼이 끼었으니 비싼 편이었다.

"좋다, 대금은 현금으로 쳐주께. 대신 조건이 두 가지다. 값은 싸야 하고, 선도를 잘 유지해야 한다."

태산이 가지고 온 생선을 부려서 저울에 달아 보고 근수를 장기帳記에 적어 놓았다.

"대금은 저녁에 집으로 보내겠다."

겨울 어장에서는 대구 새끼도 걸려들었다. 최고급 어묵을 만들 때는 이 대구를 원료로 썼다. 머리, 뱃살, 뼈와 속살의 힘줄까지 발라낸 후 삼삼하게 간을 맞춘 연육만으로 조리해서 지쿠와竹輪 어묵을 만들어 낸다. 통대를 반 쪽 타서 엎어놓은 듯한 대구의 뽀얀 연육은 어묵의 품위를 높여 준다. 이 대구 원료의 어묵은 좋은 값으로 일본 시장으로 팔려 나갔다.

"새끼 대구를 잡아와, 버리지 말고! 값을 낮게 쳐줄 테니까."

미노베는 태산에게 말했다.

새끼 대구는 소설小雪 무렵 남해안에서 부화해서 겨우내 자라다가,

봄철에 들어 난류에 밀려 북상할 때 많이 걸려들었다.

대구 성어는 어묵의 원료로서는 값이 비싸게 치이니까, 새끼를 잡어 취급해서 값싸게 써야겠다는 심산이었다.

그러나 대구어장에서는 남획을 규제하기 위해서 세코그물의 사용을 금지하여 규제했으므로, 건져 올린 새끼는 도로 바다로 돌려보내도록 되어 있었다. 그런데도 잡아 올려서 거래하는 것은 불법이었다.

어로 작업 중에 불시로 불법어로 단속반원의 덴마선傳馬船이 어선에 다가와서 승선했다. 단속반원은 어로허가증을 확인하고, 조업그물을 걷어 그물코를 확인하였다. 선창을 열고 막대기로 생선 더미를 뒤집어서 대구 치어가 들었는지 어획도 점검했다.

단속반원들은 조선 어민들의 불법조업에 대해서는 엄격한 잣대를 적용하였다.

"귀신은 속여도 그물코는 못 속인다!"

단속반원은 새끼 대구를 일일이 가려내었다.

그래서 어민들은 치어를 따로 그물 속에 넣어 물속에 담가 뱃전에 매달아 두었다가, 단속반의 덴마선이 나타나면 그물을 풀어 버린다.

그렇지만 미노베의 공장에 대해서는 치어 거래를 하고 있는 줄을 번연히 알면서도 눈을 감아주고 취체하러 오지 않았다. 왜냐하면 대대적으로 새끼 대구를 잡아 쓰는 것이 아니라 어민들의 그물에 몇 마리씩 걸려든 것을 모아서 거래하는 것이기 때문에 남획을 우려할 만한 양이 아니라고 해서 봐주는 것이다.

결국 가마보코는, 일본인들의 식탁에 오르는 기호식품이니 그 정도의 포획은 문제 삼지 않아도 된다고 너그럽게 생각해 주는 것이었다.

그저 조선 어민들을 족쳐서 남획을 못 하도록 겁만 주는 형편이었다.

이렇게 해서 태산과 미노베 간에 공장직납의 야미闇거래가 이루어졌다. 미노베는 대구 치어 말고도 조기, 도미, 바닷장어, 명태 등도 고급어묵의 원료가 되므로 성어건 치어건 가지고 오면 값을 쳐주었다.

그러나 미노베는 용의주도했다. 뒷날 만일의 경우를 우려해서, 불법 암거래 대금의 지급을 장부에 남기지 않기 위해 반드시 현찰로 결제하였다. 설령 다음에 세무당국으로부터 말썽이 생기는 경우가 발생하더라도 거래대금을 지급한 사실을 부인하면 증거가 없어 처벌을 면할 수 있기 때문이었다.

미노베의 아들 야스오가 미노베의 심부름으로 태산네 집으로 찾아와서 산인댁에게 돈을 건넸다.

"잡어 열 상자 값이오."

되바라진 체격으로 버티고 서서 돈을 건넨다. 중학생인 야스오의 유도복에서는 땀 냄새가 가시지 않았다.

"선주한테서 영수증을 받아야겠는데요."

굵고 짧은 목통에 유난히 짙은 눈썹을 꿈틀대면서 따지듯이 말했다. 산인댁은 안에다 대고 자흔을 불러내었다.

"야야아! 좀 나와 바라이!"

흰 무명저고리에 검정 치마를 입은 자흔이 방에서 나왔다.

"무슨 용무지요?"

야스오는, 눈을 깜박이며 쳐다보는 그녀를 잠시 말을 잃고 바라다보았다. 새까만 머리칼을 받치고 있는 하얀 저고리가 깨끗한 순백의 신선한 느낌을 더해 주었다. 도시 화복華服에서는 찾아볼 수 없는 청순

한 느낌이었다. 한복 입은 여인을 가까이서 보기는 처음이었다.

목을 두르고 내려와 가슴을 여며 주는 새초롬한 동정깃에서 간결하고도 단순하고 단정한 기하학적 조형미를 느꼈다. 드러난 목덜미는 우윳빛이었다.

"돈을 받았으면 영수증을 써 주어야 할 것 아냐?"

"무슨 돈?"

"돈은 내가 받았다. 잡어 납품 대금이란다."

산인댁이 딸에게 설명했다.

"그렇다면, 아버지께서 가게에 계신데 … 돌아가 있으면 나중에 천천히 보내 줄게요."

"안 돼. 지금 받아 가야 해. 너희는 남의 돈을 받아 놓고 확인도 해 줄 줄을 모르는 거야?"

퉁명스러우면서도 투정을 부리는 듯한 변성기의 목소리는 탁했다. 산인댁은 야스오가 딱 버티고 서서 말하는 투가 중학교 3학년 치고는 볼강스럽다고 생각했다.

자흔은 얼굴을 곧추세웠다. 앙각仰角으로 치켜든 그녀의 얼굴 한가운데에 코가 오뚝 솟아 있다.

자흔은 비시시 웃는다. 갑자기 볼에 고등처럼 보조개가 파인다.

야스오는 눈길을 잠시 아래로 떨구었다.

흰 고무신의 코가 검은 치맛단을 비집고 나와 역시 오뚝 솟아 있었다. 고무신 코가 솟은 것은 필시 그 속에 오뚝 솟은 버선코를 수납하기 위해서일 것이다. 야스오는 에스키모의 카약을 연상했다.

일본 여인들의 게다는 직사각형의 나무쪽에 맨 끈에 발가락을 걸어 엄지발가락을 쉬이 드러내 놓고 있는데 비해서, 조선 여인들의 고무신은 버선으로 감춘 발가락을 음전하게 담고 있다. 야무지게 발을 조이고 있는 버선 등의 촘촘한 수눅의 바늘땀이 신기하였다.

'직선과 반곡선으로 조화를 이루고 코끝의 첨각尖角을 입체적으로 오뚝 세운 기하학적 균제미 … 게다하고는 많이 다르구나.'

그는 다시 자흔의 얼굴을 들여다보았다.

'저 앙증맞은 코가 도도하게 치켜들고 있구나.'

"그러니까, 도장이 어디 있는지도 모르는데 어떻게 영수증을 끊을 수가 있냐구요?"

자흔의 까만 눈동자가 동그맣게 커졌다.

'아, 저 명모明眸!'

야스오는 자기도 모르는 사이에 입을 열 뻔했다.

그러고 보니 눈동자가 더 검게 보였다. 한 학년 아래의 이 앙버틴 조선 처녀가 만만치 않다고 생각했다.

"그럼 우선 임시보관증이라도 써라. 돈을 건넸다는 흔적을 오야지에게 보여드려야 하니까."

자흔은 방으로 들어가서 보관증을 써 가지고 나와서 야스오에게 건넸다.

그는 툭 튀어나온 이마 아래 옆으로 찢어진 눈을 가느스름하게 뜨고 여치 다리처럼 가늘게 또박또박 삐쳐 쓴 펜 글씨를 들여다보더니, 굳이 까탈을 부린다.

"흐음, 여기 너 도장을 찍든지 자서를 하든지 해 줘야 할 거 아냐?"

그녀는 방으로 도로 들어가 시키는 대로 펜대를 꾹꾹 눌러 이름을

적어 주었다. 辛慈欣(신자흔)

다음 날 오후 자흔이 방에서 붓글씨 습자를 하고 있는데, 갑자기 책상 앞 반투명 유리창이 환하게 밝아졌다.

'해가 지나간 지 한참 되었는데 갑자기 웬일일까?'

창을 열자 빛발이 쏟아졌다. 섬광이 망막 앞을 흰 포장으로 덧씌운다. 가까스로 손을 가리고 살펴보니까 길 건너 집 2층에서 야스오가 기울어지는 햇빛을 거울로 받아서 반사시켜 보내오고 있었다. 자흔의 얼굴이 반사열로 뜨뜻했다.

야스오는 손을 흔들며 웃고 있었다.

'저애가 히야카시(장난)를 하고 있구나.'

자흔은 얼른 창문을 닫아 버렸다. 식민지 땅에 왔다고 잔뜩 갸기驕氣를 부리는 이 일본인 학생이 처음부터 마음에 들지 않았다.

그 뒤로도 가끔 거울 장난이 있었으나 자흔은 아예 무시해 버렸다. 해가 으스름할 때까지 짓궂게 비쳐 대는 날도 있었다. 자흔의 창틀 문은 끝내 열리지 않았다.

어느 날은 대문을 나서는데 그가 2층에서 종이비행기를 날렸다. 자흔을 겨냥한 비행기는 바람을 타고 파일럿의 의사와는 상관없이 한길 바닥으로 처박혀 버렸다.

이 머슴애가 '휘 휘' 휘파람을 불기 시작하였다. 휘파람은 놀림을 위장했을 뿐 자흔에 대한 그의 관심을 실어 보내는 간절한 호소였다.

야스오는 가슴이 저리기 시작하고, 아픔이 쟁여 갔다. 그의 성장통은 사랑의 아픔이었고, 일방적으로 빗가고 있었다. 마치 호미 자루 속에 박힌 슴베처럼 스스로를 자흔에게 물려 버린 야스오였다. 헤어 나올 길이 없었다.

해가 바뀌고 여름이 왔다.

아침 등굣길에 비가 내렸다. 밤새 작달비가 창밖으로 들리더니, 날이 새자 거세게 쏟아지고 있었다. 노란 지紙우산을 받쳐 들고 들기름에 절인 팽팽한 종이에 돋는 빗방울 소리를 헤아리며 가고 있는데, 갑자기 새카만 박쥐우산의 끝자락이 불쑥 눈앞을 가렸다. 하얀 금속살대 사이로 까만 천이 팽팽하게 아치를 그리고 있다.

놀래서 멈칫 섰다. 야스오였다.

"비바람이 빗겨 부니까 옷이 젖잖니. 가려 줄께."

애매한 미소를 띠며 말했다.

자흔은 비시시 웃었다. 보조개가 파였다.

초여름의 녹우綠雨가 나뭇잎을 말끔히 씻고 있었다. 가로수 잎사귀에 튕기는 요란한 빗소리가 들려왔다.

자흔이 입고 있는 세일러 교복의 왼쪽 스커트 자락이 젖어 있었다. 야스오는 우산을 왼쪽으로 받쳐 주며 바싹 다가선다. 새카만 머리카락 몇 올이 모자를 비집고 나와 헝클어져서 납대대한 얼굴의 넓은 이마를 살짝 덮고 있었다.

토닥토닥 빗방울이 떨어지는 보도 위에는 벌어진 국화꽃 잎으로 물방울이 튀고 있었다.

우산을 받쳐 들고 있는 그의 손목에는 세이코 팔목시계가 눅눅한 습기 속에서 금속의 날카로운 빛을 발하고 있었다. 모직 사지(세루serge)

교복의 검정색이 에보나이트 재질의 새하얀 칼라와 뚜렷하게 대조를 보였다. 일요일에 성당 앞을 지나다가 언뜻 본 신부님의 하얀 로만칼라가 머리에 스쳤다.

바지에 세운 주름 두 줄이 눈에 들어온다.

자흔은 봉숭아 꽃물을 들인 손톱을 내려다본다. 빨간 손톱은 시리도록 차갑게 하얀 손목에 도드라진다. 후드득 바람에 밀리는 굵은 빗방울이 지우산을 더욱 요란하게 두드린다.

'아이, 남새스러워라!'

자흔은 휘몰아치는 빗줄기 속으로 뛰다시피 그에게서 벗어나기 시작한다. 노박이로 내리는 빗줄기 속으로 사라지는 자흔의 종아리가 야스오의 눈에 하얀 무처럼 잔영이 남는다.

그 뒤로 가끔 오다가다 마주치는 일이 있으면 야스오는 말을 붙이려고 주춤거리는데, 자흔은 틈을 주지 않고 얼른 피해 버리곤 했다. 어느덧 여인의 몸맨두리를 갖추기 시작한 그녀의 뒷모습을 야스오는 멍하니 쳐다보아야만 했다.

소년의 심장은 자흔에 대한 연정으로 절어 갔다. 날이 가고 해가 갈수록 곰삭아 가서 가슴앓이가 시작되었다.

야스오에게는 들뜨고 설레는 나날이 계속되었다.

2층에서 몰래 자흔의 방을 멍하니 내려다보곤 한다. 가끔 마당에서 자흔이, 야스오가 동네를 내려다보고 있는 모습을 보기는 했지만 자기를 훔쳐보기 위해 공부방을 2층으로 옮겼으리라고는 전혀 눈치채지 못하였다.

밤이 되어 불 밝힌 창호에 자흔의 그림자가 드리우기라도 하면 야스오는 깊은 한숨을 쉬었다. 가슴이 바작바작 죄어 왔다.

'꼼짝도 않고 멍하니 저 무표정한 얼굴, 다부지게 다문 입술, 버선 코 같은 코를 치켜들고 올려다보던 ….'

하루는 저녁 식사 후에 야스오가 무심코 자흔의 창을 내려다보다 그녀가 마실 가는지 집 밖을 나서는 모습을 봤다. 야스오는 불현듯 그녀를 만나 보고 싶어졌다.

자흔이 돌아올 골목으로 가서 어둠 속에서 그는 서성거리며 기다렸다. 바람이 꽤나 세차게 불고 지나간다. 길 쪽에서 인기척이 나면 몸을 담벼락에 바싹 붙이고 목을 빼고 살펴본다. 경칩이 막 지난 초봄의 밤은 아직 한기가 남아 있었으나, 그는 추운 줄을 모르고 서 있었다.

한참 만에 희부연한 달빛 속에서 다가오는 사람이 자흔이의 자태란 것을 직감했다. 가슴이 울렁이기 시작하였다. 그가 앞으로 나서서 길을 막는다.

"자흔!"

그녀는 흠칫 놀라서 물러선다.

"기다리고 있었어."

"이 밤중에 웬일인가요?"

몸을 사리며 자흔이 되받았다.

"보고 싶어서 … ."

달빛을 받고 빗겨 선 자흔에게 야스오는 어둠 속에서 조그만 종이 갑을 꺼낸다.

"이거 받아. 시세이도 구리무(크림)야."

야스오의 목소리는 가늘게 떨리고 있었다.

형수가 도모코에게 보내온 화장품 가운데 하나를 챙겨온 것이었다.

"오사카에서 온 거야."

그녀는 머리를 저어 도리질했다. 어깨너머로 제비꼬리 땋은 두 갈래 꽁지머리가 촐랑이며 거절의 뜻을 보탠다.

"내가 받을 물건이 아닌데요."

착 깔린 목소리였다.

야스오는 자빡 맞자 말끝을 얼버무리고 만다.

"좋은 물건이야, 주고 싶어서 … ."

이상하게도 야스오는 막상 그녀 앞에서면 도시 말문이 열리지 않는다. 건몸을 다는 것 같았다.

'왜 이런 짓거리를 해 오는 거지?'

그녀가 집으로 들어가려고 하자 그는 앞을 가로막았다.

"잠깐 … 잠시만 더 같이 있어줘."

그러나 자흔은 그를 옆으로 피하면서 종종걸음으로 사라졌다.

야스오는 편지를 쓰기 시작했다. 글을 써서 자기의 마음을 전하고 싶었다. 밤새 쓰고는 구겨 버리고, 다시 고쳐 쓰고 하는 사이에 날이 밝았다.

등굣길에 나서는 도모코를 불러 편지를 건넨다.

"이것 좀 전해 줘."

"누구한테 가는 건데?"

도모코는 뜨악한 표정이다.

"자흔이 알지?"

"조센징 계집아이?"

도모코는 지난날 자흔이 청수와 함께 바닷가를 걷고 있던 모습이 눈앞에 떠올랐다.

"싫어. 배달부 노릇하기 싫단 말이야."

딱 잘라 거절한다.

"싫어하기만 할 일도 아냐. 오빠 좀 도와줘 … 그냥 건네기만 하면 되는 건데."

도모코의 생각에는, 야스오와 자흔이 가까워진다는 것은 그애가 청수 씨로부터 멀어진다는 것이기에 오빠의 편지를 전해 주기로 하였다.

도모코는 점심시간에 자흔이를 교실로 찾아갔다. 그녀를 불러내어 교실 밖 창가 목련나무 아래로 데리고 가 편지를 건네준다.

"무슨 편지니?"

"오빠가 보낸 거야."

도모코는 '배달은 끝냈으니까, 천천히 읽어 봐' 하는 생각으로 먼저 자리를 뜬다.

자흔은 봉투를 뜯을 생각도 않고 돌돌 말아 쥐고 교실로 돌아갔다.

며칠 뒤 수업시간 중에 국어 책을 펴자 편지봉투가 나왔다. 역시 표지에 쓰인 필치는 야스오의 것이었다.

'어느 틈에 편지를 꽂아 놓았을까? 체육시간에 모두 방을 비운 사이에 도모코가 다녀갔을까?'

자흔은 책상 밑에서 편지를 갈래갈래 찢어 가방구석에 구겨 넣었다.

세 번째로 도모코가 찾아왔다. 둘은 또 목련나무 아래로 갔다.

도모코가 편지를 내어 놓는다.

"도모코! 이제 안 받을 테야. 도로 돌려 줘. 여태껏 읽어 보지도 않았어."

자흔이 받기를 거절했다.

"아니야, 한 번만 읽어 봐. 꼭 답장을 부탁하더라."

자흔이 먼저 자리를 떠서 교실로 향했다.

달빛에 벌어진 목련꽃 잎은 햇볕에 향을 뿜었다. 봄을 타는 여식애들은 창 너머로 흘러드는 목련향에 달떴다. 그들은 등 너머로 겹겹이 목을 내밀고 목련나무 밑을 내려다보고 있었다.

자흔이 교실로 돌아오자 "와아!" 떠들썩했다.

"연애편지 받았다!"

"도모코 오래비가 보냈다!"

그날로 교내에 소문이 쫙 돌았다. 자흔이 지나가면 뒤에다 대고 수군대는 소리가 들려왔다.

야스오는 끝내 자흔의 답장을 받아 내지 못하였다. 그녀의 창틀을 수없이 내려다보다가 이번이야말로 마지막이라고 작심하고 또 편지를 썼다.

한사코 심부름을 않겠다는 도모코의 손에 쥐어 주었다.

"부탁한다. 마지막이다. 꼭이다."

그날은 도모코가 방과 후 호젓한 골목길에서 기다리다가 자흔이 나타나자 편지를 건넨다. 자흔이 한 발짝 뒤로 물러선다.

"다시는 없을 거야. 마지막이야."

도모코가 한사코 사양하는 자흔에게 건네려고 한다. 하교하는 한

반 아이들이 지나가며 비아냥거리는 소리가 귀에 들려왔다.

"자흔이가 꼬리를 치니까 자꾸 보내오는 거야."

자흔은 편지를 받아 봉투째 그 자리에서 구겨 버렸다. 돌돌 말아서 도로 도모코에게로 넘겨주었다.

집으로 돌아오자마자 화가 잔뜩 난 도모코는 2층으로 올라갔다. 입을 뾰족 내밀며 오빠에게 구겨진 편지를 내민다.

"다시는 보내지 마! 오빠는 자존심도 없어?"

그날 밤 야스오는 잠을 이루지 못했다. 꼬박 뜬눈으로 고상고상 하얗게 밤을 새고 말았다.

전쟁은 깊어 가고 일본군은 전쟁물자가 부족했다. 특히 유류 부족은 심각했다. 비행기 기름도 부족하여 조달하는 데 애를 먹었고, 자동차도 목탄차로 개조해 석탄을 때면서 기름을 아꼈다.

마침내 학생들을 동원해서, 소나무 관솔을 캐다가 기름을 짜서 쓰기에 이르렀다. 아주까리도 기름을 짜서 썼다.

골짜기에는 송진 냄새가 싸하게 퍼졌다. 도끼로 가지 찍는 소리가 사방에서 들렸다. 낫으로 잔가지를 치고 옹이 부분을 톱질로 켜내는 소리도 들렸다.

산림주사 사사키는 지휘봉을 들고 당코바지에 송진이 묻을까 봐 요리조리 피해 다니면서 교복 상의를 벗고 작업하는 학생들을 독려하고 있었다.

사사키는 멀리 위쪽에서 혼자서 작업하는 녀석을 소나무 사이로 발견했다. 자세히 살펴보니까 관솔을 캐는 것이 아니라 나뭇가지를 마구 베고 있었다.

'딴짓을 하고 있구나.'

그는 그쪽으로 올라갔다.

학생이라면 의당 송진을 캐고 있어야 하는데 수건을 이마에 동여매고 낫으로 가지를 치고 있는 모습이 농사꾼 같기도 하였다.

사사키는 잘라 놓은 가지를 가리키며 따졌다.

"왜 함부로 나무를 자르는 거야?"

청년은 그를 힐끗 돌아보더니 일본말로 퉁명스럽게 답했다.

"보시다시피 잔가지 몇 개 자른 거요. 나무를 다치지는 안 했소."

"허가를 받고 벌채하는 것인가?"

청년은 일본말을 두고 조선말로 받았다.

"코 빨아묵는 소리 하지 마라. 소나무 가지를 쳐서 관솔 캐는 것은 괜찮고 이까짓 가지 하나 건드린 것 갖고 무슨 잔소리고?"

"뭐라고 했어?"

사사키는 지휘봉으로 청년의 어깨를 툭 건드리며 말했다.

"말로 해야지, 사람을 치기는 왜 쳐요?"

"뭐라고? 바카야로!"

지휘봉으로 청년의 등판을 후려쳤다. 청년은 지휘봉을 쥔 산림주사의 손목을 비틀어 쥐고 놓지 않는다. 악력이 대단했다. 사사키는 씩씩대며 버둥거리다가 발길질을 했다. 청년은 화가 난 듯 그를 땅바닥에 메다꽂았다. 그리고는 칡넝쿨을 잘라다 밧줄로 삼고 일어서는 사사키의 몸뚱이를 나무에다가 친친 묶어 버렸다.

"아악! 아악! 사람 살려라!"

악을 바락바락 쓰는 그의 입을 머리에 동여맨 수건으로 조여, 그마저도 나무에 묶어 버렸다. 발버둥 치는 그를 남겨 두고 청년은 산을 넘어가 버렸다.

그는 천중건千重建이었다. 일찌감치 관솔 따위는 안중에 없고, 소 코뚜레로 쓸 물푸레나무 가지를 쳐야겠다고 산으로 올라왔던 것이다.

해질 무렵 지나가는 나무꾼이 나무에 묶여 바둥거리는 사사키를 발견하고 밧줄을 풀어 주어, 그는 겨우 속박에서 풀려났다.

사사키는 범인을 잡으려고 백방으로 수소문했으나 끝내 찾아내지 못하고 말았다.

청수는 발라낸 관솔을 지게에 지고 아래쪽으로 나르는 일을 맡았다. 송진이 배어 교복에 묻기 때문에 다들 꺼리는 작업이었지만 그는 서슴없이 남의 몫까지 안다미로 져 날랐다.

몇 차례인가 짐을 부려서 내려놓고 막 올라가는 길인데 건너편 운모雲母 캐는 여학생들 무리 쪽에서 왁자그르르 떠드는 소리가 들려왔다. 사람이 다친 모양이었다.

"자흔이가 언덕에서 굴렀다!"

한 옥타브 높은 여자아이의 목소리가 들려왔다.

"옴마야, 기절했네."

학생들이 떠드는 소리 가운데 청수는 자흔의 이름 소리를 들었다. 지게를 벗어 놓고 그쪽으로 달려갔다.

선생이 자흔을 무릎에 받치고 머리를 흔들고 있다. 이마에는 피가 흘러내렸다. 의식을 잃었는지 반응이 없다.

"언덕에서 굴러떨어진 기라. 헛디디 갖고 ⋯ . "

누군가 운모를 살피느라 바위를 들다가 그만 떨어트려 굴러 내린 모양이고, 자흔이 그걸 보고 피하다가 실족했다는 것이다.

"안 되겠다. 병원으로 가야겠다. "

선생이 응급조치로 간단히 처리될 일이 아님을 말했다.

청수는 손수건을 꺼내서 자흔의 이마에 대고 눌러주고 등을 들이밀었다.

"내가 데리고 가지요. 등에 업혀 주세요. "

"급장이 안내해라!"

선생의 지시에 따라 급장 아이가 따라나섰다. 청수는 환자를 업고 한길을 향해 추수가 끝난 논을 질러갔다.

자흔은 어렴풋이 의식이 돌아왔다. 누구의 등에 업힌 것 같은데 옛날 어릴 적 아버지의 등에 업혀 잠들던 기억이 떠올랐다. 안락한 느낌이었다. 이대로 자고 싶었다.

"내 혼자서 가도 되께 급장은 돌아가 봐. "

청수의 목소리가 들렸다. 자흔은 깜짝 놀랐다.

"집도 이웃이니까, 병원 갔다가 내가 바래다 줄 테니. "

청수의 목소리가 계속 들렸다. 몸 둘 바를 모르겠는데, 그래도 그냥 좀 더 그대로 있고 싶었다.

"아니라요. 같이 가죠. "

성큼성큼 걷는 청수의 발자국 소리가 들렸다. 그녀는 황홀했다.

"택시!"

한길에 나서자 청수가 차를 불러 세웠다. 자흔이 고개를 세우고 깨어났다. 얼른 등에서 내렸다. 자흔은 부끄러웠다.

'다 큰 처녀가 천연덕스레 남의 총각 등에 업혀 있었다니.'

몸을 비꼬았다.

"인자 깼나? 좀 어떻노?"

급장이 염려스러운 얼굴로 묻는다.

"으응, 괜찮아."

이마에 댄 손수건이 아래로 흘렀다. 자흔은 주워 올린다. 피를 보자 흠칫한다.

"누구 손수건인고?"

"이 학생 거."

급장이 청수를 가리킨다.

자흔은 손수건을 움켜쥐었다.

"아이, 이를 어째, 남의 손수건을 피로 적셔 놓았으니."

"손수건쯤은 아무것도 아니다. 어서 병원부터 가 보자."

청수는 그녀를 마메(콩) 택시 안으로 떠밀어 넣었다.

"동인병원으로 가요!"

급장은 자흔이 깨어나서 병원으로 향하는 것을 보고 안도하며 손을 흔들었다.

"자흔아, 잘 가거라!"

"그래. 고맙었다."

급장은 거기서 헤어졌다.

청수가 운전수에게 택시요금을 치르고, 둘은 택시에 내려 병원 진찰실로 들어섰다. 난로 위에 펄펄 끓는 냄비 속에는 주사기를 삶고 있었다.

의사는 청진기를 귀에 꽂고 진찰을 시작했다.

"거기 학생은 밖에 나가 있고 … 자아 어디 좀 보자. 가슴을 젖히고 저고리를 걷어 봐라."

청수는 밖으로 나왔다.

한참 만에 그녀는 주사를 맞았는지 옷소매를 걷어 내리며 나왔다.

"괜찮다 해요. 곧 좋아질 거라요."

"그만하기 다행이다."

둘은 밖으로 나왔다.

선창 가는 길이 병원에서 남쪽으로 나 있었다.

"아버지가 아시면 야단이 날 텐데 … 과년한 기집애가 몸 조신을 안하고 아아들처럼 까불다가 다친 거라고."

청수는 빙긋이 웃으며 말없이 듣고만 있다. 자흔은 청수의 눈가 잔주름을 곁눈으로 올려다본다.

멀리 돋섬 너머 난바다 쪽 하늘가에 까치놀이 지고 있는 광경을 보며 둘은 가로수를 따라 걷다가 바닷가로 나오게 되었다.

유도회관을 막 지나는데 검은 띠로 도복을 돌돌 말아 어깨에 걸친 야스오가 나타났다. 운동을 마치고 나오는 길인 모양이다.

그는 두 사람이 나란히 걸어오는 것을 보고 얼굴이 일그러졌다.

야스오는 마치 일을 내겠다는 듯이 청수를 노려본다.

"청수! 너는 여학생하고 이렇게 풍기문란 하고 다녀도 되는 거야?"

"환자를 바래다주는 거다. 네가 신경 쓰지 않아도 될 일이야."

"환자라고? 환자는 여학생이 아니란 말인가? 나는 네가 여학생하고 어울려 다니는 꼴을 말하고 있는 거야."

"남의 일에 왜 네가 나서?"

"못 봐 주겠어!"

야스오가 딱 벌어진 어깨 위에 목을 곧추세우고 청수를 째려본다.

"가요!"

자흔이 청수의 옷소매를 끌었다.

야스오는 험악해졌다.

"자흔이 너! 그 녀석 사람을 잘못 본 거야. 가까이할 놈이 못 된단 말이야."

청수는 사람들이 보는 길바닥에서 더 떠드는 것이 그리 좋은 일이 아니어서 못 들은 척하고 지나쳐 버렸다.

날갯짓에 맞추어 끼룩 끼룩 갈매기 우는 소리가 바람에 날린다.

시모무라下村 선생의 화학 수업시간이었다. 5년제 중학교 졸업반 교실이었다.

"자, 이번 시간에는 산소의 존재를 실험을 통해서 우리 눈으로 직접 확인해 보기로 한다."

교탁 위에 유리용기, 유리관, 인燐 부스러기 및 실험도구 상자가 놓여 있었다.

"공기는 눈으로 볼 수는 없다. 그러나 산소는 분명히 공기 중에 들어 있다. 그 존재를 실험을 통해서 확인해 보고자 한다. 불은 산소가 있어야 타기 때문에, 산소가 타고 없어진 부분을 여러분에게 눈으로 확인시켜 주면 이해가 될 것이다. 여기 원소물질인 인燐이 있다."

물을 반쯤 채운 유리그릇에 나무토막을 띄우고 인을 올려놓았다. 그리고 그 나무토막을 플라스크 유리관으로 덮어씌웠다. 유리관 속의 물 위에 나무토막은 인을 싣고 떠 있다.

"자, 이제 이 유리관 속 공기는 밀폐되어, 외부 공기와 완전히 차단되었다. 여기에 인을 태우면 밀폐된 유리관 내부의 산소는 연소하고 없어진다. 대기 기압 때문에 없어진 산소 부피만큼 물이 차오르게 된다. 결과적으로 유리관 속의 물이 유리그릇의 물보다 더 높이 차오른다는 말이다. 그 사실을 실험을 통해서 확인해 보자."

선생은 학생들을 둘러보며 물었다.

"그런데 이 유리관 속의 인에다가 어떻게 불을 지필까? 누구 해 볼 사람 없어?"

아무도 손을 드는 사람이 없다.

"야스오 군은 어떻게 생각하나?"

"전기의 음극선과 양극선을 양 손가락으로 쥐고 각각 유리관 속의 인에 닿도록 넣어 방전시키면 발화가 되겠습니다."

"흐음 … 글쎄 안 된다고야 할 수 없겠지. 전선을 끌어오고 관 속으로 구부려 넣어 점화하자면 준비 과정이나 좁은 유리관 속에서 접선시키는 기술이 쉽게 되지는 않을 것 같다. 더 쉬운 다른 방법은 없을까?"

교실 안은 묵묵부답이다.

"정말 아무도 없는가?"

청수가 손을 들었다.

"그래, 어떻게 해 볼 참이지?"

시모무라 선생이 묻는다.

청수는 차근차근 설명했다.

"인에다 화약을 올려놓고 돋보기로 초점을 맞추어 폭발을 시키면 불꽃이 일어납니다."

"음, 좋은 방법이로군. 폭발이 문제를 해결해 주는구나. 이리 나와. 한 번 해 보자."

실험 도구함에서 돋보기와 화약을 소량 끄집어내어 건네준다.

청수는 유리그릇을 창가로 들고 가서 훌륭하게 실험을 끝냈다. 밀폐 유리관 내의 수위는 높아져 있었다.

"제군들이 본 바와 같이 산소의 존재를 눈으로 확인하였다. 오늘의 실험은 청수 군 덕분에 여러분들이 잘 관찰할 수 있었다. 다 같이 박수로 칭찬해 주기 바란다."

박수 소리가 토닥토닥 울렸다.

'폭발이 문제를 해결해 준다'고 한 시모무라 선생의 말이 그 후로 한참 동안 청수의 귓전에 맴돌았다.

폭탄이 터지면서 바위를 터뜨리고 길을 내는 것을 본 적이 있었다. '그런데 폭탄은 어떻게 해서 터지는 것일까?'

청수는 의문을 품고, 훗날 공전工專에 진학해서도 관심을 가지고 책을 뒤져 가며 공부했다.

야스오는 중학교에 들어와서 졸업반에 이르기까지 시험성적에서 청수를 앞서 본 적이 없다. 수석 자리는 줄곧 청수가 차지했다. 그래서 야스오는 조그만 일에도 청수에게 대놓고 생트집을 잡아 신경을 건드리곤 했다.

하루는 조선 사람을 멸시하는 발언을 했다.

"너희는 제사 지낸 밥을 비벼 먹는다는데, 그건 야만이다. 내지內地에서는 개밥 줄 때나 먹다 남은 것을 한데 쓸어 모아서 준단 말이야. 먹는 음식을 한 그릇에 이것저것 섞어 넣고 어떻게 사람이 퍼먹는단 말이냐?"

일부러 청수 들으라고 한 말이었다.

청수는 발끈했다.

"뭐라고? 너희가 언제 제사를 제대로 모시기나 해 봤어? 음복飮福문화가 뭣인지 알기나 해? 상것들 주제에. 조상이 자신 음식을 후손들이 둘러앉아 니 것 내 것 없이 같이 나누어 드는 일이야. 복 받을 일이야."

"그러니까 결국 먹다 남긴 밥을 비벼 먹는다는 말 아니냐?"

"너희는 그렇게 말할 자격도 없어. 숟가락도 없이 맨손으로 국그릇을 들어 마시는 주제에. 숟가락은 영국 황실의 식탁에도, 미국 백악관 식탁에도 하물며 조선의 다리 밑 거지까지도 온 세상 사람이 쓰는 물건이야. 숟가락 안 쓰는 종자는 원숭이하고 왜놈밖에 없다."

서로 씩씩대고 노려보다가 그날은 그것으로 끝이 났다.

시모무라 선생의 화학 수업이 끝나고 쉬는 시간에 청수가 교탁 쪽으로 걸어가는데, 야스오가 옆을 지나는 그의 다리에 발을 걸어 딴죽을 걸었다.

청수가 앞으로 고꾸라질 뻔했다.

야스오가 일부러 청수한테 야료를 부린 것이 확실한 데도 오히려 먼저 시비를 걸었다.

"뭐야, 이 자식! 왜 남의 발을 걸어차는 거야?"

거기에 더해 그가 개염을 드러냈다.

"혼자 잘난 척하지 마라! 수업시간에 돋보기 같은 것 가지고 애들처럼 장난이나 하고 놀다니, 조센징 주제에. 눈허리가 시어서 도저히 못봐 주겠다."

"뭐가 어째? 이 쪽발이 놈이!"

청수가 응수했다.

"너 지금 조선말 했지? 다들 같이 들었다! 국어(일본어) 점수는 감점이야!"

학교에서 국어상용화를 생활화하기 위해서 동급생끼리 서로 감시하다가 조선어를 쓰는 학생을 교무실에 신고하도록 되어 있었다.

"이 야비한 놈!"

청수가 삿대질을 했다.

야스오가 발딱 일어서서 청수를 노려본다.

"자식, 너 오늘 손 좀 봐야겠어. 그냥 안 둔다. 방과 후에 뒷산으로와! 결투다."

야스오는 주먹으로 분풀이를 하겠다는 것이다.

"입회는 양쪽에서 각각 두 명씩이다. 조센징 떼거지들 다 데려오지말고."

며칠 전 바닷가에서 자흔과 청수가 함께 있던 일도 야스오를 자극했다. 그는 치를 떨며 머리를 흔들었다.

그날 수업을 마치고 청수는 중건과 수명을 데리고 뒷산으로 올라갔다. 그들 셋은 항상 붙어 다니는 아삼륙이었다.

송림에 둘러싸인 바위 옆에는 배꼽마당이 있었다. 씨름터 크기의 공터였다. 이곳이 결투장이다.

야스오가 단짝패를 데리고 나타났다.

두 곁다리 중 한 녀석은 몽둥이를 어깨에 걸치고 있었다. 그 녀석은 검도장에 다니고 있었고, 또 한 녀석은 야스오와 함께 유도장에 다니고 있어서 싸움깨나 할 만한 패거리였다.

야스오가 앞으로 나섰다.

"센텐을 조심해라!"

중건이 청수의 귀에 대고 속삭이며 주의를 주었다. '센텐'은 이쪽에서 싸울 채비가 전혀 안된 방심상태에 있는데 예고 없이 선제공격을 가해 오는 싸움꾼들의 용어다.

"왜놈들은 느닷없이 선수를 쓴다. 속지 마라. 그리고 저놈은 유도하는 놈이니까 잽히지 않도록 해라."

중건이 다시 한 번 더 일러준다.

야스오가 바싹 다가오더니 턱을 쳐들고 청수 얼굴에 들이댔다.

"오늘 단단히 버릇을 고쳐 놓을 테다. 조센징이 잘난 척 마라."

슬슬 약을 올리는 척하다가 느닷없이 주먹을 올린다.

청수는 미리 그럴 낌새를 읽고 있었기 때문에 살짝 피하면서 오히려 들어오는 놈에게 주먹을 내질렀다.

그는 앞으로 폭 고꾸라졌다. 청수의 주먹이 들어오는 야스오의 뼈드렁니에 적중했다. 입술에서 피가 번져 나오기 시작했다. 콱! 하고 입안의 피를 뱉어내는데 부러진 이빨이 하나 묻어 나온다.

야스오는 벌떡 일어서서 수그린 채 산돼지처럼 돌격해 들어온다.

청수의 허리를 껴안고 쓰러트려서 제압할 심산이다. 청수는 옆으로 살짝 피하면서 발로 그의 샅을 질러 버렸다.

야스오는 그 자리에 폭 고꾸라졌다. 아랫도리를 움켜쥐고 잔뜩 찌푸린 채 주춤주춤 기어가더니 가방을 껴안은 채 돌아왔다. 가방 속을 주섬주섬 뒤지고 있다.

"아이쿠치(비수)!"

느닷없이 중건이 외치는 소리와 더불어 청수의 허벅지가 섬뜩하였다. 야스오가 칼을 썼다.

그 순간 중건이 나는 듯이 뛰어올라 야스오의 명치끝을 발로 내질렀다. 그는 벌렁 나자빠졌다. 중건은 그의 팔을 비틀어 떨어트린 칼을 발로 차 웅덩이 안으로 넣어 버렸다.

순식간의 일이었다.

청수의 바짓가랑이는 흥건히 피에 젖었다.

중건의 곁매질로 야스오가 나가떨어지자 나머지 두 놈이 서로 눈길을 맞추어 신호를 주고받더니 동시에 중건에게 달려든다.

검도 하는 녀석은 몽둥이를 손에 쥐고 휘두르며 다가온다. 중건이 일단 한 발 물러섰다가 소나무 등걸에 뒷발로 뻗대어 박차서 그 반동으로 날파람을 일으키며 공중에 솟구쳐 올랐다. 그길로 몽둥이를 쥔 놈의 가슴패기를 왼발 한 방으로 냅다 지르고 내려오면서 득달같이 오른발로 나머지 녀석의 면상을 질러 버렸다.

두 놈 다 넉장거리로 나가떨어졌다. '두발당성차기'였다.

중건은 타고난 무골武骨이었다. 발과 주먹을 좌우 사위四圍로 휘두르며 자유자재로 공중을 펄펄 나는 솜씨는 율동이었다. 그는 다가가서 한 놈의 옆구리를 힘껏 걷어차고 딴 놈은 일어서는 것을 보고 턱주가리를 냅다 질렀다. 옆구리가 채인 놈은 양 팔로 늑골 부분을 감싸 안고, 딴 놈은 턱을 움켜쥐고 비실비실 물러선다.

야스오랑 셋이서 가방을 챙겨 주춤주춤 달아나려는 것을 수명이 가로막았다.

"꿇어앉아!"

셋은 꿇어앉았다.

머리를 들지 못하고 조아리고 있는데 수명이 쾅! 하고 몽둥이로 야스오의 가방을 내려쳤다.

셋은 움찔했다.

"다음번에는 쥑여삔다!"

수명은 당차고 매서운 데가 있었다. 셋은 감히 수명을 올려보지 못한다. 청수는 하산해서 동인병원으로 가서 칼에 찔린 허벅지 자상刺傷을 치료받고, 집안에는 어른들이 걱정하실까 보아서 일체 발설하지 않았다.

학교에서는 이 단도短刀 폭행사건을 경찰에 알리지도 않고 교내에서 쉬쉬하며 눌러 버리고 없던 일로 무마했다.

시모무라 담임선생은 야스오를 타일렀다.

"청수 군에게 사과해라. 같은 학우끼리 설령 싸우더라도 주먹질에 그쳐야 된다. 칼을 쥐면 야쿠자나 뭐가 다르겠나? 교육은 지식을 갖춘 인격을 기르는 것이다. 지식을 남용하는 불량배를 기르는 것이 아니다. 살아가는 데 성적보다 사람다움이 더 중요하다."

'그렇기는 하다만, 청수한테 꼭 한 번은 이기고야 말 테다.'

야스오는 속으로 다짐만 더 굳힐 뿐 사과는 하지 않았다.

소싸움

1. 백정으로 태어나다

소싸움은 추석 명절에 벌어졌다.

동에서는 진영, 창원에서, 북에서는 함안, 칠원에서, 서에서는 고성, 진동에서 새벽같이 소를 몰고 왔을 정도로 규모가 컸었다. 황소를 필두로 해서 칡소도 오고 흑소도 왔다.

도청에서는, 민중들이 모여서 웅성거리다가 자칫 민족감정이 북받쳐 욱하고 집단행동으로 벌어지는 우발사태를 우려해서 소싸움을 폐지시켜 버렸다.

지난봄에 경남도청 산업국장 김재우가 고향 제사에 왔을 때 집안 어른 한 사람이 들으라고 하는 푸념소리를 했다.

"우리가 사는 낙이 머가 있노. 뼈 빠지게 일해서 공출 다 바치고, 그래도 모자라서 공출 독려반인가 먼가 하는 종자들이 죽창을 들고 와서 온 집안 구석구석을 찔러 보고, 내년 종자씨 남가 논 것까지 다 훑어가는 판인데 … 옛날에는 농사 걷아들여 놓고 깽가리 치고 소쌈 구경하던 그때가 좋았는데 ….”

그는 언뜻 생각하는 바가 있었다.

김재우야말로 도내 각 군수들을 모아놓고 식량공출을 강제로 할당하고 지시하는 장본인이었다. 공출업무뿐만 아니라 도청에 앉아서 노무자 징용, 학병 권유, 징병제 독려 등을 맡아서 지휘하고 있었다.

그가 제사를 마치고 부산으로 돌아가는 길에 일부러 둘러서 마산경찰서를 찾아갔다.

소싸움 대회개최 허가문제를 두고 농민들의 공출을 독려하고 그 노고를 위로하자는 관점에서 논의하고 돌아갔다. 며칠 뒤 각 면사무소에 연락이 왔다. 소싸움 대회는 축소하여 개최토록 조건부로 허가가 났다는 것이다.

공출실적이 우수한 면 4군데만 선정하여 참가토록 허가할 것, 장소는 민가에서 떨어져 외진 강변 모래밭으로 할 것, 술독은 반입을 금할 것, 풍물놀이는 소싸움 판 내에서만 하도록 할 것 등이었다.

소싸움은 동네 잔치였다.

마을을 대표해서 나간 소가 우승하는 날에는, 소를 앞세우고 풍악패가 풍장을 울리면서 마을까지 몰고 돌아온다. 마을 장정들도 덩실덩실 춤을 추면서 뒤따라온다. 꽹과리 소리가 천지를 진동한다. 그 소리가 멀리 이웃 마을에까지 들리도록 상쇠재비는 신이 나서 두드려 대는 것이다. 여간 자랑스러운 일이 아니다.

한겨울 추운 날 화롯가에서 두고두고 소싸움 이야기가 화제에 오르고, 으레 어느 마을에 누구 집 무슨 소가 이겼다고 족보의 본관처럼 마을 이름이 붙어 다니니까, 그 마을에서는 큰 자랑거리로 여겼다.

농경사회에서 소는 자식이나 다름없었다. 소싸움에 우승했다는 것은 자식이 과거에 장원급제한 거나 마찬가지로 농민들에게는 자랑스러운 일이었다.

안성의 강우준姜又駿도 '석쇠'를 소싸움에 내보내려고 일찍부터 별러왔다. 작년에는 결승전까지 올라갔다가 애석하게도 담비소한테 졌다. 금년에는 꼭 이겨서 분을 풀어야겠다고 봄날 쟁기질하면서 다짐했다.

시합을 앞두고 무거운 짐은 나누어 두 번에 나르게 하여 힘을 아끼고, 외양간에는 짚을 푹신하게 깔아 잠자리를 편하게 해 주었다.

"이길라카모 소를 부려서 힘을 쓰도록 해야 허이. 짐을 다부 무겁게 지우도록 하소."

마을 사람들이 말했다.

그러나 우준은 힘은 아껴서 길러두었다가 쓸 때 써야 한다고 믿었다. 단지 체력은 다듬어야 한다고 생각하여 딸에게 소 걷기를 시켰다.

"형선아, 황소를 몰고 하루 한 번씩 진주면당에까지 갔다 오너라. 꼴도 멕이고 운동 삼아서."

새벽같이 일어나서 가마솥에 쌀 등겨를 섞어 여물죽을 쑤고, 저녁에는 콩대를 삶아 양껏 먹였다. 간간이 한낮에도 배를 골리지 않고 칡넝쿨과 쑥을 넣어 쇠죽을 끓여 먹이기도 하였다. 소는 사부작사부작 살이 올랐다. 수레를 끄는 힘이 부쩍 늘었다.

석쇠의 애비 소는 담비소다. 담비는 백정네 천성규의 싸움소 이름이다.

담비소는 우치牛齒 네 살에, 대문을 열고 끌려오는 발정난 순덕을 보고 길게 영각을 뽑으며 암컷을 맞았다. 강우준은 접붙이기를 위해 종 잣돈을 내고, 순덕을 끌고 가서 거기서 얻은 것이 석쇠다.

갓 난 석쇠는 어미젖을 먹어보지 못하고 자랐다.

형선이 중학교 들어가서 봄이 채 다 가기도 전 저녁나절 집으로 돌아와 보니, 부모는 외양간에 들어가서 헐떡이는 암소 순덕을 보살피고 있었다. 형선의 남동생 상오도 아버지와 암소를 번갈아 보며 영문을 몰라 눈을 껌벅이고 있다.

"순덕이가 새끼를 친다."

신산댁이 딸에게 말했다.

아버지는 걱정스러운 얼굴을 하고, 딸아이가 돌아왔는데도 알은체도 하지 않았다.

우리 속 바닥에는 푹신하게 새 짚을 깔아 놓았다. 볏단에서 메마른 벼 잎 냄새가 풍겨 나왔다.

날이 어두워지자 우준은 마당에 화톳불을 밝히고, 외양간 안에서는 횃불을 들었다. 헝겊뭉치를 석유에 담가 밝힌 불은 그을음을 내며 날름거렸다. 잔뜩 엉그름이 진 부친의 얼굴은 횃불에 그늘이 져서 주름 골이 깊다. 수심이 한층 더 깊어 보였다.

형선의 얼굴은 붉게 상기되었다. 동생 상오도 주먹을 움켜쥐고 숨을 죽이고 바라보고 있다.

소는 우리 안을 돌며 앓는 소리를 하다가 우뚝 제자리에 섰다. 주르륵 양수羊水를 쏟아냈다.

우준이 처 신산댁을 쳐다본다.

"인자 때가 됐제, 안 그런가?"

형선은 암소의 꼬리 밑에서 새끼가 머리를 내밀고 나오는 것을 보았다. 아버지가 팔을 걷어붙이고 머리를 잡아당겨서 받아 내었다.

이내 새끼가 바닥에 쏟아졌다. 물에 젖어 털은 몸에 들러붙어 있었다. 새끼는 앞무릎을 딛고 일어서려고 안간힘을 쓴다. 힘이 달린다. 겨우 혼자 힘으로 일어섰으나, 비칠대다가 얼마 버티지를 못하고 주저앉아 버리고 만다.

우준이 송아지를 안아 보더니 말했다.

"숙놈이다."

"아부지, 숙놈 송아치는 크모 황소 되는 거 맞지 예?"

"하모, 그렇다 칸께."

상오는 '우리 집에 순덕이가 새끼를 쳤다!' 하고 신기하기도 하고 자랑스럽기도 하여 가슴이 벅차게 부풀었다.

아버지가 새끼를 내려놓고 세워 주었다. 녀석은 잠시 어마지두 서 있다가 겨우 균형을 잡고 비칠비칠 걷기 시작한다. 어미 소가 새끼를 핥아 준다. 새끼는 고개를 치켜들고 어미의 다리에 기댄다.

새끼를 치고 난 어미 소의 배는 홀쭉하게 쳐졌다.

신산댁이 여물을 퍼 왔다. 아직 김이 가시지 않은 여물박을 구유에다 쏟아부었다. 그러나 암소는 여물통의 국물만 두어 모금 핥아 먹더니 쇠죽 건더기는 먹을 생각을 않고 고개를 돌려 버린다.

"목은 울매나 말랐겠노. 물이나 멕이 주소."

남편이 말했다.

신산댁은 양동이에 차가운 샘물을 퍼 와서 소 앞에 들이밀었다. 순덕이는 기다렸다는 듯이 벌컥벌컥 찬물을 들이켰다.

"송아치는 황소감이다. 올돼 뵌다."

신산댁이 외양간에 금줄을 쳤다. 그리고 암소의 등에 덕석을 덮어 주고, 가족들은 방으로 돌아갔다.

아침에 외양간에 들어간 우준은 순덕이한테 심상찮은 일이 생긴 것을 발견했다. 맥없이 드러누운 채 배를 헐떡이며 어렵사리 숨을 쉬고 있었다. 석쇠는 어미 곁을 서성거리고 있을 뿐이었다. 암소는 오전을 넘기지 못하고 죽고 말았다.

동네 노파 한 분이 소의 죽음을 들여다보고 한마디 했다.

"새끼를 풀고 나서 나쁜 피도 쏟아내야 하는데, 찬물이 들어가서 고마 피가 엉겨 붙은 기라. 배 속에 남아서 몬 빠지나오고 탈이 난 기라. 다 지 죽을라꼬 타고난 멩줄이 거게밖에 아인 기라."

암소 배 속의 태반을 산후에 쏟아내지 못한 것을 두고 하는 말인 듯했다.

"그라나 저라나 새끼 멕일 일이 걱정이다. 신산댁이 북마산 천싱구千性圭 집으로 찾아가 젖동냥을 부탁해 보게. 그 집도 암소가 새끼를 봤다 카더라. 요새 세상에 백쥥이라고 찾아가서 통사정을 몬 할 일도 없제. 옛날 겉잖아이 서로 오가고 하는 시상이 됐이께."

노파는, 백정 천성규네 집 암소가 한 댓새 전에 새끼를 순산하였다는 소문이 생각나서 일러 주었다. 백정 집에는 싸움소 담비와 암소를 두어 마리 기르고 있었다.

신산댁이 송아지 석쇠를 데리고 두어 마장 되는 거리를 걸어가서 백정네 안들에게 부탁했다.

"이 에린 것이 에미를 잃고 굶게 됐네. 애처롭아 몬 보겠네. 댁에 암소 젖 좀 동냥하세 … 적선하는 셈 치고."

천성규의 아내가 신산댁의 통사정을 듣더니, 두말없이 송아지를 외양간으로 데리고 갔다. 젖통이 불어난 암소한테 붙어 있는 제 새끼를 밀어내고, 신산댁 송아지를 밀어 넣었다.

"이기이 담비의 핏줄 아이가. 불쌍도 해라이."

석쇠는 젖통에 머리를 들이박으면서 젖을 빨았다. 밀려난 새끼가 어미 소의 배때기 밑으로 기어들었으나, 주인댁은 궁둥이를 톡톡 두드려 주며 도로 밀어내었다.

"또 오이소. 새끼가 배로 곯리서야 말이 되겠는교."

송아지가 양껏 배를 채웠는지 젖을 물리자 안주인이 말했다.

"고맙소. 메칠 동안만 부탁하세."

그렇게 해서 어린 석쇠는 담비소네 암소에게 젖동냥을 다녔다.

사흘째는 형선이 방과 후에 송아지를 몰고 왔다. 외양간으로 가서 암소에게 석쇠를 밀어 넣는데, 주인 집 새끼가 버티고 서서 비켜나지를 않고 텃세를 부린다.

형선이 머뭇거리는데, 교복의 단추를 풀고 모자를 비뚜로 걸친 중건이 우리로 다가와서 새끼를 번쩍 안아 들어내고 석쇠를 암소 배 밑으로 밀어 넣어 주었다. 젖을 빨고 있는 석쇠의 등을 쓸어 주고는 형선을 보고 씩 웃었다.

중건은 천성규의 아들이다.

"야아 에미 소가 죽었다며? … 니가 청수 집안 동생 맞제?"

변성기에 든 목이 처진 쉰소리를 낸다. 형선은 그가 사촌오빠 청수와 중학교 같은 학년으로 짐작했다.

"하모."

그녀는 짧게 대답했다.

속으로 잠시 '잘난 암소 한 마리 갖고 젖동냥 준다고 티를 내는 것가. 처음 보는 사람보고 반말 짓거리를 툭툭 해대 쌓기로. 부러 위세를 부리는 것가'라는 느낌이 들었으나, 한편 그가 암소 새끼를 번쩍 들어 치워 준 것이 고맙기도 했다.

그녀는 손에 잡힌 지푸라기를 말아 쥐고 만지작거리고 있고, 그는 다가서는 자기 집 송아지를 발로 밀어 차면서 접근을 막아 주었다. 석쇠는 두 사람의 호위 속에서 젖을 양껏 받아먹었다.

젖을 물리는 기색이 보이자 중건은 석쇠를 안아다 마당으로 내어놓았다.

"고맙었어예."

형선은 인사를 하고 돌아섰다.

"내일 또 댕고 오라모!"

그녀의 등 뒤에서 인사하는 그의 쉰 목소리가 쇳소리같이 들렸다.

형선은 농사일에 바쁜 부모를 도와서 어린 석쇠를 맡아서 길러냈다. 처음에는 젖을 얻어 먹이는 틈틈이 밀가루와 찰옥수수 가루를 이겨 넣어 여물죽을 쑤어 주고, 젖을 떼자 작두로 곱게 썬 짚과 함께 등겨를 섞어 여물을 삶아 주었다.

송아지는 무럭무럭 자랐다. 동갑또래보다 덩치도 크고 힘이 세었다. 처음에 나서 젖만 덜 먹고 자랐다 뿐이지, 발육기에 들어서는 쇠여물을 낫게 먹고 자랐기 때문에 몸집이 튼실해졌다.

해를 넘겨 석쇠는 동부레기로 자라나자 사나워졌다. 삽작문을 지나다가 느닷없이 들이받아 문살을 부러뜨려 놓기도 하고, 감나무에 대고 이마를 비벼대어 나무껍질에 홈집을 내기도 하였다. 때로는 형선에게도 받을 듯이 덤비기도 하였다. 다루기에 버거워졌다.

"이놈이 숙놈 행티를 부리 쌓는 거 보모 이마빼기가 간그럽은 갑다, 뿔 돋는다꼬."

우준은 더 사나워지기 전에 부룩소의 코청을 뚫어 코뚜레를 꿰고 고삐 줄을 매었다. 게다가 한동안은 주둥이에 부리망을 덧씌워 아예 남의 밭작물에 입을 대는 일도 없도록 버릇을 들여 나갔다.

우준의 아들 상오가 달구지에 치여 죽은 것은 석쇠의 나이 두 살 때였다. 상오는 준오보다 두 살 아래 사촌 동생이었다.

우준이 밭일을 끝내고 쇠고삐를 끌고 집으로 돌아오는 길에 고샅으로 접어드는데, 아들이 반갑다고 뛰어와서 아버지를 뒤따랐다. 좁은 골목길에서 아이가 종종걸음을 치다가 돌부리에 걸려 자빠졌다. 소는 아이를 건너뛰고 수레바퀴가 아이를 타고 넘었다. 아이는 즉사했다.

부부는 어린 자식의 죽음을 애장으로 치러 주었다. 땅을 파고 곡을 해 줄 손이 없는 자식의 시신이 든 관을 하관하면서 부모와 누나가 눈물을 뿌리며 넋두리로 곡을 대신해 주었다.

절에 가서 사십구재를 지내던 날 스님은 가족에게 위로의 말을 해 주었다.

"소는 사람을 밟지 않소. 소는 불성佛性 깊은 영물이오. 사람을 깔고 죽인 것은 소가 아니오, 사람이 만든 수레바퀴요. 전생의 사람이 소로 난 것이니 인자 석쇠는, 불보살이 상오 대신에 점지해 준 자식이라 생각하시오."

일찍이 소는 생구生口라 하여 가축이 아닌 사람의 인격으로 존중받았다. 우준은 석쇠를 가족이나 다름없이 생각했다. 아들이 없는 우준에게는 석쇠가 그의 자식 턱이고, 형선의 머슴애 동생 턱이 되어 한 식구나 다름없었다. 가을에 딸아이마저 시집가고 나면 집에는 늙은 내외와 석쇠만 동그마니 남게 되어, 석쇠는 영락없이 우준의 아들이 되는 셈이다.

석쇠는 효자였다. 우준과 석쇠는 서로 도와 농사를 지었다. 나락이 팼다. 나락은 사람과 소가 분배했다. 쌀은 사람의 몫이고 짚은 소의 몫으로 각각 밥을 짓고 여물을 삶았다. 벗긴 등겨도 소의 몫으로 여물에 넣어 주었다.

들판 가운데로 흐르는 냇물이 기울어진 햇빛을 반사하며 날카롭게 돋아나는 것이 산언덕에서 내려다보였다.

"준오야, 저거 좀 봐라! 눈이 부시제?"

형선이 손등으로 눈을 가리며 냇물을 가리켰다. 찌푸린 눈꼬리에 잔주름이 잡혔다.

"누부(누나)야, 눈이 시다."

준오는 눈을 감았다 떴다 하면서 실눈으로 칼날같이 반짝이는 냇물을 내려다보았다.

'딸랑 딸랑!' 쇠목에 건 요령 소리가 멀리서 들려온다.

형선은 보던 책의 갈피를 접고 소 있는 쪽으로 자리를 옮긴다.

쇠꼴을 먹이러 몰고 온 석쇠가 넓은 혓바닥으로 풀을 한 입 가득 말아 넣고 고개를 쳐들 적마다 울리는 방울 소리는 주인에게 자신의 소재지를 알려 주었다. 소리가 멀어지면 목동牧童은 소리 나는 쪽으로 옮겨간다.

"다래다! 준오야, 받아라!"

중건이 두 손으로 다래 열매를 움켜 들고 산에서 내려왔다. 다래는 노랗게 익었으나, 아직 풋머리라 껍질에 약간 푸른색이 남아 있었다.

준오가 두 손으로 받고도 남는 것은 형선에게 준다.

"준오야, 더 농하기 전에 지금이 제일 달다. 먹어 봐라."

중건은, 보기는 형선을 쳐다보며 준오더러 시식을 권하지만 그 말은 형선에게도 맛을 보라는 이야기다.

'교복 위 단추를 끄른 것이 꼭 부랑스럽기는….'

그녀는 호의를 거절할 수가 없어 받기는 받았으나 그것을 고스란히 준오의 호주머니에 넣어 준다.

형선은 애써 외면하며 별로 달가운 기색이 아니다. 준오가 곁에 있기는 하나 총각이 다 큰 처녀 곁에 얼찐거린다는 것은, 더군다나 그것도 산중에서라면 남의 눈에 띄기라도 하는 날에는 이 좁은 바닥에 무슨 소문이 퍼질 일인지 생각만 해도 목덜미가 움츠려지기 때문이다. 그러나 중건은 아랑곳없이 태연하다.

"저놈이 그새 황소 티가 나는구나."

중건이 석쇠를 두고 말을 건다.

"암소 젖 얻어 먹이러 우리 집에 몰고 온 게 엊그제 같은데, 벌써 많이 컸다야…."

형선은 별 대꾸 없이 어정쩡하게 머리를 끄덕였다.

"생풀만 먹고 자란 푿소는 힘을 못 쓴다. 여물을 쑤어 먹여야 힘이 오르지. 저래 가지고는 담비한테 이길 수가 없지."

추석 소싸움 대회에 석쇠가 시합에 나올 것이라는 소문을 중건은 다 듣고 있었다. 그래서 그는 형선에게 여름에 힘을 길러 가을에 힘을 쓰도록 하는 싸움소의 보양 방법을 도움이 되라고 귀띔해 주는 것이다.

중건은 자기 집의 담비소가 석쇠한테 한 번쯤 져 주어도 좋다고 생각하고 형선의 비위에 맞추어 말을 골라가며 썼다.

"저놈은 말하자면 담비소의 새끼니까 애비를 이겨도 좋다."

부친이 담비소를 소싸움에 내보내는 것은 자기 취미고 자부심이지, 중건 자신에게는 이기고 지는 것이 그다지 큰 관심사가 아니었다.

형선은 정작 자신은 소싸움에 별 관심이 없고, 아버지가 여물을 쑤어 먹이든 보약을 지어 먹이든 그것은 본인이 알아서 할 일이니 듣고만 있었다.

"성님요, 되게 달다!"

준오가 다래를 하나 먹고 나서 입술을 핥으며 두 개째 손이 간다. 준오에게는 중건 형이 좋다. 말하는 것이 시원시원하고, 큰 주먹이 믿음직스럽다. 더구나 청수 형님하고는 친한 친구이니까 말이다.

해가 많이 기울었다. 뉘엿뉘엿 빛살은 엷어졌다. 들판의 강물은 은빛이 스러지고 검은색으로 꿈틀대고 있었다.

"워어리! … 워어리!"

형선은 소를 불렀다. 그녀의 목소리는 골짜기를 타고 번져 나갔다가 '리이! 리이!' 하는 끝소리만 메아리쳐 되돌아온다.

딸랑 딸랑!

가까이서 방울 소리가 울린다. 석쇠가 형선의 소리를 알아듣고 반응하는 소리다.

중건이 가서 소를 몰고 왔다. 셋은 하산을 하였다.

소달구지 길에 들어서자, 중건은 준오를 번쩍 들어 쇠등에 태운다. 준오는 처음에는 무서웠으나, 중건 형이 고삐를 쥐고 있기 때문에 석쇠가 얌전히 그를 따르는 것을 알고 안심이 되었다. 쇠등에 올라탄 준오의 눈에는 들판이 멀리까지 내려다보였다.

형선은 은근히 걱정이 되었다.

"동네 다 왔으니 그만 돌아가세요."

중건은 태평이다.

"바로 저기 진주먼당까지 가서 어차피 갈라설 꺼니까, 거기 가서 가지 말래도 갈 것이께 걱정할 일 없다."

형선은 일부러 소에서 멀찌감치 떨어져서 걸었다.

추석을 앞두고 갓골 선영을 둘러보러 갔다가 내려오는 세준의 눈에 개천 건너편에 소등에 아이를 태우고 처녀 총각이 가는 풍경이 먼 발치로 보였다.

유심히 바라보던 그는 걸음을 멈추었다.

"아니, 저 소 탄 아이가 준오가 아닌가? 가만 있자, 그 옆에 처녀가 그러고 보니 형선이구나. 그런데 총각 놈은 웬 놈인고?"

괴이한 일도 다 있다고 생각하며 집으로 발걸음을 옮겼으나, 기분이 찜찜하여 견딜 수가 없었다. 말만 하게 다 큰 처녀가 호랑이 같은 총각하고 어울려 태연하게 들판을 싸돌아다닌다는 것은 심상찮은 일로 보였다.

다음 날 아침에 그는 준오를 불러 앉혔다.

"어제 소 탔더나?"

"예에."

준오는 백부의 얼굴을 빤히 올려다본다.

"소꼴 멕이러 형선이 누나 따라갔던가?"

"예에."

"그러면 그 옆에 있던 총각은 누구였노?"

"중건이 성님요."

"중건이라? 중건이가 누군데?"

"담비소 집 성님예."

"뭐라고, 담비소? 그렇다면 쇠백쥥이 집안 천싱구네 자석놈 말인가? 허허어 … 쯧쯧쯧! 세상에 어찌 이런 일이 다 있는고?"

세준은 얼굴이 일그러졌다. 눈앞이 캄캄해왔다.

백정은 조선 칠천역七賤役의 제일 밑바닥 인생이었다. 기생을 비롯하여 무당, 광대의 순에 이어 포졸, 갖바치, 고리장 그리고 그다음 맨 마지막이 칼잡이 백정이었다.

그들이 몸을 담고 있는 사회의 밑바닥은 뻘 구덩이나 다름없었다. 그들은 온몸에 뻘 칠갑을 하고 허우적대며 겨우겨우 하루를 살아가야 하는 목숨이었다. 평생을 살되 차별과 극빈의 구렁텅이로부터 헤어날 길이 없었다. 그들은 뻘밭에서 나고 뻘밭에서 죽어야 하는 갯버러지나 다름없는 인생이었다. 누구에게서도 애틋한 눈길을 받아본 적이 없었다. 흰 창이 깔린 사시斜視로 멸시에 찬 시린 눈길을 받으며 살아가야 하는 구차한 인생이었다.

그들은 백정으로 나서 백정으로 죽었다. 그 자식도 백정으로 나서 백정으로 죽었다. 왕이 죽고 왕조가 바뀌어도 그들은 바뀌지 않았다.

원래 천성규의 먼 할애비는 함경도에서 살았는데, 어느 해 권속을 거느리고 경기도 양주고을까지 흘러왔다. 그 아랫대의 할애비 때에, 토색질이 심한 고을 원이 그의 딸을 수청 들게 해서 거절했는데, 하루는 아전들이 딸아이를 원님 처소에 밀어 넣어 끝내 일을 저지르고 말았다.

천성규의 할애비는 크게 노하였다. 당장 낫을 들고 반중泮中을 나서는 그의 몸을 안고 이웃이 쇳소리 나는 목소리로 만류했다.

"참게. 딸을 버린 일로 나서모 인자 니가 다칠 차례다. 니가 다치모 너거집은 폐가가 된다."

그는 입에 거품을 물고 씩씩거리다가 물러섰으나, 도저히 그대로 견딜 수가 없었다.

그날 밤 어둠을 타서 그는 원네의 포천抱川 선산으로 가서 조상 묘를 파헤치고 유골을 수습해서 돌로 찧어 바스러뜨리고, 식솔을 거느리고 남쪽으로 달아나서 전전하다가 이곳까지 흘러들어 자리를 잡았던 것이다.

굴변掘變으로 폐묘의 화를 입은 고을 원은 얼마 안 있어 낙마사고로 반신불구가 되고, 끝내 그 일로 숨지고 말았다.

세준은 형선의 품행이 헤픈 것은 신식학교의 교육이 문제라고 생각했다. 신식교육의 이런 점이 당최 마음에 차지 않는다.

"어허어, 어흐흠, 쯧쯧쯧!"

"아니 머슨 일로 쎄를 차고 그러시오?"

동래댁이 곁에서 의아한 얼굴로 묻는다.

"아무리 세상이 문명개화가 되었다손 치더라도 강씨 문중 처자가 백쭹이 집하고 터놓고 오가는 꼴이 되었다니 있을 수 있기나 한 일이오?"

"느닷없이 백쭹이 이야기는 왜 나오는 거요?"

"안 되겠다. 내 퍼뜩 안성 우준이 동생한테 다녀와야겠소. 두루마기나 챙겨 주소."

"원 별일도 다 보겠소. 도대체 무슨 일이길래 … ."

세준은 코를 높이 치켜들고 안성을 향해서 부지런히 걸어갔다. 손에 쥔 곰방대를 내두르면서 바쁘게 걸어가는 밭장다리 팔자걸음에 두루마기 옷자락이 쉴 새 없이 펄럭였다.

"흠흠, 세상이 말세까지 왔다."

그는 안성에 도착하자, 밭에 일 나간 우준을 불러들이도록 신산댁 제수를 내보냈다.

한식경이 지나서 내외는 부지런히 집으로 들어왔다.

"성님, 무슨 일이십니꺼?"

세준은 두루마기를 걸고 반가부좌를 틀고 마루에 앉아서 두 손으로 무릎을 단단히 버티고 아우를 쳐다보지도 않는다.

"올라와서 앉아 봐라!"

얼굴이 단단히 부어 있다.

신산댁은 부엌으로 들어가서 마루에 대고 귀를 기울인다.

"형선이 간수를 어떻게 했길래 백쵱이 자석하고 어울려 댕기게 되었는고?"

동짓달 밤 저수지 얼음 갈라지는 소리같이 세준의 목소리가 쨍 하고 차갑게 울렸다.

"백쵱이라니요?"

"내 이 두 눈으로 똑똑히 봤다! 해가 서산 장천에 훤하게 걸렸는데 처녀 총각 짝을 지어 대로를 활보하고 있는데, 부모는 아직도 모르고 있단 말가?"

"처이 총각이라니요?"

동생은 눈을 동그랗게 뜨고 형을 마주 본다.

"형선이 말이다! 천싱구 집 아들놈하고 회회낙락하는 것을 내가 엊저녁 때 보았다. 동네 사람도 안중에 없이 소를 핑계 삼고 앞서거니 뒤서거니 유유히 걷고 있더라 말이다! 준오까지 앞장세우고 … ."

부엌의 신산댁은 가슴이 철렁 내려앉는다.

'딸자식이 다 컸다고 암내를 풍기면서 사내를 달고 다닌다는데, 그것이 하필이면 백정의 자식이란 말이 아닌가.'

신산댁은 짐작이 가는 데가 있었다.

'석쇠 젖동냥을 시키느라고 딸아이를 그 집에 내돌렸더니, 그때 사달이 난 게로구나.'

"차마 그럴 리가요?"

우준이 퉁명스레 형의 말을 받는다.

갑자기 '탕!' 하고 세준이 마루에 대고 곰방대를 내리쳤다.

"이 사람아! 내가 이 두 눈으로 똑똑히 봤다 안 카는가!"

그는 얼굴을 동생한테 들이밀었다.

"강씨 문중에 하필이면 내 대에 와서 백정 집하고 통혼하는 일이 생겼다고 치면, 조상님께는 무슨 낯짝을 들고 대할 것이며 세상 사람들은 우리를 어찌 보겠는가? 이게 보통 일인가?"

세준은 바르르 떤다.

"말이나 되는 말씸입니꺼? 아무리 세상이 말짜라 캐도 우째 백정 집하고 사돈을 다 맺는다 말입니꺼? 하늘이 두 쪽이 나도 있을 수 없는 일입니더. 내 요년이 핵교에서 돌아오는 대로 당장 요절을 내서 다리 몽댕이로 뿔라삐릴 낍니더. 다시는 싸댕기지 몬하거로."

"내쫓아라, 다시 만나모, 쪽박을 채와서. 사기 접시하고 딸아는 집 밖에 내돌리는 법이 아니라 카지 않던가. 종내 이빨이 빠지고 마는 것을. 집 안에서 잘 간수해야 될 일이지. 송아지를 딸려서 형선이를 그 집에 내보낸다는 말을 들었을 때 내가 '아차!' 하였느니라마는, 설마 이 지경에 이를 줄이야 생각지도 못했다."

세준은 백정들과는 상종해서는 안 되는 사람들이라는 생각이 굳게 박혀 있었다.

심지어 명절 제수 거리로 쓸 육고기를 사러 심부름 보내는 집안 아이들에게까지도 그들과 맞상대로 말을 주고받아서는 안 된다는 뜻으로 세준은 허드레 종이에 주문내용을 써서 보냈다. 아이는 시키는 대로 말 한 마디 할 것도 없이 돈과 종이를 내밀면 백정은 묵묵히 육고기

싼 봉지를 건네주었다.

우준은 그로부터 단단히 딸에게 금족령禁足令을 내렸다.

"핵교고 공부고 다 필요 없다. 집구석에 백혀서 꼼짝 말고 집안일이나 보도록 해라!"

신산댁은 딸아이를 추궁해서 그 내용을 자세히 듣고 과히 염려하지 않아도 될 일로 판단했다.

그러던 참에 마침 함안 조씨 집안에서 혼담이 들어왔다. 신랑 될 청년은 면사무소 서기 일을 보는 사람이었다.

형선이 과히 싫어하는 눈치가 아니어서 혼담은 무르익어 갔다. 우준은 크게 안도하였다. 가을걷이를 끝내면 어서 서둘러 혼사시켜 시집을 보내야겠다고 마음먹었다.

"지가 내 피로 타고났으모 올 데 갈 데 없이 요조숙녀지, 오데디 본데없이 허튼 짓을 하고 싸돌아 댕기겠는가."

우준은 안심하고 혼자서 고개를 끄덕였다.

소싸움 시합을 코앞에 두고 제생당 박 의원이 싸움소더러 보양을 시키라고 방문方文을 우준에게 보내왔다. 낙지는 소에게 크게 보補한다고 정약전의 《자산어보》에 소개되어 있는 것을 박 의원이 알려온 것이다.

우준은 석쇠의 코뚜레를 쳐들어 아가리를 벌리고 낙지를 부어 넣는다. 이틀에 걸쳐 한 마리씩 세 번을 먹였다.

우준은 석쇠를 마주 보며 쪼그리고 앉아서 다짐을 받아 내려는 듯이 이른다.

"니가 담비소한테 꼭 이기야 된다이."

석쇠는 알아들었다는 시늉으로 귀를 탁탁 턴다.

율무 알만큼씩 한 가분다리(진드기)를 떼 밟아 문대는 우준 중부仲父 옆에 붙어 서서 준오가 묻는다.

"큰아부지예. 석쇠가 쌈 나가서 1등 합니꺼예?"

우준은, 단지를 껴안듯이 안으로 휜 석쇠의 노구거리 쇠뿔을 쓰다듬으며 뽐내는 투로 말한다.

"하모, 1등 하고말고. 쟈아 덩치 한 분 바라. 집채만 하제. 심이 장사다."

"이야아! 우리 석쇠 만세다!"

형선도 아버지를 도와 소의 배때기와 귀밑에 달라붙은 가분다리 떼기를 돕고 있다.

준오는 중부의 말을 믿었다. 세상에 우리 석쇠가 힘이 제일 세단다. 이 짐바리 짐승이 싸움도 잘한단다. 대견하다. 우리 큰아부지 소가 이긴다!

우준은 시합날 아침에 노랗게 기름이 낀 가을 미꾸라지 한 바가지를 석쇠의 아가리에 통째 부어 넣었다.

"꼭 이기야 된다이."

쇠 등덜미를 토닥토닥 두드려 준다. 소는 알아들었다고 왕방울 같은 눈을 껌벅거린다.

"고마 들어가거라. 여식아는 소쌈 터에 얼씬대는 기 아이다."

대문까지 따라나서는 딸에게 손을 내젓는다.

"아부지, 잘 댕기오이소."

딸은 인사를 했다.

형선은 동짓달로 접어들기 전에 시집가는 날을 잡아 두었다. 날이 가차와 오면서 딸아이 혼수 준비에 여념이 없는데 예산이 짧아서 우준은 뒷돈 대기에 급급했다. 그가 소싸움에 열을 올리고 욕심을 내는 데에는 이유가 있었다. 우승한 소에게는 부상으로 소가 한 마리 걸려 있었다. 딸아이 혼수비용에는 소 한 마리 값이면 안성맞춤이었다.

소싸움 터는 원형경기장이었다. 강변 모래밭에 말뚝을 빙 둘러 박고 통나무를 걸쳐 울타리를 쳐 놓았다. 연전에 군내 장골들 씨름대회도 이곳 모래밭에서 열렸었다.

싸움판에는 구경꾼들이 운집하였다.

흰 두루마기에 갓을 쓴 노인들로부터 핫바지에 맥고모자를 눌러쓴 사람, 두건을 동여맨 젊은이들, 깡충깡충 뛰어다니는 아이들에 이르기까지 각양각색이었다. 백립을 쓴 장년은 아직 상중喪中인데 나온 모양이다.

수건을 두른 좌판장수 노파는 옥수수와 고구마 삶은 것을 함퉁이 (함) 에 올려놓고 손님을 기다리고 있고, 엿장수는 엿판을 올려놓은 리어카를 끌면서 가위질을 했다.

"엿 사소, 엿! 둘이 묵다가 하나 죽어도 모르는 호박엿 사소."

'찰각! 찰각!' 가위질로 장단을 맞추며 손님을 부른다. 손님이 걸려들면 엿판에 끌을 대고 망치로 쳐서 토막을 떼어낸다.

"쪼끔 더 떼 주소. 너무 얇소. 종우(종이) 같소."

엿장수는 엿판 귀퉁이에 끌을 대고 따깜질을 한다. 감질나게 쪼아서 떼어낸 자리에 밀가루를 뿌린다.

구경꾼들은 웅성거리며 설레는 마음으로 싸움이 시작되기를 기다리고 있었다.

찰각! 찰각!

이번에는 목판을 둘러멘 막대엿 장수가 나타났다.

"심심한데 엿치기 내기나 한판 붙자!"

정미소 조점식 아들 조태구하고 같은 또래 친구 한 명이 엿목판에서 수수깡 같이 긴 엿가락을 집어 손바닥에 얹어놓고 까불어 본다. 몇 개를 들어 재 보다가 가벼운 쪽을 골라잡는다.

"다 골랐제? 시이작!"

둘은 동시에 '딱!' 하고 엿 토막을 반으로 분지르고, 입에 대고 훅 분다. 구멍이 더 벌어지라는 듯이.

"자아, 대보자."

둘은 부러진 엿가락을 맞대고 구멍 크기를 비교한다.

"내 끼이 크다아! 니가 졌다."

"아이다. 내 끼이 더 크다. 니가 엿값 물어라."

태구가 구멍이 작은 줄 알면서도 능청을 뜬다.

"억보 지이지 마라! 내가 더 크다 말이다."

"보소, 아재요. 누 끼이 더 커요?"

시비가 가려지지 않자 태구는 엿장수에게 심판을 부탁한다.

"내가 본께 둘 다 똑같네. 한 분 더 분질라 바라! 그래야 승부가 나겠네."

엿장수는 웃으면서 애매하게 판정한다.

둘은 또 한 개씩 골라서 재어보았으나 승부가 가려지지 않는다.

"둘 다 똑같다."

엿장수는 또 애매한 판정을 했다. 엿장수는 엿값을 두 사람에게 각각 반반씩 거두어들였다. 둘은 심드렁해졌다.

마침 그곳을 지나가는 중건을 보고 태구가 손가락으로 가리켰다.

"바라, 저놈 아아가 담비소 주인 아이다. 백쾡이 말이다."

중건의 귀에 그 소리가 들렸다. 그는 돌아서서 그들에게 다가갔다. 입고 있던 중학생 교복 웃통을 벗어 팽개쳤다.

"인자 머라 캤소?"

덩치가 큰 태구는, 백정의 자식 중학생 아이가 겁도 없이 당돌하게 손위한테 대든다 싶어 중건의 어깨를 밀쳐 버리려 했다. 그러나 오히려 중건이 날쌔게 그의 멱살을 움켜쥐고 발을 걸어 낚아챘다. 그는 땅바닥으로 나자빠져 굴렀다. 옆에 같이 있던 젊은이가 말리러 다가오자 중건은 그자도 패대기를 쳐 버렸다.

둘이 일어나서 중건에게 달려들어 싸움판이 벌어졌다.

나이에 비해 다부지게 벌어진 중건의 몸집은 벌써 장골 티가 났다. 싸움은 둘이 덤벼도 도무지 중건에게 적수가 되지 못하였다.

"내가 머라 캤는데 니놈이 무단히 사람을 치는 것고?"

태구가 기가 꺾인 목소리로 사람들 들으라고 떠든다.

중건은 주먹으로 씩씩대고 있는 녀석의 턱을 쳤다. 태구는 다시 벌렁 넘어졌다가 일어나서 두 손을 공중에다 휘저으며 고래고래 외친다.

"세상 사람들아! 백쾡이가 사람 친다아!"

구경꾼들 가운데 끼어 있던 마을 노인이 한탄했다.

"백정이 놈이 사람을 쳐? 허허어, 세상 말세다. 전에 같으모 감히 백정이가 사람 몸에 손가락이나 댈 수가 있단 말이던고? 덕석에 말아 쎄가 널널하이 빠지도록 족쳐서 요정을 내놓을 일이다!"

옛날에는 마을 사람들이 백정들에게 예사로 사형私刑을 가했다. 죽도록 매를 맞아 늘어진 백정들은 앓는 소리만 내고 기어 나왔을 뿐 억울한 사연을 말 한마디 하소연할 곳이 없었다. 그저 허리 굽혀 굽실거리며 처연하리만치 묵묵하게 견뎌온 굴신屈伸의 처세로 겨우 화를 면하고 살아왔다.

'그런 처지에 멀쩡한 대낮에 백정이 사람을 치다니!'

옆에 있던 박학추 의원이 흰 수염을 쓰다듬으며 그 노인더러 들으라고 점잖게 말했다.

"당초 젊은이들이 잘못한 기라. 말은 가려서 써야지. 듣는 데에 대놓고 백정이라 하는 것이 아닌 기라. 병신보고 병신이라 하면 누가 좋다 하겠소? 세상이 바꼈소. 옛날 같잖아서 백정이도 작명을 하고 호적에 이름도 올리고 떳떳이 사람 행세를 하게 됐으니, 진작에 개명천지가 됐소."

관중들 가운데서 젊은 사람 서넛이 나서서 싸움을 떼어 놓는 척하며 두 청년을 밀어내고 중건을 에워싼다. 그중에 한 명은 장작을 들고 있었다.

"낫살도 에린 놈이 손윗사람을 패다이. 네 이놈 자석아야, 버릇 좀 손을 바야 되겠다!"

장작을 손에 든 우람한 체격의 젊은이가 나서서 소매를 걷는다. 둘러싼 관중들은 우물에 돌 던진 듯 금세 겹겹으로 불어났다.

그때 사람들을 헤치고 낫을 들고 앞으로 나서는 사람이 있었다. 낫은 어깨 높이로 섰다. 중건의 아비 천성규였다.

그는 자두 알만 한 눈알을 부라리며 사방을 돌아가며 째려본다. 소 눈깔처럼 핏발이 선 흰자위에 살기가 서렸다. 한 사람 한 사람 차례로 눈길을 주다가 장작을 쥔 청년한테 머물렀다. 천성규의 눈은 반쯤 감긴 듯 오므려서 치뜨고 그 청년을 쏘아본다. 서슬 푸른 살기가 등등했다. 소름이 끼쳤다. 청년은 애써 고개를 돌려 버린다.

아비는 장작을 든 치의 신발 앞에 낫 끝을 대고 땅바닥에 금을 죽 그었다.

"자, 넘어오이라! 어느 놈고? 낫 좀 한 번 써 보자!"

낫자루에 침을 퉤 뱉고 낫을 쳐들었다.

젊은 패거리들은 주춤 물러섰다.

멸시받고, 버림받고, 천대받고 살아온 백정들의 켜켜이 뼈에 사무친 한은 혹은 증오로 혹은 분노로 표출되었다. 그들은 스스로 사리에 어긋나는 일은 하지 않았다. 그러나 사리에 어긋나는 일을 당하면 분을 이겨내지 못하여 물불을 가리지 않고 사생결단을 내야 했다. 사리가 사리로 통하지 않기 때문이었다. 그들의 사리는 억지 취급밖에 받지 못했었다.

"으험! 흐음!"

흰 두루마기에 갓을 쓴 노인이 흰 수염을 바람에 날리며 앞으로 나서서 타이르듯 말했다.

"성규, 이 사람아! 낫은 꼴 베는 데 써야지, 피를 보자고 쓰는 것이 아닐세. 쯧쯧쯧!"

낫은 농기구지 무기가 아니라는 말이다.

노인은 박학추 의원이었다. 중건이 어린 나이에 홍역이 걸렸을 때 천성규는 박 의원을 모시고 집으로 와서 아이의 맥을 짚어 약첩을 받은 적이 있었다. 박 의원은 마다않고 백정의 집까지 와 주었다. 고마운 일이었다. 천성규는 세상이 바뀐 것을 실감했다.

"아이가 목숨 하나는 실하게 타고나서 약첩을 들고 나면 나을 걸세."

박학추는 진맥을 마치고, 천성규를 한약방으로 데리고 가서 약제를 지어 들려 보냈다.

중건은 얼굴에 딱지 하나 없이 말끔히 나았다.

박 의원은 차분하게 말을 이었다.

"소쌈 보러 왔지, 사람 쌈 구경 왔겠나. 이 사람아, 낫은 그만 거두어들이게."

성규는 슬그머니 낫을 떨군다.

사람들은 백정에게 하대를 하였다. 당시에는 아이들도 예사로 나이든 백정에게 하대조로 말을 써 왔기 때문에 그들은 따질 것도 없이 그것이 당연한 것으로 받아들였다. 그러나 백정에 대한 박 의원의 말씨는 해라조의 막말투가 아니고 끝에 가서 하게투의 반半공대말로 거두었다. 성규는 대중들 앞에서 연상으로부터 반공대말로 대접을 받았다. 황감해졌다.

낫을 쥔 손에 힘이 풀렸다.

세상은 정말 바뀌어 가고 있었다. 백정들은 시정 바닥에 나와 버젓이 고기를 내다 파는 푸줏간을 열기도 하고 학교 교육을 받고 풍교風敎

가 되어 여염집 사람들 사는 세상에 어울려 살아가고 있었다.

천성규는 낫을 바꿔 쥐고 중건을 향해 갑자기 야단을 쳤다.

"이놈아아 자석아! 니가 와 소쌈 터에 나댕기노? 방구석에 백히서 핵교 공부나 할 일이지. 니도 커서 소쌈꾼이 되고 짚더나?"

2. 담비소와 석쇠의 투우

사람들은 흩어져서 울타리로 돌아가 자리를 잡고 끼리끼리 소싸움 내기를 건다.

"더 볼 거 머 있노. 당연히 담비가 또 먹는 기라. 내는 담비다."

"내도 담비에 건다."

"모도 다 담비에 걸모 내기가 안 된다 아이가. 담비 말고 걸 사람이 따로 없나?"

아무도 나서지 않는다. 소싸움에 관한 한 이쪽 지방에서는 천성규네 담비소가 으뜸으로 정평이 나 있었다.

담비는 여느 소와 달라서 밭일을 시키지 않았다. 천성규는 육축 도살업을 하는 짬짬이 담비의 몸을 다듬어 싸움에 내보낼 훈련을 시킨다. 담비는 목감아돌리기를 장기로 했다. 기둥에 가마니를 감아 놓고 들이받기를 시켰다. 소는 제물에 약이 올라 눈알을 쏟을 듯이 부릅뜨고 뿔을 쓰기 시작한다. 머슴 일 보는 난쟁이는, 가마니가 금세 너덜너덜 헐어져서 새로 갈아 씌우기에 바쁘다.

담비는, 황소 눈깔이라고 붙어 있는 것이 도통 꿀밤 크기밖에 되지 않아, 뵈는 게 없는지 간은 됫박만큼이나 크다. 난쟁이가 고삐를 쥐고 담비에게 수시로 뜀박질을 시켜서 지구력도 길렀다. 가히 천하무적이었다.

천성규는 소싸움이 붙는 곳이라면 어디든지 담비를 내보내 시합 판을 휩쓸었다. 세상 사람들로부터 멸시를 받아 가며 가슴에 쌓이고 쌓인 억하심정을 발산할 수 있는 곳은 소싸움 터밖에 없었다. 담비가 상대 소를 무참하게 들이받아 몰아내면 희열을 느끼고, 그 일로 한껏 뻐겨 보는 것이 자신을 드러내는 유일한 길이었다.

"내기는 담비를 빼고 하자."

"좋다! 내는 안성 석쇠한테 걸었다."

"내는 창원 석쇠한테 걸었다."

"내는 북면 검둥이다."

"내는 고성 누렁이다."

소싸움 판은 시합 전부터 내기를 해서 들뜨기 시작한다.

점심때가 되자 순사가 말을 타고 나타났다. 조가비 모자를 눌러쓴 오쿠무라 형사도 얼굴을 내밀었다. 그들은 소싸움의 군중집회를 빌미로 혹시 총독부를 비방하는 저항운동 등 불상사가 불거질까 봐 단속차 나온 것이다.

정오를 알리는 오포 소리가 울려왔다.

"묵념! 묵념!"

둘은 군중들에게 황궁요배를 독찰한다. 그들이 눈을 부라리고 칼집을 절거덕거리며 설쳐 대는 바람에, 고개를 숙이는 시늉을 하는 사람부터 고개를 돌려 외면하는 사람, 계속 투덜거리는 사람, 헛기침하는 사람까지 별의별 모양으로 어깃장을 놓고 있다. 순검이 지나가 버리면 숙였던 머리를 도로 든다.

"니기미, 소쌈 기잉하로 왔지, 묵념하로 왔나? 밥맛 떨어지거로."

웅성웅성 대며 볼멘소리가 터져 나왔다.

오포 소리가 긴 여운 끝에 사라지자 기마 순사는 말에서 내려와 오쿠무라와 둘이서 모자를 벗어 겨드랑이에 끼고, 천황이 있는 동쪽을 향해 고개 숙여 경배한다.

출전할 소는 각 군 단위로 두 마리씩으로 제한되어 있었기 때문에 미리 부락 단위로 예선시합을 거쳐서 출전하게 되었다.

시합은 단판치기였다.

석쇠가 1차전에서 만난 소는 이미 군내 예선에서 한 번 이긴 적이 있는 쉬운 상대였다. 그러나 각 군 대표로 선출된 네 마리의 소가 싸우게 되는 3차전에서는 버거운 상대를 만났다.

군북면에서 나온 검둥이는 경기장 울타리에 들어서자마자 '푸우! 푸우!' 콧김을 뿜으며 재볼 것도 없다는 듯이 곧장 석쇠에게로 덤벼들었다. 힘으로 밀어붙여 요정을 내겠다는 다소 흥분한 기세다.

"앗따아, 고놈 굉장하다! 목정갱이 심 쓰는 거 좀 보소. 보나마나 석쇠는 졌다!"

고함소리가 터져 나왔다.

석쇠는 밀고 들어오는 검둥이와 맞서서 뿔을 맞대어 뻗대고 힘을 겨룬다. 목통에 힘줄이 돋아난다. 시간이 흐르자 갑자기 군북면 검둥이가 기운이 팍 떨어졌다. 눈이 풀리고 게거품을 질질 뿌리면서 뒤로 밀리기 시작한다.

"술 멕인 소다!"

검정소에 내기를 건 쪽 사람이 고함을 질렀다.

소 주인이 시합 전에 소에게 막걸리를 퍼먹였던 모양이다.

검둥이는 기력이 떨어지자 더 이상 버티지 못하고 뒷다리 사이로 꼬리를 사리고 달아나기 시작한다. 석쇠 누렁이가 잠시 쫓아가다가, 이긴 것을 확인이라도 한 듯 몰아붙이기를 그만둔다.

"술 멕인 소쌈 판은 무효다! 내기도 무효다, 무효!"

"판돈 내놔라!"

검둥이에 걸었던 사람들은 떼거리를 쓴다.

"그랄 수 없네. 검댕이가 도망갔으이 진 기라. 판돈은 이리 도고!"

내기에 이긴 쪽이 판돈을 챙기려 한다.

"술 멕인 시합은 파이란 말이다!"

"지모 곱다시 졌다 캐라. 뗑깔(생떼) 고마 부리고."

내기 판에는 야단법석이 났다.

우준은 검둥이를 물리친 석쇠의 목덜미를 토닥토닥 두드리고 쓸어주면서 끌고 나갔다.

해거름이나 되어서 결승전 차례가 되었다. 예상대로 담비와 석쇠의 대결이었다. 뿔에다 빨간 띠를 걸친 담비가 박신거리는 구경꾼들을 헤집고 경기장 안으로 육중한 몸집을 드러낸다.

사람들은 웅성거린다.

"시합 재미있게 생깄다. 애비소하고 새끼소가 붙는다."

"애비소가 당연히 새끼를 눌러야지. 새끼 버릇을 고치 놓아야 한다 말이다."

"아이지. 애비가 자석한테 양보해야제. 애비는 인자 힘으로도 자석한테 못 당할 거로."

"머슨 코 빨아 묵는 소리! 석쇠는 담비한테 붙어 바야 본전도 못 찾제. 백죄(괜히) 우사만 당할 끼라."

"그래도 알 수 있나? 길고 짧은 거는 대 바야 알지."

석쇠는 보나마나 담비의 대거리가 되지 못한다고 아예 잘라 말하지만, 그렇게 되면 소싸움 판이 너무 싱겁게 끝나 버리니까 뜻밖에 이기게 되는 이변을 상상해서 석쇠 편을 들어 재미로 해 보는 소리다. 아무도 석쇠에게 내기를 걸지 않으려는 것을 보아도 다 아는 일이다.

관중들은 들뜨고 설레기 시작했다.

석쇠도 파란 띠를 감고 입장했다. 소를 몰고 싸움판에 들어설 때 주인은 고삐를 바투 쥔 손에 전해 오는 감으로 소가 무슨 생각을 하는지 알아차린다. 싸움에 나서는 소가 주둥이를 쑥 내밀고 끌려오는 걸음새가 멈칫멈칫하면 그날은 글렀다. 석쇠는 늠름했다. 또박또박 힘주어 걸음을 떼어 우준을 안심시켰다.

소 두 마리는 서로 마주 보고 섰다.

담비는 석쇠를 노려보며 앞발로 모래를 퍼서 뒤로 힘껏 차 보낸다. 석쇠도 지지 않고 튀어나올 듯이 잔뜩 눈깔을 부풀리며 뿔로 모래땅을 헤집어 보인다.

담비는 생김새부터가 일소와는 달랐다. 굵은 목통이 받치고 있는 역삼각형의 머리통에 이마빼기가 튼실하게 벌어져 있어, 한눈에 타고난 싸움소의 체격과 배포를 읽을 수 있었다.

우준은 석쇠의 목을 쓰다듬으며 얼러 준다.

두 주인이 쥐고 있던 고삐를 동시에 코뚜레로부터 걷어내며 엉덩이를 때리자 두 마리는 이마를 맞대고 밀어붙이기 시작한다. 두 놈은 잠시 뒤로 물러섰다가 다시 뛰어들며 들이받는다.

'쿵!' 하고 면상의 납작뼈 부딪치는 소리가 둔탁하게 울린다.

"와아!"

울타리에 둘러서서 숨을 죽이고 보던 관중들은 탄성을 지른다.

둘은 뜸베질을 시작했다.

석쇠는 반달처럼 안으로 꼬부라진 노구거리 뿔을 휘저으면서 공격했다. 돌려치기의 명수인 담비는 목을 휘두르며 외뿔로 들이받는다. 줄로 벼른 날카로운 담비의 뿔에 찔려 석쇠는 이마빼기에 피가 배었다.

"받아라, 받아! 옳지, 또 받고!"

우준은 두 손으로 연신 제 엉덩이를 두드리며 석쇠의 기를 돋운다.

"담비야, 담비! 돌려 쳐라! 담비야!"

소는 주인의 말귀를 알아듣는다.

담비는 제 뿔로 석쇠의 노구거리를 걸어 밀어붙인다. 석쇠는 안간힘으로 버텨 보지만 조금씩 밀리기 시작한다.

"석쇠! 밀어라, 퍼뜩!"

우준이 고함을 친다.

담비가 목감아돌리기를 위해 목을 젖히는 틈을 타서 석쇠가 노구거리 뿔로 그 목줄기를 폭풍처럼 밀어붙였다. 담비는 옆으로 밀려났다.

초반 판세는 백중이었다.

두 마리는 혀를 빼물고, 코로 토해내는 밭은 숨소리가 차츰 거칠어갔다. 석쇠는 '푸우! 푸우!' 콧김을 내뿜고, 길게 늘어뜨린 허연 느침이 바람에 질질 날린다.

준오는 청수 형의 바짓가랑이를 잡고 서서 석쇠가 담비를 들이받을 때마다 고함을 지른다.

"석쇠야, 이기라! 석쇠야, 이기라!"

준오는 두 주먹을 움켜쥐고 계속 응원을 보내지만 제 눈으로 보아도 갈수록 석쇠가 신통찮다.

박학추 노인은, 세준의 동생 우준의 소가 기울어지는 판세를 보고 세준더러 위로의 말을 해 준다.

"소쌈은 꼬랑댕이가 잘 생긴 놈이 이기는 벱이오. 담비 놈 꼬랑댕이 놀리는 것 좀 보소. 앞에서는 뿔로 싸우지만, 뿔은 쇠꼬랑댕이를 흔들어서 쓴단 말이오. 석쇠가 담비한테 찌부(기우)는 것은 꼬랑댕이 생긴 탓도 있다 하겠소."

담비는 꼬리를 놀릴 적마다 머리에 체중이 실렸다. 뿔과 꼬리가 서로 반대로 놀고 있었다.

"돌려라! 돌려!"

천성규는 목쉰 소리로 담비에게 명령한다.

이마를 맞댄 두 마리는 눈깔을 왕방울만 하게 부풀리고 뒷발을 뻗대고 섰다. 갑자기 담비가 목감아돌리기를 하려고 고개를 젖히며 몸을 옆으로 틀자 석쇠의 몸체가 앞으로 고꾸라지며 무릎이 땅에 닿았다.

순식간이었다.

석쇠는 일어서서 열없게 어슬렁거리더니 이미 판세가 기운 것을 알아채고 달아나기 시작하였다. 담비는 패자를 뒤쫓다가 말고 주둥이를 쳐들고 목소리를 길게 뽑으며 도도하게 포효한다.

"움매애! 움매애!"

소싸움 진행을 맡은 도감都監이 담비에게 빨강, 파랑, 노랑 댕기 띠를 내렸다.

주인이 담비의 뿔에 띠를 두르고 목을 툭툭 다독거려 주었다.

이내 풍장이 시작되었다. 소를 앞세우고 풍물패가 뒤따라 농악을 울리며 장내를 한 바퀴 돈다. 주인은 바짓가랑이를 동동 걷은 채로 덩실덩실 춤을 추며 따라간다. 천성규 집 난쟁이가 부상으로 딴 부룩소의 고삐를 쥐고 주인 뒤를 따라간다.

'두웅! 두웅!' 징 소리는 저녁하늘 높이 울려 퍼졌다.

'꽹 꽹 꽹꽹 꽹 꽹!' 꽹과리 소리는 강을 건너 퍼져 나갔다.

"비켜라! 담비 나간다!"

사람들은 비켜서서 길을 내주고, 지나가는 담비의 등을 쓰다듬어 본다.

소싸움 판은 파했다.

우준은 분했다. 준오더러 술도가에 심부름을 보내서 받아온 막걸리를 부앗김에 됫병째 벌컥벌컥 마시며 오기를 삭힌다.

'석쇠가 조금만 더 버텨 주었으면 담비도 지칠 때가 되었는데, 그만 그것을 못 넘기고 먼저 무릎을 꿇고 말다니. 원통하다.'

우준은 다 잡은 물고기를 눈앞에서 놓쳐 버린 것처럼 부룩소를 바라다보며 아쉬워했다.

그는 청수와 준오를 보고 말했다.

"야아들아! 석쇠 저놈 오늘 팔아 넘가삐렀다. 쟈는 인자 싸움은 다 틀렸다. 송아치나 한 마리 사서 새로 키울란다."

우준은 소싸움이 끝나자 거간꾼을 넣어 백정에게 소를 처분했다. 거피입본去皮立本 했다. 키운 소를 잡아 가죽을 팔고 송아지를 사들여서 비용을 만들어 쓰듯이, 우준은 딸의 혼수 준비에 달리는 돈을 황소를 팔아 둘러대고, 대신에 송아지를 한 마리 사들여 기르기로 하였다. 송아지가 클 때까지는 변리를 주고 도짓소를 부려 쓸 속셈이었다.

그는 막걸리 병을 들고 다시 술 나발을 불었다. 술이 목구멍으로 벌컥벌컥 넘어가자 목젖이 꼴깍꼴깍 오르내린다.

"음매애! 음매애애애!"

석쇠가 난쟁이에게 끌려가면서 발을 뻗대며 우는 소리가 길게 들린다. 석쇠는 도살장으로 끌려가는 것을 알아챈 것이다.

준오도 알아챘다. 가슴이 아려 온다.

지난여름 쇠꼴 먹이러 형선 누이와 중건 형을 따라서 안골 골짜기에 갔다가 해질녘 석쇠의 등에 걸터앉아 오던 일이 머리에 떠올랐다. 중건의 풀피리 소리에 맞추어 '딸랑딸랑!' 울리던 요령 소리가 귓가에 맴돈다.

"호박 덩거리 잘 익었네!"

도수屠手는 일을 앞두고 저희들끼리는 변말(은어) 을 썼다. 소가 사람의 말귀를 알아듣기 때문이다. 비록 쇠목을 쳐서 먹고사는 천한 직업이지만, 죽음을 앞둔 소가 얼마 남지 않은 여생이나마 죽음을 눈치채지 않도록 말을 아껴 써서 마지막 가는 길에 자비를 베푸는 것이다. 소를 두고 호박이라 돌려 말했다.

석쇠는 도축장으로 끌려들어 서면서 끝내 눈물을 주르륵 흘렸다.

얼마 지나지 않아 난쟁이가 뻘건 육회 한 접시를 들고 바쁘게 달려왔다.

"싱구 쥔이 보낸 기라요. 맛 좀 보라꼬. 뜨끈뜨끈할 때 묵어야 지 맛이 나요. 어서 드소."

난쟁이는 곁간, 고들개머리 등 석쇠를 잡아 갓 뜬 육회접시를 우준 앞에 받쳐 들고 있었다. 접시 위에서 곁간이 꿈틀거린다.

현방(푸줏간)에서 육고기만 팔아온 천성규는 제 나름대로 소 판 사람의 애석한 마음을 헤아려서 최상등품의 육질을 골라 인사치레로 보내온 것이었다.

"이런 미친 놈 봤나? 누구보고 묵으라꼬? 반촌泮村 것들이 감히 지 처지도 모르고!"

우준은 벌컥 역정을 낸다. 백정의 공치사가 역겨웠다.

난쟁이는 아직도 앞뒤 사정을 알아채지 못하고 뒷북치는 소리를 하고 있다.

"아이라예. 막 잡아 따신 살키(살결)는 쎄로 뭉개도 입안에서 녹는다 아인교. 식으모 질기서 맛이 가는 기라요."

일껏 생각해서 석쇠의 간을 보내 준다는 본데없는 천성규나 눈치 없는 난쟁이는 우준의 속을 뒤집어 놓는 짓거리만 하고 있었다.

금기의 사랑에 대한 도전

1. 약산若山 김원봉의 젊은 날

초여름 날 오동동 불종거리 안골목에 있는 기생집 행림옥杏林屋의 담 너머로 주렁주렁 매달린 살구 무게를 이기지 못해 가지가 처져 내렸는데, 지나다니는 사람들은 익어 가는 노란 열매를 보고 입맛을 다셨다.

처음 개장했을 때 옥호는 행인장杏仁莊이었으나 간판을 내려야 할 지경이 되었다. 경찰서 치안계 형사가 행인장 여주인 장정자張貞子를 서로 연행해 가서 심문을 시작했다.

"왜 옥호가 행인장인가?"

"우리 집은 동네에서 살구나무집이라 불리고 있어, 그리했습니다."

"그런데 굳이 '仁'(인) 자는 왜 갖다 붙였는가?"

"행인이 살구씨 아닙니까?"

'仁' 자는 과실의 씨눈이라고 옥편에 나와 있다는 말이다.

형사는 주먹으로 책상을 내리쳤다. 행인장 여주인은 찔끔했다.

"허튼소리 하지 마라! 일부러 '仁' 자를 골라 썼지?"

"예에?"

"이 '仁' 자는 천황폐하의 이름에 든 글자다. 고의로 저속한 술집 이름에다 교묘하게 갖다 붙인 것이지?"

히로히토裕仁에서 따왔다는 억지였다.

"예에? 전혀 그런 생각은 못 했는데 …."

"그러면 여태 천황폐하의 이름자도 모르고 있었단 말인가? 황실의 명예가 일개 술집 이름으로 폄하되는 것은 용서할 수 없는 일이다."

"아니요, 아닙니다. 당장 … 당장 고치도록 하겠습니다."

여주인은 당황해서 더듬거렸지만 속으로 실소를 금치 못하였다.

'어쩌다 세상이 이 지경에까지 이르렀는고. '행인'은 일본말로 '교오닌'이라 들었는데, 히로히토의 '仁' 자하고는 발음이 전혀 다르지 않은가? 왜왕의 이름자이니 못 쓴다니, 무슨 억보소리를 하는 짓인고?'

그녀는 그렇다고 해서 형사 앞에서 고의가 없었다는 말을 더 이상 꺼낼 필요가 없다는 것을 잘 알았다. 그저 간단히 간판을 고쳐 새로 달면 될 일이었다.

설사 그렇게 한다고 해서 히로히토에 대해서 종전이나 앞으로나 전혀 달라질 것이 없다는 것도 그녀는 잘 알고 있었다.

여주인은 일본 형사의 말을 이해하고 자위했다. 행림옥杏林屋이란 이름으로 고쳐 간판을 내걸었다.

총독부가 멀쩡한 조선 사람들의 이름자를 두고 일본식으로 고치도록 한창 독찰하던 창씨개명 전에, 여주인 장정자는 '행림옥'이란 이름으로 여자가 조흥助興하는 술집 주등酒燈을 달고 조선 한량들을 불러들이다가, 이름이 차차 알려지자 일본 관리들과 잡배들도 드나들기 시작하고 기생들의 분 냄새가 밤새도록 담을 넘어 나가면서 요정으로 바뀌게 되었다.

행인옥의 옥호를 바꾼 것을 계기로 경찰서는 부내府內 간판 중에 '仁' 자가 들어 있는 것은 모조리 갈아치우도록 조치했다. 심지어는 절간의 현판이나 주련柱聯에 '仁' 자가 든 것도 모조리 끌어내렸다. 개중에 덤비는 중들은 잡아다 서에 끌고 가서 족쳤다.

행림옥 여주인 장정자는 진주교방敎坊 출신이었다.

어려서 집안이 어려워 교방으로 들어가 무가악舞歌樂을 사습하여 일찍부터 물장사의 풍교가 몸에 익어 요정의 주인이 되었다. 그러나 오랜 세월 술자리에 닳고 닳은 끝물에 퇴기退妓로 전락했다 할지라도, 정재로才에 밴 교방관기官妓의 기품은 어딘가 남은 구석이 있어 도도했다.

장정자는 어린 나이에도 머리에 항상 동백기름을 발라 반짝반짝 윤이 났다. 그래서 가야금 선생이 그녀에게 은도銀濤라는 기명을 지어 주었다.

일찍이 나라가 망하자 전국에 관기제도가 없어지고 교방은 폐지되었다. 그래서 생겨난 것이 일본식 권번券番이었다.

그래도 여전히 조선의 색향은 '북평양, 남진주'라고 하여 그곳 예기藝妓들의 풍류와 멋은 면면히 이어져 내려왔다. 그러니까 장정자는 색향 진주교방에서 배우고 권번에서 불려 다녔다.

비록 지금은 가루분을 오래 써서 납독이 올라 원래 그 곱던 피부가 푸르뎅뎅해져 물러 나앉았지만, 젊어서는 '은도'라는 이름으로 찬바람이 이는 홍치마를 잘잘 끌고 다니며 잘도 팔려 다닌 기생이었다.

그녀가 그렇게 매일 밤 권번에서 보내온 인력거를 타고 바람을 몰고 다니던 시절 옥향관玉香館에서 김원봉金元鳳을 만났다.

그날 밤 손님은 보성전문학교 교복을 입은 대학생 두 명으로, 한 사람은 바로 김원봉이고, 또 한 사람은 강삼준이었다. 김원봉은 집안 인척 되는 이가 마산 창신중학교 설립자여서 한때 밀양에서 유학 와서 창신중학교를 다닌 적이 있어, 그때 강삼준과 친교가 시작되었다. 둘은 후일 보성전문에서 다시 만나게 되어 이곳 술자리까지 오게 되었다.

거나하게 주기가 오른 원봉은 은도의 목덜미를 감고 돌아 나오는 은근한 곡분穀粉 냄새를 맡으며 치기稚氣가 동했다.

붓과 벼루와 먹을 가져오게 해서 은도의 연두색 소맷자락을 부여잡고 일필휘지 갈겨썼다.

天無二日 不事二君(천무이일 불사이군).

"자, 무슨 뜻인지 짐작이 가느냐?"

교방에서 해어화解語花로 자란 은도는 자세를 바로잡으며, 원봉의 속을 읽어낸다.

"하늘에 해가 둘이 있을 수 없듯이, 어찌 두 님을 섬기겠느냐. 여자의 정절을 다짐해 두자는 것이지요?"

그윽이 건너오는 원봉의 눈길은 깊은 정이 묻어나면서도 날카로웠다. 파릇하게 날이 선 그의 눈빛에 은도는 가슴이 저렸다.

원봉은 은도의 속마음을 꿰뚫어 읽고 있으면서도 천연덕스럽게 둘러대었다.

"'君'은 나라라, 조선 사람이 일본에는 종사할 수 없다라는 기개를 말하는 것이지, 사내대장부가 어찌 일개 여자의 치마폭에 연연하여 나랏일을 잊을 수가 있단 말인고."

원봉의 맺고 끊는 결단이 서린 굳게 다문 입술은 이글거리는 둥근 눈과 함께 은도를 안타깝게 했다. 자기의 속마음이 주체할 수 없이 그에게로 기우는 것을 느꼈다.

"옷을 새로 지어 입거라!"

원봉은 지전을 한 움큼 은도의 치맛자락에 던진다.

"이 돈은 받을 수가 없습니다. 글을 받았으면 제 쪽에서 붓값을 내어놓아야지, 어찌 제가 돈을 받는단 말입니까? 동냥으로 주는 돈은 받을 수가 없습니다."

은도는 돈다발을 도로 원봉에게 들이민다.

"허허허! 동냥이 아니고 옷값이다."

원봉은 은도의 치마를 걷고 버선목에다 돈뭉치를 쑤셔 넣어 주었다. 삼준이 사양하는 은도에게 말했다.

"암말 말고 받아 두거라. 원봉이 모처럼 마음 써서 그러는 것이다."

술판은 무르익었다. 원봉과 삼준은 주기가 올라 혀가 꼬부라지기 시작했다.

"은도야! 너 잘난 곡조나 한 차례 뽑아 보거라!"

삼준이 노래를 청했다. 은도는 원봉 앞에서 처음 부르는 노래인지라 무슨 곡이 좋을까 잠시 망설였다. 젊은 대학생들이니까 창唱을 읊는 것보다 요새 유행하는 시세 노래가 분위기에 맞을 것이라고 생각하여 노래를 부르기 시작했다.

"시나支那노 요루夜요 ……."

노래는 간드러지게 넘어갔다.

"야, 야아! 집어 치워라!"

갑자기 원봉이 고함을 질렀다. 은도는 몸을 흠칫하고 영문을 몰라 눈만 말똥말똥한다.

"좋은 창을 두고 하필이면 쪽발이 노래냐? 사그라진 두드러기가 다 돋는다. 그래, 교방문화가 사라지고 풍류가 없어진다 해도 조선의 창은 너희들이 끝까지 지켜 주어야지. 권번에서 신식 일본 노래를 가르친다고 들었다만 그따위 노래는 너희들이 안 부르면 고만 아닌가?"

원봉은 취해서 주사酒邪가 길어진다.

"너희는 단순히 노리개 기생이 아니다. 조선의 예기藝妓란 말이다. 너희들을 찾아온 일본 손님 앞에서 기품 있게 당당한 처신을 해야지. 너희들 화대花代는 일본 게이샤 년들한테 비해 3할밖에 안 되는 것을 잘 알고 있지 않느냐. 차별대우를 받고도 뭐가 좋다고 희희낙락 엔카演歌나 불러 대고 있느냐 말이다."

원봉은 술을 찾는다. 은도가 얼른 술잔에 술을 쳤다. 원봉은 단숨에 쭈욱 들이켜고 계속했다.

"그놈의 권번이란 데가 너희들이 애써 번 돈을 다 울거먹는 곳이다. 뒤에 앉아서 너희들을 부려 먹고 너희들 피를 빨아먹는 회충 같은 놈들이다. 꼴에 '주식회사'라고 간판을 내걸고, 그것이 바로 너들의 피를 빨아먹는 조직적인 착취기관이란 말이다. 자본주란 놈들은 꼭 노동자의 피를 빨아먹는단 말이다. 조합을 결성하든 노조를 결성하든 단결해서 너희 권익은 너희가 찾도록 노력해야지. 아무리 타고난 도화살桃花煞로 나앉았기로서니 … ."

말끝이 꼬부라졌다.

"원봉이! 그만하고 술이나 마시자. 야들이야 그러고 싶어서 그러겠나? 다 먹고살려고 그러는 거지. 오죽이나 하면 물장사 집에 나와 앉았겠나. 자아 한잔 들자!"

삼준은 술잔을 권했다.

"그야 그렇지. 내 하도 세상 돌아가는 것이 화가 나서 해 본 소리지. 이놈들이야 죄 없고 불쌍한 중생들이 아닌가."

그는 일어나서 윗옷 주머니를 뒤지더니 돈다발을 끄집어내어 공중에 뿌렸다.

"옜다, 수고했다. 전두纏頭다! 모두 노나 가지거라!"

여름방학 내내 마산에 눌러앉아 허구한 날 밤이면 요정을 찾아오는 원봉이 여름이 가고 나면 경성으로 훌쩍 떠날 것이 두려운 나머지, 은도는 어린 소기少妓의 나이에 제 스스로의 정염을 주체하지 못하고 그에게 순정을 바쳤다.

원봉이 경성으로 올라가 버리자 은도는 그가 보고 싶어서 허전한 마음을 달랠 수가 없었다. 술을 마셔 보아도 준수한 그의 모습이 마주 앉은 손님의 얼굴 위에 겹쳐지고, 잠자리에 들어도 베갯머리에 그의 숨소리가 들리는 것 같았다.

"니년이 허파에 바람이 들어도 톡톡히 들었구나. 손님을 앞에 두고 술 먹다 머엉하이 넋을 놓고, 머 하는 짓이고. 정신 채려라, 정신! 쩐내 나는 기생년의 팔자에 멀쩡한 대학생을 감히 올려보다이 말이나 되는 소리가?"

요정 여주인이 은도를 불러 앉히고 모진 소리를 했다.

은도는 끝내 단봇짐을 싸들고 경성으로 올라갔다. 무작정 상경했지만 원봉을 만날 길이 막막했다. 우선 보성전문학교로 찾아가서 가까운 곳에 여관을 정하고, 정문 앞에서 그를 기다려 보기로 하였다.

학생들은 모두 교복을 입고 모자를 쓰고 두셋씩 짝을 지어 등교하였으므로 서로 비슷비슷하여 그 가운데서 얼른 원봉을 가려내기가 어려웠다. 하교 시에도 기다리고 서서 기다려 보았지만, 첫날은 그를 만나지 못하였다.

이튿날도 일찍부터 교문 옆에 서서 지키고 있었다. 한바탕 등교하는 학생들의 물결이 지나고 느지막한 시간에 책을 두어 권 겨드랑이에 끼고 원봉이 나타났다. 친구 둘을 양쪽에 데리고 한참 이야기에 골몰하며 걷느라고 은도가 문 옆에 서 있는 것도 모르고 지나간다.

"오라버님!"

반가운 나머지 은도는 큰 소리로 그를 불렀다.

원봉은 우뚝 서서 그녀를 쳐다본다.

"아니, 어떻게 올라왔어?"

은도는 옆에 선 학생들을 보며 머뭇거린다. 그들은 은도를 아래위로 살펴본다.

"여복은 타고났군. 혼자서 다 차지하지 말고 하나쯤 넘겨라, 친구 좋다는 게 뭐냐."

친구들은 원봉에게 손을 흔들고 교정으로 들어갔다.

"뭘 믿고 … 여기가 어디라고 불쑥 나타나는 거야?"

원봉은 은도를 나무라는 투다.

"잘 기시는가 보고 짚어서예 ⋯ ."

"이 사람이! 어쩌자고 ⋯ 이게 무슨 철없는 짓이야?"

원봉의 언성이 높아진다. 지나가는 학생들이 힐끔힐끔 쳐다본다. 은도는 기어들어가는 목소리로 겨우 말을 이었다.

"떠날 때 주소를 몬 받아서 학교로 왔십니더."

"주소라니? 자네가 형산가, 내가 주소를 밝히게?"

원봉은 더 이상 들을 필요도 없다는 듯이 차갑게 잘라 말했다.

은도는 숨이 턱 막혔다.

" ⋯⋯ ."

"쓸데없는 짓 그만하고 내려가!"

원봉은 교문 안으로 사라졌다. 은도는 그가 사라질 때까지 그의 뒷모습을 바라다보았다.

천 리 길을 마다않고 경성까지 찾아 올라와 만났으나 막상 그는 냉담하기만 하였다. 은도가 머릿속에 그리던 따뜻한 사람이 아니었다.

경성은 싸늘한 곳이었다. 외지에서 올라와 보니 그리던 사람은 언제 보았더냐는 듯이 쌀쌀하게 돌아서 버리고, 초가을 날씨에 찬바람만 싸늘하게 불어왔다.

은도는 봇짐을 싸안고 도로 마산 오동동으로 내려왔다.

경성에서 귀향하여 옥향관의 대문을 밀고 들어서자 여주인이 안방으로 불러들여다 앉혀 놓고 야단을 쳤다.

"보나마나 쫓기 내려올 끼 뻔한 주제에 올라가기는 와 가 갖고 헛고생만 하고 자빠졌노? 마음잡아라. 내 머라 카더노, 기생년 꼴에 요조

숙녀라도 돼서 안방 차지를 할 줄 알았더나?"

은도는 아무 말도 않고 듣고만 있었다.

여주인의 음성이 갑자기 살가워졌다.

"오올 밤에 방에 들어갈 준비로 서둘러라. 가시이가 온다. 당장 모욕부터 하고."

가시이는 바로 남해어장 주인 가시이 겐타로를 말하는 것이다.

여주인은 은도에게 목소리에 힘을 주어 다잡아 말한다.

"마치고 나거든 따라나서도록 해라. 메칠째 찾았다. 오올 저역에 따라나서지 않을 요량이면 아예 그만두거라."

50줄에 든 가시이는 은도를 찾았다. 촉촉하게 젖은 고혹적인 은도의 눈매에 노인은 입맛을 다셨다. 전부터 수삼 차례 여주인에게 부탁했으나 은도가 굳이 사양했다. 몸이 달아오른 가시이는 여주인에게 협박했다. 그러자 은도가 경성으로 달아나 버렸던 것이다. 물론 경성으로 올라간 것은 원봉을 만나기 위해서였지만, 가시이가 치근대는 등살에 안 되겠다 싶어서 하루라도 더 빨리 떠나게 된 계기가 된 것이었다.

은도는 지금 이 마당에 당장 오갈 데도 없었지만 원봉의 쌀쌀맞은 태도에 낙심한 나머지 가시이의 방으로 들어가기로 했다.

노인은 나이 지긋한 일본 손님 둘을 데리고 화로를 쬐고 이야기를 나누고 있었다. 은도가 치맛단을 들고 들어서자 그는 만면에 웃음을 띠었다.

"오늘 저녁은 맘껏 드십시다. 자아, 어서 상을 차리도록 하고 은도는 이리로 와 곁에 앉아라."

그는 은도의 손을 꼬옥 쥐고 놓지 않았다. 오늘 저녁에는 결코 놓치지 않겠다는 듯이. 은도는 고개를 숙이고 다소곳이 앉아 있다.

가시이는 여흥에는 별반 흥미가 없었다. 손님 두 사람도 일본말이 통하지 않는 (기생이라 할 수 없는) 여급들을 데리고 시시덕거리고 있다. 간혹 자기네들끼리 잠시 어장 일에 관한 이야기를 하거나 선박에 관한 이야기를 하고는 이내 여식애들과 시시덕거리곤 한다.

술자리는 비교적 빨리 파했다.

여주인은 은도를 데리고 대문까지 나가 밖에서 기다리고 있는 가시이의 차에 은도를 밀어 넣었다.

차는 파초여관을 향해 어두운 밤거리를 달려갔다.

가시이가 묵는 별실은 집 뒤로 돌아가서 별채에 있었다. 응접실이 딸려 있고 욕조가 붙은 조용한 방이었다.

잠자리에서 은도는 눈물을 흘렸다.

노인은 집요하게 공격해 왔으나 좀처럼 끝이 나지 않는다. 결국에는 제물에 지쳐서 여체에서 슬그머니 내려와 요바닥에 벌렁 드러누웠다. 황음荒淫으로 날을 지새우던 이 노인은 그날 밤은 끝내 일을 치르지 못하게 될 판이었다. 그는 자리끼를 벌컥벌컥 마시고 나자, 은근히 부아가 솟았다. '끙!' 하고 앓는 소리를 내더니 은도에게 화풀이를 하기 시작했다.

"여자구실도 변변히 못 하면서 … 목석이야 … ."

발길질을 하고 뺨따귀를 때렸다. 일을 끝내지 못한 탓을 은도에게 돌리고, 그 탓을 그녀에게 앙갚음하는 것이었다.

은도는 한숨도 눈을 붙이지 못했다. 노인의 코 고는 소리를 들으며 원봉을 생각했다. 한편 그에게 죄를 짓는 느낌도 들었으나 또 한편으로는 자기를 헌신짝처럼 차버린 야속한 생각도 떠올랐다. 그래서 더욱 눈을 붙이지 못했다. 인생을 더 살아가야 할 일이 까마득했다. 이 짓을 당해 가며 왜 살아야 하는 것인지. 원봉이 곁에 있으면 안고 절벽에라도 뛰어내리고 싶었다.

날이 밝자 가시이는 세면장으로 들어가서 면도를 한다.

가죽 벨트에 면도날을 세우는 소리가 썩썩 들려왔다. 털붓으로 비누거품을 일으켜 턱에 바르고 거울을 들여다보며 면도칼로 턱수염을 미는 소리도 들려왔다.

가시이가 세수를 마치고 타월을 목에 걸고 나오자 은도가 세면장으로 들어갔다.

욕조에 물을 틀어 놓고 면도칼을 쥐고 탕 속으로 들어갔다. 옷을 입은 채였다.

'남에게 알몸을 보일 수야 없는 일이지.'

그리고 칼날로 조용히 손목을 그었다. 피가 흐르는 손목을 물속에 잠그고 눈을 감았다. 피는 물속으로 빠지면서 대신에 물이 혈관을 통해서 몸 속으로 빨려 들어갔다.

정신이 혼미해 왔다.

"어이크! 피다!"

가시이가 욕실로 도로 들어섰다가 탕 속에 벌어진 참상을 보고 기겁했다. 창문을 열고 안채에다 외쳤다.

"야아, 뽀이! 뽀이! 빨리 와! 사람 죽는다!"

종업원이 달려왔다.

은도를 탕 속에서 끄집어내 들쳐 메고 밖으로 달려 나갔다. 택시를 잡아서 동인병원으로 질주했다.

은도의 생명은 간신히 건졌으나, 그로 말미암아 소문이 나서 은도는 기생으로서의 인기는 점점 식어가고 있었다. 몸도 버리고 마음도 버린 년이라고 뒤에서 손가락질을 받았다.

그 후 은도는 인편으로 김원봉이 만주로 갔다는 소문을 듣고 타오르던 가슴은 진정이 되었다. 가까이 할 수 없는 먼 곳으로 사라진 님 ···. 멀어서 그를 포기할 수 있었다.

그 무렵 창원 정미소 주인 조점식이 옥향관에 드나들었다.

은도는 살얼음이 박힌 통대구 포를 찢었다. 곤이나 알을 훑어내고 대꼬챙이로 뱃가죽에 해를 걸어 추녀 끝에 주렁주렁 매달아 두고 매운 한뎃바람에 말린 통대구는 동짓달 추위가 살얼음을 박아 놓는다.

"청솔갱이 굴뚝 넹기가 배에 들어야 비린내가 가시는 기라."

조점식은 꾸둑꾸둑 말린 포를 고추장에 듬뿍 찍어 서걱서걱 씹으며 대구포를 말리되 굴뚝 옆에 달아 놓아야 제 맛이 난다고 대구에서 내려온 유생단체 인사에게 설명했다.

"그런데 조 선생, 총독부가 백주대낮에 폭탄세례로 받았다 카는 말 몬 들었십니껴?"

"머라꼬요? 폭탄을 던졌다고요? 크일 날 소리 아인교? 누가 감히 그리 간 큰 짓을 했다는교?"

얼마 전 만주에서 내려온 독립투사가 대낮에 총독부 건물 내에 잠입하여 폭탄을 던지고 도주한 사건이 발생했다.

"쉬이, 조 선생, 목소리 낮추우소! 애놈 겡찰이 눈이 벌게 갖고 범인을 쫓고 있는데 고놈들이 들으모 갠히 끌리 가서 개 패듯기 언어맞는다 말입니더."

"누가 저지른 일이라 카요? 물론 조선 사람이 저지른 거겠지마는."

"낸들 알 수가 있습니껴."

그는 방 안을 한 번 휘둘러보고 나서 목소리를 한층 더 낮추었다.

"필시 의혈단義血團의 소행이 틀림없다는 이야깁니더. 작년에 밀양 경찰서하고 부산 범일동 파출소에 투척한 폭탄도 다 그 작자들의 소행이라 캅니더."

"의혈단이라 카모 만주에 가 있는 김원봉이가 단장으로 있는 독립단체 아인교?"

"와 아이겠소. 여남은 명이 모이서 만주서 활동하고 있는데, 대원들이 하도 신출귀몰해서 순사놈이고 헌병놈이고 의혈단 소리만 들어도 간담이 서늘해서 벌벌 떤다 카지 않습디껴. 총독부에 폭탄을 던지고 을지로로 달아나는데 순사가 총을 쏘면서 백주대낮 갱성 한복판에서 추격전이 벌어졌다 캅디더."

조점식은 의혈단의 독립활동 이야기를 진작에 듣고 있었다.

"겡찰뿐만 아이고 친일파 씨레기들도 의혈단이 언제 습격해 올지 몰라 밤잠도 몬 자고 전전긍긍한다는 말이 파다합디더."

"자우지간에 의혈단은 대단한 독립단체라 칸께."

두 사람의 말 사이를 헤집고 은도가 끼어들었다.

"김원봉이라 카는 분은 밀양사람 아입디껴? 만주 가서 독립운동 한다 카는….."

"와 아이라. 허허, 술집 기상들까지도 김원봉이를 아는 거 보모 그 양반 난 사람은 난 사람이라. 그래 은도는 우얀 사정으로 김 단장을 그리 잘 아는고?"

조점식이 눈을 둥그렇게 뜨고 은도에게 묻는다.

"와 기상은 다 같은 조선 사람 아이라 캅디꺼?"

그녀는 눈을 살짝 흘긴다.

은도는 속으로 놀랐다. 설마 김원봉이가 그리 간 큰 일을 지휘할 사람이라고는 꿈에도 생각지 못했다. 밀양경찰서와 부산 경찰서 이야기는 전에 들은 바 있어 그때도 깜짝 놀랐는데, 이번에는 감히 하늘 대앙구大碗口 같은 총독부로 뛰어들었다니 믿기지가 않았다. 송곳으로 찌르는 듯한 그의 눈매가 다부지게 앙다문 입술과 함께 눈앞에 어른거렸다. 먼 곳에 떨어져 있어도 그의 입김을 어렴풋이 느낀다.

"의혈단 활약이 대단한 기라. 작전이 치밀하고 … 부산겡찰서에 던진 폭탄은 대만서 배편으로 화물 속에 넣어서 보내왔다는 거 아이겠소. 몸에 진기고 국내로 들어왔다가는 헌병놈들 검문에 걸리니까. 부산서 미곡상하는 쌀가게를 하주貨主로 하여 보낸 쌀가마이 속에 폭탄을 숨겨서 들여온 기라 캅디더."

손님은 비교적 소상하게 의혈단의 활동에 대해서 알고 있었다.

"자아, 너거들은 잠시 자리로 비워라. 좀 있다가 부르거든 그때 들어오이라."

손님은 기생들에게 일렀다. 그들이 나가자 그는 조점식에게 목청을 낮추어 말했다.

"우리 단원이 만주로 올라가서 김 단장을 만납니더. 지금 전국 각지에 사람을 보내 독립운동 활동자금 모금을 벌이고 있십니더. 물론 만주로 올려보낼 깁니더. 조 선생도 좀 보태 주십시오. "

조점식은 대구포를 씹으면서 얼마를 협조할 것인가를 머릿속에 계산하고 있었다. 이윽고 그는 머리를 주억거렸다.

"내일 한 분 더 둘러 주시오. "

술자리는 다시 계속되었다.

밤이 깊어 자리는 파했다.

손님들이 자리에서 일어나 두루마기를 찾아 입고 문밖을 나서는데, 은도가 대구 손님에게 손수건으로 묶은 조그만 꾸러미를 내민다.

"만주에 보내는 데에 보태 주이소. "

그는 의아해서 은도를 쳐다본다.

"이기이 먼가?"

그가 손수건을 끌러 보자 패물이 나왔다. 금반지, 금비녀, 금노리개, 금팔찌 등이 전등 불빛에 반짝였다.

"김 단장님에게 직접 전해 주이소. 은도가 디리더라고. "

은도는 그들이 필시 김원봉에 관한 이야기를 나눌 것이리라 짐작하고 문밖에서 둘의 이야기를 엿들었던 것이다.

조점식은 금붙이를 서슴없이 내놓는 여인의 호기 있는 마음씨에 끌렸다. 그는 은도 생각이 나면 옥향관에 들렀다.

결국 둘은 눈이 맞아 정분情分놀음 끝에 은도는 첩살림을 차리고 그의 별실로 들어앉게 되었다.

그러나 오래가지 못 했다. 본처 댁이 득달같이 나타났다.

"네 요년, 야시 같은 년! 남의 서방 호려다가 안방 차지할라꼬? 어림 택도 없다."

본부인이 악을 바락바락 쓰며 마루에 드리운 발을 획 걷었다. 방 안에는 돗자리 위에 영감이 홀링 벗고 누웠고, 은도가 깨끼적삼에 고쟁이만 걸치고 앉아서 영감의 다리를 주무르고 있었다.

"어어, 어어 ··· ."

영감은 벌떡 일어나서 옷을 주섬주섬 걸치기에 바쁘다.

본처는 방으로 달려 들어가 둘이 베었던 베개를 냅다 마당으로 집어 던졌다.

"에잇, 더럽은 베개!"

날아간 베개는 공교롭게도 우물 속으로 빠져 버렸다.

"호호호 ··· 호호."

은도는 저도 모르게 웃음이 터져 나왔다.

"이 판에 웃임이 나와?"

본마누라는 와락 달려들어 은도의 머리끄덩이를 낚아챘다. 그 바람에 적삼이 벗겨져서 허연 맨살이 드러났다. 본처 댁은 눈이 까뒤집혔다. 그만 첩쟁이의 팔뚝을 들어 올려서 이빨로 덥석 물었다.

"아이고 아야야! 아이고오! 아이고오!"

은도는 팔짝팔짝 뛴다.

"이놈우 영감탱이! 니 죽고 내 죽고오 오올 초상 치르는 꼴 보자! 하이고오, 집에서는 마누라 대하기로 문딩이 대하듯기 고개로 횟닥횟닥 돌리 쌓더이, 그래 고새에 멩주같이 곱운 야시를 감차 낳던가배."

이번에는 영감한테로 달려들었다. 영감은 고개를 꼬고 잔기침만 돌우면서 저고리 고름을 매고 있다.

"우짤 기요? 요게서 붙어살 낀교, 조년을 쫓아낼 낀교?"

"살기는 머슨 … 흠흠!"

그녀는 정지로 내려가서 살강(선반)의 그릇을 바닥에 쓸어내리고, 장독으로 가서 빨래방망이로 닥치는 대로 옹기를 깨트려 버렸다. 한바탕 분탕을 치고는 방망이를 든 채 다시 방으로 들어와서 윗목에 놓인 사기요강을 깨트려 버렸다. 오줌이 장판 바닥에 흘렀다.

본처는 아직도 분이 안 풀려서 은도의 머리카락을 잡아당긴다. 은도도 그냥 있지만 않는다. 같이 그녀의 머리채를 낚아챘다. 둘은 엉겨붙어 씩씩거리다가 방바닥에 굴렀다. 엎치락뒤치락하다가 은도가 본처 위에 올라탔다.

"오냐! 이판사판 다 깨진 판, 니 죽고 내 죽자!"

은도가 본처의 머리끄덩이를 잡아 흔든다.

"아이고오, 살인 나겄네! 젊은 년이 힘은 쎄 갖고 … 아이고오!"

본처가 힘에 부쳐 고함을 지른다.

"아이고오, 조강지처糟糠之妻 죽는다아! 이놈우 영감탱이야, 니는 마누라 죽는 꼴로 바야 씨언켔나, 와 가마이 섰노오!"

영감이 나서서 은도를 밀쳐내고 본처를 일으켜서 등을 밀고 마루로 나간다.

은도가 조점식 등 뒤에다 대고 소리친다.

"아이고오, 영감! 내 눈팅이 부운 거 보소, 밤팅이맨키로 ….."

마당에 내려선 본처는 은도에게 욕을 퍼붓고 대문을 나선다.

"네 요년! 갈아 묵어도 씨언찮을 년! 다음분에는 니년 가랭이 새에 새X을 물어 뜯어삐릴 끼다, 네 요년!"

은도는 두 사람이 나가 버린 방바닥에 주저앉아 한참 동안 넋을 놓고 있었다.

'화룻정은 3년이요 조강지처는 불하당不下堂이라 … 본처는 버릴 수가 없다는데 그거를 인자 알았네 … 아이고, 내 팔자야!'

2. 동기童妓

    은도는 북면댁 끈님의 둘째 딸 꼭지를 행림옥에 두어 기생들 뒷바라지하는 계집종으로 썩힐 것이 아니라 권번으로 보내 잘 가르쳐서 기생으로 키우기로 작정했다. 아이가 워낙 영악하고 눈치가 빨라 자기한테 맡겨진 일은 빈틈없이 꾸려 가는 것을 보고, 은도는 자신에게는 혈육이 한 점도 없으니 수양딸로 삼아 볼까 하는 생각도 해 보았다.

    "내중에 손님방에 넣었다가 본데없이 장작개비맨키로 뻐덕뻐덕해 앉았이모 벅수라 카지, 운 씰개 빠진 놈이 좋아하겠노. 술집 기생년이라 카는 거는 없는 웃음도 짓고 곶감 쥔 거같이 몰랑몰랑해야 사람이 붙제."

    혼자서 중얼거리고는 아이를 불러다가 일렀다.

    "니는 이제 권번에 가서 배우고 오이라. 몇 년은 좋이 걸릴 끼다. 학채學債는 내가 댈 긴께 후제 커서 갚도록 하거라."

    여주인은 꼭지를 데리고 동래권번에 가서 기생양성소에 입학시켰다. 나이 열 살에 입적이 되었다.

    진주권번 동기였던 금화가 권번장券番長으로 있었는데, 은도는 그녀에게 찾아가서 신신당부하였다.

    "야아를 니가 직접 잘 사십肆習해서 장녹수張綠水로 맨글어 주라. 넉넉잡고 한 5년 맽기고 간다이."

    그리고 아이가 듣지 못하게 나지막한 소리로 말했다.

"지대로 키우서 장차 야아한테 행림옥을 물릴까 한다."

"가시나가 총구聰氣 있게 생깄네. 내한테 맽기 놓고 돌아가거래이. 독하게 가리칠 끼다."

권번 교육에서는 오전에는 글과 예절, 시조, 판소리, 일본어를 가르치고, 오후에는 가무와 악기 및 소리를 각자 자유롭게 연습했다. 보통은 3년의 연한을 붙여서 교양과 일본어, 기예技藝를 주로 배웠다. 교양은 손님과 접객하는 생활을 중심으로 하여 걸음걸이부터 인사하는 법, 앉는 법, 말하는 법, 옷 입는 법 등 예의범절에 관한 것이고, 기예는 악樂, 무舞, 기器로 나누어 소리는 시조, 단가, 진양조, 판소리의 단계를 배우는데, 판소리에 와서는 개별지도를 받았다.

꼭지는 금화를 도선생으로 모시고 사습비를 별도로 물면서 배웠다. 회초리를 든 선생은 어린 제자의 한쪽 무릎을 몇 시간이고 곧추세워 앉히고 엄하게 가르쳤다.

판소리 다섯 바탕을 떼어야 할 때에는 늙은 스승의 회초리가 자주 공기를 갈랐다. '아야!' 소리를 하면 두 대를 더 맞았고 '아!' 소리를 내면 또 한 대를 더 맞아야 했다. 아무 소리가 없으면 '아야' 할 때까지 맞았다. 매를 덜 맞으려면 빨리 외우고 일찍 떼어야 했다. 〈흥보가〉, 〈적벽가〉, 〈수궁가〉 등을 되풀이하느라고 아이 입술에 백태를 달고 다녔다.

우리의 가무악을 두루 학습시켰지만, 일본 춤도 추고 엔카를 가르치기도 하였다.

드디어 금화한테서 소엽小葉이라는 기명妓名을 받았다. 은도는 그 이름이 행림옥 마당에 핀 살구나무의 새순이란 뜻으로 새겼다. 물장수

동네 이름으로는 수수해서 괜찮은 기명이라고 생각했다.

"내 밑에서 대엽조大葉調를 지대로 삭힌 아아는 니밖에 없다. 우리 가곡의 원형이 대엽조가 아니더냐. 인자 가히 '소엽'이라 불려도 부끄러운 일이 아일 끼다. 이름을 더럽히지 말도록 하거라."

금화 선생은 어린 제자를 앉혀 놓고 '대엽'에 빗대어 이름을 내린 사정을 설명했다. 그리고 동래기생의 자존심을 지키도록 일렀다.

"한량들이 일본 순사한테는 대들어도, 동래기생 앞에서는 무릎을 꿇느니라. 부디 자중하거라."

소엽은 나이 열다섯에 권번에 등록을 마치고 행림옥으로 돌아왔다. 은도는 그녀를 수양딸로 삼았다.

"니는 인자 내 딸이다. 후일 노기를 거쳐 퇴기가 되면 행림옥을 니한테 물리줄 끼다. 아무 말 말고 에미 시키는 대로 열심히 하거라이."

소엽이 동기童妓로 처음 받은 손님은 머리가 하얗게 센 가시이 겐타로였다. 아이 기생은 녹의홍상을 입고 댕기머리를 풀지 않은 채 손님 방으로 들어가 어머니가 시키는 대로 노인 곁에 음전하게 붙어 앉아 한 다리를 세우고 무릎에 손을 얹고 있었다.

가시이는 손녀 또래의 아이를 보고 즐거워했다.

"호오, 귀엽구나. 너는 지금 어른들 앞에 이 자리가 뭐 하는 자린지 알기나 하고 들어왔냐?"

그러자 소엽이가 일본말로 받았다.

"배움에는 죄 될 일이 없고, 사랑에는 국경이 없네."

"으하하핫! 맞다, 맞아. 모르는 것은 배우면 되고, 술자리 사랑 놀음에 무슨 담벼락 같은 것이 필요 있겠느냐. 으하하하.”

가시이는 감복해서 박장대소를 했다.

‘기특한지고 … 이렇게 깜찍한 아이를 어디서 데려다 놓았는고.’

노인은 아바나 엽연초를 비스듬히 문 채 모락모락 피어오르는 연기 사이로 가느다랗게 눈시울을 조이며 소엽을 바라보았다.

좌중에 취흥이 오르자 피리재비는 피리에 침칠을 하고 해금은 줄에 송진을 긁고 장고는 굴레를 죄어 팽팽하게 당겨서 더덕을 치고 풍악이 시작된다. 육자배기가 나오고 〈홍타령〉을 부르자 그 끝에 소엽은 일 어나 춤을 추었다.

소엽의 춤은 ‘쿵덕 쿵덕!’ 교방굿거리의 장단에 온갖 자태를 부려 가 며 여린 몸통을 휘젓고 있었다. 열다섯 동기의 춤에 무슨 교태가 배었 겠는기미는 가시이의 눈에는 그렇게 보였다.

그로부터 한량들 사이에는 소문이 쫘악 퍼졌다.

“행림옥에 동기가 왔다! 권번에서 지대로 배워서 창도 하고 춤도 추 고 장고도 치고 가무악을 두루 다 한다 카데.”

그 재롱을 보려고 밤마다 손님들이 몰려들었다.

어린 소엽은 도도했다. 손님이 마음에 안 들면 방을 나왔다. 그래도 한량들은 기생학교에서 제대로 다듬고 배운 동기의 그런 처신을 받아 주었다.

“말이 안 있던가배. 피양기생 치마폭은 벗어나도 동래기생 치마폭 은 몬 벗어난다꼬. 벌써부터 동래기생 티를 낸다 카네.”

방마다 소엽을 찾는 손님이 밀려 있어서 은도는 순번을 정하기에 이 르렀는데, 새로 온 손님을 우선해서 아이를 밀어 넣었다.

은도는 철철이 소엽에게 새 옷을 해 입혀서 손님방에 들여보내 매번 새 분위기를 살렸다. 봄에는 숙고사, 여름 모시, 가을 항라, 겨울 뉴뚱을 걸친 소엽은 점점 여자 티를 내어 갔다.

가시이도 부쩍 행림옥 출입이 잦아졌다.

"내가 소엽小葉의 댕기머리를 풀어 주어야겠다."

가시이는 다른 놈이 소엽에게 손대지 못 하도록 은도에게 일찌감치 청을 박아 놓았다. 그리고 그는 초저녁에는 소엽을 방으로 부르지 않고 마지막 순번을 받아 불러들이곤 했다.

자리가 파하면 으레 여주인을 구슬렸다.

"오늘은 이 아이가 내 잠자리를 펴 주어야겠다."

"아이, 안 돼요. 준비가 덜 되었는데 … 아직 그냥은 안 되고요."

"그놈의 준비는 언제 된다는 거야?"

"손 없는 날 봐서 … 이케바나(꽃꽂이) 꽃꽂이라고 아무 때나 꺾는 게 아니잖아요. 먼저 수반을 갖추고 나서 꺾어야지요. 저 애는 내 딸자식으로 삼은 아인데, 갖출 것은 제대로 갖추고 거식을 해야지요."

여주인은 달아오르는 노인을 완곡하게 쥐락펴락 가지고 놀았다.

'대가를 바라는 모양인데. 좋다, 부르는 대로 치르마!'

가시이는 여주인의 애매한 말에 애가 달았다. 그는 호기를 부려 돈다발을 뿌리며 매일 밤 술판을 벌이며 행림옥의 취선옹醉仙翁 행세를 하였다.

은도가 젊은 날 한때 가시이의 품에서 놀았다면, 오늘에 와서는 그가 은도의 앞에서 소엽을 품고 놀겠다는 것이다. 오다가다 만난 의붓 어미와 수양딸의 모녀관계를 술판에 무슨 족보가 있다고 따지겠는가? 술집 여주인은 피가 내린 친딸이 아니니까 수양딸과 손님과의 관계를 굳이 혈연으로 쳐서 가릴 처지도 아니었다.

가시이는 여주인을 구슬렸고 여주인은 셈이 어지간히 맞다 싶을 때 날을 잡고, 몸이 바짝 달아올라 입에서 단내를 풀풀 날리는 파초여관 그의 방으로 드디어 동기를 넣어 주었다.

자기의 배를 훑고 나온 자식은 아닐지라도, 기생의 어미는 소엽에게 첫 잠자리를 조심스럽게 교육해 주었다.

은도는 곱게 접은 명주 수건을 건네준다.

"요에 깔고 쓰거라. 아낙이란 잠자리를 깨끗이 해야 한다 … 잠자리를 더럽히는 년이란 천하에 천한 지집이다. 손님이 다시는 돌아보지를 않는다."

노인은 소녀를 꼭 껴안고 젊은 정기를 흡인하면서 행방行房을 했다.

가시이는 그로써 동기의 댕기머리를 풀어 화초머리를 얹어 주고, 소엽을 취첩取妾했다.

노인은 당춘약을 먹고 회춘을 살리고, 어린 동기는 어느덧 소기少妓가 되어 갔다.

'나는 노리개다. 인제 깨어진 바가지다. 기워 놓은 실밥이 너덜너덜한 ….'

어린 소기는 자기의 인생을 자조自嘲했다.

제 2 부

질풍노도의 시대

블라디보스토크의 강추위

1. 시베리아 벌목장

블라디보스토크의 카레이스카야 슬라보드카. 신한촌新韓村.

아무르만灣이 내려다보이는 산비탈에 자리 잡은 고려인 마을이다.

동네 안달수 풍존 노인이 주선해 준 마차를 얻어 타고 최규는 곽상수와 함께 고려사범학교로 향했다. 고려사범은 내년 봄에 처음으로 4년차 정규 졸업생을 배출하는 고려인 자제들의 학교였다.

겨울방학을 앞두고 학생들은 조국의 소식을 듣고자 규가 연설하기로 되어 있는 강연장으로 모여들었다.

"말조심하게. 청중들 가운데 스탈린 당국에서 보낸 감시가 나와 있을 테니까."

쌈지를 기울여 곰방대에 살담배를 채우고 부싯돌을 치면서 풍존 어른이 규에게 귀띔을 해 주었다.

"염려하지 마십시오. 제가 오늘 말하려고 하는 것은 일제의 탄압을 규탄하고 사회주의 건설을 위해 단결할 것을 주창하려고 하는 것이니까, 따질 테면 따져 보라고 하지요."

규는 노인을 안심시켰다.

마차는 초겨울 얼어붙은 블라디보스토크 고려인 마을 개척리開拓里를 지나고 있었다.

추운 날씨였다. 집마다 굴뚝에서 온돌을 데우는 연기가 피어오르고 있었다. 늘어선 조선 사람의 집들은 외양은 백양나무를 써서 러시아 풍으로 간박하게 지었으나 방에는 온돌을 들여놓았다.

매서운 바람이 팔락거리는 포장을 비집고 마차 속으로 들어왔다.

마차를 모는 송 영감이 입을 열었다.

"나는 국망國亡 때 광무光武 해산군인이었소. 왜놈들 밑에서 더러운 세상을 살다가, 3·1운동 때 만세대열에 앞장서서 주재소 순사를 곡괭이로 내리찍었단 말이오. 무장경찰이 총을 쏘고 칼을 휘둘러 대고 기마대가 출동하자 솔가率家해서 마을을 떴지. 그때는 저 아이가 코흘리개였는데, 이제 저렇게 컸다오. 노동학원에 다니고 있지⋯. 오늘 선생의 연설을 들어 보려고 같이 가는 길이오."

바람에 날려서 그의 말은 끊겼다 들렸다 했다. '달그락 달그락' 말발굽이 언 땅을 두드리며 그의 말에 장단을 넣고 있었다.

노동학원은 조선인 젊은이들을 모아 놓고 운영하는 고려사범학교의 단기코스 부설학원이었다.

"수남아, 선생님한테 어서 인사드려라!"

건너편에 마주 보고 앉은 마부의 아들은 꾸벅 절을 했다. 수남은 감아쥔 주먹을 입에 대고 밭은기침을 하고는 앞만 바라본다. 벌어진 어깨가 굵은 목통을 받치고 있다.

"학생 수는 모두 몇 명이나 되는가?"

규가 물었다.

"학원하고 사범학교하고 합해서 모두 4백여 명 될 거요. 고려사범에
는 150여 명쯤 되는데, 거기는 대부분 원호인의 자식들이란 말이오.
건방진 놈들! 거들먹거리기는 … 노동학원 쪽 우리야 주로 여호인들
이지만 … ."

"다 같은 조선 사람끼리 서로 좋게 지나야지, 서로 헐뜯을 것 없지
않은가. "

상수가 타일렀다.

"잘 모르는 소리 마시오. 되지도 않은 것들이 우리만 보면 도도하게
거드름을 피우고 잘난 척 으쓱댄단 말이오. 별것도 아닌 자식들이 …
으음!"

원호인元戶人들은, 대원군 시절에 시작하여 함경도 등지에서 건너와
블라디보스토크 군항 건설 이전부터 일찍이 자리를 잡고, 러시아에 귀
화하여 농지를 분배받은 이주 초기의 정착가계였다.

여호인餘戶人들은 원호인들 이후에 떠돌이로 흘러들어온 자들이었
다. 그들은 연해주 정부로부터 토지소유권을 인정받지 못하여 경제적
으로 열악한 처지에 놓여 있었다.

풍찬노숙風餐露宿하는 고려인 독립운동가들도 자주 이 여호인 마을
에 들러 며칠씩 묵고 가기도 하였다.

이 비입적非入籍 한인 거주자들 뒤에는 항상 게페우GPU, 국가정치보위부
의 감시의 눈길이 따랐다.

원호촌 마을 고려인들은 러시아 교육을 받고 그 사회에서 확실한 신분을 보장받은 계층이어서, 뒤늦게 이주해온 여호인들과는 별로 내왕도 없이 서로 멀건이 건너다보며 남남으로 지냈다. 같은 고려인으로서 통혼通婚조차 하지 않았다.

주로 노동자, 농민들로 구성된 여호인들은 경제적으로 열악한 처지였으므로 그들의 자녀들은 주로 단기코스인 노동학원에 다녔다.

"그런데 선생님요! 그 일본 책은 읽어서 뭐 하는 데에 쓸 거요? 왜놈 것이라면 꼴도 보기 싫소. 선생이 가방 속에 가진 거라고는 모조리 일본 책뿐이구려."

수남은 규의 얼굴을 빤히 바라다보며 물었다.

규는 책을 접고 가방에 도로 집어넣었다.

"그렇기는 하네만, 세상 돌아가는 꼴을 알자면 책을 읽어야지. 나도 왜놈들이라 하면 자다가도 벌떡 일어나 치를 떠는 사람이네만, 그런데 어쩌겠나. 우리말 책에는 볼 만한 것이 아직 없으니 …."

마부 송 씨가 말을 거들었다.

"공자, 맹자 중국 책 읽다가 나라가 망했는데, 일본 책이라고 어련하겠소. 이제부터라도 조선 민족은 정신을 차려야지, 독립을 찾으려면 …."

이윽고 마차는 학교에 닿았다.

규는 마중 나온 선생의 안내를 받으며 강당으로 보이는 큰 교실로 들어갔다.

벽에는 종이에 붓글씨로 쓴 강연 안내판이 붙어 있었다. 규는 그 건너편 의자에 앉아서 안내판을 건너다보았다.

<h1 align="center">강연회</h1>

연사: 최 미하일 선생

주제: 근자의 조국 소식과 우리의 각오

일시: 1934년 11월 X일

참석: 고려사범학교 및 노동학원 학생들, 기타 청강 희망자

사회자가 강사를 소개한다.

"여러분, 오늘 말씀해 주실 최 미하일 선생은 일찍이 와세다대학 법정학부를 졸업하시고, 고향에서 후학들을 가르치시다가 왜경에게 쫓겨서 올라오신 애국지사이십니다. 이분은 특히 우리의 조국에 다가오는 세상, 공산주의사회 건설을 위하여 일로매진하고 계시며, 그래서 몸소 사회주의의 본고장 이곳 러시아소비에트 사회주의연방공화국으로 찾아오신 것입니다. 경청하여 주시기 바랍니다."

사회자가 최규에게 눈짓을 보내고 하단하자, 규는 단상의 책상 앞으로 올라가서 목례를 하고 대충 100여 명은 넘어 보이는 청중들을 한 번 둘러보고 연설을 시작했다.

"우리의 조국은 우리 머릿속에만 남아 있을 뿐 이미 나라가 아닙니다. 일본 땅의 속방屬邦이 되어 버렸습니다. 조국은 이미 지구상 어디에도 존재하지 않습니다. 따라서 조선의 국민은 국민이 아닙니다. 일본 사람들의 노예에 지나지 않습니다. 그들은 군대를 보내서 총부리를 겨누고 칼날을 휘둘러서 우리를 유린하고 우리의 재산을 수탈하고 있습니다. 지금도 함흥에서, 인천에서, 군산에서, 부산 부두에서 강탈한 물자를 매일 배에 실어 일본으로 가져가고 있습니다. 어디 이뿐

이겠습니까. 일제는 지금 학교에서 학생들로 하여금 조선말과 한글을 사용하지 못하게 탄압하고, 강제로 일본말의 상용화를 실시하고 있습니다. 이것은 단순히 언어 문제 하나에 그치는 일이 아니고, 장차 우리 민족의 뿌리를 통째로 뽑아 민족 자체를 말살하려는 음모와 획책인 것입니다. 닭의 외모가지를 비틀 듯 조선 사람이 조선말을 쓰지 못하게 입을 틀어막는다면, 그것은 짐승 취급이지 우리가 어찌 사람대접을 받고 산다고 할 수가 있겠습니까?"

그는 잠시 말을 끊고 장내를 둘러본다.

장내는 조용했다. 청중들의 시선은 연사를 향해 집중하고 있었다.

"지금 우리의 농민들은, 가졌던 농토는 저들에게 다 빼앗기고 저들의 소작인으로 전락해 버렸습니다. 봄부터 양식이 떨어져 심지어는 일찌감치 씻나락까지 먹어 치우고 모판에 낼 모가 없는 실정이 아닙니까? 장릿벼를 내어 쓰다가 가을에 갚고 나면 소출이라고 남는 것은 턱없이 부족하니, 다음 해에는 빌려 쓴 고리채高利債를 갚을 길이 없어 하늘만 쳐다보고 원망만 할 뿐인데, 빚쟁이는 들이닥쳐서 밥솥마저 걷어가는 판이니 … . 가져갈 게 없으면 딸이라도 끌고 가서 유곽에 팔아 넘기는 지경이 되었습니다. 빚진 부모는 멀쩡한 두 눈 뜨고 끌려가는 딸자식을 멍하니 쳐다볼 뿐 어찌할 도리가 없습니다. 더러운 꼴 안 당하려고 할 수 없이 식솔을 거느리고 야반夜半도주가 항다반사입니다. 고을마다 밤새 텅 빈 집들이 늘어가고 있습니다."

청중들은 말은 없지만, '대충 다 알고 있는 내용인데 장차 무슨 말을 하려는고?' 하는 눈치들이었다. 규는 책상 위 주전자의 물을 컵에 따라 한 모금 마시고 목을 축였다.

"여러분! 일제 식민자본주의의 우산 아래서 농민의 피를 빨아먹는 지주들의 착취계층을 응징해야 합니다. 우리 땅에서 모조리 쓸어내야 합니다. 일제는 이들을 옹호하고 있습니다."

잠시 말을 끊고 장내를 한 번 둘러보고 목청을 착 가라앉히고 말을 이었다.

"지금 대공황大恐慌이 세계를 강타했습니다. 이것은 드디어 지상의 자본주의가 스스로 한계에 도달하여 몰락의 단계로 접어든 것을 의미합니다."

강연장은 찬물을 뿌린 듯이 숙연해졌다.

"탐욕스런 자본주의체제의 확대재생산 과정은 끝내 자기파멸을 몰고 왔습니다. 공황은 자본주의체제 안에 내재해 축적돼온 자기모순이 겉으로 표출되는 필지의 과정인 것입니다. 이제 자본주의는 파산기를 거쳐 제3기 자본주의로 들어선 것입니다. 이것은 자본주의의 위기이고, 자기파멸이고, 그 최종단계입니다. 그 말은 자본가와 지주계급은 몰락하고 진정한 프롤레타리아트의 혁명세상이 우리에게 다가오고 있음을 뜻합니다. 우리에게 주어진 혁명과업의 수행은 … 결정적 순간을 맞이하기 위하여 우리는 프롤레타리아 전위前衛 건설에 착착 힘을 길러 나가야 합니다."

연사는 장내를 다시 빙 둘러보고 청중들이 꼼짝도 않고 자기의 말을 귀담아듣고 있는 것을 확인하고 말을 이어 나갔다.

"우리 사회주의의 조국 소비에트연방은 가까운 시일 내에 조선반도에서 반드시 일본제국 식민자본주의를 축출해 줄 것입니다. 잘 아시는 바와 같이 지금 시베리아횡단철도 복선화 공사가 진행 중에 있습니다. 이것이 완공되는 날에는 붉은 군대의 병력과 물자 수송의 기동력은 획기적으로 증가할 것이 틀림없습니다. 러일전쟁에서 러시아가 패배하게 된 것은 물론 부패한 차르 황실의 무능이 주된 원인이었지만, 다른 한편으로는 시베리아횡단철도가 없었던 것도 그 원인의 하나이지 않습니까? 당시 일본군의 끈질긴 지구전持久戰에 말려든 결과 페테르부르크로부터 병력과 보급물자를 지원받을 길이 없었던 러시아군은 지리멸렬 흩어지게 되어 결정적으로 패배를 당하지 않았습니까? 다시 말해 지정학상 원격지에 대한 수송체계 미비의 상태에서 전쟁을 치른데에 문제가 있었던 것입니다. 시베리아단선철도는 러일전쟁이 끝이나고서 10년이나 지나서야 겨우 개통을 보게 된 것이 아닙니까?"

연사는 잔기침으로 목청을 다듬고 물을 한 잔 마셨다.

"앞으로는 다시는 그런 일은 없을 것입니다. 붉은 군대는 더 이상 일본 제국주의의 세력 확장을 그대로 보고만 있지는 않을 것입니다. 일본은 오래잖아 청국을 상대로 하여 전쟁을 일으킬 준비를 하고 있습니다. 소비에트 정부는 일본의 동태에 대해서 면밀히 분석하고 대비하여 전쟁에 패배한 과거를 반드시 복수하고야 말 것입니다. 위대한 소비에트의 붉은 군대는 과거 차르 시대 황군과는 달리 결코 무기력하지 않습니다."

연사는 잠시 말을 멈추고 장내를 다시 한 번 둘러보았다.

"일본 제국주의를 우리 땅에서 몰아내기 위한 유일한 희망은 다시 러일전쟁이 발발하는 것입니다. 그리하여 일제가 패망하는 길, 다시 말해 우리가 광복을 찾는 길 … 전운은 감돌고 있습니다. 이제 시베리아철도는 복선 개통을 눈앞에 두고 있습니다. 그 말은 일본은 조선 땅에서 이상 더 오래 있지 못할 것이라는 말도 될 것입니다."

청중들이 눈을 반짝였다.

'소련의 붉은 군대가 나서면 그까짓 일본 군대쯤이야 하루아침에 날려 버릴 거야' 하는 기대감으로 장내 분위기는 들뜨기 시작했다.

"우리는 이제 조선반도에서 일제를 몰아내고 위대한 사회주의 국가를 건설해야 합니다. 노동자 농민의 세상! 우리는 일치단결하여 매진해야 합니다."

"옳소! 옳소!"

"위대한 소蘇동맹 만세!"

학생들의 지지박수 소리가 우레같이 터져 나왔다.

"우리는 무산계급의 주동하에 공산혁명을 이룩해야 합니다. 여러분이야말로 실로 소국의 사회주의 건설의 역군입니다."

다시 박수 소리가 울려 퍼졌다.

"그러나 오늘 조선의 현실은, 일제경찰이 공산당 해체를 위해 혈안이 되어 날뛰고 있습니다. 몇 차례에 걸쳐 대대적으로 당원 조직을 색출하여 그들을 체포하고 악랄한 고문을 자행하고 있습니다. 이 집요한 일본 특고特高의 백색테러 끝에 우리의 조직은 완전히 와해되고 당원들은 사방팔방 다 흩어지고 지하로 잠입해서 겨우 명맥을 유지하고 있을 뿐입니다."

장내는 숙연해졌다.

"이미 잘 알고 계시리라 믿습니다만, 제6차 코민테른 회의에서 국제공산당의 '일국일당―國―黨' 원칙을 천명하였습니다. 다시 말해서 각 지역 공산당을 거주지역 국가의 공산당에 통합하여 가입시킴으로

써 국제공산당을 일국일당 체제로 재편하여, 각국의 민족독립운동 문제보다 계급투쟁의 혁명과제를 우선하게 하자는 것이요, 그렇게 함으로써 사회주의 공산사회의 건설 혁명에 보다 효율적으로 집중하자는 방침인 것입니다. 이에 따라 조선과 만주에 있는 조선공산당의 지부 자격은 취소하고, 대신에 만주에서는 중국공산당으로 편입하고, 조선은 일본의 속령이기 때문에 조선반도 내의 공산당은 일본 공산당에 귀속하여 하나로 통일하도록 한 것입니다."

규는 이 대목에서 잠시 말을 끊고 장내의 분위기를 살펴보았다.

"일본공산당의 당면목표는 일제자본주의 세력을 무너뜨리는 데에 있습니다. 우리의 목표와 같습니다. 그러나 앞에서도 말한 바와 같이 조선 내에 있는 우리 공산당은 현재 지리멸렬 흩어져서 존속이 어려운 실정입니다. 따라서 조선에서 총독부를 몰아내고 자본주의 착취계층을 쓸어내기 위해서 양국의 공산당이 한데 뭉쳐서 협력하고 힘을 합해 우리가 가진 역량을 국제적으로 총결집시켜 …."

그때 갑자기 청중석에서 마부의 아들 송수남이 일어서더니 연설을 중단시켰다.

"틀렸소! 일본놈하고 손잡고 조선의 독립을 이야기한다는 것은 어불성설語不成說이오."

강연장 분위기가 술렁거린다.

규는 두 손을 저어 청중을 진정시키면서 찬찬히 타이르는 투로 설명을 더했다.

"지금 본인이 말하는 뜻은 일제와 손을 잡자는 것이 아니고 그와 반대로 일제자본주의를 축출하자는 것이요. 그 수단으로 우리 공산당의 한 형제인 일본공산당과 … ."

"집어치우시오! 당신한테는 조국도, 민족도 없소? 왜놈이 어떤 놈들인데, '형제'라고 하면서 그 밑으로 기어들어 가자는 짓거리요?"

규는 청중들이 오해 없이 알아듣도록 설명해야겠다고 생각했다.

"국제공산당은 서로가 동지인 동시에 한 형제요. 마르크스는 우리 공산주의 혁명가들의 위대한 사상적 조부요, 레닌은 아버지나 다름없는 사람이오. 그래서 소비에트가 우리 공산주의자의 조국이지 않소? 우리는 사사로이 감상에 얽매여 자칫 혁명을 완수하는 데에 소홀한 일이 있어서는 안 될 것이오."

청중들은 여기저기서 들고일어났다.

"둘러대지 마시오! 그래서 일본공산당이 형제가 된다는 궤변이 웬 말이오?"

"그 말은, 당이 시킨다면 키워준 모국을 팔아 치우고 조국을 바꿔치기하겠다는 놈들의 소리다! 매모환조賣母換祖 하는 놈들!"

"맞소! 맞소!"

학생들 가운데 일부가 단상 앞으로 '우-우' 몰려갔다. 주로 노동학원의 민족진영 계통의 여호인 자제들이었다.

그때 수남이 규가 앉았던 의자에 놓인 가방 속의 책을 단상에 쏟아 놓았다. 그리고 책을 들어 올렸다.

"보시오! 저자는 밤낮 일본 책만 보고 일본 연구만 하는 작자요."

"저놈은 일제의 앞잡이다. 동경서 파견한 밀정이다. 끌어내려라!"

규는 어처구니가 없었다. 학생들이 단상으로 올라오더니 그를 단 아래로 밀어 내렸다. 강연장은 아수라장이 되고 말았다.

규는 여기에 오기 전에 이곳 조선인 공산당 조직들 간에 알력이 있다는 말은 들어서 익히 알고 있었다.

이동휘李東輝가 주도하는 상해파와 모스크바 정부 비서실의 후원을 받고 있는 이르쿠츠크파 간의 암투는 치열했다. 그래서일까? 민족계열도 공산당과는 별개로 독립운동을 전개하고 있다고 들었다. 수남과 함께 몰려나온 이 학생들이 그들이 아닐까?

규는 자리를 떠야겠다고 판단하고 상수와 함께 황급히 교문 밖으로 나갔다.

그 자리에 참석했던 게페우 소속 비밀경찰 레오가 레닌모자를 깊숙이 눌러쓴 채 강연장을 죽 지켜보고 있었는데, 규가 사라지자 담뱃잎을 지그시 씹으며 피어오르는 연기 너머로 눈을 가늘게 뜨고 또박또박 수첩에다 적어 넣었다.

'카레이스키 지도자 미하일 최, 야폰스키(일본인) 첩자 혐의
1934년 11월 X일 고려사범학교 강연장'

저녁에 안달수 풍존 어른이 개척리 여호인 촌으로 규를 찾아왔다. 규가 기거하는 집은 한길 마차역 가까이에 있었다.

규는 노인을 따뜻한 아랫목 구들로 모셨다.

풍존 노인은 규가 와세다대학에 다닐 때 동창의 한 사람이었던 제천 출신 안동선 군의 친부였다. 어른은 서당 접장을 지낸 한학자였다.

안 군은 동경서 아나키스트 학생운동 주동자로 지목되어 피신 다니

다가 체포되어 복역 중에 복막염으로 옥사獄死하였다. 동선이 죽기 전에 부친 이야기를 한 적이 있었는데, 노친은 고향 마을에서 서당의 훈장으로 아이들을 가르치다가 일찍이 블라디보스토크로 올라가서 농사를 짓는다고 들었었다.

한때 최재형崔在亨이 초대 도헌都憲으로 연해주 고려인 마을 전체를 총괄할 때 그 아래 여러 마을의 풍존들을 두고 있었는데, 노친네도 신한촌의 대표로 풍존 일을 맡아 하였다. 그 후 연로하여 물러났지만 마을 사람들로부터는 여전히 존경을 받고 있었다.

규가 북행 도주하여 찾아간 곳이 바로 그 노친네였다.

조선 사람 사는 사회는 어디를 가나 다 비슷해서, 관혼상제를 치르는 집안에 마을이 나서서 서로 돕고, 어려운 일에는 환란상조患亂相助해 주고, 잘못이 생기면 과실상규過失相規 하면서 모든 대소사를 너나없이 서로 도와 마을 자치로 꾸려 나가는데, 위에는 풍존 어른이 있어서 모든 마을 일을 조정해 나갔다.

그래서 동네 사람들은 풍존을 모시고 정한 사항은 무조건 공결公決에 복종하는 것으로 되어 질서가 섰다.

풍존이 은퇴하여도 동네 어른으로서 전이나 다름없이 예우를 받고 있으며, 가끔 개인적으로 집안일을 두고 자문을 받으러 오면 의논해 주기도 하였다. 그래서 마을 돌아가는 사정을 훤히 알고 있었다.

바깥 한길 쪽에서 말방울 소리가 들려오는 가운데 안 노인이 말을 시작했다.

"최 선생, 얼른 피하도록 하게. 오늘 낮에 학교 강연 도중에 난동이 있었다 하니, 앞으로 좋은 일은 없을 것이네. 난동을 부린 주동자들은 보나마나 민족주의 진영의 젊은이들일 걸세. 이 신한촌 좁은 바닥에서 다 같은 조선 사람끼리 공산당 사람들과 민족진영 독립단체들 간에 반목이 얼마나 심한지. 게다가 같은 공산주의 단체끼리도 서로 으르렁대고 있으니. 한인공산당의 상해파와 국민의회의 이르쿠츠크파 등 꼼(코뮤니스트) 그룹들 간에 서로 주도권을 장악하려고 대립이 여간 살벌하지가 않다네."

"저도 들어서 대충은 알고 있습니다. 얼마 전 신문 〈선봉〉에서 오창환과 계봉우 간에 이론투쟁 하는 논전論戰을 읽은 일이 있습니다. 사회주의 건설운동은 제쳐 놓고 서로 흠집 내기 싸움질만 하고 있으니 참으로 답답한 일입니다."

안 노인은 말을 계속했다.

"그게 바로 '고려문전' 논전일세. 그들 두 사람의 배후가 바로 이르쿠츠크파와 상해파일세. 그 논전은 고려인 사회에서 두 계파 간에 주도권을 두고 벌이는 세력 다툼의 일부에 지나지 않다네. 볼셰비키가 시베리아 내전을 평정시키고 나자 고려인 공산주의자들은 각 꼼별로 서로 자파의 세력 확장을 위해서 이주민을 상대로 당 가입을 권유하면서 치고 박고 암투가 치열했다네. 지금도 마찬가지이지만 … ."

그는 한 손으로 감아쥔 반절짜리 곰방대의 백동연통 속에 엽연초를 엄지로 꾹꾹 눌러 담고 드르륵 성냥을 그어 갖다 대었다. 힘차게 몇 차례 뻑뻑 빨아 불씨를 살려 연기를 길게 들이켜고 도로 후우 뿜어낸다.

"그뿐만 아닐세. 여기에다 민족주의 진영과 공산당 사이의 반목도 돌이킬 수 없는 지경에까지 와 있네. 여호인들 사이에는 울분에 찬 민족주의 독립투사들이 많다네 … . 이미 들어서 알고 있겠지만, 얼마

전 북만주에서 김좌진金佐鎭 장군이 저격을 당해 피살당하지 않았던가. 공산당 화요회 그룹의 조직원이 저지른 짓이었네. 우리는 지금 일제나 친일파를 공격하는 것보다는 민족주의, 항일단체, 공산당원들 사이에 우리끼리 치고 박고 공격하는 일이 더 비일비재한 실정이라네. '남만참변南滿慘變'이라고 들어 봤는가? 만주 땅 왕청문에서 국민부의 조선혁명군 대원들이 좌파 청년 일곱 명을 살해한 사건이었지."

풍존 노인은 새로 뻑뻑 곰방대를 들이빤다.

"최 선생도 누가 언제 어디서 어떻게 나타나서 해치울지 모르니까 어서 피하도록 하게. 이곳에서는 민족 반역자로 낙인 찍혀 따돌리게 되면 아무도 가까이하려고 않거니와 살아남기가 어려운 실정이라네. 특히 친일 반동분자는 민족진영과 공산진영 양 진영의 공통의 적이란 말일세. 어서 이곳을 떠나도록 하게."

노인은 죽은 아들의 친구 규를 그윽이 바라보며 목소리를 한층 낮추어 이야기했다.

"그보다 더한 것은, 잘 알고 있겠지만 이 나라 스탈린 정권하에서는 일본과 내통하는 첩자는 어떠한 경우에도 용납이 안 된다는 사실일세. 잊지 말게."

노인은 하얀 수염을 쓰다듬고 잔기침을 뱉더니 조용히 말했다.

"지금 벌목장伐木場으로 숨어 들어가게. 죄수들 벌목수용소 옆에 민간인 벌목대도 같이 있지. 시베리아철도 건설공사에 쓰일 침목 조달이 늦어져서 급한 지경에 있네. 손이 달리는 편이라 거기 가면 받아 줄 것이네."

해는 남쪽하늘에 낮게 떠 있었다. 겨울 아침 느지막이 솟아오른 해는 엷은 햇살을 부챗살처럼 펼치고 있었다. 해는 오늘도 남쪽 하늘에 활처럼 반호半弧의 궤적을 그리며 낮게 지나갈 것이다.

세상은 꽁꽁 얼어붙었다. 벌목공들은 혹독한 추위 속에서 입을 다물고 묵묵히 작업을 하고 있었으나, 입을 벌리고 숨을 내쉴 적마다 하얗게 입김이 뿜어져 나왔다. 산 위로 솟아 오른 햇살로 사위는 밝아졌으나 복사열은 미미했다. 얼굴에 닿은 햇살은 간지러웠다.

우지직!

나무둥치 꺾이는 소리가 나더니 옆에서 낙엽송이 쓰러졌다. 은빛 눈가루를 사방에 뿌린다. 쓰러진 나무는 굽은 가지의 탄력으로 잠시 출렁이다가 멈췄다. 벌목공 두 사람이 쓰러진 나무를 토막 내기 위해서 톱으로 자르기 시작했다.

규와 상수도 높이 솟은 낙엽송을 사이에 두고 양쪽에 마주 서서 나무의 밑동을 번갈아 가며 도끼로 내리찍고 있었다.

쿵! 쿵!

차가운 공기를 뒤흔들며 울려 퍼지는 도끼질 소리에 맞추어 나무때기가 튀었다. 사방에서 나무 찍는 소리가 진동했다.

둘은 깊이 팬 쪽의 나무 밑동에 톱날을 갖다 대었다.

써억 써억 써억!

톱질이 시작되었다. 나무를 가운데 두고 긴 톱을 양쪽에서 교대로 당기고 밀면서 그네질 왕복운동을 계속했다.

톱이 파고 들어간 낙엽송 깊은 곳으로부터 송진 냄새가 희미하게 풍겨 온다. 콧물로 얼어붙은 코는 그래도 가냘프나마 후각은 살아 있었다. 나무는 강추위에 여물어져서 톱날이 잘 먹히지 않는다. 그나마 알량한 톱날마저 닳아 빠져 뭉그러진 데다가 송진이 눌어붙어, 톱이 미끄러지며 겉돌기 때문에 작업은 쏟아부은 노동의 양에 비해 진도가 나가지 않았다.

벌목한 나무는 철도 침목용으로 쓰일 재목이었으므로 굵기가 실히 반 아름은 되는 것들이었다. 그런데 나무는 굵을수록 더 단단했다.

그래서 작업자들이 베기 쉬운 나무만 골라서 작업하게 마련이므로 나중에 나무가 가늘어서 불합격되면 당일 노르마를 채울 수가 없기에 도로徒勞를 피하기 위해서 미리 벌채할 나무를 골라서 밑동에 페인트칠을 하도록 규가 제안했다. 그러나 페인트를 구할 길이 없어 벌목할 나무에 흰 종이를 발라 표시해 놓았다.

쓰러진 나무는 가지를 쳐서 없애고 동나무로 잘라서 짊어지고 화물차에까지 가서 올려놓는다. 젖은 생나무는 무겁다. 겨우 상차上車를 마치고 나면 다리가 후들거린다.

규와 상수 두 사람의 옆 조의 작업자가 화톳불을 지폈다.

그들은 만주 사람들이었는데, 한 사람은 나이가 지긋이 든 츄 노인이었고 또 한 사람은 젊은이 첸이었다.

젊은 치가 불 앞에 쪼그리고 앉아 톱날을 불길에 대어 엉긴 송진을 녹이기 시작했다.

지 지 지!

불꽃에 녹아내리는 송진을 걷어내자 톱날이 벼른 듯이 새로 돋아났다. 그때 저벅거리는 흑피 가죽장화를 둘의 코앞에 들이대며 로스케(러시아인) 작업감독관이 나타났다.

"불 쬘 틈이 어디 있어? 작업을 서둘러라!"

"불 쬐는 것이 아니오."

"그럼 뭐 하고 있는 거야?"

"불로 송진을 녹이고 있소. 톱날이 무뎌져서 나무가 먹히지 않소."

"뭐라고? 쇠톱을 불에 태웠다고? 이런 멍청한 놈, 쇠를 다 버렸다! 도구 하나 보급 받으려면 열흘 이상 걸린다. 그동안 작업은 틀렸다. 당장 불을 꺼!"

감독관은 아연실색하며 눈을 부라린다.

"송진은 기재보관소에서 밤새 닦아 주었잖은가?"

"그런데 도로 눌어붙소. 아무리 해도 톱이 나가지가 않소."

"아가리 닥쳐! 남들을 보아라! 다들 그 톱으로 열심히 하고 있다. 너같이 불평만 해대는 놈은 필요 없다. 당장 나가! 위대한 사회주의 소비에트 건설에 방해만 될 뿐이다."

첸은 그길로 벌목장에서 추방되고 주급은 톱을 버린 값으로 쳐서 기자재 배상금조로 몰수되었다.

시베리아철도 복선공사가 막바지에 이르러 필요한 침목을 제때 조달하기 위하여, 정치범 수용소 인력 외에 민간인 벌목공도 동원해서 작업을 강행했다. 벌채에 동원된 사람들은 로스케, 조선인, 만주족, 몽골인 등 여러 민족이 뒤섞여 있었다.

벌목작업은 전날 사용한 톱에 송진이 눌어붙어 남아 있으면 하루 종일 두 그루 베기도 어렵다. 그러나 보수 작업자가 밤새 송진을 잘 닦아 낸 톱으로 작업하면 네 그루는 너끈히 자를 수가 있었다.

각자에게 할당된 하루의 작업 분량 노르마가 채워지지 않으면 연장

작업에 들어간다. 벌목작업은 매일 저녁 늦게까지 강행되었다.

규가 제안했다.

"새 톱으로 교체해 주시오. 톱날이 닳아서 도저히 작업이 되지 않소. 새 톱이라면 능률이 훨씬 올라갈 것이고, 야간작업을 하지 않아도 되지 않소?"

작업감독관은 잘라 말했다.

"조용히 못 해! 그래서 기재계 보수작업반이 있고, 밤을 새워 톱이고 도끼를 닦아 주고 있지 않느냐. 우리는 조직적으로 일하고 있어. 뭐가 불만이야? 일할 생각은 않고 연장 탓만 하고 있어."

그는 작업도구를 교체해서 작업능률을 올릴 생각은 않고 작업자를 다그치기만 했다. 자재도구를 신청해도 제때 조달되지 않는다는 것을 그라고 해서 모를 리 없기 때문이다.

규는 감독관의 말을 나름대로 달리 이해했다.

'허기사 도구가 낡았다고 생각대로 바로 교체되지는 않겠지. 항상 재고를 쌓아 놓지는 않을 테니까. 사회주의 건설에는 먼저 해결해야 할 일이 산더미같이 쌓여 있으니까, 톱 따위는 다음에 생산해도 되는 거야. 우선 주어진 톱으로 더 열심히 하는 수밖에.'

만주인 츄 노인은 같은 조의 첸이 쫓겨나서 그날의 노르마를 채우지 못했다. 그는 일과가 끝난 후 계산계 앞으로 가서 당일의 노르마 성적표를 내밀자 벌목한 나무의 개수를 확인하더니 "미달!" 하고 스탬프를 쾅 찍었다.

식사는 삼시 세끼 매 끼니마다 똑같이 목침만 한 크기로 삼등분한 흑레브(흑빵) 300g씩과 카푸스타(양배추 소금국) 한 그릇이 정량으로 나왔다. 덩치가 큰 사람이든 작은 사람이든 똑같이 300g씩이다.

시베리아철도 건설공사 노무자들은 각자의 위장을 공평하게 이 식사 정량에 맞추어야 했다. 그나마 노르마를 채우지 못한 사람들은 100g 빼고 200g밖에 주어지지 않는다. 그래서 노르마를 몇 차례 채우지 못하면 허기진 끝에 영양실조가 되게 마련이었다.

작업자들은 흑빵 300g을 타기 위해서 톱날이 닳아 빠졌든 말았든 죽자 사자 나무 베기에 매달려야 했다. 츄 노인은 그날 저녁과 다음 날 아침용으로 각각 200g씩밖에 지급받지 못했다.

식당에는 배식을 타기 위해 작업자들이 줄을 지어 늘어섰다. 규와 상수는 식당으로 들어오자 바로 줄 뒤에 가서 붙지 않고, 규가 멈칫 멈칫하며 상수를 식당 구석으로 끌어당겼다.

"국 건데기는 아래로 처진다. 조금만 참아라."

카푸스타는, 배식당번이 처음에는 멀건 국물만 퍼 주게 되므로 양배추 우거지는 아래로 처질 수밖에 없다. 그래서 뒷줄로 갈수록 건더기를 더 얻어 걸칠 수가 있었다.

둘은 메줏덩이처럼 딱딱하게 굳은 흑빵을 따뜻한 국물에 불려서 우거지를 얹어서 먹었다.

다음 날 아침 200g밖에 지급받지 못한 츄 노인은 어제 저녁으로 때운 200g으로 다소 허기가 져 있던 판에, 아침에 지급받은 중식용 300g을 헐어서 100g을 먹고 나머지는 방한복 호주머니에 집어넣었다.

'오후에는 또 허기가 지겠지. 그래도 우선 배부터 채우고 보자.'

그는 가뜩이나 쇠약한 체력에 영양부실로 시력이 먼저 갔다. 해가

지면 앞이 잘 보이지 않았다. 막사 안 통로를 손으로 더듬으면서 걸어 다녔다.

벌목대 사람들은 노르마를 위해서 존재했다. 식사정량으로 묶어 놓은 이 노르마를 달성해야 그날의 목숨이 겨우 유지되는 셈이었다. 잘해야 본전이었다. 혹 미달이라도 되는 날에는 목숨에 축이 가게 되는 것이다. 노르마는 사람의 목을 조르는 덫이었다.

일과는 저녁 6시에 마치는 것으로 되어 있었으나, 그날의 벌목 할당량이 채워질 때까지 작업은 계속되었으므로 거의 매일 늦게 끝났다.

츄 노인이 낀 조는 자주 늦어졌으므로 벌목운송용 트럭 운전수가 작업현장에 와서 다그친다.

"자, 빨리빨리!"

운전수가 제재소에 늦게 도착하면 그곳의 목재 하역반이 또 툴툴거린다. 너무 늦게 운반하게 되는 날은 그들이 퇴근하고 난 뒤여서 운전수 혼자서 목재를 제재소에 부려 놓아야 했다.

하루의 노르마는 그렇게 해야 채워지는 것이었다.

규와 상수 두 사람의 조는 노르마를 채우는 데에 별 문제가 없었다. 어느 날은 초과 달성해서 저녁과 아침분으로 각각 100g씩을 추가로 배식받는 날도 있었다. 그날도 역시 츄 노인은 정량 미달이었다. 규는 낮에 작업장에서 그가 고꾸라지는 것을 보았다.

'저 노인이 허기가 진 모양이구나.'

규는 저녁에 침상에 들어 노르마를 생각했다.

'내가 노르마를 초과 달성한 대가로 200g을 더 받은 몫은 결국 츄 노인이 미달함으로써 그의 몫에서 빼앗아 온 것이 아닌가. 그러니까 이

200g은 결국 그의 몫이다. 돌려주자. 우리는 똑같이 나누어 가져야 한다. 노르마를 정해 놓고 사람을 차등하는 것은 옳지 않다. 결국 배당받아야 할 몫의 총량은 일정한데, 그것을 똑같이 나누어야 한다. 덜 받는 사람이 있고 더 받는 사람이 있다는 것은 공평한 일이 아니다.'

규는 남겨 둔 200g의 흑빵조각을 막사 아랫단 침상에서 끙끙 앓고 있는 츄에게 건네주었다.

"들고 자도록 하시오."

노인은 얼른 받아 들고 빵 조각을 호주머니 속에 쑤셔 넣었다.

"고맙네, 젊은이. 오늘은 정량을 제대로 받았다네."

다음 날은 유난히 추운 날이었다. 해가 기울면서 기온이 갑자기 급강하하기 시작했다. 코, 뺨, 입술, 눈시울 등 추위에 드러난 살갗은 얼얼했다. 감각이 무뎌지고 눈시울에 묻은 눈물과 코끝에 묻은 콧물은 그대로 얼어붙었다. 낯가죽이 당기고 저려 왔다.

"낯을 비비소, 동상 걸려요!"

상수는 규를 향해 말하고, 장갑을 벗은 맨손으로 눈을 한 주먹 쥐고 얼굴에 대고 문대기 시작했다.

"뜨뜻하요. 얼른 비비 보소."

규는 상수의 낯짝에 손을 갖다 대었다. 후끈후끈했다.

규도 그냥 있어서는 안 되겠다 싶어 상수가 하는 대로 눈으로 비비기 시작했다. 낯짝은 따끔따끔했다. 눈두덩, 콧등, 두 볼이 얼얼해 왔다. 비빈 눈은 새로 얼어붙어 살갗을 해쳤다. 피가 흘렀다. 이내 얼굴이 훈훈해 왔다. 빈 손바닥으로 빠르게 문질렀다.

당 다다앙! 다앙 다다앙! 다앙 다다앙!

일본군이 쓰다 버린 박격포 포신을 잘라 매단 강철토막을 쇠망치로 두드려서, 작업중단을 알리는 신호가 혹한酷寒의 공기를 흔들면서 선명하게 들려왔다. 이어서 사이렌도 울려왔다.

"드디어 마로즈(동장군)가 왔다."

규가 외쳤다.

막사 쪽에서 메가폰으로 외쳐 댔다.

"작업을 중단하고 귀영하라! 작업중단! 귀영하라!"

기온이 영하 35℃에 이르는 날은 작업을 중단했다. 한겨울 시베리아에서는 빙점하 30℃의 날씨가 죽 계속하다가 한순간에 기온이 급강하한다. 동장군이 맹위猛威를 떨치는 것이다.

마로즈는 그날 저녁 무렵 칼바람을 몰고 벌목장을 기습했다. 공기가 '쨍!' 하고 갈라지는 것 같으면서 정신이 멍해 왔다. 체감기온은 영하 50℃에 가까웠다. 솜으로 누빈 방한복에다 두터운 면양말, 방한화, 방한모, 벙어리장갑 차림으로 무장하였으나, 살 속으로 파고드는 추위에 몸을 잔뜩 웅크리고 버텼기 때문에 어깨가 아파서 뻐개지는 것 같다.

작업자들은 막사로 철수하였다.

이런 날에는 저 아래 아무르만의 바닷물도 얼어붙어 버릴 것이라고 규는 생각했다. 바다가 얼면 블라디보스토크를 출발해서 포시에트항으로 가는 정기여객선이 한겨울 내내 발이 묶이고 만다.

기자재실에 들른 작업자들은 톱이며 도끼를 내팽개치며 화풀이를 해댄다.

"네 눈으로 똑똑히 봐라! 이게 무슨 놈의 작업도구야! 쇠토막이야, 쇠토막! 날 좀 갈아라, 내일 또 사람 잡지 말고."

몽골인 한 명이 톱을 들어 기재계 담당 둘 중의 한 명의 목 앞에 들이대며 톱질할 듯이 시위하며 위협했다. 송진이 눌어붙어 톱날이 파묻혀 있었다.

작업계가 톱의 손잡이를 쥐며 말했다.

"네 눈으로 봐라! 이 많은 것을 밤새 어떻게 다 닦아낼 수 있어? 대충대충 해도 꼬박 밤을 새야 하는데 …."

"그래도 네놈들은, 낮 시간에 따뜻한 방에 앉아서 흘레브 정량만 꼬박꼬박 타 먹고 있잖아. 못 닦아내겠다면 200g으로 줄여야지."

막사는 자작나무로 지은 바라크 건물로 바람이 벽의 틈새를 뚫고 숭숭 새들었다. 새벽에는 난로 불씨도 꺼지고 기온이 내려가기 때문에 방한복을 입고 양말을 신은 채 담요를 뒤집어쓰고 자야 했다. 그래도 발은 시렸다.

벽돌로 쌓아 올려 드럼통을 절반 잘라서 뒤엎어 씌운 난로는 통로 한복판에 설치해 놓았다. 땔감은 사흘에 한 번씩 갈탄 배급이 나왔으나 워낙 양이 작아서 도저히 감당이 되지 못했다. 그래서 대원들은 작업이 끝난 후 나뭇가지나 썰고 난 나무토막 등 땔감을 거두어 가지고 와서 난로에 불을 지피는 것이다. 나무 연료가 다 떨어질 때쯤 갈탄을 난로에 집어넣고 잠을 청한다. 탄불은 타다가 제물에 꺼져 버리고, 새벽녘이면 막사 안은 다시 얼음 같은 냉방이 되어 버린다.

초저녁 막사 안에 훈훈하게 온기가 퍼지면 옷에 눌어붙었던 인내가 온기에 녹으면서 매캐한 냄새가 퍼진다. 그리고 곧이어 이가 스멀거리기 시작한다.

"아이구, 가려워. 또 설치기 시작하네."

상수는 손톱으로 겨드랑이며 사타구니를 피가 나도록 벅벅 긁어댄다. 바짓가랑이를 벗어 들고 통로에 툭툭 턴다. 수수 알갱이같이 통통한 이가 수두룩하게 떨어진다. 그리고 난로 위에 쳐 놓은 빨랫줄에 내의를 벗어서 걸어 둔다. 난로가 달아올라 뜨거워지면 이가 견디다 못해 아래로 떨어져 내린다. 드럼통 위에서 내장 터지는 소리가 '땍 땍!' 들린다.

막사의 대원은 모두 30여 명이 되었는데, 러시아 노동자가 약 절반 가까이였고, 다음으로는 만주인과 몽고인, 그리고 고려인은 4명이 있었다. 두 사람은 규와 상수고, 나머지 둘은 경북 칠곡 사람으로 나이가 장년에 든 황 씨와 30세 전후의 김 씨였다.

날이 밝아 식당으로 가는데 사람들이 웅성웅성했다. 밤새 두 사람이 얼어 죽었다.

"저 양반은 츄 노인이 아닌가?"

상수가 말했다.

막사 옆 낭떠러지 아래로 굴러떨어져 새우처럼 동그마니 몸을 웅크리고 드러누워 있는 사람은 츄가 맞았다.

밤중이면 얼어붙은 길이 미끄러워서 변소까지 이르는 통로에는 줄을 매달아 놓았다. 잠에서 덜 깬 대원들이 변소에 다녀올 때는 반드시 줄을 쥐고 다녔다. 가뜩이나 밤눈이 어두운 츄 노인은 용변을 보러 나갔다가, 실족으로 미끄러져서 줄을 놓치고 아래로 굴러떨어진 모양이었다.

감독관이 유품을 정리하면서 호주머니를 뒤졌더니 흑빵 조각이 나왔다. 규가 건네준 바로 그 빵이었다. 아마 다음 날 노르마를 달성 못하면 먹으려고 챙겨 두었을 것이었다.

또 한 사람의 사망자는 수용소 쪽 철조망에 매달려 있었다.

벌목대의 막사 언덕 아래로는 정치범 죄수들의 막사가 있었다. 탈주를 막기 위해서 수용소 사방을 돌아가며 철조망으로 둘러쳐 놓았다. 러시아어로 '전류 주의'라고 빨간 글씨로 쓴 팻말이 철조망에 걸려 있는 것이 아직도 희끄무레한 어둠 속에서 전등 불빛에 비치고 있었다.

시신은 바로 그 철조망에 걸려 있었다. 탈출을 기도하고 철조망을 타고 오르다 와이어 가시에 찔린 끝에 전류가 몸 안으로 흘러들었던 모양이다.

그런데 그 시신 밑 땅바닥에 늑대가 한 마리 죽어서 드러누워 있었다. 늑대 무리가 먹잇감을 발견하고 다가왔다가, 매달린 시신을 보고 그중 한 놈이 철조망을 오르다 전류에 감전된 모양이었다. 눈밭에는 사방에 늑대 발자국이 어지럽게 찍혀 있었다.

아침 해가 뜨기 전에는 온도계가 영하 40℃를 가리키고 있었다. 해는 오전 9시가 넘어서야 솟을 것이다.

"오늘은 기온이 오를 때까지는 작업이 없겠지. 정오나 되어야 슬슬 나가겠지."

둘은 잔뜩 웅크린 채 식당으로 갔다. 국솥에서 무럭무럭 피어오른 김으로 식당 안은 보얗다. 전등 불빛이 김에 가려 노랗다.

작업대는 낮 12시 가까이 되어서야 펄럭이는 적기赤旗를 앞세우고 벌목장으로 향했다.

오후 작업은 강풍 속에서 진행되었다. 휘몰아치는 바람이 나뭇가지 사이를 빠져나가며 숨 가쁜 휘파람 소리를 낸다. 나무 찍는 도끼 소리가 바람 속에서 날렸다.

건너편에서 작업하고 있던 황 씨가 갑자기 몰아닥친 강풍으로 로스케 벌채공이 베던 나무가 쓰러지는 바람에 치이고 말았다. 황 씨는 그 나무를 등지고 작업하고 있었기에 나무가 쓰러지는 것을 눈치채지 못하여서 미처 피할 겨를이 없었다.

규가 급히 달려가서 큰 소리로 주위의 사람들을 불러 모아 나무 둥치 밑에 쐐기를 박고 나무를 들어 올려서 황 씨를 끄집어냈으나, 벌써 절명해 있었다. 나무둥치가 뒤통수를 친 모양이었다.

"누구 잘못이야?"

작업감독관이 소식을 듣고 와서 쓰러진 나무 밑동에 도끼질 한 부분을 살펴보았다. 나무가 쓰러진 쪽의 도끼 자국이 더 깊이 찍혀 있었다.

"이쪽이 깊이 팬 것을 보니 노인 쪽으로 쓰러지게 생겼구먼. 그렇다면 나무가 넘어진다고 미리 일러 주었어야지. 쯧쯧!"

감독관이 나무를 쓰러트린 젊은 로스케 벌목공 두 사람을 보고 잔소리했다.

"'어! 어!' 하고 비키라고 고함을 질렀소."

그들은 손을 저으며 항변조로 말했다.

"죽은 사람은 러시아 말을 못 알아들은 게로군."

사고 조사는 어물쩍 유야무야로 끝났다. 죽은 사람은 죽은 사람이고, 산 사람은 다그쳐서 노르마를 달성해야 했다.

"시체는 저쪽으로 치우고 모두 작업 착수!"

큰 소리로 작업을 지시했다.

"시체는 묻어 주어야 할 것 아니오?"

규가 나섰다.

"묻어 주어야겠거든 작업 마치고 나중에 해!"

감독관은 사라졌다.

규와 상수 및 황 씨와 한 조로 일하던 김 씨 셋이서 시신을 작업장 뒤 언덕 너머로 일단 옮겨 놓았다.

시베리아철도는 많은 노무자들의 희생 위에 건설되었다. 수많은 작업자들이 작업사고로, 영양실조로 죽어 나갔다.

산 사람들은 무덤덤했다. 그들도 죽음의 문턱이 그들 가까이에 바싹 다가와 서성거린다는 사실을 알기 때문이었다. 동장군 추위 앞에서는 살아 있다고 사람으로서 살아 있는 것이라 할 수가 없었다. 몸과 마음과 정신이 꽁꽁 얼어붙어 극한의 추위 속에 버려진 짐승과 다를 바가 없었다.

"언제까지 우리는 이런 일만 하고 있을 것이오?"

상수가 투덜거렸다.

"조금만 참자. 지금 우리는 위대한 사회주의를 건설하는 과정에 있다. 이상을 실현하기 위한 이념의 길을 걷는다는 것은 고난의 행군일세. 이 고통의 과정을 참고 이겨내야 우리가 바라는 세상이 우리를 맞이해 줄 것이다."

규는 먼 곳에 있는 이상만을 내다보고 상수를 달래었다.

'부닥친 현실을 기피하지 말고, 원대한 이상을 향해서 참고 개척해 나가자.'

일과를 끝내고 황 씨의 시신 쪽으로 가 보니, 방치된 시체를 늑대가 뜯어 먹고 있었다. 배 속의 내장을 꺼내 먹다가 사람이 나타나자 힐끗 힐끗 쳐다보며 물러났다. 상수가 나무토막을 들고 늑대를 뒤쫓는 시늉을 했다. 늑대들은 달아났다. 눈 위에 피가 흘러 있었다.

"달리 묘터를 골라잡을 방도가 없으니 이곳에 매장하는 수밖에 없지 않겠나."

좌장격인 규가 말했다. 나머지 두 사람도 같은 생각으로 고개를 끄덕였다.

규는 목재운반 차가 다니는 임도林道에서 떨어져 약간 둔덕진 땅을 골라 눈을 걷어내고 나뭇가지를 긁어모이 언 땅에 모닥불을 지폈다. 땅을 파자면 동토凍土를 녹여야 했다.

불길이 살아나자 나무토막을 주워 모아 불 위에 쌓아 올렸다. 불길은 바람을 받아 활활 소리를 내며 거세게 타올랐다. 셋은 입을 다물고 서서 불 속을 내려다보고 있었다.

불길이 어지간히 사그라지자 상수가 곡괭이로 땅을 파기 시작했다. 땅은 30~40cm 정도는 녹아 있었다. 그러나 그 밑에는 여전히 꽁꽁 얼어붙어 있었다. 곡괭이가 되 튕겼다.

"얕게 묻으면 봄에 늑대가 와서 파헤친다. 깊이 묻어야 한다."

규는 구덩이에 땔감을 넣고 다시 불을 지펴 바닥의 흙도 녹였다.

규는, 아무리 관을 짤 도리가 없더라도 시신을 흙바닥에 눕힌다는 것이 도리가 아니라 생각했다. 생각 끝에 땔감용 나무토막을 바닥에 나란히 깔았다. 이미 덕장에 걸린 황태같이 얼어서 굳어 버린 시신을 그 위에 뉘었다.

먼발치에서 거뭇거뭇 짐승 몇 마리가 이쪽을 바라보고 있었다. 늑대 무리였다.

규는 호주머니에서 비상용 칼을 끄집어내어 쥐고, 사자死者의 머리카락을 한 움큼 잘라서 동향 사람 김 씨에게 건네주었다.

"이 모발은 두었다가 고인의 유물로 고향 집에 전해 줍시다."

그들은 파헤친 흙을 시신 위에 덮어 복토覆土했다. 무덤은 도톰하게 봉분을 이루었다.

셋은 고인에게 묵도를 하고 명복을 빌었다.

"형님, 부디 극락왕생하시이소."

동향인 김 씨가 발원했다.

바람은 아귀 떼가 몰려오듯 아우성을 치며 불어제쳤다. 눈물이 배어 나왔다.

"눈물인지 진물인지 엔간히 추워야지⋯."

상수는 중얼거렸다. 추위로 인하여 눈두덩이 얼어붙었다가 녹았다가 하는 바람에 살갗이 헐어 진물이 흘렀다.

북녘 하늘에는 새파란 별이 떨면서 내려다본다.

그들이 떠나고 난 자리에 늑대들이 와서 컹컹대고 냄새를 캐다가 사라졌다.

그날 밤 막사로 돌아온 규는 쇠꼬챙이를 난롯불에 달구어 나무 쪽에 고인의 이름자를 새겨 화인火印을 했다.

"내일 황 씨의 묘비를 세워 주어야지."

신호용 강철토막을 두드리는 기상 소리가 울렸는데도 규는 잠에 빠져 그 소리를 듣지 못했다. 막사 안은 벌써 여기저기서 깨어나서 부산하다.

　　"일어나이소, 선생님!"

　　규는 상수가 흔드는 바람에 그제야 잠에서 깨어 눈을 비비고 고개를 들었다.

　　"어어, 벌써 일어날 시간가?"

　　벌떡 자리에서 몸을 일으키는데 뜨끔하고 옆구리가 결렸다. 허리를 펼 수가 없다. 도로 자리에 누워 버렸다. 대못이 박히는 묵직한 통증이 허리를 가로질렀다. 몸을 추스르고 가까스로 일어났으나 허리가 끊어지는 듯이 아파서 걸음을 내디딜 수가 없다.

　　"아야, 몸이 왜 이렇지?"

　　"많이 아픕니까?"

　　"으응, 통 운신을 못 하겠네."

　　"큰일 났네요. 아침은요?"

　　"흘레브만 좀 타다 주게."

　　규는 호주머니를 뒤져 식사 확인표를 꺼내어 넘겨주고 도로 자리에 드러누웠다.

　　규는 상수로부터 아침과 점심분으로 300g 두 덩어리를 건네받아 양쪽 호주머니에 하나씩 쑤셔 넣고, 그의 부축을 받아 작업감독관을 찾아갔다.

　　"몸이 아파서 꼼짝을 못 하겠소. 오늘은 쉬어야겠소."

　　"어디가 아프다는 거야?"

"허리를 못 펴겠소."

"작업을 쉬게 될 판이면 어제 미리 말을 했어야지. 그래야 같이 작업할 짝을 맞출 것이 아닌가."

규는 죽겠다는 시늉을 지으며 말했다.

"자고 나니까 갑자기 아팠어요. 큰 병원에 가 봐야겠소."

"일단 의무실로 먼저 가 봐."

감독관은 규를 노려보더니 종이쪽지에 진료의뢰서를 써 주었다. 그리고는 적기를 앞세우고 막 출발하려는 작업대 쪽으로 가 버렸다.

의무실 병동은 정치범수용소와 같이 쓰고 있었다.

중위 계급장을 단 의무관은 규로부터 증상을 듣고 나서 상의를 걷어올리도록 지시하고 청진기를 갖다 댔다. 한참 동안 여기저기 짚어 보더니 고개를 갸웃했다.

"옆구리에 물이 많이 찼어. 시내 병원으로 가 봐."

그리고는 규를 힐끗 쳐다보더니 치료의뢰서를 써 주었다.

규는 막사로 돌아와서 흑빵 한 덩어리로 식사를 마치고 침상에 드러누웠다. 시내로 나가자면, 저녁에 제재소로 나가는 목재운송 트럭을 이용하는 수밖에 없었다.

나머지 흑빵 한 덩어리로 오후 느지감치 점심 겸 저녁으로 때우고, 벌목작업이 끝날 즈음해서 결리는 허리를 한 손으로 껴안고 다리를 질질 끌며 트럭 쪽으로 갔다.

"자, 빨리빨리!"

운전수는 제일 늦은 작업조를 거친 목소리로 다그치고 있었다.

규는 의무실에서 준 쪽지를 보이고 운전수에게 승차를 부탁했다.

그는, 작업조가 마지막 통나무를 화물칸에 실어 올리자 규를 태운 차를 거칠게 몰아 임도林道를 빠져나갔다. 시내 가까이 오자 차를 세우고 규를 내려 주었다. 규는 간신히 마차를 얻어 타고 신한촌으로 돌아왔다.

다음 날 아침 병원으로 가기 위해 규는 모처럼 면도도 하고 옷도 방한복 대신 외투로 갈아입고 나섰다.

마을 앞 마차 정류장으로 갔다. 몸을 잔뜩 웅크린 채 어렵사리 발걸음을 옮기면서 다가오는 규를 보고 마부는 막 떠나려던 마차를 세우고 알은체를 했다.

"최 선생 아니오? 아침부터 웬일이오?"

어호인 마을의 광무군인 송 씨 노인이었다.

"재생병원 가는 길이오."

"어서 올라타시오. 비좁지만 … 그쪽으로 가는 길이니까."

"고맙소."

6인승 이시보시(러시아 마차)는 벌써 승객으로 차서 빈자리가 없었다. 말은 얼어붙은 빙판을 달그락거리며 달려간다.

규는 구부정하게 허리를 꺾어 난간을 잡고 서서 밖을 내다보고 있는데, 마차가 흔들리는 바람에 겨드랑이에 끼고 있던 책이 바닥으로 흘러내렸다. 책은 바지 차림에 흑피장화를 신고 앉은 러시아 여자 발 앞에 떨어졌다. 그녀는 엎드려 책을 주워 올려 잠시 표지를 훑어보더니 규에게 건네주었다.

"프레쉬보(고맙소)!"

규가 인사했다.

그 여자는 일어서더니 규더러 미소를 띠며 자리를 권한다.

"환자시군요. 이리로 앉으세요."

"괜찮소, 서서 갈 수 있소."

그러자 여인은 규를 밀치다시피 하여 자리에 앉힌다.

"고맙소만 … ."

규는 열없게 미소를 띠며 인사했다.

규가 책을 옆구리에 낀 채 오른손 주먹으로 왼손의 엄지손가락을 꼭 감아쥐고 있는 것을 그녀는 유심히 내려다보았다. 규가 어려서 할머니가 절에 데리고 다녔을 때부터 몸에 밴 비로자나불의 수인手印 버릇이었다.

'슬라브족은 원래 이렇게 심성이 착하다고 하더니 … .'

여자의 자리를 뺏은 것에 미안한 마음이 들었다.

비스듬히 기어드는 엷은 아침 햇살에 그녀의 얼굴은 보얗게 빛나고 코발트색 눈동자는 하얀 유백색 살갗에 더욱 짙푸르다. 그녀는 구부린 채 한 손으로 난간을 쥐고 다른 한 손으로는 기둥을 안은 채 흔들리면서 밖을 내다보고 있었다.

눈이 마주쳤다. 웃음을 띠자 속눈썹이 도르르 말려 올라갔다가 웃음을 짓자 도로 펴진다. 규도 웃으려고 하였으나 뺨에 딱지 앉은 동상 자국이 땅겨서 얼굴이 일그러졌다.

"소련당사黨史를 읽고 계시군요."

"공부 삼아서 … 러시아말도 배우고."

마차는 병원에 도착했다.

그녀는 웃음을 남기고 먼저 내려서 고동색 머리칼을 출렁이며 병원 건물 안으로 들어가 버렸다.

'집안사람 문병이라도 온 모양이지.'

규는 그렇게 생각하며 접수구로 가서 진찰수속을 마쳤다. 긴 의자에 앉아 순번을 기다리고 있는데 한참 만에 규의 이름을 부르는 여자 목소리가 들렸다.

"최 미하일!"

그가 안으로 들어서자 간호사가 알은체하며 싱긋 웃는다. 아까 마차에서 같이 내린 바로 그 러시아 여자였다. 그녀는 천으로 가린 안쪽 구석을 가리키며 들어가라고 손짓했다.

젊은 의사가 두꺼운 의학서적을 읽고 있다가 규가 들어오는 소리를 듣자 도수 높은 인경 너머로 눈살을 찌푸리며 물었다.

"어떻게 왔어?"

"옆구리가 결리고 몸이 무거워서. 열도 좀 나고⋯."

의사는 그에게 상의를 걷어 올리도록 하고는 청진기를 갖다 댄다.

"늑막염이요. 무슨 일을 하고 있소?"

"벌목작업을 하고 있소."

"못 먹은 데다 무거운 것을 들었군 그래."

의사는 200cc짜리 빈 주사기를 옆구리에 꽂더니 누르께한 액체를 가득 뽑아냈다.

그리고는 간호사를 불러들여 턱짓으로 규를 가리켰다.

"사샤, 입원 시키도록 해!

허리는 신통하게도 금세 시원해졌다. 몸이 날아갈 듯 가뿐해졌다.

그녀는 규를 데리고 입원실로 가서 벽 따라 길게 놓인 침대를 가리 켰다.

"하루걸러 다시 물을 뽑아야 하니까 누워 쉬세요."

규는 침대에 올라가서 담요를 뒤집어쓰고 누웠다. 방은 썰렁했다. 스팀은 들어오지 않고 벽난로도 꺼져 있었다. 유리창에 낀 성에는 생선가시 발라 놓은 듯이 무늬를 이루고, 창밖에는 어마어마한 추위가 도사리고 병실을 들여다보고 있었다. 이마의 열은 내리고 있었다.

10인실 병실에는 환자 다섯 명이 누워 있었다.

바로 옆자리 환자는 볼에 구레나룻이 더부룩이 덮이고 몸매가 빼빼 마른 중년 남자였는데, 벌떡 일어나더니 입에서 온도계를 뽑아내어 침대 매트에 대고 박박 문질렀다. 규가 의아해서 가만히 보고 있자니 온도계를 잠시 들여다보고는 다시 문댄다.

잠시 후 복도에서 간호사의 슬리퍼 끄는 소리가 들리자 얼른 자리에 도로 누워서 온도계를 입에 물고 눈을 감았다.

사샤가 문을 밀고 들어와서 방금 자리에 드러누운 환자 앞으로 와서 온도계를 뽑아 들고 들여다본다. 긴가민가하는 표정을 지었다.

"열은 좀 내렸네. 39℃지만 5부가 내렸어요. 다행이에요. 고비는 넘겼어요. 열이 42℃를 넘더라도 한 이틀만 버티면 살아나요."

온도계를 털어서 빨간 수은을 떨어트리고 다시 환자의 입에 물리고는 들으라는 듯이 중얼거렸다.

"다행히 장티푸스는 아닌가 봐요. 40℃만 넘으면 장티푸스 환자 병동으로 옮겨가야 하는데⋯."

그러자 환자는 팔을 휘저으며 알아들을 수 없는 러시아말로 헛소리를 해 댔다. 가만히 보니까 낯이 익은 얼굴이었다.

'맞다. 벌채작업장에서 같이 일하던 바로 그 작자구나.'

며칠 전 작업 도중에 갑자기 고열로 쓰러져서 후송된 러시아인이 있었는데, 여기에 와 있었다.

실려 가는 그를 보고 다들 말했다.

"저놈은 오래 못 살 거야. 장티푸스로 일주일도 못 넘길 거야."

장티푸스 역병이 돌고 있어서, 병원에서도 하루에 한둘은 죽어 나갔다.

사샤가 수돗가로 가더니 물수건을 적셔 와서 환자의 이마에 덮어 눌러 주고 담요를 목에까지 추켜올렸다. 그리고는 규에게 물 컵을 들고 왔다.

"좀 편해졌죠? 물을 뽑았으니까 한결 시원할 거예요."

이마를 짚어 보더니 가벼운 미열이 남아 있었으나 대수롭지 않다고 말했다. 알약 봉지를 열더니 두 알을 꺼내서 건네주고는 지금 먹으라고 했다.

"나머지는 내일 아침저녁으로 두 알씩 먹도록 해요. 하루걸러 다시 물을 뺄 거니까."

규가 알약을 입에 털어 넣고 물을 삼키고 나자 사샤가 규의 얼굴을 빤히 들여다보며 묻는다.

"카레이스키 맞지요?"

'어떻게 알았을까' 하고 생각하는데, 금발의 슬라브 여인이 눈을 크게 뜨고 자신 있게 고려인 최 씨의 이야기를 한다.

"최는 카레이스키의 성씨예요. 표트르 최라고 하는 카레이스키가 있었어요. 나중에 러시아에 입적하고, 제정러시아 시절에는 이 지역 수십만 인민의 도헌都憲 관직에 부임해서 상트페테르부르크로 가서 니콜라이 황제를 뵙고 훈장까지 받은 적이 있었어요. 최는 카레이스키 표트르의 성이에요."

'독립운동가 최재형 씨를 말하고 있구나.' 하고 규는 생각했다.

"맞소. 최는 카레이스키의 성이 맞소."

규는 머리를 주억거렸다.

"러시아 책 읽었지요?"

사샤의 흰 치즈 색 얼굴에 유난히 돋보이는 짙은 코발트색 눈동자가 규를 응시하며 물었다.

"아직 배우는 중이오."

그러자 그녀는 투르게네프의 산문집을 내놓는다.

"러시아말을 배운다면, 소련당사보다는 이 책을 읽어 봐요."

얼굴 가득히 웃음을 지으며 여느 때와 마찬가지로 속눈썹을 도르르 말아 올린다.

"며칠 입원해 있어야 하니까 천천히 읽어 봐요."

그녀는 규에게 책을 건네고 방을 나갔다.

옆에 누워 있는 구레나룻 환자가 말을 걸어 왔다.

"이 엄동설한에 올 데 갈 데 없는 사람을 먹여 주지, 재워 주지. 왜 추운 데 나가서 죽을 고생을 해야 하느냐 말이다. 노르만가 뭔가 하는 것 때문에 시달리면서 … 여기는 이 겨울 떠나고 싶지 않은 천국이야."

온도계를 보여 주며 말했다.

"이놈만 문지르면 온도가 올라가 준단 말일세. 세상 사람들은 날 믿지 않지만 이 온도계만은 믿어 준단 말이야."

그날 한밤중에 일어나서 또 온도계를 문대고, 이어서 사샤가 들어와서 온도를 재고 고개를 갸우뚱하고는 온도계를 도로 입에 물리고 돌아갔다.

'어쩌면 저렇게 사람을 의심할 줄 모를까? 다 같은 슬라브족인데 저놈은 간호사를 찜 쪄 먹고 있는데. 러시아는 큰 나라가 되어서 온갖 사람들이 다 있는 모양이지.'

규는 하루걸러 다시 물을 뺐다.

"진도가 많이 나갔네요."

읽다가 엎어 놓은 투르게네프의 책을 가리키며 사샤가 말했다.

그녀는 야무지게 다문 입술, 볼에 팬 보조개로 갑자기 얼굴에 생기가 넘친다.

"당신은 나무나 베고 있을 사람같이는 보이지 않아요. 그렇다고 등 뒤에서 남을 찌를 사람 같지도 않고요. 속이 깊은 사람 같아요."

"내가 벌목한다는 것은 어떻게 알았소?"

"처음 진찰받던 날 의사 앞에서 말했잖아요. 그보다 앞서 벌목대 의무실에서 작성한 치료의뢰서를 봤지요."

그녀는 책을 집더니 규가 읽다 만 나머지 중에서 한 페이지를 골라 열고 찬찬히 읽어 준다.

엄마가 아파 침대에 며칠 누워 있을 때가 떠올랐습니다.

나는 엄마가 죽을까 봐 무서워서 울었습니다.

그러자 엄마는 나를 위해서라도 꼭 나을 거라고 위로해 주었지요.

엄마가 나를 사랑하는 것 못잖게 메추라기도 자기 새끼를 사랑하겠지요.

〈메추라기〉라는 산문시 한 편을 다 읽어 주고 책을 돌려주었다. 유리창에 핀 얼음꽃이 햇빛을 받아 하얗게 빛나고 있었다.

"생명은 귀한 거예요. 그 무엇과도 바꿀 수 없는 고귀한 거예요. 어미 새는 제 목숨보다 새끼의 목숨이 더 중요한 것이었어요. 왜냐하면 새끼의 생명에 대한 어미의 사랑은 맹목적이니까요. 맹목은 내 목숨을 가리지 않는 것이어요. 환자의 생명도 귀중한 목숨이에요. 이 병원에 들어온 것은 살기 위해서 들어온 것 아녜요? 내가 밤잠을 덜 자더라도 환자를 보살피는 게 내 직업이고요."

사샤는 구레나룻 환자에게 눈길을 주었다.

"저 환자도 인제 목숨을 건졌어요. 다행히 열이 내려 가까스로 고비를 넘겼어요."

구레나룻은 씨익 웃는다.

규의 통증은 훨씬 가셨다. 신열도 평열平熱로 내렸다.

나흘째 되는 날 그는 퇴원했다.

여호인 송 씨의 마차 편으로, 들어올 때와 마찬가지로 사샤와 함께 시내로 나갔다. 그녀는 일을 끝내고 퇴근하는 길이었다.

거뭇거뭇 어두워진 밤하늘에서 주먹만 한 눈송이가 내리기 시작했다. 두 사람은 마차 안에서 말 두 필이 내딛는 둔탁한 발굽소리를 듣고 있었다.

마부 송 씨는 탄식조로 말을 뱉어 내었다.

"허어, 눈도 많이 쏟아지네. 내일은 마차바퀴 대신 스키로 갈아 끼 워야겠다. 밤새 길이 얼어붙고 말 테니까."

"밤새 눈이 쌓여 길이 파묻히겠지요."

규가 송 씨의 말을 받았다.

가끔 바람이 휘몰아쳐서 마차 포장을 들추고 안으로 눈가루를 들여 보냈다. 포장을 비집고 올려다보는 밤하늘의 눈은 어둠 속에서 거뭇 거뭇했다.

"아가뇨끄(불꽃)!"

사샤가 등불을 바라보며 말했다. 바람에 날리는 눈발 사이로 반원 으로 된 창틀에 발갛게 불빛이 비쳐 나오고 있다. 따뜻한 등색橙色이었 다. 감귤의 단면 같은 창틀이었다.

'케로신(석유) 램프의 불빛일 거야.'

케로신은 톡 쏘는 역겨운 독한 냄새와는 달리 퍽이나 따뜻하고 포근 한 불빛을 비쳐 주고 있다.

창틀에 쌓인 눈이 불빛을 받아 불그스름했다. 등불이 멀리 사라지 자 추위가 다시 몰려오는 듯한 어둠 속에서 따뜻한 불빛이 사뭇 아쉬 워졌다.

"모이 도움(우리 집)! 저기 건너 보이는 집이 우리 집이에요."

사샤가 손가락으로 불 밝힌 감귤 단면의 창틀을 가리켰다. 흐르는 눈발 너머로 언덕 위에 시커멓게 서 있는 벽돌집이었다.

마차를 세웠다.

'저기서는 아무르만이 내려다보이겠구나. 그런데 등불을 켜고 사샤를 기다리고 있는 사람은 누구일까?'

사샤의 집은 언덕 위에 있었다. 절벽 아래로 하얀 기선이 아무르만을 지나는 것이 보이면 겨우내 얼어붙었던 바다가 녹은 것이다. 저기서는 기선이 증기를 쭉 뿜으며 붕붕 고동을 길게 울리고 하얀 물살을 가르며 포시에트항으로 운항을 시작하는 것이 보일 것이다. 그러면 들판에 봄이 찾아온 것이다.

2. 사샤의 방

두 사람은 마차에서 함께 내렸다.

"나는 이쪽에 살고 있소."

규는 바로 길 옆에 어둠 속에서 희미하게 서 있는 장승을 가리키며 말했다.

"저기 토템폴 같은 기둥이 두 개 서 있지요? 바로 그 옆이 내가 거처하는 곳이오. 그러고 보니 우리는 한 이웃인 셈이오."

두 사람의 거처는 마차역을 가운데 두고 서로 마주 보았다.

"그동안 도와줘서 고맙소."

규의 인사에 사샤는 손을 흔들어 보이고 돌아서서 펑펑 쏟아지는 함박눈 속으로 걸어갔다.

"투르게네프는 곧 돌려드리겠소."

규는 멀어져가는 그녀의 등 뒤에 대고 소리쳤다. 그녀는 뒤를 돌아보지도 않고 손을 들어 사래질을 하고는 어둠 속으로 사라졌다.

아침에 해가 밝자 온 천지는 하얗게 눈으로 덮여 있었다. 집마다 창틀 높이까지 눈이 쌓이고, 길은 눈에 파묻혀 아예 없어져 버렸다.

규는 하루 종일 투르게네프를 읽었다.

다음 날 일요일 점심 무렵 그는 집을 나섰다. 동네 사람들은 집 앞에서 넉가래로 가래질을 해 가면서 눈을 치우고 있었다. 키 높이로 쌓인 눈을 치워 사람들이 다니는 통로는 마치 두더지 굴같이 여기저기로 통하는 긴 참호였다. 건너편 통로를 지나는 사람들은 모가지만 내놓고 오락가락하는 것이 보였다.

해는 남쪽 하늘 나지막이 떠 있어 전봇대의 그림자를 길게 드리우고 있다. 반원의 궤적을 그리며 이내 서쪽으로 기울 것이다.

사샤의 집은 이층집이었다.

규는 문 앞에 다가가서 문을 두드렸다.

똑똑 똑똑똑! … 똑똑 똑똑똑!

벽걸이 장식을 못질하는 망치 소리같이 일정한 간격을 두고 조심스럽게 두드렸다.

잠시 후 이중으로 문 따는 소리가 들리더니 사샤가 얼굴을 내밀었다. 규는 옆구리에서 투르게네프 책을 끄집어내 들어 보였다.

"들어와요. 추워요."

그녀가 안으로 불러들인다.

문은 모두 세 겹이었다. 덧문을 차례차례 닫고 마루로 들어서자 벽난로에서 활활 타오르는 불길로부터 훅하고 열기가 건너왔다.

"슈바(모피 외투)를 벗으세요. 금세 따뜻해질 거예요."

벽에는 고래수염을 갈라 빗은 스탈린과 이마가 불거진 레닌의 초상화가 각각 걸려 있고, 그 아래 벽난로 위에는 자그마한 사진틀이 놓여 있었다. 훈장을 달고 찍은 젊은이의 사진이었다. 사진 아랫부분에 '레오 세르게이'라고 쓰여 있다.

"오빠예요. 오빠하고 단 둘이서 지내요."

그녀는 시답잖다는 목소리로 말하고 나서 경멸하듯이 중얼거렸다.

"알량한 볼셰비키!"

벽에는 낫과 망치를 걸친 소비에트 혁명기의 액자가 걸려 있다.

규는 화목이 쌓인 벽난로를 마주하고 있는 소파 테이블 위에다 가져온 책을 내려놓았다.

"볼셰비키를 욕할 일은 아니지요. 러시아 공산혁명을 성공리에 끝내고 위대한 사회주의 세상을 건설하고 있지 않소."

규가 사샤에게 말했다.

"아녜요. 그들이 하는 말은 죄다 거짓말투성이에요. 그들을 믿어서는 안 돼요. 혁명으로 권력을 쟁취하고부터는 인민들을 속이고 있어요. 심지어 말을 듣지 않는다고 사람들을 숙청하고 … 소비에트 정부는 인민을 위한 정부가 아니라, 인민을 탄압하기 위한 권력기관으로 점점 타락하고 있어요."

그녀는 규의 슈바를 받아 옷걸이에 걸었다. 그리고 주방에 들러서 보드카 두 잔을 양 손에 들고 왔다.

그녀의 자두색 스웨터가 벽난로의 불빛을 받아 주황색으로 변했다.

"자, 한 모금 해요. 몸이 금세 녹을 거예요."

규는 잔을 들어 상대와 눈높이로 맞추고 입안으로 털어 넣었다. 알코올은 쇠꼬챙이로 후비듯이 식도를 비틀며 타고 내렸다.

"책은 다 읽었어요?"

테이블 위에 놓인 책에 눈길을 보내며 그녀가 물었다.

"그럭저럭 훑어보았소만, 전부를 이해하기가 어려웠소. 이념서적보다 문학책 읽기가 훨씬 어렵군요."

"그래도 레오보다는 낫군요. 읽어 보라고 주었더니 바쁘다고 열어보지도 않고 구석에 처박아 두더라고요. 멀쩡한 사람들을 잡아다 수용소로 보내거나 처형하는 짓거리나 하면서, 책 읽을 시간은 없다는 거예요. 사람의 생명을 도통 참새 목숨 정도로도 여기지 않으니 … ."

규는 벽난로 위 그녀의 오빠 사진 속의 훈장을 다시 쳐다보았다.

"알렉세이가 투르게네프를 좋아했어요. 그의 소개로 나도 읽게 되었고 따라서 좋아하게 되었어요."

"알렉세이가 누구요?"

"레오가 죽인 레오의 친구예요. 백군파의 나팔수였어요. 내가 좋아했던 사람 … 미하일, 당신은 알렉세이를 연상시켜요."

'친구를 죽이기까지 하였다면 레오는 뭐 하는 자일까?'

규는 다시 레오의 사진을 쳐다보았다.

"미하일은 이곳에 언제 왔어요?"

사샤가 규에게 물었다.

"한 1년 됐소."

"조선 땅 어디죠, 고향은?"

"반도의 끝, 먼 남쪽 항구도시요."

사샤는 생각났다는 듯 찬장으로 가더니 자색의 잼을 접시에 퍼 담아서 내놓았다.

"맛 좀 봐요. 시고 상큼해요. 야생딸기로 만든 거예요. 옴스크에서 가져왔는데 거기서는 지천으로 자라요. 한여름에 들판에 나가 하루종일 따 먹어요. 해질녘에 입술이며 이빨이며 혓바닥까지 보랏빛으로 물들어서 집으로 돌아오곤 했죠. 그곳 여름밤은 백야白夜여서 밤늦게까지 우리는 같이 지냈죠. 딸기로 물든 보랏빛 흔적은 이틀이 지나도록 지워지지 않았어요. 다음 날 알렉세이와 나는 이 자국을 확인하며

서로 지나쳤지요, 남들은 알 리 없는 우리들만의 달콤한 비밀을 즐기
면서 … ."

그녀는 잼을 한 스푼 떠서 입에 넣고는 다시 물었다.

"그곳 남쪽 바닷가에서는 겨울에도 빨간 꽃이 핀다죠?"

유리창에 얼어붙은 눈꽃이 엷은 햇살을 받아 부조浮彫의 음영을 짓
고 있었다.

"그렇게 추운 곳은 아니오, 거기 사는 사람들만 춥다고 느낄 뿐이지
만. 한겨울에 꽃망울이 터져요. 붉은 꽃잎, 노란 수술이 찬바람에 흔
들거려요."

"꽃이 지는 소리가 들린다면서요? 툭툭 땅에 떨어지는 소리 … ."

그녀는 먼 남쪽의 따뜻한 곳을 동경이라도 하는 듯이 눈을 가늘게
뜨고 말했다.

"동백은 꽃잎이 두터우니까 무거워요 … . 나비도 꿀벌도 찾아오지
않는데 혼자서 꽃을 피우고 열매를 맺소. 열매는 기름을 짜요. 조선
여인들 머리에 바르는 머릿기름으로 써요."

시큼한 딸기잼 맛이 이빨 사이로 맴돈다.

"그곳 항구도시에는 제정러시아 때 지은 건물이 남아 있소. 조선의
황제가 아관파천俄館播遷하던 무렵 러시아 영사관에서 지은 건물이오.
바다 건너편에 거제도라는 섬이 있소. 차르 황제가 부동항不凍港으로
그렇게 갖고 싶어 했던 섬이오."

페치카(벽난로)에서는 불길이 사그라지고 있었다.

그녀는 손도끼로 자작나무 화목火木을 쪼개서 페치카에 던져 넣었

다. 장작개비에는 금세 불이 일었다.

"여기로 이사 온 지 3년이 되었어요. 그전에는 부모와 함께 오빠하고 쭉 옴스크에서 살았어요. 바이칼 호수의 북쪽이에요. 거기서도 고려인들을 보았어요. 시베리아 내전이 끝나자 연해주의 고려인 지주들이 땅을 빼앗기고 쫓겨 오는 것을 많이 보았어요. 레닌이 강제 이주시켜 끌려왔다고 했어요. 춥고 쓸모없는 땅에 내팽겨졌지요."

쪼갠 자작나무를 페치카에 한 번 더 던져 넣고 말을 이었다.

"기차를 타고 지나는데, 눈 덮인 하바롭스크 들판에 거적움막을 지어 놓고 얇은 흰 옷을 걸치고 벌벌 떨고 있더군요. 못 먹고 굶주려서 눈을 희멀겋게 뜨고 기차를 바라보던 아이들 모습이 눈에 선해요. 양말이라도 신은 아이는 아무도 없고, 개중 발싸개를 한 여자아이가 있기는 했지만. 그 뒤 한동안 하바롭스크 비탈길을 오르내리면서도 맥없이 바라보던 고려인 아이들의 희멀건 눈동자가 어른거려서 여러 번이나 발을 헛디딜 뻔했어요. 불쌍한 카레이스키들."

그녀는 동정 어린 눈으로 잠시 규를 건너다보며 다시 말을 이었다.

"레닌에게 속아서 끌려왔던 거예요. 항일 빨치산 카레이스키들은 시베리아 내전 당시 레닌 정부를 도왔는데도, 피를 흘린 한인들의 공로는 인정하지 않고 오히려 그들의 재산을 몰수한 뒤 연해주에서 쫓아내어 추방시킨 거예요. 먼 곳 아무르와 하바롭스크 이북지역으로 끌려갔어요. 차디찬 불모지예요. 그곳서 카레이스키들이 많이 얼어 죽었어요. 볼셰비키 놈들, 거짓말쟁이 놈들! 볼셰비키 당은 아예 믿으면 안 돼요. 급할 때는 이용만 하고, 나중에는 전혀 딴소리를 하는 패거리들이에요."

사샤는 제풀에 흥분한 나머지 목소리를 높였다.

"카레이스키에게는 나라도 없다면서요?"

"나라? 빼앗겼어요. 일본이 대포를 앞세우고 빼앗아 갔어요. 되찾을 거요."

규는 퉁명스럽게 말을 내뱉었다. 화롯불에 얼굴이 뜨거워졌다. 동장군이 내습하던 날 눈으로 문댄 얼굴 가죽이 열을 받으며 부풀어 올랐다. 눈 두둑은 부어오르고 눈물이 번졌다.

아마 이 슬라브 여인의 따뜻한 동정에 감동하여 눈물이 번진 것은 아니었을까.

이번에는 규가 손도끼로 자작나무를 쪼개 난로 속으로 던져 넣었다. 숯 더미에서 불꽃가루가 튀어 올라 흩어졌다.

"사샤는 왜 볼셰비키를 싫어해요? 오빠가 당을 위해서 일하는 사람이라면서도."

"볼셰비키 레오가 알렉세이를 죽였어요. 가여운 알렉세이. 원래 그들은 어릴 때부터 둘도 없는 친구 사이였어요. 그러나 커서는 오빠는 혁명군에 가담해 볼셰비키 게페우 행동대원으로 일하고, 알렉세이는 멘셰비키 백위파白衛派 군대에 들어가 나팔수로 있었어요. 같은 혁명군이 볼셰비키 적군파와 멘셰비키 백군파로 나뉘어 싸우는 바람에 친구 사이가 하루아침에 적이 되어 버렸지요 …. 오빠는 혁명군이 동궁冬宮을 접수했을 때만 해도 망나니로 지냈어요. 부모님 속을 썩이며 … 혁명전사를 자처하며 빌빌 싸돌아다니다가 어느 틈엔가 볼셰비키에 가담해 있더군요."

그녀는 잠시 말을 거두고 보드카를 마셨다. 그리고는 꿈을 꾸는 듯 두 눈을 가늘게 뜨고 천천히 말을 이어갔다.

"중학교 다닐 무렵부터 우리는 부모님과 함께 옴스크에서 살았어요. 시베리아 내전이 아직 끝나지 않은 때였어요. 알렉세이는 학교를 졸업한 뒤 백위파 기마부대에 들어가 연대 나팔수로 있었어요. 그가 잘 빗긴 고동색의 말을 타고 저녁 햇살에 유니폼의 금단추를 반짝이면서 황금빛 나팔을 낀 채 연병장을 도는 모습을 나는 창 너머로 넋을 잃고 바라다보곤 했어요. 마상馬上에서 그도 나에게 잠시 눈길을 주었어요. 모든 것은 꿈속이었어요. 갑자기 고수가 드럼 치는 소리가 들려오면 나는 자지러졌어요. 곧 이어서 나팔 소리가 울리니까요. 온몸이 경직되고 두 갈래로 땋은 머리채가 흔들렸어요. 그가 불던 나팔의 곡호曲號 소리가 아직도 귓전에 맴돌아요."

그녀는 말을 끊었다. 창밖의 먼 곳을 초점을 맞추지도 않고 한참 바라보고 있었다.

"신호나팔은 일곱 음계의 단조로운 음역 안에서 오르내려요. '도솔도도미솔도.' 단조로우면서도 또렷한 음계 … 은은한 곡조 가운데 슬라브 민족의 애환이 담겨 있어요."

그녀는 두 손가락으로 의자의 팔걸이를 두드리며 신호나팔의 장단을 두드리고 있었다. 그녀의 귀에는 알렉세이의 나팔 소리가 들려오고 있는 것이다.

"나는 지금도 그의 나팔 소리의 환청에 시달리고 있어요."

그녀는 머리를 흔들었다.

"아침 잠결에 그의 기상나팔 소리를 듣고 깨어나고, 밤이면 취침나팔 소리에 별을 보며 잠 속으로 빠져 들어가곤 했어요. 그는 꿈속에서도 나와 함께 있었어요. 그는 군대 가기 전에, 들판으로 나가서 야생 딸기를 따서 내 입에 넣어 주곤 했어요. 큰 것만 골라서 … 그리고는 투르게네프를 읽어 주었어요. 백야白夜였어요. 꿈속을 헤맸어요. 나는 딸기를 씹을 수가 없었어요. 꿈이 으깨지는 것이나 아닌가 싶어서요. 입안에서 혓바닥으로 우물거리고만 있을 뿐이었어요."

그녀는 갑자기 접시 바닥에 남은 딸기잼을 핥기 시작한다. 혀로 입술을 휘둘러 핥고 나서 숨을 깊이 몰아쉬고 말을 잇는다.

"백위파 정권이 붉은 군대에 밀려서 이르쿠츠크로 쫓겨 가기 직전이었어요. 그가 옴스크를 떠나야 하기 전날 … 그날 우리는 첫 키스를 했어요. 그 순간은 내 뇌리에서 영원히 지워지지가 않을 거예요. 그리고 우리는 문신文身을 새기러 갔어요."

그녀는 손목을 걷고 어깻죽지에 입묵入墨해 놓은 빨간 장미 한 떨기를 규에게 보여 주었다.

"이것이 그의 입술 자국이에요. 먹바늘을 찌르기 전에 그는 내 팔뚝에 입술을 갖다 대었어요. 그 자리에다 문신을 새겼어요. 내 몸에 닿아서 남아 있는 그의 흔적이에요. 언제나 따뜻한 그의 입김이 장미와 더불어 살아 있어요. 그는 가슴에 새파란 별을 새겨 넣었어요. 내 입술이 닿았던 자리 … . 별은 영원하잖아요."

그녀는 눈시울에 눈물이 번지기 시작했다.

"저녁 무렵 그는 우리 집까지 나를 바래다주었어요. 내 방으로 들어가서 그가 돌아가는 뒷모습을 보려고 창문을 열었더니, 오빠 레오와 알렉세이 둘이서 언쟁을 하고 있었어요. 급기야는 주먹질이 오가고 육탄전이 벌어졌어요. 그가 오빠를 눕히고 올라타서 주먹으로 얼굴을 내리치고 있었어요. 내가 놀라서 쫓아나갔는데, 그는 일어나서 손을 툭툭 털고 뒤도 돌아보지 않고 가고 있었어요. 그때였어요. 레오가 일어나서 그의 등 뒤에서 권총을 발사했어요."

사샤는 잠시 머리를 흔들었다.

"타앙! 하고 메마른 소리와 함께 알렉세이는 그 자리에 푹 고꾸라졌어요."

그녀는 다시 한 번 머리를 흔들었다.

"'알렉세이! 알렉세이!' 하고 미친 듯이 부르짖으며 그에게로 달려가는데 오빠가 내 손을 잡았어요."

사샤는 마치 오빠라도 된 듯이 그의 말을 되살렸다.

"가지 마. 저놈은 백군이야. 도저히 용서할 수 없는 적이야. 러시아 소비에트 사회주의연방공화국의 이름으로 처단한 거야. 네가 저놈하고 가까이 지내다니 있을 수 없는 일이야. 그놈이 다시는 우리 집 앞에 얼씬도 못하게 해 주었어."

그녀는 가쁜 숨을 몰아쉰다. 가슴이 부풀어 오른다.

"그러나 나는 레오의 팔을 뿌리치고 그에게 달려갔어요. 알렉세이는 가슴에서 피를 쏟으며 신음하고 있었어요. 나를 올려다보며 깊은 숨을 몰아쉬고 꺼져 가는 목소리로 말했어요. 들리지가 않았어요. 분명히 '사랑해. 사샤…'라고 했을 거예요. 틀림없어요. 그리고는 고개를 떨구었어요."

그 대목에서 그녀의 눈에는 눈물이 방울져 맺혔다. 고개를 들고 애써 먼 곳을 쳐다보는 눈가에는 젖은 속눈썹이 말려 올라간다.

"오빠가 뒤에서 알렉세이를 쏘았어요. 비겁한 볼셰비키! 오빠는 달 아나 버렸어요. 나쁜 놈! 야비한 놈! 그리고 오빠는 친구를 죽여 놓고 수첩에 이렇게 적어 두고 변명하고 있더군요. '민족적 수치심도 없이 일본놈과 손을 잡고 적군赤軍에게 덤벼드는 백위파를 처단하다. 위대한 소蘇동맹 만세!'"

그녀는 보드카를 또 따라 마셨다.

"비겁한 볼셰비키! 친구를 등 뒤에서 총으로 쏘다니. 어릴 때부터 가까운 친구 사이였는데 … 학교도 같이 다니고 … 친한 친구마저 죽여 가면서까지 왜 혁명을 해야 하는 건지 나는 모르겠어요."

그녀는 분노로 치를 떨면서 고개를 흔들었다. 장작불이 얼굴에 비쳐 어른거렸다.

"나는 그를 안고 내려다보았어요. 핏기가 가신 하얀 얼굴에 쓰러지면서 난 상처에 피가 엉켜 붙어 있었어요. 볼이었어요. 손수건으로 닦아 주었는데, 빨갛게 속살이 들여다보였어요. 잊을 수가 없어요. 가련한 알렉세이! 그것이 마지막이었어요…. 그는 영원히 갔어요, 나를 사랑한다는 말을 남기고 … 나를 사랑하는 마음을 지닌 채 그대로 내 가슴에 묻혀서 눈을 감았어요. 틀림없이 별나라로 가서 나를 내려다보고 있을 거예요. 가여운 사람. 마지막으로 나를 올려다보던 그의 눈길을 잊을 수가 없어요. 눈을 감아도 또렷이 살아나요. 10년도 넘게 지난 지금에도 말이에요."

그녀는 꿈에서 깨어나듯 눈물을 훔치고 나서 규의 얼굴을 쳐다보며 말했다.

"미하일! 내가 마차에서 처음 당신을 만났을 때 당신의 얼굴 위에 흠칫 그의 얼굴이 겹쳐져 어른거렸어요. '이 사람은 알렉세이의 환생이다.' 하고 생각했어요. 불교의 윤생輪生 말이에요. 당신의 뺨에 난 흉터가 그렇게 생각하도록 만들었어요. 바로 그의 볼에 난 상처가 꼭 그대로예요."

규의 볼을 코발트의 눈동자가 뚫어지게 응시한다. 규는 벌목장에서 마로즈가 닥쳤을 때 눈뭉치로 비볐던 볼의 동상자국으로 손길이 갔다.

"엄지손가락을 감아쥐는 버릇. 그것이 알렉세이가 하던 것하고 꼭 같아요. 그가 그렇게 했어요."

규는 순간 '나의 비로자나불의 수인手印 버릇을 말하고 있구나.' 하고 생각했다.

"그가 처음으로 사랑을 고백하러 와서 나한테 장미꽃 한 송이를 두 손으로 바쳤어요. 그러고는 간절하게 나의 눈치를 살폈어요. 오른손으로 왼쪽 엄지를 꽉 쥐고서 말에요. 그때 그는 가슴이 설레었을 거예요. 주먹이 떨리고 있었어요."

그녀는 난롯불에서 장작개비를 끄집어내어 궐련에 불을 붙여서 입에 물고 깊이 들이마셨다가 '후우!' 하고 길게 내뿜는다.

"아까 우리 집을 찾아왔을 때 문을 노크했지요, '똑똑 똑똑똑, 똑똑 똑똑똑.' 미하일, 나는 알렉세이가 찾아온 듯 잠시 착각했어요. 그것이 그가 내 창을 두드리던 박자하고 어쩌면 그리 똑같아요? 동양 사람들한테는 육감이란 것이 있다면서요? 바로 이런 느낌인가 봐요. 아마 그가 당신을 심부름 보냈나 봐요. 미하일, 당신은 알렉세이의 환생이 틀림없어요."

그녀는 주기酒氣가 오르는 모양이다. 얼굴이 붉어 온다. 숨소리가 쌕쌕 가빠 온다.

"미하일, 점심때가 지났으니 배가 고프네요. 내가 맛있는 음식을 차릴 테니까 우리 저쪽으로 가요."

규를 식탁으로 안내했다. 그리고는 보드카를 한 잔 더 내왔다.

"아, 생각났어요. 딸기잼이 하나 더 있어요."

그녀는 새로 잼을 한 접시 내왔다.

"이것은 맛이 달아요. 고려인 농장에서 재배한 딸기로 만든 거예요. 표트르 최(최재형)가 크림반도에서 가지고 와서 이곳에서 재배해 퍼뜨린 거라고 해요. 그곳의 위도가 이쪽과 비슷해서 잘 자라나 봐요. 그는 고려인의 독립투사였어요. 그래서 일본군에게 잡혀서 우수리스크에서 처형당했어요."

그녀는 림스키코르사코프의 곡을 콧노래로 흥얼거리며 음식 만드는 데에 열중했다.

"어때요. 이 감미로운 딸기잼을 입안에서 으깨고 있노라면 지중해의 부드러운 해풍이 내 눈등을 간질여요. 올리브밭 나뭇가지 사이를 지나서 불어오는 미풍 말예요."

사샤는 만두와 수프를 식탁에 올려놓았다.

"펠메니(러시아식 만두)와 보르시(수프)를 마련했어요."

수프에서는 마요네즈의 맛이 입안에서 기름을 쳤다.

"으음, 맛있소."

규는 식사를 마치고 설거지를 자청해서 접시를 들고 개수대로 나섰다. 그녀도 나서서 각자 자기 것을 헹구기로 하고, 그녀는 팔을 걷어붙이고 수돗물에 접시를 씻으며 이번에는 림스키코르사코프를 휘파람으로 불었다.

햇빛을 받은 유리창 너머로 고드름에 달린 물방울이 빛나고 있다.

사샤가 꾸러미를 꾸리고 있다. 소시지, 연유, 훈제생선, 베이컨, 건빵, 구운 양고기 덩어리 등을 기름종이로 한 봉지 싸서 규에게 건네준다.

"집에 가지고 가서 먹어요. 오빠가 얼마든지 가지고 오니까."

"고맙소."

규는 상수를 생각했다. 벌목장에서 흑빵과 멀건 소금국밖에는 달리 영양을 취할 길이 없는 그가 아닌가.

그들은 보드카 잔을 다시 채우고 소파로 갔다.

"미하일! 당신에게 할 이야기가 하나 있어요. 중요한 이야기에요. 나한테는 진실을 말해 주기 바래요. 미하일, 당신은 정말 일본의 스파이가 맞아요?"

사샤가 뜻밖의 말을 했다.

"뭐라고요? 내가 야폰스키의 첩자라고요?"

규는 깜짝 놀랐다.

"잘 들어요. 레오의 수첩에 '카레이스키 미하일 최는 야폰스키의 첩자'라고 그렇게 쓰여 있었어요. 고려사범학교 강당에서 정보를 입수한 것으로 되어 있어요. 내 눈으로 똑똑히 읽었다니까요, 오빠 책상을 치우다가."

"아니오. 나는 결코 야폰스키의 첩자가 아니오. 오히려 일본은 나의 적이오. 조선반도에서 일본 식민자본주의를 몰아내고 하루빨리 조선에 프롤레타리아 사회주의 국가를 건설하는 것이 나의 목표고 신념이오. 나는 레닌과 스탈린의 국제공산주의를 위해 일하고 있는 사람인데, 어떻게 소비에트의 적인 일본 첩자 노릇을 할 수 있겠소?"

"미하일, 나는 단지 이 두 눈으로 그렇게 쓰인 문건을 보았을 뿐이고, 그것을 물어본 것에 지나지 않아요."

"그건 잘못 쓰인 것에 틀림없소. 그런데 레오는 도대체 무슨 일을 하는 사람이오?"

규는 벽난로 쪽의 사진틀을 힐끗 쳐다보며 물었다.

"내무성 게페우의 NKVD(비밀경찰) 소속원이에요. 허구한 날 남의 뒤꽁무니나 캐고 다니고, 사람들을 잡아들이는 일만 하고 있어요. 인민을 탄압하고 숙청하고 … 그곳은 공포기관이에요."

사샤는 잠시 말을 끊고 쉬었다가 목소리를 낮추어 계속했다.

"그런데 요즘 오빠의 행동이 수상해요. 요원들이 작당해서 집으로 몰려와서 밤늦도록 수군대고들 있어요. 고려인들 숙청 이야기였어요. 내가 청소하다가 엿들었지요. 여러 번이었어요. 특히 요즘에는 신한촌 카레이스키들 이야기를 들먹이고 있어요."

소비에트 연방정부에서는 연해주 일대의 고려인들을 추방하여 멀리 불모의 땅 중앙아시아로 강제이주 시키는 거대한 음모가 착착 진행되고 있었다.

이 내용은 정부의 극비문서로 기록되어 있다. 12개 항으로 된 결의문의 내용은 다음과 같다.

〔극비문서〕 명령서 No. 1428-326CC

소련인민위원대표자회의, 볼셰비키 전소련공산당 중앙위원회

1937년 8월 21일

극동지역 고려인 추방에 관하여

소련인민위원대표자회의와 볼셰비키 전소련공산당 중앙위원회는 다음과 같이 명령을 내린다. 일본의 간첩행위 침투를 차단하기 위하여 극동지역에 다음과 같은 조치를 시행한다.

볼셰비키 전소련공산당 극동지역위원회, 지역집행위원회, 극동지역 내무인민위원부 관리국으로 하여금 극동의 국경지대, 즉 포시에트, 몰로토프, 그로데코보, 항카이, 하롤, 체르니코프, 스파스크, 슈마코보 포스트이셰프, 비킨, 뱌젬스키, 하바롭스크, 수이푼, 키로프스키, 칼리닌, 라조, 스바보드느이, 블라고베셴스크, 탐보프카, 미하일로프, 아르하라, 스탈리노, 블류헤르의 모든 고려 주민들을 추방하여 남카자흐스탄주, 아랄해와 발하쉬 지역, 우즈베키스탄공화국에 이주시키도록 명한다.

① 추방은 포시에트 구역과 그로데코보에 이웃해 있는 구역들로부터 시작한다.

② 추방에 즉시 착수하여 1938년 1월 1일 전에 끝마치도록 한다.

③ 이주 고려인들이 소유물, 농기구, 가축을 실어가는 것을 허락한다.

④ 이주민이 두고 가는 동산, 부동산, 파종지 미수확 작물의 가격을 그들에게 보상한다.

⑤ 이주당하는 고려인들이 국경 너머로 나가기를 원한다면, 국경 통과

절차를 간략화함으로써 그들이 국경을 넘는 것을 방해하지 않는다.

⑥ 소련 내무인민위원부는 추방과 관련하여 고려인들 측으로부터 발생할 수 있는 난폭행위나 무질서에 대비한 조치를 취한다.

⑦ 카자흐스탄공화국과 우즈베키스탄공화국의 인민위원회로 하여금 이주민들을 정착시키기 위한 구역과 지점을 즉시 정하고 그들에게 필요한 원조를 행함으로써 새로운 장소에서의 경제적, 산업적 적응을 보장하는 정책을 세우도록 한다.

⑧ 교통인민위원부로 하여금 극동지역 집행위원회의 신청에 따라, 이주당하는 고려인들과 그들의 재산을 극동지역에서 카자흐공화국과 우즈베크 공화국으로 실어 나르기 위한 차량을 알맞은 시기에 내어 주는 것을 보장토록 한다.

⑨ 볼셰비키 전소련공산당 극동지역위원회와 극동지역 집행위원회로 하여금 추방에 처해지는 물자와 사람의 수량을 3일 이내에 보고하도록 한다.

⑩ 추방방법, 이주대상지역으로부터 출발하는 인원수, 정주지역에 도착하는 인원수, 국경 밖으로 내보내지는 인원수를 전신을 통해 열흘간에 걸쳐 보고한다.

⑪ 고려인들이 떠날 지역 내에 국경수비를 강화하기 위해 국경수비병력을 3천으로 늘린다.

⑫ 소련 내무인민위원부로 하여금 국경수비대원들을 고려인들이 살던 주거지에 배치토록 허락한다.

— 소련인민위원대표자회의 의장 몰로토프

— 볼셰비키전소련공산당 중앙위원회 서기 스탈린

몰로토프와 스탈린 두 사람이 이 문서에 서명했다.

연해주에 거주하는 17만 명에 달하는 전 고려인들을 단 한 건의 소요도 없이 일사불란하게 2만 리 밖 머나먼 불모의 땅 중앙아시아로 몰아내기 위하여 한 해 전부터 비밀리에 공작을 진행시켜 왔다.

즉 스탈린은 이 대이주계획에 앞서 한인들 사회에서 예상되는 반발을 철저히 탄압하기 위하여, 반대여론을 형성하고 선동을 부추길 만한 지도자급 인물들의 명단을 작성하고 모조리 숙청할 것을 지시했다. 명단은 모두 2,500명에 이르렀다.

이 거대한 모의를 앞두고 레닌 때와는 달리 철저한 보안 속에서 계획을 착착 진행시켜 나갔다.

1937년 봄부터 일간지 〈프라우다〉에 미리 정보를 흘려서 기사를 싣기 시작했다. 동년 3월 16일 자로 '일본의 간첩망' 기사가 다음과 같은 내용의 골자로 게재되었다.

"소비에트 극동에서의 외국인 스파이가 한국, 만주, 북중국 및 소련에 퍼져 있으며, 일본이 이 지역에 한국이나 중국 스파이들을 파견하고 있다."

보안문제란 이유를 걸어 일본과 내통하는 고려인들을 국경지대에 둘 수 없다는 논리를 세우고, 그들을 축출할 명분을 쌓아가고 있었다.

시베리아 내전 당시 일본군은 백위파 정권을 지원하여 붉은 군대와 맞서 싸웠기 때문에, 볼셰비키를 무너뜨리려고 하는 일본인과 식별이 쉽지 않은 한인들의 존재가 그들에게는 큰 부담이 되었었다. 게다가 만주를 집어삼킨 일본군은 이제 우수리烏蘇里강을 사이에 두고 연해주 소련군과 자주 충돌을 일으키고 있었다. 그래서 고려인들이 일본의 첩자 노릇을 한다는 이유를 내세워 이들을 일본과 격리시키기 위해서는 연해주에서 모조리 몰아내야 한다는 것이었다.

소련 인민위원부 소속의 게페우 요원들은 날뛰기 시작하였다.

숙청대상으로 작성한 고려인 2,500명의 명단은, 그간 볼셰비키 건설에 앞장서서 소비에트에 충성을 다해 온 지도자급 인물들이 대부분이었다. 이들을 처형한 죄목은 반역죄였다.

대개 밤중에 들이닥쳐서 연행했다. 끌려간 사람들은 하바롭스크 등지로 가서 약식재판을 받고 처단되었다. 스탈린 헌법과 당의 민족정책에 대한 반혁명분자로 즉결처리하고 처형했다.

"김 아나파시 아르세니에비치 정치부장도 끌려가서 처형당했다네. 그가 누군가. 일찍이 고려인을 대표하여 이동휘와 함께 레닌을 면담했었고, 뒷날에는 레닌훈장까지 받은 사람이 아니딘가. 훈장이란 반역자들에게 주는 것은 아니잖은가. 그는 1934년 제 17차 공산당대회에 대표로 참석한 인물이 아닌가. 볼셰비키 당원으로 당의 발전에 크게 이바지한 그의 공적에도 불구하고, 결국 고려인이라는 이유 하나로 처형당하고 말았어."

"그러게 말이오. 몇 명 안 되는 첩자들 때문에 17만 명이나 되는 한인 전부를 몰아낸다는 것은 말도 안 되는 소리요. 스탈린 동지가 그런 지시를 했을 리가 없어."

"아닐세. 당이 우리를 믿지 않는 거야. 정신 똑바로 차려야 해. 끌려가면 그것으로 끝장이야."

대이주를 앞두고 한인들 사회에 소문이 흉흉했다.

사샤는 말을 이었다.

"스탈린은 레닌보다 더한 놈이에요. 조금이라도 의심이 가는 사람들은 모조리 학살하고. 지금도 숙청을 계속하고 있어요. 레닌이 실패한 고려인 축출문제를 스탈린은 해치울 거예요. 엉큼한 수작…."

그녀의 마음속에는 의외로 공산당에 대한 불신이 뿌리 깊이 박혀 있었다.

규가 자세를 가다듬고 그녀를 뚫어지게 쳐다보며 말했다.

"사샤, 이제 내가 묻겠는데, 오늘 사샤가 나한테 베푼 친절은 결국 내가 야폰스키의 첩자가 아닌가를 캐기 위해서 유도한 것이 맞겠지?"

"미하일, 나는 단지 이 두 눈으로 오빠의 수첩에 그렇게 쓰인 글을 보았을 뿐이고, 그것을 물어본 것에 지나지 않아요. 미하일, 당신이 간첩이든 아니든 나하고는 아무 상관이 없는 일이에요. 다만 확인하고 싶었던 것뿐이에요. 나는 공산주의를 싫어하는 사람이에요. 내가 말하지 않았나요? 그네들은 거짓말밖에 하는 것이 없는 사람들이라고. 나의 알렉세이를 죽인 것은 레오이고, 그는 모든 것을 당에서 시키는 대로 하는 사람들 중 한 명이에요. 친구마저 헌신짝처럼 버리고, 그들은 부모형제도 믿지 않는 사람들이에요."

그때 찰칵, 하고 열쇠로 현관문 따는 소리가 들려왔다.

레오가 들어왔다. 털모자를 벗어 벽에 걸고 수달모피를 덧댄 슈바를 벗자 루바시카(상의) 어깨에 걸쳐 멘 가죽벨트에 권총이 드러났다.

그는 규를 보더니 흠칫했다.

규는 일어나서 현관 쪽으로 걸어 나갔다.

레오는 지나가는 그를 아래위로 훑어보다가 어디서 본 듯한 얼굴이

어서 기억을 더듬어 보았다. 얼마 전 고려사범학교의 강연장에서 일어났던 난장판에서 그가 쫓겨나던 장면이 머리에 떠올랐다.

'저놈은 바로 일본의 끄나풀 그놈이다. 그런데 저놈이 여기에 웬일로 나타났을까? 뭘 캐러 왔을까? 저놈이 여기에 왔다는 사실을 당에서 알게 되면, 내가 일본과 내통하는 것으로 오해할 수도 있겠지 … 그냥 있어서는 안 되겠다.'

문을 열고 나가는 규의 뒤통수를 째려보며 조용히 중얼거렸다.

규는 집 밖으로 나섰다.

'내가 하필이면 호랑이 굴을 찾아 들었구나.'

사샤가 문을 열고 선 채 인사했다.

"미하일, 다시 봐요, 안녕!"

3. 아무르 바다를 건너다

"병세는 좀 어떠십니까?"

상수가 벌목장에서 나와 규에게 병문안을 왔다.

"다 나았네. 옆구리에 물이 찼던 것인데, 다 뽑아냈네. 자 이리로 발을 묻지."

규는 아랫목에 깔아놓은 이불을 들추며 상수에게 언 발을 녹이라고 한다.

"마침 잘 왔네. 이거 좀 들게."

사샤가 꾸려준 종이봉지를 풀어 헤치고 상수 앞으로 내밀었다.

"웬 겁니까?"

상수는 양고기 덩어리를 한 입 베어 물고 우물우물 씹는다.

"경북 칠곡 사람 김창섭이가 어제 벌목장에서 쓰러졌습니다. 나무가 넘어져서 죽은 황 씨하고 한 조로 일하던 김 씨 말입니다. 배가 고파 견디지를 못했던 거지요. 노르마가 모자라 며칠째 흑빵 200g씩 밖에 타지 못했으니 … 일을 시켜도 지대로 멕이고나 시켜야지. 그 짓을 보고 있으니, 이 춥우에 내가 왜 이 고생을 사서 해야 하는지 하는 생각마저 다 듭디더."

"이 사람아, 우리는 잠시 피신해 있는 거야. 우리가 오래 있을 곳이 아니야."

"아무리 그렇다 해도 굶을라고 우리가 여게 온 것은 아니잖십니꺼?"

"그렇게 생각할 일이 아닐세. 우리한테는 장래가 있어. 우리는 사명감을 가지고 여기로 온 것이 아닌가. 이렇게 마음먹어 보게. '자본가 지주계급으로부터 착취당하고 있는 노동자 농민들을 해방시켜서 장차 무산계급의 사회주의 세상을 건설하기 위하여, 지금 온몸을 다 바쳐 일하고 있다'라고. 다만 사정에 의하여 잠시 벌목장에 잠시 피신하고 있었던 것뿐이야. 조금만 참고 더 견뎌 보세. 사회주의에는 밝은 미래가 있다. 좋은 세상이 찾아올 것이다."

"선생님, 그게 운제 오는데요?"

상수는 양고기를 마저 입에 넣고 우물우물 씹으면서 물었다.

"내가 당장 기약할 수 있는 일은 아니지만, 그러나 다가오고 있다."

바깥에는 벌써 어둠이 덮이고, 지나가는 바람이 처마 끝에 찢기며 울부짖는 소리를 내고 있다.

똑똑! 똑똑!

그때 급하게 누군가 창문을 두드렸다.

규가 창문을 열자 사샤가 헐떡이면서 말했다.

"미하일! 어서 도망가요! 레오가 체포하러 오고 있어요. 어서요!"

'숙청이구나' 하는 생각이 규의 머리를 스쳤다.

"내가 엿들었어요. 당신은 야폰스키의 첩자가 맞대요."

규는 얼른 벽장에서 권총을 꺼내 허리에 꽂고 문을 박차고 나갔다. 상수도 먹다 남은 종이꾸러미를 옷가슴 속에 챙겨 넣었다.

둘은 급히 골목길로 나왔다.

사샤가 다급하게 말했다.

"잡히면 죽어요. 멀리 달아나요, 볼셰비키가 없는 곳으로! 미하일,

당신은 알렉세이의 화신이에요. 죽으면 안 돼요. 그이가 잘 지켜줄 거예요. 영영 안녕, 미하일!"

한길에 트럭이 한 대 서 있었다. 슈바를 걸친 사람이 총을 둘러메고 지키는 가운데 두 사람이 양쪽에서 팔짱을 끼고 데리고 온 사람을 짐칸으로 밀어 올려서 태우고 있는 모습이 어슴푸레 보였다.

"고마워, 사샤!"

규는 상수와 함께 잽싸게 골목 안을 향해 뛰기 시작했다. 얼어붙은 길바닥 위를 내딛는 발자국 소리가 골목을 뒤흔들었다.

신한촌 마을은 아무르 바다를 내려다보는 낭떠러지 위에 자리 잡고 있었다. 둘은 마을을 벗어나자 서북방향으로 달리고 있었다.

"바다를 가로질러 건너가자!"

둘은 언덕이 끝나고 바다에 맞닿은 해안가로 내려갔다. 바다는 꽁꽁 얼어붙어 있었다.

얼음 위를 조심스러우면서도 잰 걸음으로 걸었다. 저벅저벅 뒤따르는 발걸음 소리가 오금이 저리도록 큰 소리로 울려 퍼진다. 둘은 교대로 힐끗힐끗 뒤를 돌아보면서 앞으로 나아갔다.

먼 곳 블라디보스토크 부둣가의 백열등이 부옇게 보였다.

아무르만灣은 바다가 블라디보스토크 시내 서북쪽을 휘어 감고 들어와 있고, 건너편 대안對岸에는 북으로 올라가는 가는 도로가 나 있다. 그 도로는 조선 땅 함경도 끝에서 연해주로 들어와 연추煙秋를 거쳐서 북쪽 우수리스크와 하바롭스크로 올라가는 간선도로이고, 도중에 고려인 마을이 있었다.

둘은 빙판 위를 뛰기 시작했다.

쿵 쿵 쿵!

발걸음 소리가 멀리까지 울려 퍼져 사라진다.

잠시 뒤돌아본 규의 눈에 신한촌 바닷가 언덕 위에 자동차 불빛이 보였다. 헤드라이트를 얼음바다의 남쪽에서부터 서북쪽으로 비추면서 훑고 있었다. 불빛은 점점 두 사람 쪽으로 다가왔다. 둘은 얼음판 위에 납작 엎드렸다. 자동차 엔진 떠는 소리가 들렸다.

빛은 산란했다. 조도가 약해져서 그들에게 닿지 않았다. 바다 위에 엎드린 물체를 그들은 분간하지 못했다. 만약 그들의 눈에 띄었다면 총을 난사했으리라. 당장 피신할 참호나 방어벽이 없는 평평한 빙판 위에서 둘은 곱다시 (고스란히) 총알 세례를 받았을 것이다.

차는 돌아서더니 부르릉 엔진소리를 내면서 돌아갔다.

밤은 자정이 넘었다. 하늘은 흐리고 바다 위는 칠흑이었다. 둘이 나아가는 앞쪽 방향 먼 곳에서 빙판 위를 바퀴 굴러오는 소리가 들렸다.

달그락 달그락!

점점 가까이 다가왔다. 두 사람 앞에 당나귀가 끄는 수레가 나타났다. 두터운 솜옷을 입고 말을 몰고 있는 사람이 어둠 속에서 희미하게 모습을 나타낸다. 한인같이 보였다.

말이 섰다.

"어디서 오는 길이오?"

규가 물었다.

"왕청에 갔다 오는 길이오."

말 위에서 솜옷을 입은 사람이 말했다.

아무르만 겨울 바다가 결빙되면, 사람들은 마차를 부리고 만주 땅 훈춘, 왕청, 연길, 화룡 등지로 얼음 위를 가로질러서 건너다니고 있었다.

말은 '푸 푸!' 하고 거칠게 입김을 내뿜었다. 수레에는 부인인 듯한 여인이 아이를 껴안고 웅크린 모습이 어슴푸레 보였다.

이번에는 그쪽에서 물었다.

'어디로들 가는 길이오?"

"우리는 흑룡강성으로 갈까 하오."

이즈음에 경상도나 전라도의 농민들이 사람 손이 덜 미친 흑룡강성으로 올라와서 개척이민開拓移民으로 정착하고 있다는 소식을 규는 듣고 있었다.

"길을 잘못 잡았소. 지금 이리로 가면 연추가 있는 남쪽으로 내려가게 되오. 서남쪽으로 내려왔소. 오른쪽으로 돌아가면 건너편 해안 가까이에 한인촌이 나올 거요. 마을 앞을 우수리스크로 올라가는 도로가 지나가고 있소. 그 길을 건너 서북쪽으로 올라가면 또 다른 한인촌이 나올 거요. 거기서 계속 서쪽으로 가면 수이푼秋風 지역이 끝나는 곳에 만주 땅하고 닿아 있소. 그 길이 만주로 가는 제일 가까운 길이오. 가다가 중간중간 길을 물어보시오."

불어오는 바람결에 휩쓸려 말소리가 들리다 말다 했다.

당나귀는 한 번 더 '푸 푸!' 거친 숨을 내뿜고 호흡을 조정했다. 어머니 품속에서 아이가 칭얼댄다.

"고맙소. 잘 가시오."

"먼 길 잘 가시오."

인사를 하고 헤어져서 둘은 다시 걷기 시작했다.

얼음 위를 달그락거리며 잰 걸음으로 달려가는 당나귀의 발자국 소리와 수레가 얼음을 다지는 소리는 점점 멀어져 갔다.

날이 밝았다.

바다를 건너자 해안을 따라 남북으로 도로가 나 있었다. 둘은 길을 따라 걷고 있는데, 군용트럭이 지나간다. 차는 저만치 앞쪽으로 나가더니 눈이 쌓인 길 위에 미끄러지듯이 멈추어 선다. 하늘색 정모를 눌러쓴 군인 둘이 차에서 내려 다가온다. 한 놈은 총을 받쳐 든 채.

"야폰스키! 담배 없어?"

"없다. 담배는 안 피운다. 우리는 카레이스키다."

"너희들은 야폰스키의 앞잡이 놈들이다! 몸을 뒤져 보겠다."

"그래도 없다."

키가 작은 놈이 규와 상수의 어중간을 향해 총을 들이댔다.

"손들어!"

키가 큰 놈이 규에게로 다가온다.

규는 허리에 찬 권총이 묵직하게 처져 있는 것을 느꼈다. 머리가 순간적으로 팔랑개비처럼 회전했다.

'그렇다. 상대방의 손이 몸에 닿기 전에 재빨리 권총을 뽑아 장총을 들이대고 있는 놈을 향해 먼저 쏘자. 이어서 키다리를 해치우자.'

키다리가 바싹 다가서자 규는 두 손을 허리 높이로 내리고 숨을 골랐다.

상수가 품속에서 봉지를 꺼내 놓으며 외쳤다.

"여기 있소!"

키다리는 종이꾸러미를 낚아챘다. 그는 봉지를 열어 보더니 소시지, 베이컨, 훈제생선, 건빵 등 간식거리가 들어 있는 것을 확인하고는 총잡이를 보고 차를 향해 턱주가리를 젖히며 돌아섰다.

"가자!"

꾸러미 속에 사샤가 싸 준 음식물이 남아 있어 위험한 순간을 넘긴 것이었다.

규는, 레오과 사샤 두 남매는 다 같이 슬라브 혈통을 타고난 동기간이면서도 둘의 성격이 너무나 극명하게 다름을 새삼 느꼈다. 오빠는 나를 살해하려 했지만, 동생은 나를 그로부터 살려 주었다. 또 사샤는 지금 러시아 병사들로부터도 나를 구해 주었다.

"고마워, 사샤. 좋은 인연이었어."

상수는 분개했다.

"더럽은 마우재(러시아인) 놈들! 붉은 군대 군인 놈들은 총만 들었다뿐이지 걸뱅이 떼거리나 다름없심더."

둘은 숲속을 향해서 걸음을 재촉했다.

해가 질 무렵에 마을에 도착했다. 바다 위 빙판에서 만났던 마부가 말한 한인촌인 듯했다.

마당을 가로질러 목조로 된 가옥의 문을 밀고 들어섰다.

"계십니까?"

문 너머가 바로 부엌이었다. 가마솥이 3개 걸려 있고, 한구석에 쌓아 놓은 자작나무 장작더미가 방문 너머로 새어 나오는 불빛에 희미하게 보였다.

"뉘시오?"

젊은 아낙네가 방문을 열고 빼꼼히 내다본다.

"지나는 과객인데, 허기가 져서 요기라도 좀 얻어 걸칠까 하고 들어 왔습니다."

여자는 경계하는 눈초리로 둘을 아래위의 행색을 훑어보았다.

"낯선 분들인데요."

방 안에 대고 말하자, 노파가 여인을 밀치고 얼굴을 내민다. 그녀도 두 사람의 행색을 훑어보더니 방 안에다 알린다.

"영감이 한 번 나와 보시구려."

이윽고 노인이 얼굴을 내밀었다.

"어디 가는 사람들이오?"

"만주로 가는 과객입니다. 날이 어두워서 염치 불구하고 들어왔습니다."

"그럼, 올라오도록 하시오."

방에는 이불을 뒤집어쓴 사내아이가 두 사람을 빤히 쳐다보고 있다. 방 안쪽에 미닫이문을 두고 노인이 따로 쓰는 안방으로 안내되었다.

"우선, 몸부터 녹이시오."

노인은 두 사람을 번갈아 보며 숯불이 꼬닥게 남아 있는 따뜻한 난로를 밀어내었다.

"어디서 오는 길이오?"

"신한촌에서 바다를 건너 왔습니다."

규가 답했다.

"거기라면 안달수 노야老爺 선생이 계시는 곳이로구면. 안녕하시던 가요? 추운 길에 고생 많았소. 누추하지만 내 방에서 하루 묵고 가시 도록 하시오."

"안 풍존께서는 건강하십니다. 저희가 신세 많이 졌습니다."

부엌에서 달그락거리는 소리가 들려왔다. 저녁을 차리는 모양이다.

"보아하니 농사짓는 사람들 같지는 않고 … 하필이면 이 추운 날씨를 골라 길에 나섰소?"

"갑자기 피치 못할 일이 생겨서 … ."

"그래 사정은 짐작이 가오만, 요새 만주 형편이 옛날 같지가 않소. 북간도에서는 일제가 작년 가을부터 대대적으로 치안숙정肅正 공작을 하겠다고 불령선인 소토巢討계획이란 것을 벌여서 뒤숭숭한 판이오. 관동군하고 만주국 경찰이 합동으로 소위 선비鮮匪토벌대란 것을 만들어 가지고 조선 유격대의 소굴을 이 잡듯이 샅샅이 뒤져서, 풍비박산이 났다는구려. 관동군에서 7만 5천 명의 병력을 들여 토벌사령부를 세웠으니, 독립운동도 인제 편할 날이 없게 되었다오."

노인은 담뱃대를 호롱불에 대고 불을 빨아들이고, 연기를 두어 모금 뻐끔뻐끔 삼키더니 말을 이었다. 코로 담배연기가 새어 나왔다.

"만주 팔로군 예하부대인 동북항일연군聯軍도 맥을 못 추고 뿔뿔이 흩어져서 막 쫓겨 오고 있는 판이라오. 하바롭스크에선가, 우스리스크에선가 모여서 수용소 같은 데에 들어가 있다는구려. 가는 길 조심하시오. 공연히 토벌대 놈들한테 잡혀서 곤욕이나 치르지 말고. 꼭 가야 할 사정이 있으면 남으로 가지 말고 북으로 가시오."

"그래서 북만주로 갈까 하는데요."

"북쪽은 일본의 치안이 좀 덜한 편이오만. 북만주 어디로요? 가서 무슨 일을 하려고 하오?"

"농사나 지을까 합니다. 갈 곳은 아직 정하지는 않았지만 일단 건너 가서 살펴볼까 합니다."

"농사는 아무나 하는 일이 아니오."

그때 천장에서 쥐가 기둥을 맹렬히 쏘는 소리가 들려왔다.

"아이고 저놈의 쥐새끼들. 이곳은 쥐떼가 여간 극성이 아니라오. 작년 가을에도 다 지어 놓은 농사에 들쥐 떼가 덤벼서 반타작도 못 했소. 떼거지로 몰려와서 먹어 치우는데 사람이 가도 도망도 안 가. 힐끗힐끗 사람을 쳐다보며 나락을 까먹어 대지. 조선 사람 마을에는 오나가나 봄에 들불을 싸질러야 지성이 풀리지그려. 이곳에도 4월 해빙解氷이 오면, 조선 농민들은 일제히 쥐불을 놓소. 들녘 사방에서 불을 질러 쥐새끼를 태워 죽이지만 어디에 숨었다가 나오는지. 뼈 빠지게 농사지어 쥐새끼 멕일 생각을 하면 울화가 치밀어. 벼만 먹어 치우는 것이 아니고 수박도 오이도 닥치는 대로 먹어 치운다오."

노인은 담뱃재를 손가락으로 꾹꾹 눌러 다지고 천장을 올려다보며, 다시 뻑뻑 연기를 내뿜는다. 천장에는 메줏덩이가 벌집 매달리듯 주렁주렁 걸려 있다.

"북만주로 갈 양이거든 항카이호興凱湖 서쪽 땅 항카이평원으로 가보시오. 거기가 우수리강이 흘러가서 흑룡강과 합류하는 들판이오. 땅도 걸고 수량도 풍부해서 농사짓기는 괜찮은 곳이오. 요즘에 그쪽으로 단체로 이민자들이 많이 올라오고 있다 하오. 주로 남도지방 특히 경상도에서 많이 온답디다. 북간도 쪽에는 함경도 사람들이 벌써 자리를 다 잡아 버렸소. 일본의 만척滿拓에서 북만주 지역에 농토를 일구어 종내 벼 생산을 할 속셈으로 조선 사람들을 이주시키고 있다 하오. 그 쌀은 다 관동군 멕여 살릴 군량미로 쓸 것 아니겠소?"

"그렇습니까?"

"여기 우리 마을에도 쌀이 난다오. 우리가 이 추운 땅에 와서 벼농사에 성공했소. 그전에는 농사라 해 봐야 전부 밀, 보리, 귀리 등을 갈아 먹었으나, 논농사에 성공하자 소련 관청에서도 와 보고 조사해 갔소. 여름이 짧고 가을이 빨라서 수확 전에 벼가 영글지를 않는데, 봄에 일찍이 서둘러서 모를 낸다오. 밤에는 모판에 거적을 덮어 가면서 말이오.

이곳 논농사는 일찍부터 우리 집에서부터 벼농사를 내었는데, 그것이 온 마을에 퍼진 것이오. 집의 아이가 마을 사람들을 모아 놓고 미작米作설명회도 열고 모내기 지도도 해 주어서 이제는 집집마다 쌀농사를 짓게 되었소. 그래서 집의 아이는 정부로부터 훈장도 받았더랬소. 이제 연해주 남쪽 평야는 논농사가 주농업이 되었단 말이오."

그때 미닫이문이 열리며 아낙이 밥상을 들여놓았다.

"차린 것은 없지만, 시장할 테니 어서 들도록 하시오."

노인이 식사를 권했다.

규와 상수는 밥상에 다가앉아 허겁지겁 밥숟가락을 입에 퍼 넣었다. 인사를 차릴 체면도 겨를도 없었다.

밥상은 쌀밥에 된장을 풀어 돼지고기 썰어 넣은 시래깃국이 전부였다. 몇 숟가락에 장정 두 사람의 밥그릇이 휑하니 비었다.

"아가, 숭늉을 들여라!"

둘이 밥상을 물리자 노인이 건넌방을 향해 며느리에게 이르고, 다시 묻는다.

"그래 성씨들은 어떻게 되오?"

"저는 최규라 하고, 이쪽은 곽상수라 합니다."

노인도 자신을 소개했다.

"나는 김수천이라 하오. 원래 충청도 영동이 고향인데, 대한제국 말기에 의병활동을 하다가 이쪽으로 올라왔소. 처음에는 홀몸으로 만주 땅으로 올라와서 김좌진 장군 밑으로 들어가 독립군 활동을 했었소. 청산리전투에도 가담해서 일본군과 맞서 싸우기도 했다오. 전쟁에는 이겼으나 나중에 일본군의 대대적인 추격에 쫓겨서 러시아 땅으로 월경해서, 북쪽 이르쿠츠크로 올라갔소. 거기서 1921년 자유시自由市 참변慘變을 겪었는데, 항간에서는 흑룡강사건이라고도 불리는데 들어들 보셨소?"

"……."

"소련군이 조선독립군에게 무장해제를 하라고 하는 바람에 대항해서 맞서다가 봉변을 당했소. 총격전이 벌어지고 사상자가 나고…. 일본군을 피해서 올라갔다가 이번에는 러시아군한테 당한 거요. 그곳에 미리 자리 잡은 이르쿠츠크파가 소련군과 내통해서 상해파를 견제하기 위한 술수로 일이 벌어졌는데, 두 진영에서 싸우는 통에 공연히 우리만 무장해제를 당하게 됐던 거요."

노인은 담뱃대를 다시 뻑뻑 빨아 턱을 치켜들고 연기를 길게 내뿜는다. 천장의 쥐는 계속 갉고 있었다. 노인은 재떨이에다 대고 담뱃대를 내리쳤다. 탕, 하는 소리에 쥐들이 놀래서 잠시 잠잠해졌으나, 이내 더 왕성하게 갉아대기 시작했다.

"저놈의 쥐새끼들 … 그래서 김좌진 장군은 군대를 거두어 도로 흑룡강을 넘어 북만주로 건너갔소마는, 나는 그들과 헤어져서 바로 이곳 수이푼 지역으로 내려와서 가족들을 불러올리고 농사짓기 시작했었소. 그런데 김좌진 장군은 그곳에서 빨갱이한테 총을 맞고 돌아가셨소. 공산당 화요파 꼼의 행동대원이 방앗간을 나서는 김 장군을 권총으로 저격했소. 우리가 독립운동 해서 일본군을 물리쳐야 할 처지에, 조선족 동족이 김 장군을 쏘아서 죽였단 말이오. 이게 이럴 수가 있는 일이오? 그네들 공산당 조직에서는 말로만 '같은 민족끼리' 하면서도, 막상 권력을 장악하기 위한 일에 나서면 피도 눈물도 없다오. 만년을 두고 통탄을 금치 못할 일이오."

수천 노인은 사뭇 어조가 높아졌다.

"……."

규는 아무 말도 않고 들었다.

상수는 벌써 꾸벅꾸벅 졸고 있었다. 그는 연해주로 올라온 지 1년 만에 부쩍 자랐다. 골격이 벌어져서 장골 티가 났다.

"공산당 사람들은 뭐 하는 사람들인지 모르겠소. 서로 세력 키우기에만 눈이 벌게져서 도대체가 대한독립을 하자는 것인지 말자는 것인지. 세상을 빨갛게 만들자는 일념밖에 없는 사람들인 것 같소. 독립은 뒷전이고 다들 생각이 딴 데 가 있소, 흐음!"

못마땅하다는 듯이 담뱃대를 놋재떨이에 힘주어 '탕 탕!' 두드려서 재를 턴다.

규가 입을 열었다.

"자세한 내용은 잘 모르겠지만 들리는 소리로는, 김좌진 장군이 일본 영사관 앞잡이 노릇을 했다고 해서 용서할 수 없었다는 말이 있던데요."

"에잇 사람! 그건 모략이야. 청산리 영웅을 깎아내리자는 모략이오. 일본 영사관에서 만들었다는 소문도 있고, 조선족 사회가 벌컥 뒤집히니까 공산당이 만들었다는 소문도 있고. 사실 그 저격사건은 공산당 아이들과 아나키스트파의 권력투쟁에서 나온 암투暗鬪였소."

노인은 담뱃대에 담뱃잎을 꾹꾹 말아 넣고 황개비를 화롯불에 갖다 대어 불꽃을 일으킨다. 깊숙이 담뱃대를 한 모금 빨아들이고 말을 잇는다.

"대련의 이회영李會榮 선생 밑에서 일시 아나키스트로 있었던 김좌진 장군의 사촌 동생 김종진이란 젊은이가 김 장군 진영으로 옮겨 왔소. 그가 조선 농민들의 생활실태를 보러 북만주를 둘러본 일이 있었는데, 각 꼼에서는 자기들의 세력권이 빼앗길까 봐서 김 장군을 제거해 버린 거요. 공산당과 무정부주의자들은 모두 같은 공산주의 하는 사람들인데도 서로 폭력을 휘두르면서 살상을 일삼는 견원지간犬猿之間이오. 공산당이 국가권력을 장악하겠다는 데서부터 아나키스트와는 완전히 갈라서게 되었소. 무정부주의자들은 국가권력을 인정하지 않고 통치권을 배제한 자유연합의 공산사회를 만들자는 거지요. 근본부터 둘이 서로 맞을 리가 없는 거요. 으험 흠! 퉤액!"

재떨이에 가래침을 뱉어 내었다.

"김종진이가 형의 저격자들을 찾아내서 처단하여 복수했지만, 끝내 그도 화요파의 배후 세력들에게 제거 당하고 말았소."

잠시 침묵이 흘렀다.

"도대체 무슨 일이든 잘 나가다가도 공산당이 끼면 꼭 사달을 내고 파투破鬪를 내고 만단 말이오."

규는 이 늙은 독립지사 앞에서 말을 할 수가 없었다.

"연해주를 떠나신다 하니 하는 말이오만, 요즘 볼셰비키들이 심상 찮소. 고려인 지도자들을 잡아간다는 소문이 돌고 있다오. 실제로 집의 아이가 밤중에 비밀경찰이 느닷없이 들이닥쳐 끌려갔는데, 며칠째 소식이 없어 무슨 일인지 종잡을 수가 없소. 블라디보스토크 내무인 민위원부로 찾아가서 행방을 따졌더니 모른다는 거요. 그래서 아이의 훈장을 보여주면서 재차 물었소. '당신들 정부가 공적이 있다고 상을 내린 사람인데 어디로 끌고 간 거요?' 그랬더니 트로이카에 가서 물어 보라는군. '트로이카가 무엇이오?' 하고 물었더니 …."

트로이카는 당 제 1서기, 내무인민위원회의 대표 및 소비에트 대표로 조선인 대이주계획을 입안, 집행하는 3개 협조부서의 장들이었다.

노인은 입맛을 다신다.

"그러니까 세 군데서 작당 공모들을 한 모양인데, 하여튼 심상찮은 일이오. 우리 집 아이뿐만 아니고 옆 동네서도 마을 풍존을 끌고 갔다는군."

노인은 속이 타는지 뻑뻑 연기를 빨아 당겨서 길게 내뿜는다.

"집의 아이는 시베리아 내전 때 항일 빨치산으로 활약했는데, 볼셰비키 붉은 군대 사람들한테 구슬려서 백군과 일본군을 상대로 싸워 혹

치노黑齒奴 (일본인) 를 시베리아 땅에서 몰아낸 공적도 있다오. 같이 싸워 피를 흘린 전과에 대해 공치사를 받기는커녕 우리는 그들에게 쫓겨서 툴툴 털고 빈손으로 이곳으로 내려오게 되었소. 여기서 열심히 농사지어 정부에서 상도 내려주고 했는데, 갑자기 체포해 갔으니 도대체 무슨 일인지 영문을 모르겠소."

"사실 저희도 그 바람에 쫓기고 있는 몸입니다."

"쯧쯧쯧! 어쩐지 막일 할 사람들로 보이지 않더라마는 … 일할 만한 한인들은 다 잡아가다니 어떡하겠다는 것인지. 자, 일찍이 자도록 합시다. 먼 길 떠나려면 잠부터 푹 자 두어야 하는 법이오."

노인은 깔아놓은 이부자리를 밀어 주고 석유등 불을 훅 불어 껐다. 부엌에서 쥐가 살강을 긁는 소리를 들으며 그들은 잠의 수렁 속으로 빨러 들어있다.

찬바람이 휘몰아치는 아무르만의 바다 위 빙판을 건너느라고 한숨도 못 자고 추위에 시달린 지친 몸을 따뜻한 온돌바닥에 등을 대자 온삭신이 솜처럼 노곤하게 녹아내렸다.

섣달의 아침 해는 느지막하게 솟았다.

"자, 그만들 자고 일어나서 아침들 드시오."

노인이 흔들어 깨우는 바람에 규와 상수는 잠에서 깨었다.

아침을 마치고 떠날 채비를 하는데 노인이 행장을 꾸려 주었다.

"이것은 옥수수고, 이것은 감자요. 가다가 요기나 하시오."

주먹밥과 돼지고기 덩어리 두 토막을 함께 보자기에 싸 주었다.

"이 동삼冬三에 눈길을 걷자면 '맥신'이 제일이오."

짚으로 가마니만큼 올발을 두껍게 삼은 신발을 내놓았다. 그리고 어느 틈에 준비했는지 짚으로 엮어 만든 행낭도 내어놓았다.

"짐은 여기다 챙겨 넣고 둘러메고 가시오. 이 맥신으로 갈아 신고 신던 신발은 행낭 속에 꾸려 넣고."

"고맙습니다. 이 신세를 어떻게 다 갚아야 할지 …."

"저리 서쪽을 향해서 곧장 가다 보면 소만蘇滿 국경을 넘어 만주 땅 춘화春化 라는 곳이 나올 거요. 거기서 북쪽으로 올라가면 수분하綏芬河 철도역이 나오고. 거기서 밀산密山으로 올라가는 길을 물어보시오. 밀산까지 가면 항카이평원이 거기서 멀지 않소."

두 사람은 노인에게 하직인사를 하고 길을 떠났다.

발목까지 두툼하게 감싼 맥신이 눈 쌓인 들판에 남기는 자국은 소 발자국만큼 큼직큼직했다. 해가 서쪽으로 기울면서 눈밭에 반사하는 햇빛은 지친 눈에 시리다.

해가 설핏 기울면서 기온은 급강하하기 시작했다. 수건으로 얼굴을 감싼 규의 목덜미로 스며드는 찬바람이 시퍼런 칼날을 들이대듯 섬찟했다. 잔뜩 웅크리고 가는 어깨가 송곳으로 박듯이 아파왔다.

사방은 금세 어두워지고 청명한 밤하늘에 시퍼렇게 별이 돋아났다. 눈밭 위에서 올려다보는 별무리는 은모래를 흩뿌려 놓은 듯 반짝이며 떨고 있었다.

규는 북극성北極星을 찾아서 그 별자리를 표적으로 하고 서쪽으로 걸음을 계속했다. 졸음이 쏟아지기 시작했다. 눈을 다지고 걷는 걸음은 맨땅에서보다 피로가 훨씬 가중되었다.

뽀드득 뽀드득!

눈 밟는 소리를 헤아리며 내딛다 보면, 졸음이 눈꺼풀에 납덩이를 달고 내리 덮는다.

'자면 안 된다. 잠에 지면 얼어 죽고 만다.'

이를 악다물고 고개를 흔들며 잠을 뿌리친다. 그러나 자기도 모르는 사이에 잠에 빠져들면서 머리를 꾸벅 떨구고는 화들짝 놀라서 눈을 뜬다. 찬바람이 불어와서 잠이 어린 얼굴을 씻는다.

둘은 서로 어깨를 기대고 걸었다. 한쪽이 졸아도 다른 쪽에 의지해서 행군을 할 수 있기 때문이었다. 체온도 나누었다.

두 사람만 걷는 것이 아니었다. 눈밭에는 살금살금 따라오는 그림자가 여럿 있었다. 발자국 소리가 전혀 없다. 점점 거리를 죄어 좁혀 왔다. 앞에 선 두 놈이 속도를 내어 양쪽에서 두 사람과 나란히 하여 걷고 있었다.

"늑대다!"

규가 나직이 말했다.

늑대는 우뚝 섰다. 여차하면 물러설 채비를 한 채 몸을 웅크린 자세를 취하였는가 하면 사람을 덮칠 공격 자세로도 보였다. 짐승의 자세를 사람은 가늠하기 어려웠다. 등골이 오싹했다.

규는 뒤를 돌아다보았다. 네 마리가 더 따르고 있었다. 피가 역류하며 머리카락이 쭈뼛 섰다. 목덜미가 뻣뻣해 왔다.

굶주린 늑대는 사납다. 사람이 겁먹어서는 안 된다. 늑대는 상대가 겁먹었다 싶으면 좌우, 등 뒤에서 무리를 지어 달려든다. 기氣 싸움에 져서는 안 된다.

얼른 허리에 찬 권총을 뽑았다. 하늘을 향해 꼬나들고 방아쇠 공이를 젖혀 놓았다. '재깍!' 격발 준비가 됐다.

"쏘지 마이소. 피를 보모 죽자 살자 달겨듭니다."

상수가 규의 손을 잡으며 속삭였다.

옆에 섰던 두 마리가 한 걸음 뒤로 쳐졌다.

두 사람은 뒤로 향하여 돌아섰다. 늑대 여섯 마리가 똑같은 동작으로 한 발짝씩 물러섰다. 늑대는 꼼짝 않고 서서 두 사람을 응시하고 틈을 노리고 있었다.

"불을 놓자! 저쪽 나무 밑으로 옮기자."

짐승을 물리치는 데에는 불을 다루기로 하였다.

둘은 옆걸음으로 키 높이의 나무에 다가가서 규가 지시했다.

"성냥을 꺼내라."

상수가 배낭을 뒤져서 성냥을 찾는 사이 규는 눈을 헤집고 나뭇잎을 긁어모았다.

늑대는 둘러서서 두 사람의 동작을 가만히 지켜보고 있다.

눈 속의 낙엽은 말라 있었다. 성냥불을 갖다 대고 모닥불을 지폈다. 규는 바싹 마른 나뭇가지를 꺾어서 불길 속으로 계속 던져 넣었다. 바람이 세차게 불어와서 불길을 키웠다. 둘은 필사적으로 가지를 꺾어 불 속에 던졌다.

불구경을 하던 늑대들은 한참 만에 물러갔다.

"가자! 밤을 새서라도 걸어야 한다."

둘은 다시 걷기 시작했다.

'나는 왜 볼셰비키로부터 도망을 가야 하는가?'

'나는 공산당에게서 버림받은 몸인가?'

눈 쌓인 들판 추위에 떠는 규의 머릿속에 여러 상념들이 맴돌았다.

'나의 이상으로 생각하고 찾아온 희망의 땅 사회주의동맹 소련에서의 꿈은 산산조각 깨지고, 겨우 목숨을 부지해 쫓겨나는 것인가?'

'아니야. 결코 공산주의가 잘못될 리가 없어, 당黨이 나쁜 거야!'

'나를 내쫓은 것은 일제 경찰이다. 민족계열 독립운동 청년들, 공산주의자들, 심지어 늑대 떼마저 덤벼들었다. 나는 버림받은 몸인가?'

새로 날이 밝고 해가 중천을 지났다. 둘은 밀림지대를 지나 강가에 닿았다. 꽁꽁 얼어붙은 우수리강을 건너 국경 너머 만주 땅으로 들어섰다.

동토의 쌀농사

1. 직파란묘直播亂苗

흑룡깅은 아스라이 끝없이 펼쳐진 지평地平의 땅이었다.

발 아래로 내려다보이는 넓은 옥수수 밭 너머로 툭 트인 거뭇거뭇한 평야에는 야트막한 구릉들이 오르락내리락 거북이 등처럼 구불거리고, 엷은 저녁 햇살에 비낀 호수와 강물과 거기서 따온 은빛 물꼬가 햇빛을 되쏘고 있었다. 강물이 돌아나가는 곳에는 논이 있었다. 물꼬는 강에서 따와 논으로 흘러들었다.

먼 곳 하늘이 내려앉은 땅 너머로 해가 떨어졌다. 땅거미가 주춤주춤 찾아온다. 하늘은 핏빛으로 부챗살을 펼치더니, 광원光源이 스러지면서 천천히 연분홍빛으로 엷어져 갔다. 이윽고 밤하늘은 푸른빛을 띠기 시작하고 별이 돋아났다.

규와 상수는 벌써 키를 훌쩍 넘어버린 옥수수 밭 사이로 난 길을 따라 집으로 돌아가고 있었다. 두 사람의 머리 위에서 옥수수 잎은 살랑거리며 바람에 나부꼈다. 그것은 옥수수가 여물어 가면서 간지럼을 타고 있는 몸짓이었다.

"가는 길에 장 씨 집에 들러 햇감자 좀 들여놓고 가자."

규가 말했다.

오늘 처음으로 감자를 거두었다. 호미로 캘 것도 없이 줄기를 잡고 끌어당기자 주먹만 한 감자가 주렁주렁 매달려 올라왔다. 흙은 포슬포슬했다. 밭일에 굳이 날이 선 조선호미를 쓸 일이 없다. 척박한 조선의 땅과는 달리 이곳은 흙이 부드러워서 목이 꼬부라진 쇠붙이든 가지 진 나무토막이든 족히 호미 노릇을 했다.

"계신교?"

규는 장 씨네 농막 띠집 거적문을 걷고 들어서면서 인기척을 냈다. 아궁이 앞에 엎드리고 있던 산청댁이 고개를 돌린다.

"저녁 잡샀는교? 이거 밭에서 캔 햇감자요. 맛이나 보라고요."

상수가 바랑을 내려 들이대자 그녀는 소쿠리에 감자를 옮겨 담는다.

"아이고 굵기도 해라."

통 굵은 놈을 끄집어내 두 손으로 쥐고 호롱불에 비쳐 본다.

"아지매요, 횟배 아푼 거는 좀 고만한교?"

그녀는 앙상하게 마른 어깨죽지를 치켜 올리며 고개를 꼬고 피식 웃는다.

"내일 숯 지고 장터 내려가는 길에 양산상회 들러 소금도 사고, 석유기름도 좀 받아옵시다. 호얏불이 가물가물하요."

규는, 방문을 열고 내다보는 장 씨에게 부탁하고 밖으로 나왔다.

"들어와서 저역이나 좀 같이 들고 안 가고 … ."

장 씨의 목소리가 뒤에서 들렸다.

둘은 산비탈에 있는 집으로 올라갔다.

"그러나 저러나 얼마 안 가서 된서리도 내리고 추워질 때가 됐으니, 바쁘게 생겼다. 나락도 거둬들이고 타작도 해야 하니 … 그나마 장 씨가 거들어 주니 큰 힘이 되었다마는. 금년 농사는 마 그 정도면 그럭저럭 평년작은 되겠다."

규와 상수는 연해주에서 쫓겨 와 목단강(무단강) 유역 자란툰札蘭屯 가까운 산골에 자리를 잡고 밭작물을 갈아먹기 시작했다.

자란툰은 조선인 가옥이 300여 채나 있는 큰 마을이었다. 폭이 1m 남짓한 도랑을 사이에 두고 한족들의 마을 싼자쯔三家子와 이웃하고 있었다. 멀리 라오예링老爺嶺과 헤이신링黑山嶺 산맥에서 뻗어 나와 지맥을 이룬 산들이 마을을 감싸고 돌아나갔다.

이곳에는 일본 헌병수비대와 경찰소가 있고, 하얼빈으로 연결되는 납빈선拉濱線 철도역이 있고, 그다지 멀지 않은 곳에 주둔하고 있는 관동군의 국경수비대가 우수리강을 사이에 두고 러시아 군대와 대치하고 있었다.

둘은 처음에 이곳으로 올라와서는 토굴에서 기거했다.

원래 중국인들이 들어 있던 굴인데, 우수리강을 넘나들며 소련군의 앞잡이 노릇을 하는 염탐꾼들의 소굴이라 하여 관동군의 국경수비대가 그들을 몰아내고 폐쇄해 버린 곳이었다.

"선생님요, 대풍농장에서 인부를 모집한다 카니 거 가서 일하모 어떻겠십니꺼?"

자란툰에는 조선 사람 이주민이 경영하는 대풍농장이 있었다. 농장을 대규모로 개간해 놓고 영농할 사람에게 분양을 하고 있었다.

"생각해 볼 일이야. 거기 가서 일한다는 것은 지주 놈 밑으로 기어 들어가 머슴살이 하는 꼴이지 … 우리가 그러자고 여기까지 올라온 것은 아니잖은가."

"그렇기야 합니다만 … 그라모 당장 우째하모 좋겠십니꺼?"

"사람 모집이야 어디 그곳뿐이겠나. 국경 가까이 천리에서는 일본인 벌목회사에서 벌채공을 모집하고 있다는구나. 거기 가면 해 본 일이라서 밥이나 얻어먹고 살 수야 있겠지만, 하필이면 어찌 일본놈 밑에 가서 그것도 자본가계급 밑에 가서 빌어먹고 살겠는가? 그럴 일이 아니야. 땅은 속이지 않는다 했으니, 땅에다 쏟아부은 노동만큼은 소출이 돌아오지 않겠느냐. 당장 농사일부터 시작하세."

둘은 산비탈에 나무를 베고 밭을 일구었다. 작물은 주로 감자, 옥수수, 귀리, 콩, 팥을 심었다. 이듬해에는 가을배추도 심었다. 3년 만에 밭 30마지기를 일구어 냈다.

첫해를 넘기자 굴을 버리고 나와 농막을 짓고 살았다. 이듬해를 넘기고 나서는 집을 지어 올렸다.

산골짜기에 터를 다지고, 봄부터 밭일 하는 짬짬이 나무를 베어다가 기둥을 세우고 서까래를 올렸다. 여름에는 개흙을 개어 흙벽을 바르고, 추위가 오기 전에 서까래 위에 수숫대를 올려서 흙을 덮고, 다시 그 위 지붕에다 띠풀을 베어다가 이엉을 이었다. 구들을 들이고 겨우 군불을 지피게 되자, 추위가 다가왔다. 농막을 버리고 나왔다.

깊은 숲이 우거진 그 골짜기에서는 앞으로 툭 트인 넓은 벌판과 그 사이로 감아 흐르는 크고 작은 하천이 내려다보였다.

이곳은 수량이 풍부하여 논농사 짓기에는 적합한 땅이었으나, 기온이 낮아서 버려져 왔다. 겨울은 길고, 여름이 짧은 곳이다.

논농사를 천직으로 목을 매달고 아웅다웅 살아온 억척스런 조선의 농민들은 이곳 흑룡강성으로 올라와서 불순한 일기를 이겨내고 벼농사를 일구어 놓았다. 일찍이 이곳 냉한冷寒지대의 적인狄人들 그 누구도 생각조차 못했던 화곡禾穀을 거두어들인 것이다.

억척이었다. 화곡의 영기靈氣를 지니고 태어난 조선 민족은 쌀을 떠나서 살 수가 없었다. 이 냉한의 북녘 땅에조차 조선 농민은 깃대처럼 꼿꼿하게 모를 꽂았던 것이다.

규가 논농사에 손을 댄 것은 이곳에 자리 잡은 해의 이듬해부터였다. 냇가 가까운 곳에 터를 정하였다.

"상수 자네가 연장을 당기게, 내가 쟁기 날로 흙을 뒤엎을게."

소가 없어서 사람이 소가 되었다.

쟁기 줄을 둘러멘 상수가 앞에서 끄는 소 노릇을 하고, 규는 뒤에서 쟁기를 밀면서 흙을 갈아엎었다. 보습은 힘 안들이고 땅을 파고들어 갔다. 부드럽고 차진 흙은 사람의 노역勞役을 마다하지 않고 잘 받아 주었다. 쇠붙이를 쓰지 않고 나무로도 논을 일굴 수 있었다.

가래질로 논둑을 다듬어 돋우고, 도랑을 파서 물꼬를 텄다. 그리고 모를 내다 심었다. 봄바람에 무논의 모가 날리자, 농사일을 안 해 본 규는 결국 몸져눕고 말았다.

"뼛골이 빠지는구나."

뼈마디가 쑤시고 온몸이 욱신거리는 가운데 천근만근 무겁게 가라 앉았다.

규는 혼자서 끙끙 앓으면서, 상수에게 말했다.

"사회의 기층은, 농군들의 허리가 휘는 가운데 버티고 있구나."

여름에 들어서 물오른 벼 줄기는 부적 두터워졌다. 규와 상수가 저녁 무렵 논에 김매기를 끝내고 막 일어서는데 얼굴이며 목덜미가 섬찟했다.

"어어, 서리다!"

규는 목을 움츠리며 말했다. 8월 한더위에 때 이른 무서리가 내린 것이다. 상수도 하늘을 올려다보며 중얼거렸다.

"정말로 서릴세 … 인자 은성시럽던 모구 떼도 잠잠해질 때가 됐네."

들판의 모기떼는 한여름 내내 엷은 웃옷을 뚫고 집요하게 덤벼들었다. 드러난 팔뚝과 목덜미에 새카맣게 들러붙기가 일쑤였다.

"이 사람아, 나락이 못 펼까 걱정인데, 모기는 무슨 놈의 모기 타령을 하고 있는가?"

규가 걱정스레 말했다.

9월에 들자 하루는 갑자기 눈비가 섞여 내렸다.

"허허, 날씨도 고약하기 짝이 없구나. 어찌 하늘을 믿고 농사를 짓겠는가?"

결국 그해에는 나락이 패지 못했다. 줄기에 달린 벼꽃이 말라붙어 버렸다. 그들의 첫 논농사는 냉해 때문에 실농失農하고 말았다.

그러나 그럼에도 불구하고 아랫마을 사람들의 논에는 그나마 벼가 여물어 나락섬(볏섬)을 거두어들이는 것을 보고, 규는 자란툰 마을로 조선족 어른들을 찾아갔다.

"허허, 이 젊은 양반, 보아하니 농사는 초짜배길세. 겁도 없이 우째 벼농사를 짓겠다고 뎀벼들었는고?"

노인은 핫바지의 괴춤을 끌어올리고 규를 보고 한심하다는 듯이 말했다.

"여게는 조선 같지가 않네. 무상無霜 기간이 택도 없이 짧아. 진작에 물어 가면서 시작했어야지. 그러니까 내년에는 풀논을 짓게나. 여름이 짧은 곳이라 나락이 패기도 전에 서리가 내리니, 운제 모를 내 심을 짬이나 있던가. 그랬다가는 농사를 조져 버리고 만다 칸께. 생육기간이 빠듯하이 짧아나서 모내기는 고만두고, 바로 직파直播로 들어가야 하네."

한결 쌀쌀해진 날씨에 마고자 소맷부리에 두 손을 찔러 넣고 마을 노인이 규를 아래위로 훑어보며 말했다.

"직파라니예?"

"직파란묘直播亂苗 말일세. 못자리 논에 볍씨를 고마 바로 뿌리란 말일세. 마른 논에 들어가 손으로 볍씨를 홀홀 뿌리서 산종散種을 한 뒤에, 웃흙을 포실포실 덮어 주고 물을 채워 두모 지질로 싹이 나서 자라지. 내애나 모심기를 할 짬이 없다 쿤께."

"잡초는 어쩝니까?"

규는 시골 논에서 김매는 광경이 생각났다.

"그거는 … 그러니까 풀은 미리 다 베어삐리고 나서 산종을 한다 칸께. 풀은 내중에 그대로 썩어 거름이 되지. 풀베기는 장정 한 사람이 하루 한 상지기(한 상뙤은 약 열댓 마지기)씩은 벨 수가 있어."

노인은 규가 딱하다는 듯이 바라다보더니 한마디 더했다.

"여게는 물이 차갑아서 여름에 목을 감아도 진저리가 쳐지는데, 베가 잘 자라겠나? 항차 그쪽이사 지대가 높으이 얼매나 차겁겠노. 한동안 더운 물을 대도록 허게. 낮 동안 빈 논에 물을 가둬서 뎁혀 두었다가 직파 논에 끌어들여 물갈이를 해 주란 말일세. 다행히 논이 산을 등지고 앉은 데라 서북풍 찬바람은 면하겠네."

노인은 부싯돌에 쑥을 얹고 부시를 쳤다. 깃에 불똥이 옮겨 붙었다. 노인은 쑥을 담뱃대에 얹고 뻑뻑 빨아 담뱃불을 살렸다.

이듬해 해토머리에 규는 논두렁에 쥐불을 놓았다. 날이 풀리자 풀논에 풀을 베고, 볍씨를 뿌리고 웃흙을 덮고 물을 대었다. 벼는 순조롭게 자라났다. 퇴비를 편담(멜대)에 담아 져다 날라서 덧거름으로 썼다. 한여름을 넘길 무렵 벼꽃이 피고 이어서 이삭이 팼다. 이대로 가면 9월 말 전에 수확이 가능해 보였다. 그새 다소 서리가 내린다 해도 알곡은 맺을 것이다.

밭일을 마친 상수는 냇물에 가서 삽을 씻고 논으로 가는데, 느닷없이 둘러멘 삽을 두드리는 소리가 마치 가마솥에 콩 볶듯이 요란했다.

"이크, 우박이다!"

대추알만큼 큼직한 얼음덩이가 '투둑 투둑!' 한참 동안 쏟아졌다. 우박이 지나고 나자 벼줄기는 한바탕 짓밟아 뭉개 놓은 것처럼 모조리 바닥에 쓰러져 버렸다. 그해 우박 맞은 지역의 농민들은 논농사고 밭농사고 가릴 것 없이 고스란히 흉년거지가 되고 말았다.

"쯧쯧, 펭생에 우박 땜에 몽창 농사 망치기는 처음이다."

마을 어른들이 혀를 내둘렀다.

규의 논농사는 3년째 가서야 성공했다. 그동안 마르지 않는 논 수로가 둠벙에는 물이끼도 끼고 다슬기, 새우, 달팽이, 도롱뇽들이 오손도손 모여 살고 논에도 논고동이 숨어 살았다. 규는 논농사에 이력이 나고, 논도 그것을 받아 주었다.

"금년 날씨는 궂은 편은 아니었제. 그 덕에 평년작은 거두겠다."

노인들은 순조로운 천기天氣를 고마워했다.

2상垧(약 30마지기)에서 거두어들인 수확은 20섬이 되었다.

이 정도면, 예컨대 수확량을 비교하면 풀논은 같은 면적의 모내기 논에서 나오는 소출보다는 적다 하겠으나, 대신에 같은 일품을 들이고도 모내기 논보다 훨씬 넓은 땅에 직파로 길렀으니 총 수확량은 더 많은 셈이 된다 하겠다. 그만큼 풀논 농사는 일손을 덜 됐다.

자란툰 장터에 쌀을 내다 팔고 돌아온 상수가 툴툴거렸다.

"쌀금이 행편없십니다. 시세가 내리막이라 쥐고 있는 거보다 하루라도 빨리 처분하는 편이 나을 끼라 해서 팔아뺐십니다. 그 값이야 불과 사흘 전 피발(도매) 시세밖에 안 된다 캅니다."

상수는 헝겊으로 돌돌 만 돈뭉치를 허리춤에서 풀어 내놓았다.

"할 수 없지. 우리가 풍년이면 대풍농장이나 만농회사 같은 데서도 풍년이지. 그쪽에서 시장에다 대량으로 풀어놓았으니, 쌀금이 유지될 리가 없지."

규는 상수를 위로했다.

그들은 만주에 온 지 4년째에야 비로소 벼 수확도 하고 여윳돈도 만지게 되었으니, 내년부터는 논을 좀 더 늘려야겠다고 작정했다. 그간 몇 차례 실패를 통해서 논농사에 경험이 쌓여 자신감이 붙었기 때문이었다.

"이번 겨울에는 저 도랑에 보를 쌓도록 하세. 내년에 논을 일구고 물꼬를 끌어대게."

규는, 집오리가 '거억 거억!' 하고 물을 타고 노는 개천을 바라보며 상수에게 말했다.

"물꼬만 터놓으면 논 두 상쯤은 금세 늘릴 수가 있겠지. 그러면 논은 모두 네 상이나 되겠구나."

규는 애초부터 논농사를 넓혀서 지주가 될 마음은 딱히 없었다. 다 같이 더불어 농사를 짓고 거두어들여서, 먹고 생활하는 데 보태 쓰고 남는 것은 공동의 자산이라고 생각하였다.

규는 다음 날 들일을 일찍 끝내고 장 씨를 찾아갔다.

머리에 물동이를 받쳐 이고 움막집으로 들어서는 언년을 뒤따라 규와 상수도 들어섰다. 언년이 똬리에 매단 끈을 입에 문 채 흘러내리는 물을 '푸 푸!' 불면서 물동이를 내릴 채비를 하는데, 상수가 팔을 뻗어 받으려 했다.

"괜찮아예."

언년이는 물동이를 잽싸게 바닥에 내려놓고 고개를 꼬며 외면을 짓는다.

"밤새 날씨가 많이 차질 것 같네요."

규는 방 안에 대고 장 씨에게 인사했다.

"어서 들어오시오."

규와 상수는 방으로 들어갔다.

"이쪽으로 앉으소."

노인은 자리를 권했다. 비좁은 방에 셋이 둘러앉았다.

오상현五常縣 사하자향沙河子鄕에서 중국인들로부터 내쫓겨 자란툰까지 올라온 장 씨 가족이 오갈 거처가 없어 시장바닥에 나앉았는데, 우연히 규와 만나게 되어 그의 안내를 받아 가족을 데리고 이곳 둔전으로 들어오게 되었다. 장 씨 가족은 논밭 일에 손을 거들어 주며 여름내내 양식을 얻어먹고 지내왔다.

장 씨는 남의 집 농사에 머슴일을 하고 얻어먹는다고 생각했으나, 규의 입장은 그와는 달리 농사일이 점점 늘어나는 참인데 안 그래도 사람 손이 필요한 지경이 되어 마침 잘 만났다며 데리고 왔던 것이다. 그리고 그를 조금도 소작꾼이라 여기지 않고 동지라고 생각했다.

장 씨는 이곳으로 들어와서 우선은 수숫대를 얽어서 거적으로 가린 움막을 짓고 비바람을 가릴 거처는 마련했지만, 온돌도 없는 냉방에서 추운 삼동삭三冬朔을 넘길 처지이니 여간 걱정되는 것이 아니었다.

규가 방금 들어오면서 인사조로 걱정한 대로, 어느덧 겨울은 다가오고 있었던 것이다.

"춥기 전에 우리 거처로 옮기입시다. 방 하나가 비어 있으께 들어와서 올 겨울을 같이 나도록 하십시다. 여기서 겨울을 나다가는 얼어 죽기 십상입니다."

노인의 사정을 어떻게 헤아렸는지 규가 뜻밖의 권유를 해 왔다.

"고맙소만은 우리가 들어가모 보통 번잡스러울 일이 아닐 낀데…."

"무슨 말씀을요. 모여 살면 훈기도 돌고, 아주머니도 몸을 따숩게 하고 지낼 수도 있잖습니까."

규는 금년 겨울에는 모처럼 사람끼리 비비적거리며 사는 것 같은 겨울을 나겠구나 하고 상상하니, 불쑥 끄집어 낸 말이지만 그러기를 잘한 것 같아서 가슴이 훈훈해 왔다.

"그리고, 고방 곁에 빈 터가 있으니까 봄에 한 채 지어 올리입시다. 우물은 지금 있는 것을 같이 쓰면 되니까 따로 팔 것도 없고요."

"허어, 민망키도 하요. 벨로 한 일도 없는 사람한테 이리 대접을 다 해 주다이요. 말씀만 들어도 고맙기가 한량없소이다."

"그건 그렇게 하기로 하고, 이번 겨울에 저 옆 개천에다 봇둑을 쌓을까 하니 일손을 좀 내주어야겠습니다."

"보를 춥은 겨울에 쌓을라 카요?"

"냇가 너머 공터에 논을 일굴까 합니다."

"거어는 물이 없잖은교?"

"그래서 물막이 보를 쌓아서 물을 끌어 쓸까 합니다."

"물이 얼어붙어 공사가 될란가?"

"됩니다. 물은 내년 봄에나 쓸 거니까 ‥‥."

장 씨는 고개를 갸웃하고 미심쩍어 하며 어정쩡하게 대답했다.

"논일이라면 나도 이력이 난 사람인데, 인자는 늙어서 땅을 한 치라도 팔 수가 있을란지 … 좌우튼간에 힘 자라는 대로 해 봅시다."

"논을 늘리면 중국사람 머슴을 부릴 생각입니다. 그러면 장 씨는 연세도 있으시니 숯 굽는 일을 하면 어떻겠습니까? 젊은 몸도 아닌데 새벽부터 밤까지 허리가 휘도록 농사일에 무리할 것도 없이, 숯 굽는 일이야 쉬엄쉬엄 해도 되지 않겠습니까? 며칠에 한 번씩 장터에 내다 팔러 마을에 오르내리면서 세상 돌아가는 물정도 듣고 오고, 또 나간 김에 이것저것 살림에 필요한 물자를 사오기도 하고."

"못할 리야 없소마는⋯."

정지에서 수저가 달그락거리는 소리가 들리더니 이내 산청댁이 상을 내왔다.

"최 선상, 오랜만에 같이 저역이나 들고 가소. 채린 거는 없어도⋯."

낮에 장 씨가 시장에 나가서 장을 보아 온 명태로 국을 끓여 내었다. 김이 펄펄 나는 수제비 사발도 곁들였다.

"그라소, 최 선생."

장 씨는 밥상을 받아 내려놓는다.

"자아, 젊은이도 다가오게."

상수도 상 옆으로 다가앉는다.

"아지매, 배 아푼 거는 좀 어떻는교?"

상수는 산청댁에게 배앓이 병문안을 빠트리지 않는다.

"밤낮 그 모양이지, 오데 그기이 그리 숩게 낫던 긴교."

"아편도 잘 쓰면 약이라예. 한 번 구해서 써 보이소. 요새 세상에 소나 염소도 배탈이 나면 양귀비를 멕이지 않습니까?"

상수가 권한다.

호롱불 아래서 저녁을 마치고 나서, 장 씨는 언년이 들여온 숭늉을 '후후!' 불어 마시고 부젓가락으로 난로의 숯덩이를 쏘삭쏘삭 뒤적여 벌건 숯불을 돋우어 올리며 잠시 생각을 다듬어 말을 끄집어냈다.

"내가 이곳에 들어와서 이렇게 후대를 받으이, 다들 가족이나 다름없는 기분이 들어 내 지나간 이야기를 늘 놓겠소. 한 번 들어 보시오."

2. 유랑하는 이주농민

그는 흘러간 과거를 회상하며 이야기를 시작했다.

규는 숭늉 그릇에 가라앉은 누룽지까지 마저 들이마시고 그의 이야기에 귀를 기울였다.

"내가 함안 군북에서 서당 공부를 하다가 나라가 넘어가자 어른을 따라 길림성 서란현舒蘭懸으로 올라와서 처음 논을 일군 기 벌써 30년 가까이 지난 일이 되었소. 물론 저 아아가 태어나기 전이었소."

부엌을 향해 턱을 내밀었다. 언년을 가리키는 것이었다.

"만주 땅에 처음으로 쌀논을 일군 거는, 이주 온 우리 조선 사람들이었소. 그때 만주 땅에서 쌀이 나는 거를 보고 동북군벌 장쭤린張作霖이가 감탄해서 우리 동포들에게 논농사를 부추겼다오."

1913년 장쭤린의 군벌軍閥 당국은 봉천 수리국水利局을 설치하고 물을 대면서 '벼경작 장려 장정章程'까지 반포하고 벼농사를 적극 권장하기에 이르렀다.

중국인들은 조선 농민을 원했다. 1916년 길림성 실업청에서는 자금 6만 관을 내어 조선인을 모집한 뒤에 황무지를 개간하여 3년간 벼농사를 짓는 계약도 하여 만주 땅에 논을 넓혀 나갔다.

조선 농민들은 희망에 차서 벼농사 노래를 불러가며 열심히 농사를 지었다.

만주 땅 넓은 들에 벼가 자라네 벼가 자라네.

우리 가는 곳에 벼가 있고 벼 자라는 곳에 우리가 있네.

우리 가진 것 무엇이랴 호미와 바가지밖에 더 있나.

호미로 파고 바가지에 담아 만주벌 거친 땅에 볍씨 뿌리네.

어화, 새 살림 이룩해 보세!

그러나 1920년대 들어와서는 군벌 당국이 태도를 바꾸어 조선 농민들을 쫓아내는 구축驅逐 정책을 실시하여 그동안 경작하던 논을 빼앗아 갔다.

장 씨는 말을 이어 나갔다.

"조선 사람들이 워낙 역척같애 놔서 온갖 고초를 다 겪으면서도 땅을 개간하고 논을 일궜지. 만주 땅에 이주 온 농꾼들은 모조리 손톱이 닳아 빠져 부지깽이 통가리 같았소. 도저히 사람의 손이라 칼 수가 없었소."

"지금은 북간도에도 조선 사람 논에서 쌀이 대량으로 나오고 있지 않습니까?"

규가 의견을 달았다.

"지금이야 그리됐다마는, 그기이 다 처음에는 길림성에서 시작된 기라 칸께네. 그라다가 그 뒤 중국 농민들을 내세워 우리를 몰아냈다 칸께, 군벌 정부가. 뒤에서 모른 척 눈을 감고 …."

장 씨가 옥수수수염같이 생긴 턱수염을 다듬었다.

지난 일을 규에게 들려주는 사이, 만주에 올라와서 겪었던 온갖 일들이 차례차례 그의 머리를 스쳐 갔다.

낯선 땅에 이주 와서 고생 끝에 논마지기나 가지게 되어 이제 겨우 정착하고 살 수 있게 되었구나 싶었는데, 고얀 일이 벌어졌다.

서북쪽에서 불어오는 찬바람이 들판을 누렇게 덮은 나락을 쓰다듬고 지나갈 무렵 알곡은 하루가 다르게 아래로 처져 갔다.

"나락을 묶어라! 나락이 무굽어져서 자빠질라."

벼때가 다가온 것이다. 집마다 온 가족이 나서서 잘 익은 벼 줄기를 한 줌씩 다발로 묶어 세우고 한동안 나락이 여물도록 바람에 말렸다.

들판은 가을걷이로 바빴다. 손잡이가 길고 날이 둥글게 휜 양낫으로, 조선낫처럼 허리를 구부릴 일 없이 선 채 슥슥 벼를 베어 나갔다. 잘 벼린 긴 날은 수월케 벼를 잘라 내었다.

장 씨네는 일찌감치 탈곡을 시작해서 거의 끝내 가고 있었다.

경와동, 경와동!

들녘에서는 탈곡기를 돌리는 소리가 신명나게 울려 퍼졌다. 족답식 足踏式 탈곡기에서 떨려 나오는 나락은 발판을 내리밟을수록 멀리까지 날아갔다. 아낙들은 빗자루로 날아간 낟알을 바쁘게 쓸어 모은다.

1년 내내 조용하던 방앗간도 바빠진다. 모터가 통통거리며 벼를 찧어 하얀 쌀을 토해 낸다. 조선 사람들은 당나귀에 연자방아를 걸어 나락을 찧는 집도 있었다. 농꾼들에게 탈곡만큼 신명나는 일은 없다. 다들 어깨를 들썩이며 한 해 농사를 마무리 짓기에 열심이었다.

저녁나절 산청댁이 저녁을 안치려고 뒤주에서 쌀을 푸는데, 갑자기 삽작문을 박차고 우락부락한 사람들 패거리가 마당으로 들이닥쳤다.

건너편 한족 마을의 젊은 치들이었다. 손에는 곡괭이, 삽, 쇠스랑이 등을 하나씩 들고 '쏼라 쏼라' 얼러 대는 품이 심상찮다. 떠드는 가운데 쇠붙이 부닥치는 소리도 났다.

"수전水田하고 한전旱田하고 다 내놔 해! 우리 거야!"

변발辮髮을 하고 나이깨나 들어 보이는 자가 나서서 씨불였다. 다부산즈(중국 두루마기) 청복淸服의 소맷부리에 두 손을 찔러 넣고 행세깨나 부리고 선 품이 떼거리의 두목격인 듯해 보였다.

놈들은 장 씨를 빙 둘러쌌다. 논밭을 한족들에게 내놓으라고 으르는 게 분명하다.

"안 된다! 내가 뼈 빠지게 일군 땅을 세상천지가 다 아는데, 그런 법이 오데 있노? 너거도 다 아는 일 아이가 말이다."

밖에서는 '경와동 경와동' 하는 탈곡소리가 울려왔다.

"여기는 청나라 땅이다. 너희 조선놈들이 몰래 들어와 남의 땅을 차지한 것이다. 조선 땅이 아니란 말이다. 이제 모두 내놓고 나가!"

"청나라 정부하고 조선 왕실하고 조약을 맺은 사실을 우째 모르고 하는 소리냐? 너희 나라 정부가 우리더러 농사도 짓게 하고 재산도 보호해 주겠다는 일이다. 어찌 이런 불법을 자행하느냐?"

"팡피(방귀뀌는 소리 하지 마)!"

덩치가 큰 녀석이 나서며 황소울음같이 우렁찬 소리로 호통쳤다. 소맷부리를 걷어붙이고 쇠스랑을 치켜들고 공중에서 휘둘렀다. 화상자국이 남아 있는 우락부락한 얼굴을 들이대며 눈을 부라렸다.

장 씨는 대들었다.

"이 땅이 어찌 너희들 땅이냐, 이곳은 원래 적인狄人의 땅이다. 따지고 보면 너희 한족 놈들도 산동에 조적祖籍을 둔 이민자가 아니더냐? 너거나 우리나 다 같이 외지에서 건너온 처지에 우째 주인 행세를 하려고 하느냐?"

청조가 만인滿人 외의 거주를 제한하던 만주 땅에 봉금령封禁令을 풀자, 한인들과 조선인들은 같은 시기에 들어 왔다.

"닥치지 못해, 가오리방쯔高麗棒子(조선놈)!"

덩치는 댓돌로 다가서더니 쇠스랑으로 냅다 마루를 내리찍었다. 쇠갈고리가 송판을 뚫고 박혔다.

마루에 앉아 콜록거리며 해수병으로 숨이 넘어가고 있던 장 씨의 어른을 향해서 행패를 부린다.

"시끄러워, 조용히 못 해? 더러운 가오리방쯔 영감탱이!"

덩치가 노인 앞에서 주먹을 휘둘렀다. 장 씨 가족은 멈칫했다.

산청댁은 사태가 심상찮게 돌아가는 것을 보고 고방 앞으로 달려가서 두 팔을 벌리고 문을 막고 버티고 섰다. 얼굴이 새파래져 벌벌 떨고 있었다.

지휘자인 듯한 중늙은이가 턱짓으로 신호를 보내자, 패거리들이 광으로 몰려가서 영산댁을 밀어젖히고 곡괭이로 자물쇠를 내리찍었다. 잠금장치는 한 방에 망가졌다.

문을 밀고 안으로 들어가더니 한 놈씩 가마니를 지고 나와서 마당에 쌓는다.

감자와 옥수수가 든 가마니를 한 곳에 쌓고, 쌀가마니는 따로 해서 두 무더기로 나누어 놓고 덩치 놈이 말했다.

"자! 지금부터 도조賭租를 거두겠다. 너희들은 1년 내내 우리 땅에

도지를 부쳐 농사를 지었다. 도조는 6할 5부다.”

일방적으로 통고했다.

다부산즈가 쌀가마 더미를 가리킨다.

“이쪽이 소작료 턱이다. 우리가 거두어 간다.”

그리고 옥수수 감자 더미를 가리킨다.

“그것은 너희가 가져라. 소작 지은 몫이다.”

한족 점산호占山戶(농토 탈취 중국인)들은 마치 제 것이나 되는 듯 뻔뻔하게 행세했다. 조선족에게는 토지 소유권이 없으니 소작을 붙여 농사를 짓되, 소작료는 통상 못 되어도 타작의 반은 되었다. 그래서 흔히 자작농에 비해 소작농을 반작半作이라 하였다. 그것이 4할도 아니고 3분의 1에 해당하는 3할 5부밖에 안 되다니, 소작료를 가축 먹이는 사료값 정도로 치는 셈이다.

“싫으면 당장 떠나거라!”

그들이 쌀을 몰아가는 이유가 있었다. 한족들은 무논에 들어가기를 꺼려했다. 잡병이 모두 물에서 옮는다고 생각해서 수전水田을 두려워했다.

“아잇 저 거머리, 피 빨아 먹는다!”

장딴지에 파고들어 박힌 거머리를 조선 농민이 손가락으로 집어 떼는 것을 보고 한족 아낙네가 기겁하면서 아이를 끌어안았다.

“가오리방쯔 놈들은 물가의 개구리 떼 같은 놈들이다.”

그들은 조선 사람들이 짓는 논농사를 고깝게 여기고 비아냥거렸으나, 막상 자기들이 직접 나서기는 꺼려했다. 그래서 소작을 부치게 해서 조선 사람을 부렸다.

"어서! 싫다면 당장 떠나라!"

덩치가 대문 쪽으로 향하여 손가락을 가리키며 벼락 치는 소리를 질렀다.

장 씨는 하는 수 없이 쌓아 놓은 옥수수와 감자 가마니를 창고 안으로 나르기 시작했다. 그나마 지금 챙기지 않으면 다 빼앗길 판이다.

그들 말대로 소작 지은 몫을 창고로 져 나른다는 것은 앞으로 도지를 부쳐 농사를 짓겠다는 것을 의미했다.

놈들은 도조 쌀가마니를 둘러메고 '쏼라 쏼라' 떠들며 돌아갔다.

부친의 기침 소리는 더욱 높아갔다.

장 씨는 아무리 생각해도 억울해서 견딜 수가 없었다. 아직 타작을 못 하고 논바닥에 쌓아둔 볏가리를 걷어 집으로 옮겨 놓아야겠다고 생각했다. 그래서 논으로 가서 볏단을 손수레에 실을 수 있는 대로 싣고 집으로 옮겨오는데, 어둠 속에서 하필이면 중국인 패거리들 가운데 한 놈과 부닥쳤다.

그놈은 장 씨 앞을 가로막았다.

"왜 몰래 빼돌리느냐?"

장 씨는 그를 밀치고 수레를 끌었다.

그놈은 마을에 달려가 패거리들을 불러 모았다. 놈들은 몰려와서 장 씨를 나무에 묶어 놓고, 덩치가 나서서 몽둥이질을 시작했다.

"주인 허락도 없이 소출을 빼 가는 놈은 맞아서 싸다 해!"

나머지 놈들도 돌아가며 발길질에 욕설을 해댔다.

"가오리방쯔, 가오리방쯔!"

한참 당한 끝에 겨우 풀려나서, 빈손으로 집으로 돌아온 장 씨는 식구들을 모아 놓고 분을 삭이지 못해서 씩씩댔다.

"떠나자! 여기는 살 수 없는 곳이다."

"무슨 작정도 없이 오데로 우떻게 떠나자는교?"

산청댁이 말했다.

"북만주로 가자. 거어는 땅도 넓고, 아직 이주 사람들이 적으니까 설마 발붙일 땅이 없겠소?"

"저리 펜찮은 노인이 먼 길을 우째 나설 수가 있단 말이오? 도중에 벤이라도 당하모 그 감당을 우짤라 카는교?"

산청댁은 기침이 멎지 않아 가슴을 툭툭 치고 있는 아버님을 돌아다보고 걱정스레 말했다.

"어른은 내가 업고 모시야지. 어차피 고향을 버리고 온 처지에 꼭 여기에 몸을 묻으란 벱이 없잖소."

장 씨는 가재도구를 거두어 식솔을 거느리고 집을 떠났다.

노인을 수레에 태워 딸아이 언년이 끌고, 장 씨는 지게에 솥이며 그릇이며 한 짐 짊어지고, 산청댁은 이불이며 옷가지를 이고 일가는 떠났다. 그들은 길림성을 떠나 북쪽 흑룡강성 오상현五常縣으로 올라가서 사하자향沙河子鄕 소구산 일대로 갔다. 초겨울에 달랑 홑바지 하나 걸치고 거기에 닿았는데, 겨우 움막을 짓고 벌벌 떨면서 겨울을 났다.

도중에 산을 넘다가 산적을 만나서 양곡과 재산을 털리고, 베개만 달랑 안고 빈털터리 유민流民의 신세로 흘러들어 오게 되어 당장 끼니가 걱정이었다.

산청댁은 베갯모 솔기의 실밥을 뜯어서 쌀을 꺼내 노구솥에 밥을 안쳤다. 떠날 때 베개 속에 비상식량으로 쌀을 감추어 왔던 것이 다행히 남은 것이다. 베개는 사람 수대로 4개였다.

그나마 얼마 안 가서 그것마저 동이 나자, 봄이 되면 중국인 왕 씨의 한전에 소작을 부치기로 하고 겨우내 그 집의 잔일을 돌봐 주어 끼니를 이어갔다.

봄이 오자 장 씨는 왕 씨의 밭에 옥수수와 감자를 심었다. 5월에 씨 뿌리고, 9월 들어 거두어들였다. 반작으로 해를 넘기게 되었다.

가을 추수가 끝나고 찬바람이 섬뜩 섬뜩 옷깃 사이로 스며드는데, 건너편 한족 마을의 언청이 녀석이 부쩍 장 씨 집 앞을 오가며 기웃거렸다.

장 씨는 산청댁을 보고 언년이 이야기를 했다.

"자아 돌날 실타래를 목에 걸고 맹줄을 빈 기 엊그제 같은데, 그새 도화살이 피어 동네 총각 놈들이 기웃거리 쌓네."

언년이 어느덧 열여덟 나이에 처녀티가 나기 시작하자, 동네 총각들이 이쪽을 넘보고 침을 흘리는 것이었다.

종내 한족 지주 왕 씨한테서 장 씨 집에 중신이 들어왔다.

"왕 씨 대가에서 언년을 눈여겨보아 왔는데, 아들 짝을 지어 줄 생각이오."

"아들이란 작자라니 도대체 누구를 두고 하는 말이요?"

장 씨는, 왕가가 지주의 집이니 그 집 아이들을 모를 리가 없건만 하도 기가 막힌 이야기라 되물었다. 그 집에는 아들이 둘이 있는데,

큰아들은 언청이고, 둘째는 열 살 남짓한 어린아이였다.

중신잡이는 머뭇거리더니 이쪽 눈치를 살피며 말했다.

"큰아들 말이오."

"에잇, 여보시오! 말 같은 소리를 해야지."

장 씨는 더 이상 말을 못 붙이게 했다.

옆에서 듣고 있던 딸아이도 고개를 저었다.

"아아, 싫소. 아베요, 한족은 말도 꺼내지 마소. 거다가 째보는 죽어도 싫소."

며칠 뒤 중신잡이가 새로 들러서, 밭뙈기를 떼어 주겠으니 딸을 달란다고 하면서 재촉했다.

장 씨는 발끈했다.

"네놈이 감히 누구를 깔보고 왔다 갔다 이 짓을 해 쌓느냐? 네 이놈! 당장 돌아가지 못하겠느냐? 딸아이가 머슨 물긴인 줄 알았더냐, 밭뙈기하고 바꾸자니."

다시는 얼씬 못 하게 야단을 쳐서 돌려보냈다. 그러나 장 씨는 분김에 거절은 했지만, 당장 내년에 소작 부칠 일이 은근히 걱정되었다. 왕 씨 측에서 괘씸하게 여겨 당연히 장 씨를 더 이상 붙여 두지 않을 것이기 때문이었다.

들판에 서리가 내리고 겨울 날씨로 접어들 무렵 만주국 정부 관리가 일본 영사관 직원과 함께 말을 타고 마을에 나타났다. 툰장屯長에게 지시해서 저녁 때 중국 농민들을 소집시켰다.

"이곳 농민 여러분들은 오늘부터 이사를 가야 한다. 저 산 너머 산골짜기가 이주할 곳이다."

"아니, 갑자기 짐을 싸 들고 나가라니 웬 말이오?"

"이게 무슨 날벼락 같은 소리요?"

"추워 오는데 어디로 내몰겠다는 거요?"

농민들이 하도 얼토당토아니한 이야기를 듣는 바람에 흥분해서 너나없이 불평을 토로했다. 관리는 안경을 벗어 입김을 불어 먼지를 닦으면서 듣고 있다가 안경을 고쳐 쓰고 말했다.

"농사짓던 밭은 돈을 쳐서 지불하겠다. 부리던 소도 두고 가야 한다. 소값도 쳐주겠다. 이상의 지시사항을 어기는 자는 구속해서 재판에 회부하겠다."

어이없는 조처였다.

"이유가 뭐요?"

"이 지역은 정부의 새로운 농지개발계획에 따라 수전水田 개간지역으로 지정됐다. 내일부터 각 호별로 농지 매매계약을 맺기로 한다. 이사는 모두 연말까지 마쳐야 한다. 다시 한 번 말해 두지만 소는 한 마리도 가져가서는 안 된다."

두꺼운 돋보기를 쓴 일본 영사관 직원은 옆에서 말채찍을 만지작거리며 농민들을 내려다보고 있었다.

농민들은 관리라는 작자가 하도 단호하게 잘라 말하는 바람에 기가 눌려, 입만 잔뜩 부어올랐지 이상 더 이의를 달지 못했다.

다음 날 관리는 농가를 한 집 한 집 돌며 매매서류를 내놓았다.

"벼가 한 섬에 만주 화폐로 27원(위안)인데, 밭 한 상에 잘해서 120원밖에 안 쳐주겠다니 이것은 벼 5섬도 안 되는 헐값이오. 이것은 계약이 아니오. 강제로 빼앗아 가는 거요. 강탈이요."

농민은 도장을 찍을 수 없다고 손사래를 치며 완강히 거부했으나, 관리는 우격다짐으로 서명을 받아냈다.

"대신 저쪽 땅은 넓으니까 얼마든지 개간해서 쓰도록 보장하겠다. 다시 말하지만 만약 정부의 농지개발계획에 반대하는 자는 재판에 회부한다. 따질 것은 거기서 따지도록 해라."

중국 농민들은 이번 토지 강제수매 조치는 그 배후가 일본 영사관이란 사실을 알아냈다.

"우리를 내몰고 우리 땅을 이놈들이 차지해서 수전을 만들자는 수작이다. 이런 못된 놈의 흑치노들!"

연말 안에 이주는 끝이 났다.

새해에 들자 중국인 관리가 이번에는 조선 농민들을 불러 모았다.

"중국인들의 한전을 새해부터는 여러분들이 물려받는다. 밭을 수전으로 개간해서 벼를 재배하는 조건이다. 지금 소작농으로 일하고 있던 자들은 그 농지를 그대로 할당받아서 자기 책임하에 수전을 일구도록 한다. 일단은 논에서 나는 소출은 자작농민의 소유로 한다."

관리는 설명했다.

그러니까 중국인들을 밀어내고 조선 사람더러 쌀농사를 지어 먹으라고 하는 말이다. 중국 사람들은 논농사를 지어 본 적도 없고, 따라서 논을 개간할 줄도 모르기 때문에 조선 농민으로 대체한 것이었다. 조선 농민이라야 논을 개간할 수가 있었다.

소도 배정을 받았다.

"그러면 주진租金은 어떻게 되는 거요? 주진은 안 내도 된단 말이오? 논에서 나는 소출은 자작농민의 소유로 한다는 말은, 그러면 논은 도지를 내는 것이 아니고 우리 소유란 뜻이오?"

장 씨가 물었다.

"논으로 개간한 사람들은 일단 도조를 내지 않아도 된다. 수전 개간 계획으로 정부가 밭을 사들였기 때문에, 정부가 땅을 소유하는 한 개간의 공로를 인정하기 때문이다. 그 문제는 다음에 자세히 검토해서 따로 통지하기로 한다."

관리는 딱 부러지게 잘라서 말했다.

그로부터 조선 땅에서 이민단이 꾸역꾸역 올라오기 시작하였다. 만주국 정부는 이들을 정착시켜 이 한랭한 땅에 대량으로 쌀농사를 지을 땅을 개간하는 데 그들을 투입할 계획을 세우고 불러 올렸던 것이다.

새로 이주해서 올라온 사람들은 황무지로 버려진 허허 들판을 일구도록 했다. 그들이 가을걷이가 끝난 뒤 고향을 등지고 여기에 도착한 것은 바로 삼동三冬이 되기 전이었으므로 동토에 연장을 부릴 수가 없어서, 급한 대로 임시로 토굴을 파서 겨울을 나야 했다.

3월이 와도 표토表土는 녹지 않았다.

장 씨는 밭둑에 쥐불을 놓아 농사 준비를 했다. 사하자향 들판은 여기저기 불타올랐다. 조선 농민은 밭둑에 불을 질러 봄을 맞았다. 그리고 논둑을 돋우었다.

납림하拉林河는 송화강으로 흘러든다. 오상현 사람들은 납림하로부터 물길을 잡아 수로水路를 내고 농업용수로 끌어다 썼다. 조선 농민들은 이 수로로부터 물을 끌어들여 밭을 논으로 개간하였다. 조선족은 만주 땅 곳곳에 물오리처럼 물길을 따라와서 물 근처에 자리 잡고 살 았다.

물꼬를 터서 논에 물을 댄 것은 송홧가루가 뭉게구름처럼 바람에 피어오르는 5월 초 무렵이었다. 장 씨네는 모내기할 짬이 없었기 때문에 풀논에 바로 볍씨를 뿌려 못자리를 내었다.

날씨는 점차 더워가고 있었다.

장 씨의 노친이 자고 나서 화장실에 다녀오더니 배를 움켜쥐고 마루에 드러누웠다.

"설사가 여엉 안 낫는다. 아이고, 기운을 몬 차리겠다."

"갑자기 오데가 펜찮십니꺼?"

"갑자기가 아이라, 벌써 메칠째 몸이 처져서 운신을 몬 하겠다. 어제는 코피를 쏟고 설사를 쏟았는데, 오늘 아침에는 피똥을 봤다."

"변에 피가 묻어난다고요? 크일 났네, 이를 우짜제?"

장 씨는 어른의 이마를 짚어보았다. 달은 놋주발처럼 뜨거웠다. 얼른 수건에 찬물을 적셔서 이마에 갖다 대고 꼭 눌러 주었다.

마을에 역질疫疾이 돌기 시작했다. 처음에는 집단이주로 올라온 조선인들의 토굴 마을에서 시작됐다. 사람들이 한둘 비실비실 몸져눕고 계속 열이 나고 끙끙 앓아댔다.

"수질이 나빠서 우물에 옘병이 도는 기라. 찬물 묵지 마라. 꼭 끓이 묵어야 한다이."

마을 사람들이 예방책을 이야기했지만, 그때는 벌써 병이 돌고 난 다음이었다.

장티푸스는 금세 들판을 건너 이쪽 마을로 건너왔다. 집마다 앓아 눕는 사람이 나오기 시작하는데, 어떤 집은 어른 아이 할 것 없이 가족 모두가 몽땅 열이 나고 힘겨워했다.

장 씨 노인의 신열은 점점 더 올라갔다. 몸에 열꽃이 피었다. 검붉은 반점이 온몸에 돋아났다.

노인은 앞뒤가 맞지 않는 말을 예사로 해댔다.

"여보, 암탉을 고와 소를 멕이소. 당귀 넣고 푹 끓이서."

벌써 작고하고 없는 처를 부르며, 말라비틀어진 얼굴에 싱긋이 웃음을 띠고 있었다. 열이 올라 얼이 나갔다. 섬망譫妄에 빠진 것이다.

"아이고, 아이고오!"

사방에 곡哭소리가 끊이지 않았다. 곡이 그치면, 시신이 실려 나갔다. 거적에 둘둘 말아서 어깨에 둘러메고 산으로 가서 그러묻고 내려왔다.

장 씨의 노친은 앓은 지 채 열흘도 못 가서 세상을 떴다. 아들은 갈대로 엮은 돗자리에 어른을 말아서 지게에 지고 산으로 갔다.

"여게가 머슨 고향 땅이라고 문중을 찾을 수가 있을 기이며, 그렇다고 당내堂內가 있어 종씨 일가들이 오기나 하겠소? 오다가다 뿔뿔이 흘러 들어온 각성촌인데, 상새喪事 났다고 넘을 불러 초상을 치를 일이며, 그렇다고 상두꾼을 불러 상여 지워 호사 부릴 엄두로 내겠소? 언제 떠날지도 모르는 땅에 지관을 불러 벨로히 묘터를 고를 일도 아이며, 막농사 지어먹기도 빠듯한데 초막을 지어 3년상이라고 머리 풀고 앉아 거상居喪을 지낼 것이오? 그저 갈가마구 떼가 시신을 몬 뜯어먹도록 땅 속에 묻어나 드립시다."

장 씨는 산청댁이 들으라고 하는 말인지 혼자 하는 말인지 장탄長歎을 했다.

고향과 선영을 진작에 버리고 나온 팔자에 그저 목숨 하나 부지하기 빠듯한데, 이 마당에 의례를 갖추어 초상을 챙기는 일이 무슨 대수랴 싶었다.

모친만 하더라도 풍토병으로 모진 고생 끝에 작고해서 길림성 서란현 들판에 묻고 왔는데, 버려진 묘를 늑대가 파헤쳤는지 갈가마귀가 쪼아 먹었는지 한 번 들여다보아야겠다고 생각은 하면서도 언제나 가 볼 날이 있을지, 그저 생각뿐이었다. 비바람에 폐묘라도 안 되었으면 그 이상 더 바랄 것이 없었다.

부친의 묘도 그럴 것이다. 여기다 유택을 잡아 묻어 두고 떠나면 또 언제나 뵈러 올 지 기약이 없다. 집안 내림은 없어지고 사방팔방 다 흩어지는 세상이다.

고향 떠날 때 명주 비단에 곱게 싸가지고 온 필사본 가첩家牒은 간수해 보아야 집안 내력을 알뜰히 들여다볼 사람도 없거니와 오다가다 없어지기 십상인지라 부질없는 물건이라고 여겨 그럴 바에야 차라리 선친이 유택에서 간직하시도록 하는 편이 낫겠다 싶어서 무덤 속에 부장副葬했다.

묏자리는 양지바른 언덕을 골라 먼 남녘 고향 땅 있는 곳을 바라보도록 해 드렸다.

"갑시다! 돌아보지 말고 ….."

산역山役을 마치고 돌아올 때 상주는 모진 마음을 먹고 뒤를 돌아보지 말아야 한다.

"혼백인들 어찌 미련이 없겠소. 생각이 나서 돌아보면 따라나선다 말이오."

그렇게 해서라도 매정하게 사자死者에 대한 정을 끊는 것이다.

장 씨는 눈물을 훔치며 산을 내려왔다.

7월에 들어서 벼꽃이 피기 시작하면서, 가위로 조선 두루마기를 반 토막 잘라놓은 듯한 유카타를 걸친 일본인 농민들이 나타났다. 머리에 하치마키를 동인 사람들도 있었다. 농사꾼이 논바닥에 유카타를 걸치고 나온다는 것은, 논일 하러 나온 차림이 아니고 필시 땅을 둘러보거나 위세를 부리고자 하는 속셈이 틀림없다.

관리가 그들을 데리고 와 조선 농민들에게 지주地主라고 소개했다.

"오늘부터 여러분들은 각자 이 지주들한테 소작을 짓도록 한다."

조선 농민들은 어이가 없었다.

"우리가 일군 논인데, 어찌 이 사람들 밑에 소작을 지으라는 것이오? 말도 안 되는 소리요! 처음에 논을 일굴 때 당신 입으로 우리한테 준다고 했지 않소?"

그들은 강력하게 항의했다. 특히 장 씨가 앞에 나섰다.

"나는 못 하요. 반구(바위) 덩거리같이 꽁꽁 얼어붙은 땅을 발가락 손가락에 얼음이 배기도록 파서 일군 논인데, 어찌 아무 연고도 없는 저자들한테 논을 넘기란 말이오?"

"정부가 중국인들로부터 사들인 토지를 이자들에게 되판 것이다. 논은 이자들의 소유다."

관리가 단호하게 말했다.

"아니오. 팔려고 하는 땅이면 먼저 우리한테 팔았어야 했소. 어쨌든 저자들 밑에서는 농사를 못 짓소."

장 씨는 물러서지 않았다.

"뭐라고? 싫다면 너는 오늘부로 당장 그 논에서 떠나라!"

"떠나라니?"

"너 말고도 소작 지을 사람은 얼마든지 있다. 필요 없다, 나가라!"

관리는 완강했다.

결국 장 씨는 입을 다물고 말았다. 나가라는데 뭐라고 대꾸할 말이 없었다.

생각해 보면, 이들이 한족의 밭을 빼앗아 조선족더러 논으로 개간시켜 놓고 그 논을 다시 일본 농민들한테 넘겨서, 이제 조선족마저 내쫓으려는 술책이었던 것이다. 싸게 뺏은 땅은 필시 일본 농민들에게 싸게 넘겼으리라.

장 씨는 하는 수 없이 일본 지주 다케다武田의 논을 도지내서 소작을 부치는 수밖에 없었다. 조선 농민들은 일제를 피해서 먼 곳 만주까지 올라와서도 조선서와 마찬가지로 일본 지주에게 매달려 수탈당하는 노예와 같은 생활이 계속되었다.

다케다가 논에 잡초를 뽑고 있는 장 씨를 보고 물었다.

"한족이 밭을 팔고 나갈 때 보상비로 얼마나 받고 나갔는가?"

"글쎄 … 내 밭이 아니니 정확하게는 모르오."

"그래도 들은 이야기는 있을 것 아닌가?"

"한 상에 120원이라던가 … 그쯤 될 기요."

"쌀 한 섬에 26원이라 … 밭 한 뙈기에 쌀 댓 섬꼴이군, 흐음!"

다케다는, 정부로부터 자기가 사들인 수전 대금이 한 상당 140원이니까 크게 비싸게 지불한 셈은 아니라고 판단했다.

한족들로부터 밭을 사들인 정부는 논으로 개간해서 일본 농민들에게 20원만 얹어서 팔았다. 조성원가를 계산할 때, 수로를 끌어들이고 논둑을 쌓고 논을 조성하는 일은 조선족이 해 주었기 때문에 개간 공사비 항목은 따로 원가에 산입조차 하지 않고 아예 빼 버리고, 매입대금의 이자는 실비로 계산하고 나머지 다소의 비용을 얹어도 20원이면 충분하고도 남았던 것이다.

조선 농민의 노동은 한 푼의 보상도 없었다. 결과적으로 보면, 소 부리듯 부려 먹고 이용만 당한 끝에 따돌림을 당한 것이다. 조선 사람은 그야말로 한갓 '칙쇼畜生'에 지나지 않았다.

장 씨가 마을에서 쫓겨나기 전 한족의 밭주인들 중 한 사람이었던 가오高가 논둑에서 마주친 장 씨를 째려보며 입을 실룩거렸다.

"가오리방쯔! 네놈들이 염병을 옮겨 왔어. 전에는 없던 병이야."

어깨에 괭이를 둘러메고 있는 것을 보면 밭일을 하고 오는 길인 듯했다.

"네놈들이 수전을 한다면서 병이 돌기 시작했어. 굴러들어온 놈들이 감히 한족 주인들을 몰아내더니, 몹쓸 놈의 돌림병까지 갖다 안기다니."

"우리는 너희들을 내몬 적이 없다. 모두 일본놈들의 짓이다. 그들이 논을 만든다고 너희들 밭을 뺏은 것이다."

장 씨는 상대방이 알아듣도록 차근차근 말을 했다.

"그렇다. 밭을 잃은 것은 논 때문이다. 그런데 논은 바로 너희 조선족들 때문에 생긴 거 아니냐?"

"논이든 밭이든 우리는 상관없다. 너희들의 밭은 지금 일본놈들의 논이 되었다. 우리는 주인이 아니다."

"보기 싫다! 비켜!"

그렇게 말하고는 가오가 장 씨를 확 밀쳤다. 그는 논바닥 가운데로 철버덕 하고 넘어졌다. 진흙 뻘에서 일어나 물이 뚝뚝 돋는 옷차림으로 가오에게 다가가서 그를 확 밀었다. 이번에는 가오가 논바닥에 처박혔다.

그는 일어나서 괭이를 찾아 쥐고 장 씨를 내리찍었다. 가까스로 피한 장 씨는 가오를 메다꽂았다. 논둑에 쓰러진 그는 장 씨의 다리를 부여잡고 뒹굴었다. 그때 한족 두 사람이 지나다가 이 장면을 보고 징 씨에게 달려들었다.

"이놈은 조선족, 일본놈 개다리다!"

장 씨를 잡아당겨서 떼어 놓고 발길질을 시작했다. 가슴팍이고 옆구리고 간에 닥치는 대로 걷어찼다.

그들 가운데 왕 씨 집 언청이가 끼어 있었다. 언청이는 장 씨의 면상을 주먹으로 내리쳤다. 코피가 터졌다.

장 씨는 입술로 흘러내리는 피를 튕기면서 언청이한테 삿대질했다.

"패려거든 왜놈을 패라. 왜 나를 치느냐?"

"네놈들은 일본놈보다 더 나쁜 놈들이다. 간에 붙고 쓸개에 붙고."

언청이는 벌어진 입술 사이로 '찌익!' 하고 침을 뱉었다.

논에서 잡초를 뽑고 있던 이웃 조선족 농민들 네댓 명이 달려왔다.

"장 씨, 웬일고?"

성격이 괄괄한 곽 씨가 목에 걸친 수건으로 코피를 닦아 주었다.

"니놈 셋이 작당해서 사람 하나 잡을라 캤더나?"

엉거주춤하고 서 있는 가오의 멱살을 움켜쥐고 흔들었다.

한족들은 갑자기 불어난 조선족의 세에 눌려 주춤주춤 뒷걸음질을 쳤다.

"와 말로 안 하고 사람을 피로 흘리게 만드노? 니놈도 맛 좀 바라."

곽 씨가 가오의 면상을 주먹으로 힘껏 쥐어박았다.

"어쿠쿠!"

가오는 한 손으로 얼굴을 가리고 딴 손으로는 곽 씨의 팔을 꽉 붙잡았다.

"이 손 못 놓겠나?"

갑자기 한족이 곽 씨의 손가락을 물었다.

"아이구 아얏! 이놈우 자석!"

곽 씨는 팔을 홱 뿌리치더니 쇠스랑이로 중국인을 후려쳤다. 어깻죽지가 찍혔다. 가오는 한 팔로 어깨를 감싸 쥐고 두 놈 뒤를 쫓아서 달아났다.

곽 씨는 물린 손가락을 털면서 아픔을 달래고 있다.

"마히 아푸제? 공연히 나 때문에 물렀으니 미안하기 짝이 없네."

장 씨가 위로했다.

"미친개한테 물린 셈 치야지 우짜겠노? 그라나 저라나 혼자서 큰 욕치랄 뻔했다 아이가. 그만하기 다행이지."

이웃 사람들이 나섰다.

"그놈들도 악에 바친 거요. 멀쩡한 밭뙈기를 빼앗기고 내쫓겼으이. 우리가 몰아낸 것이 아닌 줄을 그들인들 왜 모르겠노? 그렇다고 대놓고 왜놈들한테는 달겨들지 못하고, 분풀이로 맨맨한 조선족만 물고 늘어지는 기지."

"왜놈들이 교활한 기라. 우리하고 중국놈들하고 쌈박질을 시키 놓고 저거는 뒷짐 지고 구경만 하고 있는 꼴이라."

일제는 농간을 부려서 한족과 조선족을 교묘하게 이간시키고, 조선족을 부려 먹었다. 일제한테는 교활하게 이용당하고 한족으로부터는 증오를 받아가면서, 조선 농민들은 남의 땅 만주에서 구차한 목숨을 부지해야 했다.

장 씨는 킁, 하고 코를 풀고 엄지로 쓱 닦아서 풀잎에다 닦았다.

"재수 옴 붙은 날이라. 다들 덕분에 이만하기 다행이오."

그날 오후에 조선족 마을로 갑자기 한족들이 몰려왔다. 20여 명 넘게 작당해서 손에는 몽둥이며 삽이며 도끼를 들고 들이닥쳤다. 어깨를 헝겊으로 감싸 맨 가오가 앞장섰다.

먼저 장 씨 집으로 왁자지껄하고 몰려갔다.

산청댁과 딸 언년이만 벌벌 떨고 있을 뿐 정작 장 씨는 집에 없었다.

언청이가 눈을 부라리며 언년을 아래위로 훑어보더니 길게 땋아 늘어뜨린 머리채를 낚아챘다.

"장 어디 숨었어? 얼른 내놔!"

벌어진 입술을 씰룩거렸다.

"이 버러지 같은 놈!"

언년은 머리채를 풀려고 언청이의 손목을 잡아당겼다. 그러나 언청이는 포정庖丁, 백정 식칼로 언년이의 머리채를 싹둑 잘라 버렸다.

언년은 악을 바락바락 썼다.

"배창사가 터져 나자빠 뒈질 놈의 손아! 내 머리칼 물어내라!"

폭도들은 장독대로 가서 독이고 단지고 닥치는 대로 때려 부쉈다. 장독이 깨지고 사금파리가 튀고 간장이 쏟아지고 된장이 튀었다.

가오가 마루로 다가가더니 기둥뿌리를 도끼로 내리찍었다.

'쩍!' 도끼날은 비스듬히 목편을 비집고 파고들었다.

딴 놈은 쇠스랑으로 마룻바닥을 내리찍었다. 손잡이를 두어 번 흔들어서 쇠스랑을 뺀 자국은 3개의 구멍을 남겼다.

"가자, 마을을 뒤지자!"

우르르 몰려나가더니 이웃집으로 들어가서 부엌문이고 방문이고 열어젖히고 남자를 찾는다. 기겁한 아낙의 비명소리가 울려 나온다. 자지러진 아이의 울음소리가 울타리를 넘는다. 한바탕 분탕을 짓고는 다음 집으로 들이닥쳤다.

마을의 장정들은 사방으로 흩어져서 달아났다.

행패를 부리는 떼거리들은 집집마다 들어가서 도끼질로 기둥에 흠집을 내었다. 집이 무너지기 전에 동네를 떠나라는 협박이었다.

달아난 마을 장정들은 숲으로 숨어들었다.

"저놈들 행패거리를 보고만 있을 수 없다. 당장 물고를 내자!"

"가자! 몰아내자!"

"몽둥이를 챙기자!"

"쳐들어가려면 돌멩이부터 챙겨라! 각자 호주머이에 몇 개씩 넣어 갖고 가자!"

곽 씨가 앞장섰다. 마을을 향해서 우르르 몰려갔다. 그들은 동네 어귀 가까운 집으로 들어가서 곡괭이고 낫이고 손에 잡히는 대로 들고 나왔다. 절굿공이를 어깨에 메고 나온 자도 있었다.

치켜든 낫은 숫돌 먹은 흰자위가 요기妖氣 서린 날빛을 번쩍였다. 한족들 무리 속에서도 네모진 포정 식도 날의 광휘가 유난히 눈을 어지럽혔다.

기세가 오른 조선 청년들은 중국인들 쪽으로 몰려갔다.

"쳐라! 때려잡아라!"

"우우!"

함성이 토담 너머로 울려 퍼졌다.

우르르 몰려나온 한족과 조선족은 고샅에서 마주쳤다. 느닷없이 조선족 쪽에서 돌멩이가 날아왔다.

"어쿠쿠!"

픽!

눈퉁이를 얻어맞아 부어오른 놈은 쇠스랑을 놓고 눈을 감싸 쥐고, 이마에 맞아 피를 흘리는 놈, 가슴팍에 맞아 얼굴이 노래진 놈 … 한족 패거리 가운데서는 신음 소리가 들끓었다.

그들은 위축되었다. 투석 세례가 끝나자 몽둥이로 후려 패는 둔탁한 소리, 금속이 부딪뜨리는 날카로운 소리, 고함소리가 뒤섞여 난장판이 벌어졌다.

"얏!"

"이놈우 호로오자석들!"

"아얏!"

"아이고!"

싸움은 처절했다. 한족들은 쇠스랑을 휘젓고, 휘두르는 조선족의 낫이 공중을 가르고 … 여러 명이 피를 보았다. 유혈전이었다. 귀가 찢기고 박이 터졌다. 쌍방에서 피를 보고 흥분한 무리들은 점점 사나워져 갔다.

한창 난투가 벌어지는 중에 갑자기 호루라기 소리가 들려왔다. 경찰이 나타났다. 그들 뒤로는 유카타를 걸친 일본인 지주 다케다가 따라왔다. 그가 싸움을 보고 경찰에 신고했던 것이다.

아직도 무기를 손에 쥔 채 서로를 노려보며 씩씩대는가 하면, 서로 멱살을 쥐고 노려보는 자들도 있었다.

경찰이 장총을 들고 다가가서 공중을 향해 공포 한 방을 발사했다.

양편은 그제야 갈라섰다.

총을 둘러멘 경찰 4명이 물러선 양쪽을 향해 2명씩 갈라서서 거총을 하고 섰다. 경찰은 다케다를 불러내어 한족들 중에서 주동자를 가려 내라고 했다. 그는 가오를 가리켰다. 이번에는 조선족 중에서 주동자를 집으라고 했다. 장 씨를 가리켰다.

순경은 무리 속에서 각각 가오와 장 씨의 팔을 끼고 끌고 나왔다.

다케다는 애초 양쪽에서 벌어졌던 사건의 발단부터 목격하고 있었기 때문에 양쪽의 주범을 알고 있었다. 손찌검도 한족이 먼저 했고, 그로 인해 일이 크게 벌어지게 된 과정도 알고 있었다.

그의 견해에 의하면 한족이 분명 잘못했다.

경찰서에 연행된 두 명을 두고 서장 이하 간부들이 모여서 숙의한 끝에 내린 결론은, 한족 가오는 일주일 구류처분을 내리고 조선족 장 씨에게는 마을을 떠나도록 명을 내렸다.

물론 소작인을 보호해야 하는 다케다 지주의 견해가 옳기는 하나, 중국인 마을 입장에서 보면 밭을 빼앗기고 쫓겨난 처지라 가슴에 쌓인 증오가 부글부글 끓고 있을 터인데 이를 자칫 잘못 다루었다가는 다시 한 번 들고일어나 두 마을 간에 불상사가 재발할 우려도 있었다. 또 그로 인해 장차 한족 사회에 쌓인 불만이 더 크게 폭발할지도 모를 일이며, 특히 논을 개간하는 작업을 확대시키는 마당에 한족의 저항을 불러오면 안 되겠다고 보아서, 일단 조선족을 눌러 사태를 진정시키기로 하였던 것이다.

중국인 마을의 분위기를 누그러뜨리려면, 정작 조선인에게도 책임을 지우는 수밖에 없다고 판단하고 장 씨에게 추방령을 내린 것이다. 조선족은 숫자로 보아서 그리 많지도 않아 한 명쯤 눌러 봐야 문제를 크게 일으킬 수 있는 배경이 아님을 잘 알기 때문이기도 하였다.

사실은 만주경찰 사람들은 같은 중국인끼리의 동족애가 있기 때문에 조선족을 핍박한 점도 있었는데, 일본인의 감정을 건드리지 않는 선에서 쌍벌론으로 교묘히 처리하였던 것이다.

조선 사람만 억울했다. 끝내 장 씨가 똥바가지를 뒤집어쓰고 마을을 떠나야 했다.

"무단히 베락을 맞은 꼴이지. 하루아침에 쪽박을 차고 쫓기나는 신세가 되고 말았네. 자, 인자 오데로 가야 한단 말고?"

장 씨는 곽 씨에게 한탄했다. 막막했다.

생각해 보면, 만주로 올라와서 길림성에서는 피땀 흘려 일군 논농사를 중국인들에게 빼앗기고, 흑룡강성 오상현으로 쫓겨 올라와 소작 부치던 한족의 밭을 일본놈 꾐에 빠져 논으로 개간했는데, 이번에는 일본 농민에게 또 다시 빼앗기고 쫓겨나게 된 것이다.

장 씨는 일찍이 조선 땅에서 파산농민의 가족으로 나이 스물 전에 부모를 따라 만주 땅으로 흘러와서 떠돌다가 어느 틈에 나이만 훌쩍 오십 줄이 넘어서고 땅 한 뙈기 없는 빈털터리 유민의 신세가 되어 있었다.

장 씨 가족은 남부여대男負女戴 해서 집을 나섰다.

언년은 노구솥을 이고 앞섰다. 그들은 한족 마을을 피해서 읍내를 벗어나 북쪽으로 올라가서 자란읍에까지 이르게 되었다. 우선 시장바닥에 자리를 잡고 주저앉았다.

지나다니는 아낙네들은 맨발에 발싸개를 감고 꾀죄죄한 치마폭 사이로 속옷도 없이 맨살이 비쳤다. 아이들은 코가 눌어붙어 딱지 지고 얼굴에는 땟자국이 져 있었다. 길가에 놓아기르는 강아지처럼 제멋대로 자랐다.

장 씨가 짐을 풀어놓고 잠시 앉아서 쉬고 있는 바로 옆에는 숯장수 천 씨가 숯 가마니를 쌓아 놓고 있었다.

장 씨가 지켜보니, 숯은 짬짬이 두세 가마니씩 떼여 팔려 나갔다.

'거 괜찮은 장사구나. 논농사보다는 수월하겠군 …….'

머리에 수건을 동여맨 숯장수 천 씨가 물었다.

"보아하니 집 떠난 사람 같은데, 오데로 가는 길이오?"

뜻밖에 그도 경상도 사람이었다.

"정처 없소. 오데로 가야 할지."

"딱하구려. 날씨는 춥어오는데 빨리 정착을 해야지."

그때 웬 중년 장정이 숯장수에게로 다가왔다.

"안녕하시오, 천 씨! 많이 팔았소?"

"마침 잘 왔소."

천 씨는 장 씨를 가리키며 그 사내에게 말했다.

"이 사람들이 오갈 데 없는 유랑가족인 모양인데 말이나 한 번 노나 보시구려."

장정은 그들을 쳐다보더니 먼저 물었다.

"어디로 가는 길이오?"

물어오는 투가 숯장수와는 달리 용건이 있어 보였다.

"딱히 정해 놓은 데는 없소만⋯."

"그렇다면 나하고 같이 갑시다. 저쪽 산 밑에 농사짓는 사람인데 마침 사람을 구하는 중이오."

장 씨는 그가 말하는 투나 행동거지로 보아서 막된 사람은 아닌 것으로 보였다.

"무슨 일인데요?"

"농사를 키워 볼까 하는데, 일손이 필요해서 그러오. 남자들만 있는 데라 마침 안살림 맡을 아낙네가 필요하던 참인데 안성맞춤이오."

"도지를 붙여줄 일이오?"

"아니오. 논마지기를 좀 더 넓힐까 하오. 동지가 필요해서 그러니까 함께 가서 먹고 자고 한 번 같이해 봅시다."

"이 낫살에 해낼 수 있는 일이나 될란지."

그는 따라서 일어섰다.

그 장정이 바로 최규였다.

장 씨 가족은 그길로 그를 따라 산골마을로 올라왔던 것이다.

어둑어둑 저물어가는 들판 길을 가로질러 갑자기 눈앞에 돌올하게 솟은 산부리를 돌아서 산골로 들어갔다.

장 씨가 지나온 내력에 관한 긴 이야기를 하는 사이에 밤은 깊었다.

바깥에는 움막집 수숫대 거적을 집적거리고 지나는 메마른 바람 소리가 들린다.

언년은 아궁이에 쪼그리고 앉아 군불을 때고 있다. 어둠이 깊이 내린 산골 마을에 불꽃은 더욱 발갛다. 화력이 좋아 재는 하얗다.

그녀는 지금 방 안에 있는 상수의 환한 얼굴을 불길 속에 떠올린다.

상수가 지난가을 장에 다녀와서 느닷없이 호루라기를 하나 내놓으며 말했다.

"혼자 댕길 때 몸에 챙기도록 해. 산길에 갑자기 곰이 나타나거든 호각을 불어제끼모, 놀래서 지물에 물러간다. 원래 곰은 사람한테 해꼬지하는 짐생이 아이라 칸께. 꼭 진기고 댕기란 말이다."

자기를 아껴 주던 곰살가운 마음씨가 가슴에 새록새록 돋아난다.

장 씨는 장죽 담뱃대를 나무 재떨이에 톡톡 두드려 재를 털었다.

"저잣거리에 나앉을 적에는 세상이 막막하였소이다. 그런데 천신이 도와서 최 선생을 만나게 되어 이곳으로 와 들앉게 되었으이, 사람이 죽으라 카는 뱁이 없는 모앵이오. 세상에 이 이상 더 고마운 일이 어디 있겠소. "

작년 가을까지만 해도 규와 상수 둘이서 하던 가을걷이를 이번에는 장 씨 가족이 합세해서 일손을 도왔다. 서둘러 나락을 탈곡하고 밭작물을 고방에 넣어 갈무리를 마치자 바로 얼음이 얼어붙었다.

규, 상수, 장 씨 세 사람은 논을 새로 일구기로 계획하고 내를 막으려는 물막이 공사를 착수했다.

흘러내리는 물길이 돌아나가며 내의 폭이 좁아진 곳을 골라 보를 쌓기로 하였다. 폭은 10m쯤 되는데, 무르팍이 겨우 찰 정도의 깊이였다. 도랑의 한쪽은 언덕배기이므로 건너편 편편한 곳으로 물꼬를 대어 논을 만들 참이었다.

먼저 돌을 실어 날랐다. 돌은 땅바다이 얼어붙어 캐내기기 이려웠다. 곡괭이질을 해도 되 튕겼다. 그래서 돌 더미 있는 곳에 장작불을 지피고 언 땅을 녹여 가며 돌을 캤다. 개천은 바닥까지 얼어붙었다. 돌을 실은 발구(마소에 없는 운반구)를 물굽이까지 썰매처럼 끌고 가서, 얼음 위에 돌을 차곡차곡 부려 놓았다. 돌무더기는 개천을 가로질러 쌓여 올랐다.

그리고 겨울을 났다.

봄이 되어 해빙이 시작되자 쌓아 놓은 돌무더기는 내의 바닥으로 내려앉았다. 돌을 더 져다 나르고 가마니에 흙을 채워 보를 메우자 막힌 물길은 얕은 쪽 둑을 타고 넘었다.

땅을 파고 바닥을 골라서 논을 일구고 삽으로 논둑을 다져 놓았다. 5월에는 풀논에 볍씨를 흩뿌려 산종散種을 했다. 그리고 끌어온 물꼬를 대고 논에 물을 가두었다.

규의 농장은 늘어났다.

논이 5상㖏에 밭이 2상, 소가 4마리나 되었고, 중국인 일꾼을 2명이나 고용해서 썼다.

"오올 저역에는 미나리로 데쳐서 초장에 쳐 묵자. 쇠풀도 쇠기 전에 뜯어야제."

산청댁이 언년에게 일렀다.

딸은 텃밭에 나가 돌미나리를 캐 와서 두 무릎에 턱을 괴고 열심히 다듬는다. 도톰한 볼에 홍조가 돈다.

산청댁과 언년은 텃밭을 가꾸었다. 무, 배추, 파, 콩, 집미나리, 가지, 고추, 마늘 등을 심었다. 푸성귀를 심고 난 텃밭 너머에는 삼을 길렀다.

마당 구석에는 돼지우리를 치고, 울타리도 없는 넓은 마당에는 닭을 놓아기르고 오리도 쳤다. 오리는 개천 봇둑으로 가서 유유히 헤엄을 치며 놀고, 해가 지면 언년이 집으로 몰고 들어왔다.

상수가 들일을 나가기 전에 언년에게 진득한 목소리로 이른다.

"아직(아침)에 삼을 삶는다 캤제? 내가 마당에 가마솥을 걸어 두고 장작도 패 놓을 끼께네."

언년은 손수 삼을 삼아서 삼베를 짜고 옷을 지었는데, 부친, 규, 상수 세 사람 몫에 모친과 본인의 것까지 혼자서 다 해 냈다.

산청댁은 수시로 시름시름 배앓이를 해 일손을 놓기가 일쑤여서, 상수가 짬짬이 언년의 일품을 거들어 주었다.

상수는 장골로 자랐다. 훤칠하게 큰 키로 휘적휘적 걸어가는 풍신이 마치 물 위를 젓고 다니는 것 같다고 언년은 생각했다.

장터에 나가면 지나는 장꾼들이 나이에 맞지 않게 시원하게 훌렁 벗어진 상수의 이마를 올려다보며 소곤거리는 소리가 들려오곤 했다.

"앗다 그 사람, 공산명월 달 뜬 거맨키로 훠언토 하다. 공산명월에 청풍명월이다! 어어, 써언(시원) 타!"

언년은 물에 담가 둔 삼대를 다듬어서 그대로 가마솥에 넣고 찐다. 훨훨 타오르는 장작 불길 속에, 문득 삼단을 둘러멘 상수의 넓은 어깨가 떠올라 긴 눈썹 끝에 아른거리는데, 그녀는 고개를 꼬며 애써 그의 모습을 떨쳐 버리려고 했다. 한 번씩 힐끗 주는 상수의 눈길에 그녀는 오금이 저려 와서 몸 둘 바가 딱했다.

삶은 삼을 꺼내서 손으로 빗어 다듬고, 실오라기로 실 기닥을 갈라서 실꾸리에 감는다. 북을 베틀에 얹고 발을 놀리면서 삼베 천을 짜는 사이사이 옆에서 상수가 지켜보기라도 하는 듯 그녀는 밤늦도록 지칠 줄을 몰랐다.

솥에 먹물을 풀어 넣고 긴 막대기로 저어 옷감을 삶아 내는 일은 혼자서도 할 수가 있었지만, 막상 물든 천을 걷어내어 빨랫줄에 늘어놓는 일은 혼자서는 감당할 수가 없었다. 그래서 그대로 버려두었다가 저녁에 일을 마치고 돌아오는 상수에게 부탁한다. 상수가 소매를 걷고 물이 뚝뚝 떨어지는 천을 받쳐 들고 있으면 언년이 소매를 걷어붙인 가드라란 팔로 집어서 쉽게 늘어놓았다. 언년은 삼베 천 널기가 끝이 나면 상수가 볼까 봐 말아 올렸던 소매를 얼른 편다.

삼밭 뒤에 목화도 심었다.

가을에 솜을 거두어 실을 물레로 자아서 베틀에 올렸다. 길쌈하기는 삼베의 경우나 마찬가지였다. 겨울옷은 솜으로 지어 입었다.

언년의 가족이 이곳에 들어온 해 추수가 끝난 뒤에 재봉틀을 한 대 들여놓았었다. 그해는 장에 나가 광목천을 사다가 언년이 거두어들인 솜으로 식구들의 옷을 지어 내었다.

내복도 짓고 두둑이 솜 넣은 저고리와 핫바지도 지었다. 혼자서 천을 짜고 옷 짓는 일을 하다 보니 손이 달려 바쁘기가 한량없었으나, 농가의 일이란 하다 보면 혼자서 감당할 수도 있었다.

밀영密營의 살림은 인제 논밭도 있고, 거기서 거둔 양곡도 먹고 남는 것을 내다 팔아 돈 될 만큼은 되었고, 옷도 재봉틀로 지어 입으니, 먹고 입고 지내는 기본적인 생활은 자급자족이 되었다.

규는 지금의 생활에 만족했다. 제공한 노동에 대한 소득이 무엇보다 지주의 착취 없이 고스란히 내 손에 돌아온다는 것에 만족했다. 고방에 든 양곡은 다섯 가족이 먹고 살아갈 공동의 재산이다. 똑같이 일해서 거둔 수확이기 때문이다. 장 씨처럼 어려운 사람들도 자기의 노동력을 제공해서 수확을 나누어 가지는 사회가 좋았다. 모두 다 자기 능력껏 일해서 농토를 일구고 평화롭게 살아갈 수 있는 사회를 만들어 가고 있다고 그는 생각했다.

규는 연해주에서 볼셰비키의 음모로 목숨을 잃을 뻔했던 기억은 두 번 다시 떠올리기 싫었다. 국가권력에 의한 통제나 간섭이 없는 사회를 동경했다. 공산당이 장악한 국가권력으로 자행하는 숙청은 무자비했다. 고려인 사회의 지도층이라는 이유 하나만으로 멀쩡한 고려인을 강제로 반역죄로 몰아 처형했다. 규에게는 이것이 도저히 용납될 수 없는 일이었다. 숙청이란 수단은 사회주의 교과서의 어느 구석에 박힌 글자인지 본 적도 없거니와 사회주의가 지향하는 바는 아니라고 생각했다.

여러 사람이 어울려서 재산을 공유하고 생산을 공동으로 하여 그 수확을 거두어 균등하게 나누어 가지는 것이 사회주의의 원형이라고 믿었다. 국가를 형성할 일이 있으면 자유연합을 통해서 목적을 달성할 수 있다고 생각했다.

국가조직은 정책결정과 조직운영에 권력이 필요하고, 권력의 집중은 강압을 통하여 개인의 자유를 박탈하고 종내 숙청을 부르게 되는 것이라고 믿었다. 규는 볼세비키 공산당의 무자비한 숙청에 대한 비판의식이 독사 대가리처럼 들고일어났다. 권력에 의한 국가나 권력이 간섭이 없는 공산사회, 그런 사회가 이상적인 사회라고 생각했다.

규는 종파와는 관계없이 기본적으로 아나키스트였다.

상수의 나이가 스물다섯에 이르렀다. 열여덟에 연해주로 올라갔다가 다시 북만주로 와서 그동안 일곱 해가 지난 것이다. 길림성에서 태어난 언년의 나이는 스물한 살이 되었다.

"이쪽 상수가 쓰던 방에는 중국인 머슴들하고 같이 들었으니 도리가 없고, 장 씨 댁 아랫방을 언년이가 쓰고 있으니, 거기다 신방을 차리도록 합시다. 차차 짬을 보아서 따로 한 채 올리기로 하고."

규가 신방을 의논한다. 언년의 아비로서 장 씨와 상수의 후견인으로서 규는 두 사람의 혼사 문제를 두고 의혼議婚을 하면서, 신방 문제는 규의 제안대로 결론지었다.

"이 산골에 이웃이 있는 것도 아이니 부를 사람도 없고 남에게 보일 일도 없으이, 그저 찬물 한 그륵 떠다 놓고 절이나 시키서 식을 올리도록 하입시더."

장 씨가 혼례식을 간소하게 치를 수밖에 없지 않겠느냐는 의견을 말한다.

"둘이 의좋게 사는 기이 중요하지, 그까짓 초례 잘 치랐다고 잘 살라는 벱이 있는 것도 아이고⋯."

"그렇기도 하지만, 두 사람한테는 평생의 중대사가 아닙니까. 할 수 있는 데까지는 갖추도록 해 봅시다. 가을걷이가 끝나는 대로 날 잡아 치르도록 하면 좋겠습니다."

규는, 장 씨 자신이 이곳에 빌붙어 있다고 생각하여 퍽 말을 아끼고 있는 처지를 이해해서 서운하지 않도록 말을 했다.

"그야 그렇소. 역학易學을 따져서 날 잡을 헹편도 아이고, 그저 벨 좋고 궂은 날 아이모 되는 기지."

"음력 구월 초하룻날로 정합시다."

"좋소."

의견이 모아졌다.

규는 고방에 쌓아 두었던 쌀가마니를 헐어 수레에 싣고 자란읍내 장터로 갔다. 싸전 겸 잡화상 양산상회로 찾아가서 쌀을 넘기고 돈을 만들었다.

"상수 장가들 밑천이니 금을 좀 낫게 쳐주시오."

"상수가 장가든다고? 그래 처자 될 사람은 누 집 딸인교?"

쌀가게 주인 고달식高達植이 물었다.

"장 씨의 딸 언년이오."

"내 그럴 줄 알았다 카이. 전자 장날에 둘이서 장보러 같이 돌아댕기는 거를 본 적이 있소. 고무신 짝 켤레맨키로 둘이 딱 맞는다 싶은 생각이 들더라 카이. 그래, 부조 보태는 셈 치고 쌀금은 좀 낮게 해 봅시다."

"그런데 부탁이 하나 있소."

고 씨는 규의 말에 눈을 둥그렇게 뜬다.

"두 사람 혼례식에 집례를 좀 맡아 주시오."

"허허, 내가 주례를 선다고? 식장에 벨로 가 본 적도 없는 사람이 우짜자꼬 넘의 혼례식에 주례로 맡는다 말인교? 잔치 다 베리 놓을 낀데."

그는 뒤통수를 긁적인다.

"도무지 어디 부탁할 데가 없소. 어렵게 생각 말고 … 그거 뭐 별것이겠소. 대례 갖추어 치르는 것도 아니고, 그저 두 사람 세워 놓고 절만 시키면 되는 거지. 그렇다고 주례 없이 식을 올릴 수도 없는 일 아니겠소?"

"그래도 그렇지, 아무따나 할 수는 없는 기고 ⋯."

"고 선생 장가들 때 기억을 살려서 그대로 하면 되지 않겠소?"

"흐음. 마누라하고 한 분 의논을 해 바야겠소. 자우지간에 그리해 보기로 하입시다. 허허, 살다보이 넘의 혼삿잔치 주렛일도 다 해 보게 되네."

"날은 음력 구월 초하룻날로 잡았소. 고 선생 내외간에 같이 오도록 하소."

"그래 보입시더."

주례 일을 부탁해 놓고 돌아온 규는, 마침 장터 타면打綿 집에 가서 솜을 타고 돌아오는 산청댁에게 뭉칫돈을 내놓았다.

"혼수 장만에 쓰일 돈이오. 신랑 신부 옷가지도 장만하고, 날씨가 추워 오는데 이불도 한 채 지어야 되지 않겠소? 농도 한 채 들이도록 합시다. 알아서 처리해 주시오."

그녀는 돈을 받아 쥐고 머리를 조아리며 고마움을 표시했다.

"시상에 이리도 큰돈을… 고맙심더. 부모 맴에 저 여숙아를 차마 빈 손으로 우떻게 식을 올릴까 걱정을 했는데, 하늘이 도왔네예."

"아니올시다. 우리가 다 같이 고생해서 지은 농산데, 당연히 같이 써야지요. 네 것 내 것 나누어서 생각하지 맙시다."

규는 마음이 흐뭇했다.

혼례 전날 상수는 산청댁에게 함을 전했다.

광목 옷감 한 필과 금반지가 들어 있었다.

규가 쌀을 헐어 장만한 돈으로 직접 장만한 것이었다. 그것을 상수를 불러 놓고 건네면서 설명해 주었다.

"신부한테 보낼 패물은 있어야지. 금은 한 돈쭝이나 되니, 꽤나 값 나가는 물건일세."

혼삿날은 청명했다.

아침나절 마차 한 대가 마당 앞으로 와서 닿았다.

"날씨 조옳다!"

양복을 차려입은 싸전 고 씨와 그의 처 언양댁, 그리고 숯장수 천 씨가 내렸다.

"상수 보세!"

고 씨 목소리에 상수가 나와서 꾸벅 절했다.

"축하하네. 오올은 자네가 어른 되는 날이라 카이, 펭생에 이리 좋은 날이 또 있겠나."

고 씨는 두 손으로 지팡이를 짚고 목을 치켜들고 서서 덕담을 했다.

"고맙십니더."

신랑은 열없이 뒤통수를 긁적인다.

언양댁은 신부 방으로 들어갔다. 신부는 치장을 서두르는 참이었다.

"내가 진작에 와서 몸 부주도 하고 정지 일도 도왔어야 하는 긴데, 바쁘다 보이 이리됐소. 이거는 당혜唐鞋 신발이니 신부가 혼례식에 신고 나가도록 하고요."

"아이고 머슨 이런 거까지 애써 구해 왔소? 고맙기는 하다만 받기기 민망하요."

산청댁은 흥감興感해서 어쩔 줄을 모른다.

"무신 말씀을요. 장에 있는 물견이니 사왔을 뿐이니 어렵어하지 마소. 요거는 구리무요, 얼골에 찍어 바르도록 하고. 쪽두리는 구하지 몬해서 멘사포로 준비해 왔네. 멩줄세."

"아이고오 이렇금 귀한 거로. 이로 우짜노? 에미 된 기 부끄럽소."

산청댁은 미끄러운 명주를 손으로 쓰다듬어 보고 눈물을 글썽이며, 딸의 머리에 너울을 씌워 주었다. 햇볕에 그을린 구릿빛 얼굴은 보얀 명주천의 흰빛을 받아 한결 싱싱하게 보였다. 딸은 금세 신부 티가 났다. 산청댁 자신은 너울을 써 본 적이 없었다. 기껏 밭일 나갈 때 수건을 뒤집어쓴 적밖에 달리 없었다. 딸의 혼사에 이렇게 분위기를 더해 주는 성의에 산청댁은 가슴이 뿌듯해 왔다.

언양댁은 양초도 한 자루 내놓았다.

"신방 들 때 양초를 케야제. 섹유 지름 냄새는 독해서 신방에 쓸 일이 아일쎄."

"부주가 지나치요. 황송할 뿐이요. 우떻게 인사를 디려야 할지."

"시상에 그런 말 마소. 타향 땅에 나와서 피차 고생하는 처지에 서로 돕는 기 머가 그리 크일이라고."

"오올 받은 물목은 장부에 안 친다 뿐이지, 머릿속에는 다 외와 놓고 있소."

언양댁은 마치 자기의 친딸을 치우는 기분으로 흐뭇했다.

"장모요! 얼굴 좀 내밀어 보소!"

마당에서 천 씨가 산청댁을 불렀다.

그는 저자 바닥에서 자기가 장 씨 가족을 최규에게 소개했고, 그 연분으로 오늘 이렇게 한 쌍이 맺어지게 된 것을 보니 그 역시 흐뭇한 마음으로 들떠 있었다. 신랑 될 상수가 목안木雁을 들고 다가오는 것을 보고 자기가 앞서서 방 안에다 대고 장모 될 산청댁에게 내다보라고 알렸던 것이다.

그녀가 방문을 열고 마당으로 내려서자, 신랑 될 상수가 목기러기를 받쳐 들고 있었다. 그녀는 치마를 벌려서 기러기를 받아 싸고 도로 방 안으로 들어갔다.

'퍼뜩 언년이한테 뵈주어야지.'

아무리 벌로(허투루) 치르는 예식이라 할지라도, 생각 밖에 이렇게 하나씩은 갖추고 진행되는 것이 그녀에게는 고마운 일이었다. 더군다

나 사위가 평생을 두고 딸을 잘 챙기겠다는 마음으로 기러기를 바치면서 다짐해 오니 그녀는 감격했다.

"고맙네."

목안을 받고 치사했다.

마당에 교배상이 차려졌다.

말이 교배상이지, 개다리소반을 두 개 쌓아 단을 높여서 그 위에 삼베를 뒤집어씌우고, 떡과 지짐 그리고 나물로 고사리, 버섯, 미나리 등과 술병을 올려놓았을 뿐이다. 마당에는 가마니를 깔아 안방 문 앞에까지 이어 놓았다.

신랑은 언년이 광목으로 지은 두루마기를 걸치고, 잘록하게 대님을 맨 핫바지 발목 밑에 드러난 검정 구두가 윤을 내고 있었다. 장날 저자에 나간 김에 이발도 했다. 그는 교배상을 가운데 두고 동쪽에 섰다.

"어흠흠! 인자부터 신랑 신부의 혼례식을 올리겠십니다."

주례는 주먹으로 헛기침을 다듬고 말을 이었다.

"신부 추울出!"

고 씨의 큰 목소리는 하늘에 울려 퍼졌다.

신부는 교배상에 이르기까지 마당에 깔아놓은 가마니 위에 내려섰다. 노란 저고리에 빨간 치마를 차려입고, 당혜 신을 차면서 사뿐사뿐 신랑의 건너편 서쪽으로 가서 마주 보고 섰다.

신부가 걷는 꽃길은 가마니때기였다.

사모관대도 못 한 신랑하고 원삼 족두리를 걸치지 못한 신부가 마주 서 있는 모습이 양산상회 고 씨에게는 어쩌면 소꿉장난같이도 보였다. 그러나 신랑은 엄숙하고 신부는 음전했다.

예식이 시작되었다.

"먼저 두 사람은 서로 절부터 하시오."

주례는 두 손을 들어 올려 손목을 안으로 굽히면서 양쪽이 절을 하도록 시늉을 했다.

신랑은 머리를 수그려서 절하고, 신부는 언양댁이 수모로 나서서 도와주어서 두 손을 받쳐 들고 허리를 굽혀 예를 올렸다.

"다음에는 신랑 신부가 축하주를 주고받도록 하입시다."

주례는 신랑 신부에게 합근合졸의 홀기笏記를 말하였다.

언양댁이 신부에게 사기잔을 건네고 술을 쳤다. 그 잔을 받아서 신랑에게 들고 가서 건넸다. 신랑은 두 손으로 잔을 받아서 술을 마시고, 빈 잔을 수모에게 내밀자 그녀는 또 술을 채웠다. 그 잔을 받아서 언양댁은 신부에게 건넸다.

"쭈욱 마시게."

신부는 신랑에 이어서 버금으로 술을 마셨다. 술맛이 써 입맛을 다셨다.

"두 사람은 천지신맹 앞에 약속을 하고 부부에 연을 맺었십니다. 신랑이 기념으로 준비한 반지를 신부에게 끼워 주겠십니다. 신랑 신부 둘 다 상 앞으로 다가오시오."

신랑은 두루마기 안에 받쳐 입은 조끼 주머니에서 반지를 꺼내 신부의 손을 댕겨서 약지藥指에 끼웠다.

"신랑 신부는 인자부터 반지맨키로 끝 간 데 없이 둥글둥글 이(의)좋게 잘 살아가도록 약조합시다. 이만 식을 마치겠십니다."

신랑 신부의 어른 및 친지 하객 모두는 안방으로 들어가서, 산청댁과 언년이 차린 큰상을 받고 같이 식음을 즐기면서 하루를 보냈다.

산골 마을의 혼례식은 비록 조촐하게 끝났으나, 신랑 신부의 정은 여느 부부 못지않게 새록새록 깊어만 갔다.

그해 산골마을에서는 모두 다 따뜻한 겨울을 맞게 되었다.

3. 밀사, 찾아오다

"최규 선생 되십니까?"

삼동에 들자 낯선 사람이 규를 찾아왔다. 양복을 말쑥하게 차려입고 중절모를 눌러쓰고 있었다.

"예. 내가 최규 맞소. 그런데 어디서 온 누구시오?"

"북경에서 왔습니다. 초면에 인사드립니다. 조선독립동맹의 이상조李相朝라고 합니다."

그는 모자를 벗고 가볍게 머리를 숙였다. 단정하게 빗어 넘긴 머리카락에서 포마드 냄새가 풍겼다.

"자, 앉으시오."

규는 그에게 개털이 부숭부숭한 개잘량을 건네면서 맞은편 자리를 권했다.

이상조는 잠시 말을 끊고 규를 가만히 바라보더니 바깥의 동정을 살피며 묻는다.

"김원봉 대장 아시죠?"

연해주 탈주 이래 오로지 농사짓는 일에 전념하여 신독愼獨의 생활을 영위해 오던 규에게 그가 느닷없이 김원봉의 이름을 들이댔다.

"김원봉 대장이라 하면 중경에서 조선의용군을 지휘하시는 분 아닙니까? 민족전선연맹의 산하 군사단체 조선의용군 말입니다."

규는 그가 무슨 말을 하려고 하는가 하고 생각하며 물었다.

"맞습니다. 그분의 심부름으로 왔습니다."

"그런데 그분이 내가 여기에 있다는 것을 어떻게 알고 선생을 보내었소?"

"어려서 한동네에 살았다면서요?"

"그렇소. 어려서 잠시 마산 창신중학을 다닐 때 그가 기숙하던 집이 바로 내가 살던 집 이웃이었소. 당시 서로 오며 가며 가끔 어울리기도 했었소."

"내가 만주에 온 이래 여기저기 여러 방면으로 다니다가, 최 선생의 거처를 듣게 되었습니다. 고향서 야학도 하고, 특히 김 대장이 지휘하던 의혈단義血團에 관심이 많았다는 것을 동지들을 통해서 듣고 중경에 연락을 했었습니다."

규는 잠시 옛날 일을 회상하며 말했다.

"의혈단에 관한 이야기는 사실이오. 김 단장이 보낸 단원이 총독부 중앙청 건물에 폭탄을 투척하는 활약을 듣고 가슴이 뛰었소. 그래서 의혈단에 가입하려고 백방으로 알아보았는데, 근거지가 만주에 있는데다 규정이 워낙 까다롭고 선이 잘 닿지 않아서 쉽게 이루어지지가 않더군요. 그래서 단념했었소."

"김 단장은 지금 최 선생을 높이 평가하고 있습니다. 혼자서 이렇게 훌륭한 농장을 일구어 동지들과 함께 공동생활을 한다는 보고를 듣고 나를 직접 보낸 것입니다. 이 농장이 우리가 바라는 이상적인 둔전屯田식 밀영密營의 모범이라고 격찬했답니다. 필요한 군자금을 남에게 의존하지 않고 자급으로 조달하면서 장차 다가올 투쟁을 대비해 착착 준비하고 있는 일이야말로 지금 우리들이 취해야 할 방도가 아닌가 하고 말입니다. ”

 “뭐 별로 그런 정도는 아니고, 동지들하고 뜻이 맞아 장래를 위해서 차근차근 준비를 하고 있을 뿐이오. ”

 “최 선생! 이제 일본이 망할 날이 얼마 남지 않았다는 것을 잘 아시지요? 그 말은 바로 우리 조국의 해방이 가까이 다가오고 있다는 말 아닙니까?”

 규가 이어서 말을 받았다.

 “얼마 안 가서 일본은 망합니다. 태평양 미드웨이 해전에서 미군에게 패하고부터는 일본군이 계속 밀리고 있지요. 지금은 군사물자도 바닥이 나가고 있다고 들었소. ”

 “아니, 최 선생은 그런 정보를 어디서 들었습니까?”

 “단파방송이요. 여기서는 소련방송국 시그널 뮤직 〈조국의 노래〉 행진곡이 곧바로 들리오. ”

 “그랬군요. ”

 “얼마 전 중경국제방송국 한국어 방송시간에 김원봉 대장이 나와서 젊은이들에게 ‘광복군 참여권고’를 하는 연설도 들었었소. ”

 “아아, 그러셨습니까? 광복군 창군식은 1940년 8월 17일 새벽 6시에 거행되었는데, 감격적이었지요. 식전에는 김구金九 이하 임정臨政의 각료들과 외국인 귀빈들도 200여 명이나 와 주었답니다. 그 가운데 중국공산당의 주은래周恩來도 친히 참석해서 자리를 빛내 주었지요. 경하할 일입니다. 그날을 창군일로 잡은 것은 바로 그날이 대한제국의 군대가 해산되던 날이 아니겠습니까? 일본이 강제로 해산시킨 우리 군대를 우리 손으로 일으켜 일제를 쳐부수자 하는 기개가 그날 하늘을 찔렀지요. 지금 광복군에서는 활발하게 초모招募활동을 벌이고 있습니다. 김 대장의 방송내용 그대로 말입니다. 1942년에 김원봉 단장이 창설한 조선의용대도 광복군에 정식 편입하였고 … ."

조선독립단체들은 종전終戰이 가까워 옴을 인식하고, 각자 나름대로 독립을 맞이할 준비를 활발하게 진행한다고 규는 듣고 있었다. 이상조가 말을 이었다.

"소련이 독일과의 전쟁을 승리로 끝내는 즉시 붉은 군대를 돌려서 관동군을 향해 만주로 진격을 시작할 것입니다. 가까운 장래가 될 것입니다. 그러면 우리가 해야 할 일은 무엇이겠습니까?"

규는 이상조가 말하지 않아도 일본이 곧 패망할 것을 확신하고 있었다. 미군과의 전투는 태평양에서 벌어지고 있지만 북만주에서도 일본군의 패전 분위기를 느끼고 있었다.

"이 선생! 일제가 태평양전투에서 다급해진 모양이오. 만주 지역의 관동군은 젊은 군인들을 빼서 남방전투에 투입하려고 내려보내고 있소. 이곳의 장비도 특병特丙으로 교체하고 특갑特甲은 젊은 병사들에게 딸려서 내려보낸다 하오."

"그런데 특갑, 특병이 뭔가요?"

이상조가 물었다.

"거 왜 안 있소, 무기 말이오. 99식 장총도 신식은 특갑이고, 구식이 특병이란 말이오."

최규는 다시 말을 이었다.

"사할린 해역에서 남방송출 병력을 실은 일본 군함이 미군 잠수함으로부터 피격을 받아 침몰했다고 하오. 완전 몰살이오. 방송에서 똑똑히 들었소. 그 뒤에 이어서 내려가던 배도 미군 비행기 폭격을 맞아 침몰했다고 하오. 게다가 정작 남양군도에서는 일본군이 몰려오는 미군을 막다가 전원 옥쇄玉碎했다는데 일거에 3천 명이나 몰사沒死했다는 소식도 듣고 있소."

"정보를 다 듣고 있군요. 소련방송에서 들은 겁니까?"

규는 머리를 끄덕이고 다시 말을 이었다.

"방송도 있지만 이곳서 들은 이야기도 있소. 지금 만주를 지키는 관동군 병력은 대부분이 나이든 허수아비 군인들에 지나지 않소. 그나마 인원이 모자라 제대한 병사를 재징집해서 숫자를 겨우 채우는 실정이오. 그러고 보니 인자 관동군은 노틀들에다가 낡아 빠진 무기뿐이라, 꽁지 빠진 장닭 꼬라지란 말이오. 이러니 그들이 버티면 얼마나 더 버티겠소. 붉은 군대가 오면 관동군은 모래성 허물어지듯이 쉽게 무너질 거요."

최규의 말을 들은 이상조는 결의에 찬 목소리로 말했다.

"맞는 말입니다. 최 선생! 이제 우리는 조국의 해방을 맞이할 준비를 서둘러야 합니다. 일본군의 배후를 교란하고, 때가 되면 전면에 나서서 그들과 일전을 벌이고 몰아낼 준비를 서둘러야 합니다. 내가 만주에 파견되어 온 목적은 화북과 만주에 걸쳐 항일전선을 구축하기 위해서이지요. 지난 5월에 하얼빈 북쪽 파언현巴彦縣 동성농장에서 한인들과 결의해서, 조선독립동맹 제 12지부 결성을 마쳤답니다. 이곳 화요 꼼의 지방조직원들이 아연 긴장을 하고 있지요. 내가 자기들의 세력권에 발을 들여놓는다고. 나의 동정을 일거수일투족 일일이 살펴보는 모양입니다."

그는 규를 뚫어지게 바라보고 힘주어 말을 이었다.

"현재 이곳 우리의 조직원은 10여 명밖에 되지 않지만 곧 확대할 예정입니다. 이제 이쪽 최 선생의 지역에도 지부 결성을 서둘러야 합니다. 최 선생이 나서 주십시오. 팔로군八路軍에 빌붙어 설치던 동북항일연군聯軍의 조선인 유격대는 일제의 선비鮮匪 숙정공작에 쫓겨서 시베리아로 다 달아나 버렸습니다. 그들이 비우고 도망가 버린 자리를 우리가 맡아야 합니다. 우리는 적의 배후에 우리의 조직을 건설하여야 합니다. 이것이 우리가 구축해야 할 제1단계 사업입니다. 여러분이야말로 바로 우리 독립군 부대의 전위前衛조직입니다!"

이상조는 가방을 열고 인쇄물을 내놓는다. 삐라였다.

"보세요, 광복군은 이렇게 말하고 있습니다."

지원병 제군!

구적仇敵 일본을 위하여 총을 들지 말라. 우리 민족의 독립을 위해서 총을 들라. 일본이 침공한 지구로부터 농촌을 향해 조금만 오면 조선의용군이 있다. 신속히 와서 굳게 악수하고 조국 독립을 위해서 싸우자!

이상조는 달뜬 목소리로 말을 이었다.

"김원봉 대장이 그간에 겪은 전투 경험에서 얻은 결론은, 강력히 무장된 적과 정면으로 맞서는 것보다도 적의 후방을 무너뜨려서 조금씩 허물어 나가자는 전략이 필요하다는 것입니다. 그래서 일본의 패전이 확실한 결정적 시기가 오면 들고일어나자는 것이지요. 그때는 일본군과 정면으로 일전을 벌여서 그들을 몰아내고 우리가 앞장서서 조선 땅으로 진군해 들어가자는 것입니다."

갑자기 지붕 위로 비행기가 날아갔다. 탁자 위의 찻잔이 떨리고 문풍지가 펄럭였다. 웅장한 프로펠러 소리였다. 제재소의 톱날 회전하는 소리같이 공기를 찢고 멀어져 갔다.

이상조가 방문을 열고 고개를 내밀고 올려다보더니 목에 힘을 주어 이야기했다.

"삐29 미군 폭격기입니다. 요 며칠 사이에 삐29가 경성에 폭격을 가했다 하고, 남경 주둔 일본군 부대에도 퍼부었다 합니다."

"일제가 항복할 날이 목전에 다가오고 있습니다. 최 동지! 무기를 장만하십시오. 일본군과 대결해서 결전을 벌일 때가 가까웠습니다. 이제 둔전屯田식 무장부대 조직을 결성하여야 합니다. 평시에는 농업에 종사하고 있다가 무장투쟁 원리에 따라 결정적 시기에 집단적으로 들고일어나는 것입니다. 이것이 우리의 제 1단계 사업입니다. 우리는 파언현을 위시해서 인근 지역에 이들을 통괄하는 둔전조직 사령부를 곧 설치할 것입니다."

최규는 어정쩡하게 대답한다.

"안 그래도 무기 중개인이 드나들고 있는 중이오."

이상조는 또 한 장의 삐라를 내놓는다.

학도들이여!
광복군에 들어올 형편이 못 된다면, 차라리 구적 일본군대에 들어가서 그들의 등에 총을 돌려 왜적과 싸우라.

"최 선생, 이 삐라를 이곳 관동군 수비대 영내에 살포해서 조선 학도병學徒兵들이 읽도록 합시다. 필시 학도병들의 동요가 있을 것이오. 탈영하는 그들을 우리가 맞아 줍시다."

이상조가 부탁했다.

"최 선생, 우리는 독립도 해야겠지만, 그러나 궁극적 목표는 해방된 조국에 무산無産계급의 주도 아래 위대한 사회주의 사회를 이룩하는 일입니다."

규를 똑바로 바라보며 힘차게 말하였다.

규는 이상조의 말에 동조도 아니고 부정도 아닌 애매한 말을 했다.

"볼셰비키와 같은 공산당이 지배하지 않는 사회주의 사회를 만들어야 하오. 공산당은 권력기관이고, 인민 위에 군림하는 독재정당이오. 반대하는 자들을 모조리 숙청하고, 이룰 수 없는 허구의 도그마에 빠져 실정을 계속하고 있소. 소비에트 협동농장을 보시오. 경작자는 차르 때나 지금이나 달라진 게 뭐가 있소? 뼈 빠지게 노동만 제공하고 분배받는 몫은 결과적으로 매한가지가 아니겠소?"

최규는 마치 혼자서 자기 자신에게 다짐하듯이 말하고 있었다.

드디어 이상조가 최규를 방문한 본래의 목적을 드러내었다.

"최 선생, 각 꼼에서는 일본군의 패전 후 조선반도 진입을 서로 서두르고 있습니다. 누가 먼저 들어가서 세력을 구축하느냐. 그 경쟁입니다."

새삼스럽게 그의 머리에서는 포마드 냄새가 진하게 풍겨온다.

규는 생각했다.

'부르주아는 부패로 망하고, 좌파는 분열로 망한다. 권력의 속성은 그런 것이다. 조국 해방에 서로 손을 잡고 일제를 몰아내야지, 누가 먼저 들어가느냐 경쟁을 생각할 때가 아니다.'

"그래서 말인데요, 김 대장께서는 최 선생에게 각별히 한 가지 부탁의 말씀을 하고 있습니다."

그는 가느다란 미소를 띠며 규를 지그시 바라본다. 마치 자기가 한 말 속으로 규를 빨아들이고자 하는 듯이.

"무슨 부탁이오?"

"마산에 내려가서 우리와 같이 행동할 동조세력의 지하조직을 구축해 달라고 합니다. 지식인들과 학생들과 노동자들을 포섭합시다. 장차 해방된 조국에서 우리의 목표를 추진해 나갈 수 있는 지방거점의 하나로서 말입니다."

규는, 숯을 장에 내다 팔고 돌아와서 마당에서 말수레의 고무바퀴를 죄고 있는 장 씨를 내려다보며 골똘히 생각했다.

'나는 이대로가 좋다. 마음 맞는 사람끼리 모여서 같이 생산하고 같이 나누어 가지는 사회. 정부도, 권력도 필요 없는 협동사회.'

"최 선생! 자본가 계급에 수탈당하는 농민계층을 생각해 보십시오. 우리가 해방시켜 주지 않으면 불쌍한 그들을 누가 해방시켜 주겠습니까? 물론 팔짱을 끼고 나앉아서 나 몰라라 할 수도 있겠지요. 그러나 생각해 보세요. 자본계급이 그들을 수탈하는 것을 두 눈으로 보면서 배웠다는 우리가 이를 알면서 어찌 외면하고만 있겠습니까?"

규는 잠자코 듣고 있었다.

"최 선생! 무정부주의도 좋지만, 프롤레타리아 혁명은 조직의 힘으로 이룰 수 있어요. 힘이 필요합니다. 세력을 구축해서 힘을 길러 같이 지주계급을 몰아냅시다."

규는 한참 만에 뜻을 굳혔다.

'힘을 합치자. 그것이 옳은 방향이다.'

그는 결단을 내렸다.

"좋소. 나한테 맡기시오. 사람을 내려보내겠소."

그러자 이상조는 규의 손을 덥석 쥐고 힘차게 흔들었다.

"고맙습니다, 동지! 이것이 우리의 제2단계 사업입니다."

이상조는 안주머니 속에서 봉투를 끄집어내어 놓는다.

"김 대장이 친필로 쓴 간찰입니다. 강삼준이란 양반한테 직접 전하면 도움을 줄 것입니다."

"강삼준이라고?"

규는 자기도 모르는 사이에 소리를 질렀다.

"그자는 지주반동이오. 나도 알 만한 사람이오. 그런데 그자가 나서서 우리 일을 도와줄 사람은 아닐 것이오."

"그렇지 않습니다. 그가 협조해서 자금을 지원해 줄 겁니다. 모처럼 김 대장의 부탁이라 거절은 못 할 것입니다. 그도 조선 독립을 원하는 사람입니다."

이상조는 다시 한 번 규의 손을 잡고 크게 흔들었다.

"그럼, 믿고 갑니다. 후일 다시 오겠습니다."

최규는 과연 강삼준이 이번 일에 도움을 줄 것인가를 속으로 저울질하며, 이상조가 느티나무 가지가 길을 덮은 노루목을 돌아서 사라질 때까지 바라보았다.

"오늘은 긴한 손님이 왔던가배."

박 포수가 마당으로 들어선다. 족제비 털로 지은 모자를 쓴 그는 등판에 가로 멘 사냥총 멜빵을 왼손으로 버티고 규에게 다가왔다. 가죽을 덧댄 어깨 위에 갈고리 같은 발톱을 웅크리고 선 매가 눈을 부라리며 고개를 갸웃거린다.

조선인 포수 박용섭은 창원 북면 사람이었다.

서너 달 전 사냥을 나와 지나는 길에 들러 규와 인사를 나누다가 동향인 것을 알고 "고향 까마구도 객지서 만나께 되게 반갑네!" 하고, 단박에 서로 말을 놓고 지내게 되었다.

오가는 길에 들러, 짐승 털로 만든 다로기를 벗어 땀을 말리면서 세간에 돌아다니는 이야기며 조선서 들려오는 소식을 들려주곤 했다. 사냥 길에 늦어지면 무시로 숯막이나 밀영에 들어와서 자고 가기도 하였다.

박 포수가 만주 땅으로 흘러들어 온 것은 20년도 더 되었다. 처음에는 포수들로 구성된 홍범도洪範圖 휘하의 독립군 부대에 들어가 항일운동을 했다. 부대가 청산리 어랑촌 전투에서 일본군을 제압하여 대승을 거둔 뒤 관동군의 대추격으로 부대가 흩어지자 그는 만주국 치안부의 선무공작에 따라 순순히 귀순했다. 그 후 그는 사냥을 생업으로 삼고 지내왔다.

그러나 그가 조선족 항일세력 잔당과 접선하고 있다는 내용이 알려지는 날에는 바로 통비죄通匪罪로 잡혀 들어가므로 항상 내통을 극도의 비밀로 하면서 독립군들과 지내왔다.

"잘 왔소. 저녁에 고기나 구워 먹을까 하던 참인데, 포수 코에 죽은 짐승 냄새도 풍기던 모양이제. 자우튼 냄새는 잘 맡소."

규는 농담을 했다.

상수가 화덕에 불판을 올려놓고 장작불을 지피고 돼지고기를 구웠다. 기름이 방울져 튀면서 요란한 소리를 내었다. 규, 장 씨, 상수, 박 포수 네 사람은 둘러앉아 불을 쬐고, 고기를 집어 입에 넣으면서 박 포수가 풀어놓는 말보따리에 귀를 기울인다. 박 포수는 고량주 잔을 홀짝 들이키고 트림을 하며 말을 벌였다.

"집채만 한 호랭이를 씨러트리고 가까이 가께, 사방에 지독한 누린 내가 억수로 코를 찌르던 거 아인가배. 한여름에 괴기 썩는 냄새가 아가리서 풍기는지 털에서 배었다 나는지 몬 참겠더란 말이지. 인자 멀리서도 호랭이가 나타나면 바람결에 냄새를 맡을 수 있어."

호랑이 잡던 극담劇談을 입담 걸쭉하게 늘어놓는다.

사냥꾼이 호랑이를 잡았다는 것은 그들의 세계에서는 그 이상 가는 훈장이 없다. 호랑이와 맞서자면, 배짱 두둑한 담력과 명민한 판단력과 뛰어난 사격솜씨를 갖춘 포수라야 함은 말할 것도 없다. 운 좋게 호랑이를 만나게 되는 순간 사생결단으로 한 판을 겨루게 된다. 겨우 토끼나 여우, 늑대, 멧돼지 잡는 솜씨 정도 가지고는 감히 박 포수 앞에 명함을 내밀지도 못한다.

그가 호랑이를 잡았다는 소문이 나자 일본 헌병이 찾아와서 상납을 종용해서 빼앗기다시피 해서 내주었다.

"넨장맞을 놈웃 거. 호랭이를 내놓으라는 기라, 시퍼렇이 해 갖고. 그길로 관동군 사령관에게 바친 기라. 그거를 서울 재동골 엄嚴 부자한테로 보냈이모 거짓말 보태서 집 한 채 값은 톡톡히 받아냈을 긴데."

박 포수는 눈을 게슴츠레 내리깔고 퍽 아쉬운 표정을 지었다. 그리고 손등으로 입술의 침을 쓱 닦는다.

"그래도 사령관이 답례로 일본 술 겟케이칸月桂冠 한 상자를 쳐주더란 말일세."

박 포수 이야기는 일본군 부대원들 사이에 잘 알려졌고, 곧 만주 일대로 쫙 퍼졌다.

밤도 깊어지자 다들 잠자리를 찾아가는데, 박 포수는 규를 따라 그의 거처로 들어왔다.

"최 단장, 여기가 빨치산의 아지트가 아닌가 의심을 하고 있어."

"그게 무슨 말고?"

"일본 특무에서 풀어놓은 아편 밀매꾼들 입에서 나오는 이야기지."

규는 아연 긴장한다.

"가아들이사 조선 사람 마을은 일단 빨치산 소굴이 아인가 의심을 하고 본단 말일세. 당장 여게가 그렇다는 거는 아이고⋯."

"흐음⋯."

포수는 단통총의 남날개를 만지작거리며 낮은 목소리로 넌지시 규의 의향을 물어 근중斤重을 떠본다.

"좋은 물건이 나왔는데, 기잉(구경) 한 분 해 볼래?"

실은 오늘 일부러 그가 찾아온 것은 이 때문이었다.

박 포수는 무기 알선 중개인의 한 사람이었다. 시베리아 내전 당시 연해주 일대에서 벌인 전투에서 붉은 군대에 밀려 패주한 백군이 무기를 팔아치웠는데, 만주에 당시의 무기가 암거래로 돌아다니고 있었다. 그것이 조선독립군이 무기를 구입하는 주된 루트였다.

그중에는 내전에 참여한 미국제 무기나 일본제 무기도 섞여 있었고, 심지어 체코제까지 끼어 있었다.

"물건이 뭔데?"

"기관총이 1문, 탄환이 5천 발, 99식 장총 다섯, 그라고 탄환 1천 발이다."

"좋다. 언제 되겠나?"

"내일 다시 오꺼마."

박 포수는 그길로 산을 내려갔다.

다음다음 날 그는 다시 올라와서 무기를 인도할 준비가 되었다는 전갈을 헤 왔다.

"시간은 내일 새벽으로 하고, 인수 장소는 오데로 할꼬?"

박 포수가 물어 왔다.

무기 거래는 은밀하게 이루어졌다. 자칫 중국 마적馬賊 집단이 개입되면 돈만 건네고 무기마저 빼앗겨 버리는 경우가 있어 인도장소 선정에 여간 조심하는 것이 아니었다. 무기 운반도 만주 경찰과 일본 헌병의 눈을 피해야 하므로 어둠을 이용하였다.

"노루목에서."

규는 마을을 막 벗어난 은밀한 지점을 인도장소로 정했다.

"3쌍 방식이다."

박 포수가 말했다.

다음 날 희부연하게 새벽 동이 트자 양측은 노루목에서 만났다. 양

측에서 합의한 대로 각 측에서 세 명씩 입회했다.

한 명은 물주이고, 또 한 명은 운반책이고, 나머지 한 명은 엄호와 경비를 맡기 위해 무장이 허용된 자이다.

매매를 알선한 중개인 박 포수는 먼저 양쪽의 물주와 운반책의 비무장 상태를 점검했다. 그러고 나서 러시아계 운반책더러 무기를 가져와 앞에 쌓도록 한다. 무기를 사이에 두고 양측에는 물주가 서고, 그 옆에는 권총을 쥔 경비가 선다. 이 경비는 각각 반대편 사람으로서, 상대방 물주를 볼모로 삼아 옆에 서서 일이 끝날 때까지 경계하는 일을 맡는다.

상수는 백계 러시아의 무기 공급책 쪽에 붙어 서서 권총을 쥐고 있었다. 규 옆에도 상대방 경호인이 붙어 섰다. 자금책은 장 노인이 맡았다.

중개인 박 포수의 지시에 따라 규가 무기를 점검한다.

기관총의 방아쇠를 당겨 격발시험을 해 보고 장총도 일일이 격발시험을 해 보고 탄환의 숫자를 목측目測으로 암산해 보고 나서, 박 포수의 어깨를 쳤다. 됐다는 뜻이다.

"돈을 건네소!"

박이 말했다.

규는 손뼉을 쳐서 어둠 속에서 장 노인을 불러냈다. 규는 장에게 돈뭉치를 인도하도록 명했다.

넘겨진 돈의 셈이 확인되자, 러시아 물주도 박에게 어깨를 툭 쳤다. 그리고 돈다발에서 한줌 들어내어 박 포수에게 쥐어주었다. 매매절차가 끝나자 그들은 철수했다.

인수한 무기 가운데 기관총은 미국제 개틀링 1865식이었다.

규와 상수는 좌탁坐卓을 사이에 두고 마주 앉았다.

호롱불이 벽면에 두 사람의 그림자를 지어 놓고, 졸음에 겨운 듯 졸고 있다. 탁자 위에 놓인 호리병박 술병도 그림자를 길게 드리웠다. 잔이 두 개 술병 옆에 놓여 있다.

규가 입을 열었다.

"마산에 다녀와야겠다."

상수는 눈을 둥글게 뜨고 턱을 앞으로 내민다.

"무슨 일입니꺼?"

"때가 왔다, 우리가 나설 때가. 동지를 규합한다. 조국의 독립이 다가오고 있다. 해방된 조국에 우리 사회주의의 공산혁명을 달성하기 위하여 같이 일할 세력의 조직을 공작하고 돌아오라."

상수의 얼굴에는 긴장감이 감돈다. 눈자위의 근육을 팽팽히 조이며 규를 뚫어지게 바라다본다. 규도 꼼짝 않고 상수를 응시한다.

"무슨 일부터 착수해야 하요?"

"먼저 강삼준부터 접선하라. 모토마치元町 파출소 밑 나가야의 세 번째 집이다."

규는 편지봉투를 탁자 위에 올려놓았다. 한지의 사입絲入무늬가 흐릿한 불빛 아래 꼬불거리고 있다.

"민족전선연맹 산하 조선의용대 김원봉 대장의 서신이다. 강에게 전하면 공작자금을 제공해 줄 것이다."

규는 다시 한 번 상수와 눈을 맞춘다.

"그리고 나서 젊은 지식인 세력들을 규합하라. 접선이 시작되면, 그들에게 일제에 대한 증오심과 적개심에 불을 질러 먼저 민족적 의분義憤을 불러 일으켜야 한다."

규는 상수의 얼굴을 마주 보고 준엄하게 이른다.

"공감대가 형성되면, 그다음 단계로 그들에게 공산사상을 이해시킨다. 일본의 압제에 착취당하는 우리 농민과 노동자들의 고통을 대변해서 일제와 자본가 계급에 항거하여 싸워야 할 애국심에 불을 질러 투쟁의 신념을 심어 준다. 그 투쟁의 이념은 일제에 빌붙어 노동자 농민을 착취하는 지주와 자본가계급을 축출하기 위한 공산주의 사상을 이해시키는 데서 출발한다. 다시 말해서 젊은 지식인 세력들로 하여금 프롤레타리아 전위대를 건설하도록 하는 일이다. 알겠느냐?"

"예 ….."

"해방이 오면, 김원봉 단장과 함께 우리는 마산으로 내려간다. 우리가 구축해 놓은 조직과 함께 손잡고 일해 나가자."

상수는 고개를 끄덕였다. 이제야 최 선생이 이야기하던 사회주의의 이상세계가 눈앞에 가까이 다가오고 있다고 믿었다.

그는 고향에 돌아가서, 그동안 다듬고 실천해 온 사회주의 이념을 젊은 청년들에게 설명하고 동지를 규합할 지하공작을 생각하니 미리부터 흥분되기 시작했다. 주먹을 불끈 치켜들었다.

규는 상 위에 놓인 잔에다 고량주를 쳤다. 술 종지의 도기 바닥에 무늬로 새겨진 '仙'(선) 이란 한자가 증류수의 무색투명한 액체 속에서 굴절 없이 선명하다.

"성공을 빈다. 자, 들자!"

그는 눈높이로 든 잔 너머로 상수와 눈을 맞춘다. 그리고 서로 잔을 부딪치고 나서 독주毒酒를 입안으로 단숨에 털어 넣었다.

"아, 그리고 한 가지. 강삼준 앞에서 내 이야기는 절대로 끄집어내지 마라. 그는 반동이다. 내가 뒤에 있다는 사실을 알면 틀어질 것이다. 될 일도 안 된다."

날이 새자, 상수는 양복 차림에 외투를 입고 역으로 향했다. 그는 항아리를 안은 듯이 불러온 언년의 배를 내려다보며 말했다.

"몸도 무겁은데, 고마 이만치서 돌아가라이. 한 두어 달 너머 안 걸리겠나. 삼동 지나야 돌아올 낀께네."

언년은 배를 내밀고 허리에 두 손을 짚은 채 무거운 몸을 가누며 역에까지 따라갔나.

역 앞 계단 옆에 거지꼴로 보이는 사람들이 마약에 절어 비스듬히 기대앉아 있는 모습이 눈에 띄었다. 그들은 아무런 걱정도, 희망도, 의욕도 없어 보이는 흐리멍덩한 눈초리로 지나가는 상수 내외를 건너다본다. 그들이 상대방을 보는 것이 아니고 대상물이 단지 그들의 눈에 비쳤을 따름이었다.

언년은 그들을 건너다보고 '말약末藥에 빠졌구나. 저것들도 인간이라고 … 어쩌다가 저 지경이 되었는고?' 하는 생각이 들다가도, 막상 집의 모친을 떠올리면 그녀도 저들과 똑같은 처지나 다름없으니 한숨이 절로 나왔다.

아편은 값싼 물건이 아니었다. 게다가 한 번 피우자면 준비가 예사롭지 않다. 그에 비하면 말약末藥은 중독성이 아편의 열 배나 되는 데다가 주사 한 방으로 간단히 즉효를 볼 수 있다. 그뿐만 아니라 무엇보다 아편에 비하여 값이 헐해서, 없는 사람들이 쉬 손을 대었다. 그러나 마약 주사는 맞기 시작하는 순간부터 죽음의 길로 접어들게 된다. 몸도 마음도 망가져 버리고 도저히 헤어날 수 없는 몰락의 수렁으로 빠져드는 것이다.

기차가 떠나고 언년이 돌아서는 길에, 가끔 최 선생을 찾아온 적이 있는 무테안경잡이 공孔 씨가 길을 막고 서서 인사를 한다.

"안녕하시오? 최 선생은 잘 계신가요?"

언년은 머리를 수그리며 옆으로 비켜섰다.

"무거운 몸으로 아침 일찍이 웬일로 역에 다 나오셨소? 상수가 차려입고 길 떠나는 것을 보니, 하루삔 일본 영사관에라도 불려가는 모양이구려."

공 씨는 교묘하게 둘러 짚어본다.

"아닌데예. 잠시 고향에 볼일이 있어서예."

"고향이라면 마산인가, 창원인가 거기 말이요?"

사나이는 별 볼 일 없다는 듯 고개를 주억거리며 역 앞에 있는 취선翠仙 연관煙館으로 들어갔다.

연관의 여주인은 탁자 앞에 앉아 아편을 녹인 액체를 담은 유리잔을 알코올램프 불 위에 올려놓고 말리고 있었다. 책상 위에는 흡연용 긴 장죽이 두 대 나란히 뉘여 있고 성냥도 옆에 놓여 있다.

그녀는, 목침을 베고 침대에 드러누워 있는 손님들을 향해 말했다.

"아무래도 두만강 쪽 도문圖們 세관에서 탈이 난 모양이에요. 물건이 도착한다는 날이 나흘이나 지났는데 아직도 감감무소식이에요. 벽장을 뒤져서 전에 쓰다 버려 둔 것을 겨우 찾아내었어요. 오늘 쓸 양은 되니까 … 도문 세관을 떠나 목단강역을 거쳐 여기까지 오는 데 이틀이면 손에 들어오고도 남는데, 무슨 일이 생기기는 생긴 모양이에요."

손님 두 사람 중 자그마한 체구의 빼빼 마른 쪽 공 씨가 안경을 치켜 올리며 말했다.

"걱정할 것 없소. 곧 도착할 것이오. 생아편 가방의 운반은 보통 일본놈이 맡아서 하는데, 세관서는 가방을 열어보지도 않고 그냥 통과시킨다오. 그래도 그놈들은 미덥게 하느라고 야간열차 2등 침대칸을 이용하고 있소. 조선 사람들은 어디 감히 침대칸에 얼씬이나 할 수 있겠소? 그네들이 타는 침대칸은 도문 세관에서는 아예 소지품 검사를 하지 않는다오. 녕색이 국세 세관인데도. 그러니까 도문 세뢴의 2등 침대칸이 아편밀수 루트란 말이오."

얼굴이 넙적하고 키가 큰 편인 김 씨가 파란 알코올램프의 불꽃에서 눈길을 떼지 않고 말한다.

"그야, 세관이란 곳은 업자들하고 서로 짜고 그런 짓을 하는 곳 아니오?"

"왜놈 세관원들이 어떤 놈들인데, 업자하고 짜서 그런 짓을 공공연하게 할 수가 있겠소. 상부의 지시가 내려와 있으니까 눈감고 내보낸다오."

"상부라니오?"

"일본 정부하고 관동군 사령부하고 영사관이오. 거기서 작당공모를 해서 서로 공조하고 있소. 그러니까 뒤에서 정부가 아편장사를 하고 있단 말이오."

"아편장사는 밀수꾼이나 장사치들이 하는 사사로운 돈벌이지, 어떻게 정부가 끼어서 마약장사를 하겠소? 장사치들이 공공연하게 정부에다 상납이라도 하고 있소?"

넙적한 얼굴을 무테안경잡이에게 돌리면서 의아한 표정을 짓는다.

"아니오. 내가 전에 당의 지령을 받고 아편거래 경위를 소상히 조사하여 보고한 적이 있소. 들어보시오. 만주국 정부의 아편정책이란 것은, 한마디로 정부가 아편사업을 전매화해서 공공연히 돈벌이를 하자는 수작이오."

"돈벌이라니?"

"아편 전매사업專賣事業. 공공연히 아편거래를 묵인하고 있는 사업이오. 무슨 말이냐 하면, 아편 중독자들이 당장 마약을 끊도록 금지하는 엄금조치가 아니라 그들을 계연戒煙 치료하는 것인데, 다시 말해 점감정책漸減政策이오. 피우는 아편 양을 점점 줄여서 치료하자는 …."

"그것은 계속 아편을 태우라는 짓 아니오?"

"바로 그 말이오. 다시 말해서 나을 때까지 피우게 해서 낫게 한다는 이야긴데 그게 말이나 되는 소리요? 아편 태우고 끊는 놈 봤소? 자꾸 태우라는 거요. 정부의 전매사업은 합법적으로 공공연하게 아편을 피우라고 도와주는 정책이지 ….

보시오, 우리가 내놓고 아편을 피울 수 있도록 이 연관에 영업허가를 내주고 있지 않소? 치료목적으로 점감정책을 내세운다는 것은 명분에 지나지 않고 아편을 피우게 해야 정부에 수입이 계속 들어오지 않겠소? 아편이 무슨 소금이요, 담배요, 전매를 하게? 돈 되는 사업이니까 마약까지 전매를 하는 거지. 내가 조사할 당시 아편 전매 이익금이 만주국 세입의 약 5%나 차지했다오."

"아무리 그렇다손 치더라도, 일본 정부가 개입해서 마약장사를 하고 있다니 당치도 않소."

넙적한 치는 눈을 크게 뜨고 이마에 주름을 짓는다.

"사실이 그렇다니까요. 사실 일본 정부는 돈이 말라 버렸소. 전쟁자금도 바닥이 났지 않소? 이 지경에 아편 전매 이익금이 쓰일 곳이 한두 군덴 줄 아시오? 만주서는 식민지 유지경비도 필요하고, 군자금으로도 쓰이고 있소. 군대의 각종 기밀비, 비밀공작금뿐만 아니라 심지어 특무기관이나 헌병대의 모략비, 공작비, 밀정 정보비에 이르기까지 쓰이는 곳이 한두 군데가 아니오. 이게 다 아편 전매 이익금에서 나오는 거요. 그뿐만 아니고 심지어는 동경 정가에도 흘러들어 가시 정치자금으로도 쓰이고 있소. 그러니까 일본 세관원들도 마약을 검색단속도 하지 않고 그 유통에 협조를 한다오."

"해외의 여러 나라들이 모여서, 정부가 나서서 마약을 단속하자는 국제조약에 일본도 서명했다고 들었는데, 어찌 감히 정부가 뒤에서 그런 짓을 하고 있을 수가 있소?"

공 씨는 한심하다는 듯이 언성을 높여 말을 잇는다.

"김 선생! 일본놈들 약은 짓은 전에부터 잘 알잖소? 그놈들은 조선인을 내세워 마약거래를 조장시켜 놓고, 막상 뒤에 숨은 자기들은 살짝 빠져서 국제사회의 비난을 피하고 있다오. 조선놈만 뒤집어쓰고 나쁜 놈이 되는 거요."

잠시 말이 끊어진다.

"일본 정부가 마약을 묵인하고 비호하는 것은 사실이오. 지금 일본의 호시토제약, 대일본제약, 산쿄三共제약 등 내로라하는 제약회사들이 말약을 제조해서 약종상이나 양약방에 버젓이 내다 팔고 있잖소? 그것은 내무성 위생국으로부터 말약 제조허가를 받았으니 하는 짓이오. 그 말약이 지금 조선이고 만주고 대만에 흘러들어 가서 무지몽매한 식민지 사람들을 파멸로 몰아넣고 있소."

공 씨는 무테안경을 다시 한 번 치켜올리고 김을 빤히 쳐다보며 말을 이었다.

"일본의 마약 관련 관헌은 세관뿐만 아니오. 영사관도 마찬가지요. 어쩌다 잡혀온 마약사범은 영사관에서 경범으로 처리해서 빼내 버리고 있소. 주로 조선 사람들이지만 … 무슨 말이냐 하면, 버젓한 마약사범을 만주국 경찰로 넘기지 않고 일본 영사관 재판부로 넘긴다오. 국제외교상 치외법권적 처우를 내세우면서 말이오.

조선인을 내보내야 아편 판 돈이 더 들어오지 않겠소? 일국의 사법기관이 어떻게 범죄사실을 공공연히 은폐하는 일에 동조할 수가 있단 말이오? 일본의 판관判官이란 작자들이 이렇게 썩어 빠질 수가 있단 말이오? 이 지경이니, 일본은 나라도 아니오. 일본 정부는 거대한 범죄집단이나 다름없소."

그는 한심하다는 듯 개탄했다.

"그뿐인 줄 아시오? 일본군대는 마약 밀매자들을 밀정密偵으로 이용하여 중요한 정보원으로 활용하고 있소. 중국 팔로군 군대에는 마약에 빠진 정신없는 병사들이 있어서 밀정들이 그들한테 몰래 접근해서 말약을 보이고 기밀을 캐내고 있소. 치사한 놈들!"

그때 마침 도문에서 도착한 아편을 들고 연관의 주인을 만나려고 찾아온 족제비가 마루를 지나다가 방 안에서 새어 나오는 이야기를 듣게 되었다. 하관이 뾰족하게 빠져서 연업煙業 하는 사람들끼리 그를 이름 대신에 그렇게 불렀다.

도리우치 모자를 눌러쓴 족제비는 멈춰 서 방 안에 귀를 기울였다.

"어제 이상조가 나타났어."

방에서 말이 흘러나왔다.

"이상조라면 북경에서 김원봉이 보낸 공작원 그 친구 아닌가? 여기 저기 휘젓고 다닌다면서?"

"그렇소. 어제 점심나절에 노루목 골짜기 숯장수 노인 장 씨가 그를 안내해서 마을로 올라가는 것을 이 두 눈으로 똑똑히 보았소."

무테안경의 공은 갑자기 눈빛을 반짝인다.

장 씨는 농사일은 진작에 그만두고 산막에 올라가 숯을 구워 시장에 내다 팔고 있었다.

"이상조가 지난번에 파언 동성농장의 농민들을 꾀어 조선독립동맹 지부를 결성했다는데, 여기는 왜 나타났지?"

"뻔하지. 이곳까지 김원봉이가 나와바리 (세력권)를 넓히려고 그를 보낸 것이지. 남의 텃밭에 괭이를 찍고 기어들려고 하는 짓거리야. 그런데 어제 늦게 그 작자는 떠나고, 오늘 아침 일찍이 곽상수가 도가선 圖佳線 기차를 타고 급히 마산으로 내려갔다네. 무슨 일이지?"

"곽이 누구야?"

"왜 그 공산명월이 있지 않소."

"아, 노루목 최 가 밑에 일하는 시다바리 (하수인) 그 자식 말이지?"

"그래 맞아. 그런데 그가 왜 갑자기 움직일까? 이상조하고 무슨 작당을 했길래? 아침에 역 앞에서 보았는데, 외투에 보스턴가방까지 들고 기차를 타더군."

"무슨 일일까?"

김 씨의 말을 끝으로 이야기는 그치고 잠시 조용해졌다.

연구煙具를 다듬는지 달그락거리는 소리가 나더니 곧이어 여주인의 목소리가 들렸다.

"자, 누우세요. 준비 다 됐으니 태울 준비 하세요.

족제비는 방문을 열었다.

침상에 드러누워 있는 두 사나이는 낯이 익은 얼굴이었다.

'아하, 화요 꼼의 공작원들이구나.'

그는 여주인 앞으로 다가가서 아편을 싼 꾸러미를 내밀어 놓았다.

"도문에서 막 올라왔소."

"두고 가세요. 셈은 전에 것하고 같이 내일 치를게요."

족제비는, 드러누워서 장죽을 빨고 있는 두 사람을 뒤로하고 방을 나왔다.

그는 그길로 일본 영사관으로 가서 곽상수의 동태를 보고했다. 족제비는 일본 헌병대 특무가 심어놓은 밀정이었다.

곽상수에 관한 동태보고는 경성 경무국을 거쳐서 경남 경찰국으로 내려가서 다시 마산경찰서로 하달되었다.

전문 내용은 다음과 같았다.

이름: 곽상수

본적: 창원군 내서면

나이: 25세가량

용모: 머리 벗어지고 키가 큼. '공산명월'이라 불림.

용무: 조선독립동맹 관계 국내 접선 공작인 듯함. 독립동맹은 공산계. 노사카 산조野坂參三 (일본공산당 지도자) 와도 내통이 있는 조직.

마산경찰서는 그를 체포하기 위해 휘하 각 파출소와 창원 지역 각 주재소에까지 연락을 취해 놓았다.

현장에 선 이상주의자

1.백지동맹

하늘색 파란 페인트질을 한 청요릿집 쌍흥관의 문을 열고 공산명월이 들어섰다. 도르래 바퀴가 문짝 밑에서 '드르륵!' 하고 구르는 소리를 요란하게 낸다.

주방에는 파란 불꽃이 불판을 핥으면서 날름거리고, 기름 튀는 소리가 극성이다. 기름때에 절어 반질거리는 빵떡모자를 눌러쓴 장궤는 밀가루 반죽을 늘리느라 여념이 없다.

상수는 불빛에 이마를 반짝이며 포장을 젖히고 방으로 들어섰다.

중건과 수명이 벌떡 일어나서 꾸벅 절을 한다.

"먼저들 와 있었구나. 자아, 앉자!"

상수가 의자에 걸터앉자 둘도 따라 앉았다.

"청수는 아직 안 왔나?"

"방금 올 깁니다. 우리가 좀 빨랐십니더."

상수는 시계를 들여다본다. 바늘은 오후 4시 50분을 가리킨다.

"으음, 아직 한 10분 남았네. 우선 주문부터 해 놓자. 여어, 뽀이! 요 좀 보자!"

종업원을 불러 요리를 시켰다.

그리고 북만주의 소식을 학생들에게 이야기해 준다.

"지금 관동군에서는 젊은 군인들을 차출해서 태평양 전투로 내리보내고 있다. 이 군인들을 실은 배가 미군의 습격으로 가라앉고, 군인들은 몰살당했다. 잠수함도 습격하고, 비행기도 습격했다. 일본은 인자 얼마 더 버티지 몬할 판이다."

꾀죄죄하게 땟국이 흐르는 옷자락을 펄럭이며 뽀이가 들어와서 탕수육 쟁반을 상 위에 내려놓고 그 곁에 배갈도 두 도쿠리(목 긴 작은 술병) 세워 두고 방을 나갔다.

상수는 먼저 자기 잔에 술을 채우고 나서 중건과 수명에게 각각 술을 따라 준다.

"우선 한잔들 하고 보자. 자아, 건배!"

셋은 잔을 부딪쳤다. 상수는 꼴깍하고 술을 입안에 털어 넣고 탕수육 고깃점을 젓가락으로 집는다.

"자네들도 어서 들거라이."

그제야 청수가 청요릿집 문을 열고 두리번거리는데 중건이 알아채고 포장을 걷으면서 손짓했다.

"야아, 여어다! 이리 온나!"

청수는 방으로 들어와서 상수에게 굽실 절을 했다.

"강청숩니더."

"반갑다, 강 동지! 중건이한테 이야기 많이 들었네."

그는 굵은 손으로 청수의 손을 쥐고 힘 있게 흔든다. 상수의 주먹 힘에 청수의 손아귀가 눌린다.

"어서 앉게. 자아, 같이 한잔해야제."

자기 옆의 의자를 가리키고, 배갈 잔을 권했다.

청수는 종지 잔에 가득 찬 술을 한입에 털어 넣었다.

'짜르르!' 뜨거운 숯덩이가 목줄을 후빈다.

'벌컥 들이키는 술이 아니구나….'

청수는 몸을 진저리쳤다.

"배갈은 처음 마시는가배."

짙은 눈썹에 콧마루가 곧게 선 청수의 새하얀 얼굴에 잔뜩 찌푸린 미간을 들여다보면서 상수가 말했다.

"다들 들어서 알고 있겠지만, 시방 만주에서는 항일 독립활동이 마히 수그러들었다. 왜놈 군대하고 만주국 겡찰이 합동해서 독립군 토벌대를 맨글어 갖고 밀어붙이는 바람에 대부분이 흩어지고 남은 자들은 연해주로 건너갔다 아이가. 동북항일연군東北抗日聯軍도 소련 땅으로 쫓기 들어갔다."

"동북항일연군이 멉니까?"

"중공군의 팔로군하고 우리 독립군하고 합동으로 조직한 군대다. 그러나 일제도 인자 오래 못 간다. 조만간에 소련의 붉은 군대가 독일 군을 쳐부시고 나면 바로 총부리를 이쪽 관동군 쪽으로 돌리서 공격해 올 것이다. 관동군은 이거를 알고 소만蘇滿 국경에 수비대를 강화하고 있다. 소련의 붉은 군대가 내리오면 일제를 몰아내고 조선반도를 독립시키 준다 말이다. 붉은 군대는 해방군이다."

그는 소리를 낮추어 나지막한 목소리로 이야기를 했지만, 말씨는 또박또박하고 단호했다.

"선생님이 있는 데는 어딥니까?"

"북만주다. 장차 군대에 끌려갈 판이면 올라들 오게. 먹을 것도 유할 데도 다 돼 있다. 최 단장하고 같이 일하자."

그는 자기가 있는 밀영密營의 위치를 일러 주고 찾아오는 방법까지 알려 주었다.

그리고 다시 학생들에게 잔을 권한다.

"자아, 한잔들 더 하자."

그는 입으로 술을 탁 털어 넣고 목을 비틀면서 말을 이었다.

"자네들도 잘 아는 바와 같이, 지금 일제는 2개 사단병력을 이시해서 무장헌벵과 겡찰들이 조선반도 방방곡곡에 총칼로 진을 치 놓고서, 총독부 간리들과 심지어 핵교 선생들마저 조선 사회를 완전히 비틀어 지고 앉아서 철저히 수탈해 가고 있다. 농민들에 쌀은 공출로 강제로 뺏기뻐리고, 조선 민족은 굶어 죽게 될 지겡에 몰렸다. 우리는 완전 무장해제를 당한 채 두 주먹만 불끈 쥐고 앉아서 고놈들이 강탈해 가는 것을 빤히 치다보고만 있을 뿐이다."

그는 세 사람의 잔에 술을 새로 치고 "자아, 마시자!" 하고 자기의 잔을 홀짝 비웠다.

중건의 숨소리가 높아 갔다. 씩씩거리며 듣고 있는 사이에 술기운에 겸해서 솟구쳐 오르는 분을 참지 못한다. 그는 점점 높아 가는 숨소리와 함께 흥분의 도가 높아 간다.

"맞소!"

중건이 목소리를 높여 입을 열었다.

"그간 일제는 자본과 기술을 들여와 조선에 많은 투자를 했다. 산업기술도 있고, 농업기술도 있다. 그런데 그거는 조선을 위한 투자가 아니라, 조선 인민을 착취하고 약탈해 가기 위한 투자다. 일본의 산업자본은 결국 저렴한 우리의 노동력을 착취하고 개같이 부려 먹는 수단일 뿐이다. 어디 그뿐가? 조선 땅은 일본 과잉인구의 이민지移民地가 아니었던가? 일본 땅에서 먹고살 길이 없는 작자들을 보내서 우리의 논밭을 뺏고, 우리 토박이를 노예같이 부리면서 떵떵거리고 살고 있다."

청수가 고개를 주억거리며 중건의 말을 이었다.

"알은 조선 농민이 품고, 알에서 깬 새끼가 조선 사람을 밀어내서 왜놈들이 둥지를 챙긴다는 말이라. 시민통치란 조선 사람들을 부려 먹는 왜놈들의 탁란托卵의 짓거리다."

중건은 불룩 튀어나온 이마 아래 논 고동같이 말려 들어간 눈을 부릅뜨고 청수의 말을 귀담아듣고 있다. 눈썹이 실룩거린다.

상수는 셋을 둘러보고 다시 말을 이어 나갔다.

"일본에 패망은 시간문제다. 지금 우리는 그들에 대항해서 부분전술로 폭력을 써야 한다. 애놈들에 대항하여 줄기차게 저항하고 투쟁하여 적을 곤란지경에 빠뜨리고, 그리하여 일제 지배에 사슬에 고리를 하나씩 하나씩 끊어 나가야 한다. 겔정적 시기가 우리에게 다가오고 있다. 그때 우리는 모도 들고일어나야 한다. 다가오는 조선의 해방은 우리 손으로 맞이할 준비를 해야 한다, 이 말이라."

중건과 수명과 청수의 눈을 번갈아 쏘아보는 그의 눈빛은 형형하게 광기를 더해 갔다. 그의 말투는 격렬해지기 시작했다.

"학생을 이시한 지식인 세력이 앞장서서 노동자 농민들에 세게 파고 들어야 한다. 그들을 지도해서 그들로 앞장세우고 대중적 저항의 파도를 일으키서 끊임없이 영웅적 투쟁을 전개하여야 한다. 그렇게 해서 일제의 탄압과 압박을 물리치고 민족해방의 길로 나아가야 하는 것이 우리의 과제다. 일제에 대한 저항이 우리에 프롤레타리아 세상을 건설하는 길이다."

상수는 잠시 뜸을 들인 후 주먹을 부르쥐고 말을 잇는다.

"애국심이 강한 조선 노동자 농민들이 반일 민족해방 운동에 충분히 동원되어야 한다. 민중은 혁명본능에 대한 현명한 귀를 열어놓고 기다리고 있다."

배갈 병은 이미 비어 있었다. 상수는 술을 추가로 주문했다.

상수가 나섰다.

"지금 전국에 중학교 학생들이 비밀결사를 조직하고 속속 봉기할 준비를 하고 있다. 서울 경복중학과 경성사범에 흑백당黑白黨은 친일파를 처단하기 이하여 학교 무기고에서 총검과 실탄을 준비하고 그들의 집에 불을 지르기 이하여 휘발유까지 마련했으나 … 불운하게도 탄로나 버렸다. 이리농림학교에 화랑회花郞會 이약도 있다. 광산에서 화약을 탈취해서 경찰 주재소를 습격하고 만경교를 폭파하려 했다는 소식은 다들 들어서 잘 알고 있는 일 아닌가? 그 외에도 경복중학의 근목당槿木黨, 동래중학의 조선독립당, 춘천사범의 백의동맹白衣同盟, 중앙과 양정학교의 갑신동맹甲申同盟 등 수없이 많은 학생 저항세력 비밀결사 단체들이 각자 봉기할 실력을 착착 쌓아가고 있다. 그들은 일제에 관청과 군사시설의 파괴나 요인 암살 등을 모색하고, 체력단련을 이하여 산악 무장훈련도 실시하고 있다."

상수는 학생 세 사람의 동정을 둘러보고 더 적극적으로 그들에게 결사를 교사敎唆한다.

"거다가 무장봉기 움직임이 전국적으로 요 한두 해 새에 갑자기 불어나고 있다. 광산에서 다이너마이트를 빼오고, 학생훈련용 총기를 감차 놓고, 몰래 무기를 제조하는 일 등이 부쩍 늘었다. 우리도 조직을 맨글어서 준비를 서둘러야 한다."

중건이 분노에 찬 음성으로 말했다.

"그렇다면 우리도 가만히 있을 수 없다. 선생님, 우리는 머를 하면 좋겠습니까?"

"자네들이야말로 민중을 이끌어 갈 지도자들이다. 일단 지하에 숨어서 일제의 탄압을 피해 가면서, 게릴라의 전술적 투쟁을 펠치야 한다. 게릴라는 전체 민중세력에 전위前衛다. 그래서 민중이야말로 게릴라전의 바탕이자 본질이다. 여러분들은 탄압에 저항하는 전체 민중을 싸움으로 끌어내야 한다. 혁멩에 힘은 민중 속에 잠기 있다. 노동자 농민들도 자네들 뒤를 따를 것이다."

그는 종지 잔에다 스스로 술을 쳐서 들이켰다.

"게릴라 전사들은 어떠한 탄압 아래서도 없어지지 않고 끈질기게 투쟁해 나가서 운젠가는 승리의 깃발을 드날리게 되어 있다 … 모든 것은 밤에 행해진다. 적이 잠든 어둠 속에서 스스로 활로를 찾아야 한다. 멋을 할 것인가? 여태까지 내가 이야기한 가운데 여러분들이 행동해야 할 지침이 들어 있다. 여러분들의 혠멩한 판단과 지혜에 따라 행동하기를 바란다."

상수가 한 말은 저항의 수단으로써 폭력, 게릴라 전술, 민중봉기에 관한 선동을 부추기는 것이었다.

중건이 상수와 수명, 청수를 차례로 둘러보고 말을 끄집어냈다.

"일제가 우리 농민의 쌀을 공출로 강탈해 가고 있다. 농민의 피땀으로 지은 쌀이다. 이것을 가져 나가지 못하게 막아야 한다."

상수가 그 말을 받았다.

"그 생각은 맞다. 공출을 겔사적으로 막아야 한다. 공출 맹목으로 진행되는 식양과 전쟁물자에 약탈을 저지하는 일은, 연안에 있는 조선독립동맹에 국내 공작 중점사항으로 돼 있다. 당장 해야 할 일임에 틀림없다. 그러나 차제에 나아가서 한 가지 더 맹심해야 할 일은, 설사 조선이 독립해서 공출제가 없어진다 캐도 지주계급이 남아 있는 한 농민으로부터 수탈은 계속된다. 우리는 궁극적으로 이 지주계급을 몰아내고 그들로부터 찾은 농토를 농민에게 돌리주서 새 천지를 맨글어야 한다. 프롤레타리아 해방 세상, 그것이 농민이 살고 인민이 사는 길이다. 이것만은 잊어서는 안 된다."

중건이 씩씩거린다.

조용히 듣고만 있던 수명이 주먹을 쥐고 부르르 떨었다. 사각진 턱에 악다문 이빨 자국이 도드라진다. 목소리가 한 음계 높다.

"농토뿐만 아니오. 어장도 있소. 왜놈 선주 가시이란 놈이 남해어장을 다 뺏아가서, 어장을 잃은 조선 어민들이 다 죽어 가고 있소. 우리는 어떻게 하든지 이 어장을 도로 찾아 와야 하오."

청수의 생각으로는, 중건과 수명은 곽상수의 생각과 이론에 동조하고 있는 것이 분명해 보였다.

그러나 자신은, 공산주의에 대한 이야기는 가끔 들어온 터였으나 마음 구석에 알 듯 모를 듯한 의구심을 가지고 있었다. 동경 유학생들 사이에 널리 퍼져 있는 마르크스, 레닌의 이야기는 형 장오를 통해서도 들은 바가 있었으나, 그렇게 단편적으로 들은 이야기만으로는 공산주의 사상에 대하여 그 이론의 깊이까지는 이해하지 못했다.

'왜 일본이 망하면 프롤레타리아의 세상이 되어야 하는가? 세상에 많은 민주주의 국가들이 나름대로 잘 하고 있는데 꼭 공산주의 국가라야 하는 것인가?'

청수에게는 항상 이런 의문이 마음 구석에 도사리고 있었다. 오늘 이 자리에 나오게 된 것은 중건이 권해서였다. 만주에서 활약하고 있는 우리나라 독립투사와의 만남의 자리기 있다고 해서 그자의 이야기를 들어보고자 해서였던 것이다.

"크윽!"

상수는 게트림을 했다. 취기가 어지간히 차올랐다. 격앙되어 가는 세 학생들을 다시 한 번 둘러보고, 힘이 실린 걸걸한 목소리로 말을 이어 나갔다.

"일제에 저항하는 길은 혼자 힘으로는 반구(바위)에 달걀 치기에 지나지 않는다. 조직을 짜서 단체의 힘으로 저항해야 한다. 뜻을 같이 가진 동지를 모아 지하조직에 힘을 케아 나가야 한다."

닦아 놓은 놋요강처럼 맨질맨질한 상수의 잘 벗겨진 이마 위에는 불그스레한 전등 불빛이 미끄러지고 있었다. 상대방을 노려보는 눈초리는 찌를 듯이 강렬하다. 매가 병아리를 노리는 눈매다.

중건이 팔뚝을 걷으면서 말했다.

"좋다! 백지白紙동맹이다! 이번 시험에 스트라이크로 학교에 맞서야 한다."

상수가 중건의 말을 받아 부추긴다.

"좋은 생각이다. 동맹이란 것은 조직을 묶어서 여럿의 힘을 하나로 뭉침으로써 지원세력을 케아 나가는 실력을 말한다. 백지동맹을 게기로 하여 세력을 확장해 나가기 바란다. 학생들을 선동하라!"

"청수 니 생각은 어떻노?"

깊이 파진 인중을 실룩거리며 중건이 청수에게 머리를 들이밀었다.

"글쎄 말이다 … 백지를 내서 얻겠다는 것이 뭐제?"

"시험답안지 채점을 공정하게 해 달라는 것이다. 민족차별을 하지 말라는 것이다. 조선 학생들의 답안지가 불공정하게 처리되고 있다 말이다."

"그래애?"

청수가 눈을 멀뚱거렸다.

수명이 청수에게 설명을 보탠다.

"청수 니는 아직 모르나? 니가 항상 1등이라는 것을 전교 학생들이 다 알고 있는 일이니까 자네는 제쳐 두고, 2등 자리를 일본 아이에게 주려고 선생들이 채점을 조작하고 있다. 야스오가 가점加點을 받고 있다 말이다. 야스오가 2등이 아니다. 진짜 2등은 중건이다."

"조선 사람들이 일본 학생들보다 우수하다. 가아들은 민족적 우얼성이 조선인에게 뒤진다는 것을 감추기 이해 석차쯤은 예사로 조작할 사람들이다. 이해가 간다."

상수가 자기의 의견을 말했다.

중건은 어금니를 악다물었다가 풀고 말을 이었다.

"내 이야기를 내가 하게 되어 열없게 됐다마는, 내가 야스오 고놈한 테 시험성적이 뒤질 일이 없는데도 성적 발표는 항상 고놈이 앞선단 말이다. 내가 하는 말은 성적이 문제가 아니야. 나는 부당하게 차별대 우받는 것을 용납할 수가 없어. 민족적 차별이야. 그래서 이것을 바로 잡아야 해."

"나도 니 이야기에는 공감한다. 그런데 백지를 낸다고 뭐가 달라지 겠나? 학교만 한 번 떠들썩 뒤집어질 뿐이고 … 그렇다고 학교가 우리 들의 주장을 받아 주겠나?"

그리자 청수기 한 말을 두고 상수가 중건의 입장을 정리해 말한다.

"민족적 자부심을 보이주어야 한다. 그놈들 하자는 대로 밤낮 끌리 다닐 수만은 없는 일이 아인가? 우리의 민족정기가 살아 있다는 것을 일본놈들뿐만 아이라 조선 민중들에게도 깨우치 주어야 한다. 그 길 은 단겔이고 동맹밖에 없다. 고놈들 시키는 대로 하자면 우리는 한갓 노예에 지나지 않는다. 그라고도 어찌 사람이라 칼 수 있겠는가?"

그들은 다음에 다시 만나기로 하고 그날은 헤어졌다.

"백지동맹의 성공을 기원하네!"

상수는 중건의 등을 두드리며 한마디 했다.

학생들은 신사神社 앞으로 모여 참배를 위해 도열했다.

고학년 학생들은 각반을 차고 뒷줄에 서서 대隊와 오伍를 맞추었다.

선생들은 누런 국민복을 입고 맨 앞에 한 줄로 늘어섰다.

매일 아침 수업에 들어가기 전 먼저 신사神社참배를 하고, 일본천황이 있는 동쪽을 향하여 머리 숙여 황궁요배를 했다. 충량한 일본천황의 신민, 즉 황국신민으로서 천황의 성수聖壽를 기원하도록 강요하는 것이었다.

중건은 속으로 뇌까렸다.

'신사참배는 일본인의 조상 모시기를 조선 사람에게 강요하는 짓이다. 조선 사람은 제사로 조상을 모신다. 일본 조상을 믿게 하는 것은 우스개 놀음이다. 내가 머리 숙이는 것은 마지못해서 할 따름이다. 그것은 허배虛拜다. 일본 조상들은 조선인 젊은이들로부터 허배를 받고 있는 것을 왜놈들은 왜 모르는지 이해가 안 간다.'

이어서 황국신민 서사誓詞를 제창한다.

훈육주임 선생이 어조가 한 옥타브 높은 목소리로 선창하였다.

"일. 우리는 대일본제국의 신민臣民입니다."

학생들은 그대로 제창했다.

'그래 너희들 말대로 하자면, 조선 땅은 일본천황의 황토皇土이고 조선 인민은 황민이란 말이지. 어거지다.'

중건은 서사를 일본말로 따라하지 않고 입으로 시늉만 지을 뿐, 오히려 속으로는 조선말로 빈정거렸다.

'일. 우리들은 대한제국의 인민입니다.'

"이. 우리들은 마음을 합하여 천황폐하에게 충의를 다합니다."

'이. 우리들은 마음을 합하여 대한제국에 충성을 다합니다.'

변성기의 조선 학생들의 축 처진 제창 소리 가운데 중건은 혼자서 딴죽을 펴고 있었다.

"삼. 우리들은 인고단련하고 훌륭하고 강한 국민이 되겠습니다."

'삼. 우리들은 인고단련하고 훌륭하고 강한 애국지사가 되겠습니다.'

황국신민 서사 제창에 이어 〈우미 유카바〉를 합창하고 성수만세를 3창하고 해산했다.

"같잖은 일이다. 소더러 말을 섬기라는 짓이다. 천 번 만 번을 외운다고 조선 사람이 황국신민이 될 수 없는 일이다. 하늘이 두 쪽 나도 조선 사람은 조선 사람이다. 소가 웃는다."

중건은 교실로 가면서 청수와 수명에게 말했다. 그는 서사를 복창할 때마다 적개심만 쌓여 갔다.

전쟁이 깊어 가자 수업시간을 줄이고 군사훈련이 부쩍 늘어났다. 매일 제식훈련과 목검술 훈련을 받았다. 학교의 지시사항은 모든 것이 군대식 명령체계로 되어 갔다. 등하굣길에 선생들은 국민복에 각반을 차고 다녔고 학생들은 교복에 감발을 감고 제식훈련용 목총을 메고 다녔다. 미영 축귀畜鬼의 군대가 상륙해 오면 모든 국민이 적과 싸워서 자위를 하여야 하되, 그 선두에 학생들이 목검으로 결사항전해야 한다는 것이다. 마치 등불 속에 기어드는 하루살이처럼 학생들이 적군의 총탄 속으로 뛰어들기 위한 훈련이었다. 또 머잖아 실시될 학도병의 징병에 대비한 훈련이라고도 하였다.

'일본제국을 위해서 조선 사람이 왜 전선에 나가 목숨을 바쳐야 하는가?'

중건은 마치 구르는 톱니바퀴에 끼인 것처럼 대와 오에 보행을 맞추어 제식훈련을 받는 동안 교관의 호각소리와 고함소리에 지겨운 도로

徒勞만 느낄 따름이었다.

그래서 상수와 회합을 가지던 날 그에게 군사훈련에 대한 불만을 토로했다.

"무슨 말로 설득해도 나는 일본 군인이 될 수 없십니더. 어찌 조선 사람이 그들의 나라를 위해 목숨을 걸고 싸울 수가 있겠십니꺼? 군사훈련 받기가 죽기보다 싫습니더."

그 말을 듣고 있던 상수는 오히려 중건을 타일렀다.

"그렇지가 않네. 우리가 군사훈련을 받아야 하는 것은 우리나라 독립을 이해서이네. 무기에 대한 군사지식을 하루빨리 익혀야 하네."

"일본제국의 영토를 지키기 위해서 우리를 동원하겠다는 훈련 아입니꺼?"

"우리가 받는 군사훈련을 우리에 무장력으로 활용하자는 것이다. 겔정적 순간이 오면 총구를 반대로 돌리자! 적의 뒤에서 적을 발포하자! 무력으로 일제와 일전을 벌이기 위해서는 우리도 군사훈련을 받아 두야 한다."

중건은 그의 말에 동의했다.

'그 말은 옳다. 우리가 우리의 무장실력을 기르자는 일이다. 훈련은 받아둘 만하다.'

제식훈련에 임한 그의 발걸음은 가벼워졌다. 수명의 등을 툭 치며 반 박자씩 뒤처지는 그의 걸음을 독려하기까지 했다.

"딴 생각 먹지 말고 똑바로 걸어! 교관한테 들켜서 괜히 빰때기 얻어터질라."

중건의 부친 천성규는 창씨개명創氏改名을 하지 않았다. 관청에 드나드는 일 자체가 성가신 일이었지만, 그의 호적에 '도한屠漢'이라고 빨갛게 별기해서 낙인을 찍어 놓은 것에 무엇보다 강한 거부감을 가지고 있었다.

"버얼써 호적에 재살꾼이라 찍혔는데 이름을 고치 봤자 뼬 수 있나. 우리 같은 백쬥이가 무슨 멩자名字를 떨칠 일이 있겠다고 이름자를 고칠 일고? 베실할 것도 아인데. 공연히 오라 가라 기찮거로, 다 일없다 캐라."

소나 돼지나 잡고 살던 대로 살면 되었지, 언제 누가 살갑게 거들떠 보기나 하던 목숨이던가.

창씨개명은, 조선 사람들이 가진 혈통의 정통성을 흐리게 해 버리고 내선일체內鮮一體라는 미명 아래 일본의 하층국민으로 만들어 버리겠다는 음모였다. 창씨는 조선인의 성을 허물어 뭉개서 일본식 성으로 새로 갈고, 개명은 그 참에 이름까지 고치라는 것이었다. 조선 사람의 족보를 아예 뭉개 없애 버리겠다는 심산이었다.

학생들의 개인기록부는 학업부와 개성조사부로 되어 있고 그 외에 체격과 출결 근태 사항이 추가되어 있었다.

개성조사부라는 것은 개인의 품행과 사상에 관한 내용을 기술하는 곳인데, 지조 · 성질 · 사상 · 언어 · 동작 · 재간 · 용의容儀 · 장기 · 단점 · 취미 · 독서 · 운동 등을 일일이 기입해 넣었다.

학생들의 학업석차는, 학과목별 시험성적과 개성조사에 의한 조행操行점수를 종합평가하여 매겼다. 100점을 만점으로 하여 시험성적이 50점, 조행점수가 50점으로 되어 있다. 조행을 따지는 항목으로는 위

에 열거한 항목 외에도 국어(일어) 상용 여부, 청소활동 및 창씨개명
여부 등도 관찰 기록되었다.

다시 말해서 일본 학생들은 국어상용과 창씨개명의 대상에 해당되
지 않으므로 조행점수에서는 조선인 학생들이 단연 불리하였다.

중건의 학교성적은 항상 상위권에 들었다.

학생들의 성적 석차를 정할 때, 이 조행평가 항목에서 조선인한테
는 점수를 깎아내리고 일본인 학생들에게는 후하게 매겨서 조정하였
다. 종합성적 발표에는 항상 야스오가 중건을 앞섰다.

중건은 오기가 돋았다.

"내가 창씨개명을 안 했다는 이유로 깎아내린 거란 말이지. 오냐,
나는 이름 안 고친다."

중건은 분개해서 청수와 수명의 앞에서 말했다.

"그놈의 석차가 조선 사람들한테 무슨 필요가 있다고. 평생을 두고
봐라, 일본놈 위에 조선놈을 올려서 대접해 주는지. 그런데 청수 너는
1등을 놓치면 안 된다. 공부로 일본놈 기를 꺾어 놓을 학생은 자네말
고 누가 있겠는가?"

중건은 수명에게 물었다.

"수명이 니는 왜 창씨 안 했노?"

"우리 집안이야 생선 배나 갈라 먹고사는 인생인데, 일본 사람한테
무슨 덕 볼 일이 있겠다고 이름까지 고치겠노?"

"니나 내나 벨 볼일 없는 똑같은 집안이구나. 출세하기는 틀렸다."

수신修身 수업시간에 일본인 선생이 중건에게 질문했다.

선생은 몸이 가냘픈 선병질의 체질이었다. 칠판의 분필 글씨를 지우면서 자주 밭은기침을 했다.

"센 쮸우켄千重建! 일어서!"

중건은 자리에서 일어났다.

"도대체가 조선식 이름은 발음하기가 어려워! 창씨개명을 서두르도록 해! 그건 그렇고, 조선 가정에서 조상숭배에 대한 표현으로 모시는 제사에 대하여 설명해 봐."

중건은 머뭇거렸다.

뒤통수를 긁적일 뿐 얼른 대답을 못 한다.

"도대체가 조선 사람이 자기 조상 모시기에 대해서 설명할 수가 없단 말인가?"

중건은 집안에서 제사를 모셔 본 적이 없었다. 무심코 조선말이 튀어나왔다.

"글쎄요."

"국어로 다시 대답해! 너는 조선말을 썼다. 우리는 동조동근同祖同根 내선일체다. 한 할아비의 뿌리에서 나왔다는 말이다. 조상이 하나라는 말이다. 말도 한 가지밖에 없다. 국어로 다시 대답해!"

'개 방구 뀌는 소리 하지 마라.'

중건은 일본말로 엇나가는 소리로 대거리를 했다.

"사람 사는 사회에 지방마다 방언이 있고, 그 지방에 사는 사람들은 그 지방어로 말하지 않습니까. 여기는 조선이고 조선말을 하는 사람들이 살고 있는 곳이니까, 조선말이 튀어나올 수도 있지 않습니까?"

중건은 어깃장을 놓고 있는 것이 확실했다.

교실은 조용해졌다. 조금 전에까지 공책 위에 연필 긁는 소리, 공책 넘기는 종이 소리, 필갑 여닫는 잡음들로 소란했는데 일체의 소리가 일시에 증발해 버렸다.

대질린 선생은 얼굴이 하얘지더니 도끼눈을 치뜨고 바르르 떨며 단호하게 말했다.

"지금은 조선이란 나라는 없다. 두 나라는 한 나라가 되었다. 조선의 왕도 합방하기로 조약서에 서명했다. 우리는 이 시간 수업 중에 있다. 신성한 국어를 써야 한다."

쥐죽은 듯이 숨소리조차 들리지 않는다. 멀리 복도에서 슬리퍼 끄는 소리가 들려온다. 중건은 말대꾸를 더 이으려다가 입을 닫았다.

내심으로 뇌까렸다.

'조약이고 나발이고 우리가 나서서 서명한 적 없다. 언제 고종이 우리말 안 쓰기로 조약을 맺었더란 말인고? 너희 놈들이 총칼을 들이밀고 우격다짐해서 만든 엉터리 조약서가 아니더냐. 너희 놈들 왕실은 조선서 건너갔다. 너희 천황은 조선 사람이 할아비다! 아마테라스 오오미카미天照大神란 것이 하늘에서 내려온 것이 아니라, 하늘 같은 조선 땅에서 건너간 사람이란 말이다. 너희 놈들이 조선말을 배워라!'

"대답 않겠다면 용서할 수 없다. 수업 마치고 교무실로 왓!"

선생은 만만한 출석부를 들었다가 교탁에 힘껏 내리쳤다.

수신 교시가 끝나고 중건이 교무실로 들어서자 선생들이 쳐다보는 눈초리가 싸늘하다.

"오이! 이리 와!"

국민복 차림에 각반을 맨 다리를 꼬고 앉은 오자키尾崎 훈육주임이

검지손가락을 까딱까딱 놀리며 가까이 오라고 지시했다.

그는 다가온 중건의 귀를 잡고 옆방 회의실로 끌고 간다.

"네놈이 불령선인不逞鮮人이라며? 경찰서로 넘기기 전에 내가 먼저 심문하겠다."

덩치가 큰 중건을 앞에다 꿇어앉혔다.

"동조동근同祖同根의 의미를 아느냐?"

"압니다."

중건이가 답했다.

"무슨 뜻이냐?"

"글자 뜻 그대로 아닙니까?"

중건이 당당하다. 고개를 꼿꼿이 들고 딱 벌어진 어깨를 바로 펴자 훈육주임이 오히려 위압당하는 기분이었다.

"그런데 왜 국어를 안 쓰는 거야?"

"보시다시피 일본말을 쓰고 있지 않습니까?"

"수업시간에 말이얏!"

회초리로 어깨를 내리쳤다.

중건은 꿈쩍도 않고 목을 한층 더 꼿꼿하게 세우고 눈을 부릅떴다.

"일본말 배우는 학생이 모국어도 아닌데 일본 학생들처럼 완벽하게 할 수는 없는 거 아닙니까? 태어나서부터 써 오던 모국어가 잠시 튀어나왔을 뿐인데."

"틀렸다! 일본말이 아니고 국어다. 너는 벌로 조행操行점수는 감점이다."

훈육주임은 약이 올라 회초리 대신에 몽둥이를 쥐고 휘두들기는데 중건이 몽둥이를 거머쥐고 놓지 않는다. 완력으로는 댓돌같이 다부진 중건을 제압할 수가 없었다.

훈육주임은 대로大怒했다.

"이놈은 사상적으로 문제가 있다. 당장 경찰서로 넘겨 조사를 시켜야겠다."

옷을 걸치고 중건을 끌고 나가려는 참에 옆방의 오쿠무라奧村 교장선생이 문을 열고 교장실로 들어오라고 손짓을 한다.

"오자키 선생, 학생을 교화하시오. 경찰에 알릴 일이란 사상범이나 항일독립운동에 가담한다는 등 학생 본분에 벗어나는 일이지. 학생이 선생 말을 안 듣는다는 품행에 관한 것은 학교에서 가르쳐야 할 훈육 사항이지 경찰에 고발할 사항이 못 되는 거요. 오자키 선생! 학생 한 명도 제대로 훈도 못하는 거요? … 감화를 시키시오!"

중건은 교장선생의 비호로 경찰서행은 면하고, 두 손을 쳐들고 수업이 파할 때까지 벌을 선 다음에 시말서를 제출하고 풀려났다.

저녁에 중건은 교장선생을 관사로 찾아갔다.

다다미방에 꿇어앉아 꾸벅 절을 하고 꾸려 가지고 온 봉지를 내놓았다. 도살장에 가서 쇠고기 방아살 부위를 도려내어 기름종이에 싸 가지고 왔던 것이다.

"낮에 잘 교화시켜 주어서 감사합니다. 이것은 선생님 드시라고 싸온 것입니다."

감읍한 시늉을 지으며 말했다.

'교장선생은 훈도다운 훈도를 할 줄 아는 사람이다. 일본 사람 치고 내가 감동을 받기는 처음이다.'

중건은 존경심이 우러나서 고마움을 인사로 표하는 것이 도리라고 생각했다.

중건은 같은 학년의 청수보다 나이가 두어 살 위였다. 수명과는 동갑내기였다. 나잇값대로 생각하는 것이 더러 어른다운 면이 있었다.

"군이 자신이 저지른 잘못을 스스로 뉘우치고 반성하고 있다는 것으로 알고, 그 갸륵한 뜻을 받아들이도록 하겠네. 항상 올바르게 행동하고 올곧게 살아갈 것을 잊지 말도록 하게. 고맙네."

교장선생은 가지고 온 물건을 가납嘉納해 주었다.

중건은 일본인 교사들의 학교성적 조작에 불만을 품고 조선 학생들을 부추겨서 끝내 백지동맹을 주도했다.

교무실에서는 일본인 선생들이 중심이 되어 일본인 학생 전체의 사기와 일본인의 민족적 자긍심을 고려하여, 성적이 워낙 출중한 청수는 그대로 수석 자리에 둘 수밖에 없으나, 야스오를 2등으로 밀어 올리는 것으로 묵계가 되어 있어 그의 답안지 채점 시에 틀린 답안도 정답으로 처리하여 가점처리를 했던 것이다.

그 바람에 중건이 야스오보다 시험석차에 앞서는 것을 항상 견제받아 왔던 것이다.

총독부가 호적제도에 착수하여 호적법을 제정하자, 백정들도 호적부에 이름이 올려졌다. 그러나 일반인들과는 구분을 지어 그들의 호적부에 '도한屠漢'으로 기입해 넣고, 그들의 사회적 지위에 대해서는 여전히 낙인을 찍어 놓았다. 즉 여전히 조선 칠천역七賤役의 하나로 사회로부터 철저히 배척당해 왔다.

호적제도가 정비되기 전까지는 취학에도 차별을 두어 백정들의 자식은 학교에 넣을 수가 없었다.

"자아는 백쵱이 자석이다."

조선의 백정들은 태어날 때부터 멍에를 지고 세상에 나왔다. 그들은 고리백정이고 갓바치고 재살꾼이고 간에 종류를 불문하고 백정은 죽을 때까지 그 멍에로부터 풀려날 수가 없었다.

고종황제가 이들에게 면천免賤을 해 주었다.

'모든 행위는 평민과 전혀 다를 바 없다' 하고 대한제국의 농상공부 훈령으로 그것을 공식화해 주었다. 더욱이 상법 규정에 조선 백성 모두는 어디서든 어떤 업종이든 일정 허가절차를 밟기만 하면 영업이 가능토록 했다.

이것으로 조선 공사칠팔천역公私七八賤役의 해방과 신분차별의 면제를 공식적으로 받은 셈이었으나, 그들에 대한 차가운 냉대와 차별은 여전히 사회로부터 지워지지가 않았다.

이러던 차에 그들이 들고일어났다. 진주에서 백정들이 모여 형평사衡平社가 조직되었다. 그네들의 사회적 신분과 권리의 평등을 주장하며, 아직도 남아 있는 반상계급의 차별타파 운동을 벌인 것이다. 그것이 전국적인 형평운동으로 되어 번져 갔다.

이에 총독부에서 '차별철폐법'을 공표했었다. 학교도 문호가 열렸다. 중건은 청수하고 보통학교와 중학교를 같이 다녔다.

중건의 아버지 천성규는 크게 만족하였다.

"인자서야 세상 만났다. 재살꾼의 천직도 내 대에 끝을 내야지."

조상 대대로 박탈당해 온 자식교육이 학교에서 떳떳하게 학문을 배울 수 있는 세상이 왔으니 중건의 부친은 자식 교육에 열을 올리고 중건도 그에 고무되어 악착같이 공부했다.

특히 일본 아이들에게는 질 수 없다, 이겨야 한다는 오기가 있어서 열심히 공부했다. 그래서 중건 자신은 공부에 대한 자부심이 대단하였다.

"시험은 뭐 할라고 치는 것고? 답안지 성적이 암만 앞서도, 통신표 성적은 쪽발이 애들이 앞선단 말이다. 선생들이 쑥덕쑥덕 조작해 갖고 일본 애는 점수를 올려 주고. 우리는 말캉 일본 아아들의 들러리다 이 말이라."

이번 중간고사 시험결과 발표에서도 중건은 야스오에게 밀렸다. 심사가 크게 뒤틀려 불만을 털어놓았다.

한 학급에 조선인 학생 수는 4분의 1정두였다.

전체적으로 보아 일본 학생들은 착실하게 공부하는 편이었는데 비해 조선 학생들은 출중하게 뛰어나거나, 아니면 그저 그럭저럭 교실에 나와 수업만 듣고 앉은 부류로 나뉘어졌다. 조선인 학생들에게는 학교라고 졸업해 봤자 사회에 진출할 기회가 막막하였기 때문에, 공부에는 별로 관심이 없었던 것이다.

이번 시험 때도 중건은 분명 자기가 야스오보다 앞섰다고 생각했다. 시험이 끝난 후 야스오가 답안지의 틀린 부분을 옆자리의 일본인 친구하고 둘이서 맞추어 보고 이야기하는 것을 중건이 엿듣고, 속으로 제 것과 비교해 보았는데 자기가 앞선 것을 확인했다.

중간고사 성적발표 벽보에는 청수가 1등, 그다음에 야스오, 중건은 그 밑이었다. 항상 그랬다. 중건의 불평을 듣고 조선인 학생들은 중건에게 다 아는 이야기가 아니냐 하는 식으로 말했다.

"그래, 우리는 일본 아이들의 들러리라 치고, 세상이 다 그런 거 아이가. 그런데 뭘 어쩌자는 것고?"

"공평하게 해 주야지. 너거는 쓸개가 빠졌나, 속아지도 없나. 민족차별을 당하고 보기만 할라 카나? 들고일어나자. "

"어떻게 하자 말고?"

"백지동맹이다. 이번 시험에서 답안지를 모두 백지로 내자!"

이 제안에 대하여 일부 세력으로부터 먼저 동조가 있었다. 시험공부를 하고 싶지 않은 학생들이었고 시험을 치르나마나 한 부류의 학생들이었다.

"하자! 하자!"

여기저기서 모두들 찬성하는 방향으로 분위기가 굳어갔다.

다음 날 시험시간이 시작되어 시험관 선생이 시험지를 나누어 주자, 중건이 백지를 들고 교탁 위에 올려놓고 나가고 수명이 따라 나가고 잠시 후에 청수도 일어나서 나가자 이어서 여기저기 조선인 학생들이 밖으로 나가기 시작하였다.

"야아, 거기들 섯!"

당황한 선생은 제지하였으나 그 소리에 나머지 학생들마저 우르르 몰려나갔다.

시험관이 그러고 보자 교탁 위에 유인물이 눈에 띄었다. 백지동맹 스트라이크의 요구조건을 등사로 밀어 놓은 것이었다.

내용은 대충 다음과 같았다.

1. 조선 학생과 일본 학생 간에 시험성적 채점에 차등을 두지 말고 공평하게 할 것
1. 일본식 통치교육을 지양하라
1. 실력 없는 선생은 교체하라
1. 학생에게 혐오스러운 언사는 쓰지 마라

등사물 삐라는 건물 복도와 화장실에도 뿌려져 있었다.

일본인 학생들만 남아서 끝까지 시험을 치르고, 감독 선생은 그들의 답안지를 거두어서 교무실로 갔다.

교사들 사이에 긴급 대책회의가 열리고, 결론은 일본인 학생들만이라도 계속 시험을 치르도록 하되, 조선인 학생들의 답안지는 모두 빵점으로 처리하고 이번 시위의 주동자를 가려내어 처벌하기로 하였다.

나중에 중건이 주동자인 것이 밝혀지고, 교무회의에서 그의 처벌을 두고 의견이 분분했다. 경찰서로 넘겨서 불량학생들의 운동을 사상검증을 통해서 강력하게 처벌함으로써 재발이 없도록 해야 한다는 의견이 있는가 하면, 퇴학 처분을 해야 한다는 의견도 있었다.

그 자리에 오쿠무라 교장이 나서서 오히려 선생들을 나무라는 쪽으로 발언했다.

"학생들 말을 귀담아들을 필요가 있소. 그들만 나쁘다 할 수가 없소. 너는 일본 학생이니까, 너는 조선 학생이니까 하고 차별을 지으면 우리가 어떻게 여기 이 땅에서 서로 의좋게 같이 살아갈 수가 있겠소? 차별을 두면 안 되오. 야스오 군은 제 힘으로 2등을 해야 하오. 그렇게 가르쳐야 우리 아이들을 참다운 일본인으로 기르는 진정한 교육이

될 것이오."

중건의 아버지 천성규가 학교로 찾아가서 간곡하게 사과하고, 학교 당국에서는 다음 한 번 더 이런 일이 있을 때에는 가차 없이 퇴학 처분을 하기로 하고, 일주일 정학으로 마무리 지었다.

강삼준은 가리개 두 폭 병풍을 등지고 탁자 너머로 곽상수를 마주하여 앉았다. 파이프에 담배를 눌러 담고 불을 붙인다. 응접실은 백열등의 삿갓 아래로 전등불이 내려 비치고 있다.

"그래, 어떻게 갑자기 찾아오게 되었소?"

"김원봉 대장 아시지요?"

삼준은 잠시 미간을 찌푸리더니 고개를 끄덕였다.

"그렇소."

"그분의 심부름으로 왔습니다."

삼준의 얼굴에는 긴장하는 빛이 역력하다.

"무슨 일이오?"

곽상수는 잠시 머뭇거리다가 품속에서 봉투를 끄집어낸다.

"친서를 보내왔습니다."

삼준은 편지봉투를 건네받아 봉함을 뜯었다.

눈을 가늘게 뜨고 편지를 읽어 내린다. 편지를 다 읽고 나서 도로 접어 탁자 위에 내려놓았다.

"김원봉 대장은 잘 있답디까?"

그윽이 상수를 건너다보다가 삼준이 김원봉의 안부를 물었다.

"예. 김 단장께서 보낸 사람이 와서 잘 계시다고 안부를 전해 주었습니다."

편지내용은 극히 간결하였다.

관성冠省

독립운동 지하거점을 구축하기 위한 활동자금이 소요되오니 얼마간

기탁을 부탁하오. 건투健鬪. 원봉.

편지의 말미에 그의 자서自書를 갈겨썼다. 젊어서부터 눈에 익은 필치였다.

삼준은 마음이 내키지 않는다.

"공산주의를 하는 사람들과 우리의 민족주의 항일단체 간에 서로 총부리를 겨누고 있는 판국에 어찌 돈을 내놓겠소. 내가 듣건대 연해주, 만주 지방에서 서로 으르렁거리며 일본군과 싸우는 것이 아니라 우리끼리 싸우고 있다 하니 한심한 일이 아니겠소."

상수가 삼준을 설득한다.

"사실 그런 예도 있었십니다마는, 전체가 다 그런 거는 아입니다. 김 단장만 하더라도 임시정부 산하로 들어가서 조선의용군을 광복군의 아래 조직으로 지휘하며 독립운동을 하고 있지 않십니꺼? 다들 심을 합해서 독립운동을 하고 있십니더. 우리의 적은 일본입니더. 전쟁은 얼마 안 가 끝이 납니더. 지금 우리가 해야 할 일은 적 후방에 세력을 확장하여 적을 교란하고, 장차 때가 오면 전선에 전투력과 후방의 교란작전으로 적을 협공해서 단숨에 궁지로 몰아넣자는 것입니더. 저도 그런 일을 하기 이해서 요기에 미리 오게 된 것입니더."

삼준은 담배연기를 깊게 빨아들였다가 '후우!' 뱉으며 상수를 그윽이 건너다본다.

"나는 공산주의 활동에 불만이 있소. 민족계열이든 공산계열이든, 지금 당장 우리가 해야 할 일은 서로 일치단결해서 일본 제국주의를 몰아내는 것이 최우선 과제요, 급선문데, 당신들한테는 농민들을 부추겨서 지주로부터 해방시키는 계급투쟁 운동을 독립활동에 우선하고 있단 말이오. 그래, 농민들이 지주로부터 해방이 됐다고 쳐 봅시다. 그러면 일제가 강제로 수탈해 가는 공출은 면제가 되겠소? 당장 굶는 일을 해결하자면 총독부의 공출부터 없애야 하지 않겠소? 그러자면 이 땅에서 일제를 몰아내는 일이 무엇보다 먼저 우선되어야 하지 않겠소? 먼저 광복으로 나라를 찾고 나서 공산주의를 하든, 자본주의를 하든 그것은 그다음의 문제요."

상수는 내려 비치는 전등 불빛으로 불거진 광대뼈에 그늘을 지으며 진지한 표정으로 삼준을 설득한다.

"그 점에 대해서는 나도 동감입니다. 제가 지금 여기에 내려와서 착수한 제1차 활동은 지식인들을 규합하여 지하세력을 구축하는 일입니다. 그간 벌써 뜻을 같이하는 조선인 중학생들을 포섭하여 조직을 만들었습니다. 일제의 후방을 교란하는 것. 이것은 지금 광복군을 위시해서 조선독립군의 작전방침인 것입니다. 순수한 독립운동입니다."

삼준은 곽상수가 도주하던 당시의 일이 떠올랐다.

상수 나이 열여덟에 북으로 달아나면서 먼저 무학산으로 올라가서 태극기를 꽂아 놓고 만세삼창을 불렀다는 이야기가 나무꾼들의 입에서 퍼져 나왔는데, 그 이야기를 듣고서 감탄을 금치 못했다.

'비록 나이는 어리다 할지라도 그의 마음속에 깃든 조국독립에 대한 순수한 애국심을 읽고 내가 감동했었다. 곽상수 같으면 그의 애국심을 믿어도 된다.'

삼준은 파이프를 한 모금 빨았다가 연기를 길게 내뿜으며 원봉의 서신 내용을 두고 속으로 가닥을 잡는다.

'하기사 이 사람들은 여기서 지금 독립운동이 주목적이지, 좌우충돌을 획책하자는 것은 아니니까 ….'

"수삼 일 내에 다시 오시오. 자금을 마련해 보세."

상수를 돌려보냈다.

삼준은 다음 날로 조카 청수를 집으로 불러들였다.

파이프를 챙겨 담배를 눌러 담고 불을 붙이다. 말상대가 될 만한 사람을 만나면 파이프를 손으로 감아쥐고 연기를 뻑뻑 뿜어 가며 이야기에 열중한다. 마치 대화의 상념을 주먹으로 감싸 쥐고 주물럭주물럭 몽뚱그려 내기나 하는 듯이 이야기를 풀어 나간다.

삼준은 고무신 공장을 경영하면서부터 파이프를 입에 대었다.

"보자고 한 것은, 네가 곽상수를 만나고 있다 하니 염려가 돼서 부른 것이다."

삼준은 탁자 너머로 조카의 얼굴을 살피며 말을 끄집어냈다.

"그런데 거기는 어떻게 접선이 된 것고?"

곽상수를 만난 경위를 묻는다.

"친구 따라가서 만났습니다."

"설마 너가 좌경사상에 물든 것은 아니겠지?"

"아닙니다."

"그러면 다시는 만나지 말거라. 그 사람은 빨갱이 공작원이다."

"알고 있습니다. 저도 공산주의에는 별로 관심이 없습니다. 다시 만날 일도 없을 깁니다. 그런데 저가 거기를 만났다는 것을 어떻게 아셨습니까?"

"그가 여기를 다녀갔다. 너 이야기를 하더라."

"아아, 그랬습니꺼. 그런데 그 양반은 숙부님을 어떻게 알고 찾아왔습니까?"

"중경에 가 있는 김원봉이가 상수를 시켜서 도와 달라고 간찰簡札을 보내왔길래, 독립운동에 쓰라고 내가 얼마간 자금을 보태 주기로 한 기라. 그렇다고 너도 알다시피 내가 공산운동이나 하고 있을 사람이 아니다. 다만 일제의 탄압에 대하여 그들과 마찬가지로 나도 공분公憤을 가진 한 사람이니까 … 밀양사람 김원봉이 알제?"

"예, 기억하고 있십니다. … 보성전문에서 동문수학하시지 않았습니까?"

"맞다. 이곳 창신중학 2학년 때 원봉이가 밀양에서 전학 왔지. 창신학교는 그 사람 이모분가 고모분가 하는 이승규 선생이 세워서 왔겠다마는, 한동안 같이 다니다가 헤어졌는데 보성전문에 들어가서 다시 만나게 되었지."

삼준은 눈시울에 잔주름을 지으며 지난날을 돌이켜보는 듯 말했다.

"하루는 경성 낙원동 천도교당에서 강연회가 열렸는데 거기서 그를 다시 만나게 되었지. 강연회는 북성회가 주관했는데, 그들은 동경 유학생들이 모여서 민족의 독립과 사회주의사상의 보급을 목적으로 조직한 말하자면 사상단체였지. 원봉이는 젊어서부터 좌경사상에 다분히 경도되어 있었지."

청수의 눈에는 삼준 숙부의 갸름한 얼굴이 창백하고 다소 신경질적인 인상으로 비쳤다.

"그 후 가아는 만주로 올라가서 의혈단義血團을 조직하고 독립운동을 했었지. 폭탄 투척, 저격활동 등 과격한 독립운동을 해서 이름이 났지. 의혈단은 그 이름만 들어도 일본인들과 친일파들은 간담이 서늘해 했지."

그는 파이프의 담배를 꾹꾹 눌러 다지고 다시 피우기 시작했다.

"원봉이는 원래는 공산주의자가 아니었지. 폭력혁명을 주창하는 과격주의자였을 뿐이지. 훗날 황포군관학교에 들어가서 공산세력과 선이 닿았는데 … 그의 폭력적 독립운동하고 공산혁명론하고 맞물려 버렸지. 그 사람, 거기서부터 잘못된 기라."

그는 혀를 끌끌 차며 말을 이었다.

"가아가 본격적으로 공산주의 활동을 시작한 것은, 국내에 부하세력을 잠입시켜서 노동자를 부추겨 파업 투쟁을 조종하고, 야학이다 강연회다 해서 농민들에게 공산주의 의식을 고취하고, 학생들한테도 휴학과 시위운동을 배후에서 조종하였지. 이 세력들이 원봉이가 북경에서 세운 '레닌주의정치학교' 졸업생들이었지. 노동자, 농민의 힘으로 사회주의 혁명을 일으키자는 거다. 원봉이는 그 후 폭력으로는 한계가 있다는 것을 깨닫고 잠시 임시정부의 광복군으로 들어왔지. 몸은 광복군에 있어도 연안延安과 계속 내통하면서 여전히 세력 확충에 눈이 벌게져 있어."

당시 동경 유학생들을 중심으로 유행하던 공산주의 사상이 반도로 건너와서 그 이론에 대한 정확한 이해나 비판을 거칠 겨를도 없이 들불처럼 전국적으로 번져 가고 있었다.

"공산주의 하는 아아들도 원래는 집안에서는 효자들이었다. 그러나 점차 공산당에 빨간 물이 들더니 환부역조換父易祖의 짓거리를 예사로 하는 놈들이 되어 버렸다. 가족도 못 믿는다, 마누라도 못 믿는다, 믿을 놈은 자기밖에 없다, 그런 사상에 젖어 들어 버렸다 말이다. 공산혁명이라고 하는 것은 국가조직만이 아니라 종국적으로 가족관계까지 해체해 버린다. 왜냐하면 공산당은 당의 이념이 우선하기 때문이다."

삼준은 조카 청수의 얼굴을 지그시 바라본다.

"가아들의 이념이라 하는 것이 무엇인가. 없는 자들을 선동해서 가진 자의 재산을 강탈하는 짓이다. 오로지 선동 — 프로파간다일 뿐이다. 이념이란 것은 강탈일 따름이다. 결국 정치세력을 어거지로 장악하고 일당독재로 나라를 폭정과 강압으로 몰고 간다. 가아들은 예사로 민중을 기만한다. 나는 그래서 공산주의는 신봉하지 않는다. 가아들한테는 부모형제보다 이념이 우선한다. 그래서 공산주의자들은 레닌을 애비로 삼고 마르크스를 할애비로 삼아 조직에 충성해야 한다. 러시아를 사회주의의 모체로 삼고, 애비를 갈아치우고 할애비를 바꿔치기하는 환부역조의 짓거리를 하는 놈들이다. 그래서 가아들은 조상제사도 부정한다."

삼준은 잠시 파이프를 빨다가 입맛을 쩝 다시고 말을 이었다.

"우리 집안 이야기다만, 너의 종형뻘 되는 규를 보아라. 동경 유학까지 갔다 와서 사회에 적응을 못하고 결국 좌익사상으로 기울고 말았다. 자칫 잘못하면 집안에 화를 미칠 자이다. 나는 진작부터 가족으로 여기지 않고 지내는 처진데 혹여 무슨 일을 저질러 집안에 불똥이 튀지나 않을까 항상 마음이 놓이지 않는다."

그는 파이프를 입에 문 채 손마디를 보도독 꺾는다.

"지금은 연해준가 어디엔가 올라가 버리고 없다만 … 너는 친구들하고 어울리다가 곽상수를 만날 수 있었겠다만, 절대로 공산주의는 하지 말거라. 젊은 기분에 휩싸여서 말려들어서는 안 된다이. 왕대는 쑥대밭에 자라도 곧게 솟는다고, 너는 그럴 사람이 아니라고 믿지만 행여 그런 일이 생길까 봐서 걱정이 돼서 하는 말이다."

삼준은 긴 이야기를 마치고 파이프의 재를 턴다. 봉지를 열어 새로 담뱃잎을 채운다.

"저도 그런 데에는 별로 동조하고 싶은 생각은 없습니다. 공산주의 하는 자들의 말이 반드시 옳다고는 보지 않습니다."

"그래, 잘 생각했다. 그러면 장차 무슨 일을 하고 싶으냐?"

"중학교를 마치면 전문대 공학부로 가서 화학공부를 해 보고 싶습니다. 여기서 전문대 공부를 마치고 나면 장차 미국이나 독일에 유학 가서 공부를 더 하고 싶습니다마는."

"유학은 왜?"

"일본이 우리 강역疆域을 집어 삼킨 힘은 그네들이 우리보다 먼저 과학문명에 한 발짝 앞섰기 때문이 아니겠습니까? 미국은 일본보다 과학기술이 훨씬 앞선 나라입니다. 그래서 국력도 부강하고 군대도 막강한 화력을 가진 것이 아니겠습니까? 우리나라도 장차 산업이 발달하자면 과학의 힘이 절실할 것입니다."

삼촌은 조카가 곧은 심지心志를 가진 청년으로 보여 믿음직스러웠다.

"옳은 생각이다. 그때는 내가 도와주마."

삼준은 잠시 쉬고 물을 한 모금 마시고 목을 축인 다음 말을 잇는다.

"나라를 찾고 일으키고자 하면 과학을 열심히 배워 두어야 한다. 잘 생각했다. 내가 이렇게 길게 이야기하는 것은, 니가 무어를 하든 간에 이 숙부의 이야기를 참고해서 신중히 처신하라고 하는 말이다."

"새겨듣겠습니다. 명심하겠습니다."

청요릿집 쌍홍관에 세 사람이 모였다. 상수와 중건과 수명이었다.

"지금 부두에는 하물선 배가 한 척 떠 있다. 공출미 운반선이다. 그 배는 일본으로 가지 않는다. 여순으로 간다."

상수가 나지막이 말했다.

"여순으로 간다면 관동군으로 보내는 군량미 아입니꺼?"

중건이 눈을 빛내며 말한다.

수명은 사각턱을 다물고 조용히 듣고만 있다.

"맞다. 조선의 쌀은 전쟁터로 실어 나른다."

전쟁이 막바지를 향하여 갈수록 군량미는 턱없이 달리기 시작했다. 이제 쌀가마니도 총포 이상 가는 전쟁물자가 되었다.

올해 창원 지역의 논농사는, 모심기를 끝내고 나서 도열병稻熱病이 창궐하더니 반타작에 그치는 흉년을 맞았다.

"그 지경에 공출이라고 인정사정 볼 것 없이 걷어 가니, 농민들에 쌀독은 반도 못 찼다. 말라붙은 베쭉쟁이까지 소출로 쳐서 계산하고 공출로 먼저 훑어가이 농민들에게 돌아오는 몫이라고는 쭉쟁이를 빼고 나면, 정작 손에 쥐는 알곡은 지난해에 비해서 절반도 못 미친다. 이거는 강탈이다."

상수의 어조는 드세지고 있다.

"봄부터 양식이 떨어진 집에서는 우선 급한 대로 장릿벼를 끌어다 쓰지 않을 수 없다. 가실에는 결국 곱을 쳐서 갑리甲利로 갚아야 하이, 공출을 빼고 나면 가을부터 곡석이 동나서 농민들은 하늘만 치다보고 있다. 하늘도 무심타! 지주란 놈이 들이닥치서 들고 갈 것이 없으면 걸어 놓은 솥이라도 드잡이를 해 가고 있으이 … ."

절량농가의 농민은 땅바닥에 털썩 주저앉아 하늘을 올려다보고 하늘만 원망할 뿐이다.

상수는 눈을 희번덕거린다.

"뻬 빠지게 농사農事라고 지어 봐야, 총독부는 공출로 걷어 가고 지주는 갑리로 뺏아 가고 농민은 물로 배를 채워야 한단 말인가? 송기松肌에는 황토를 타서 죽을 끓이 먹는 집들이 한두 집이 아이다. 농민들은 얼굴에 누렇게 부황이 뜨고, 흙만 파 묵고 살아야 한단 말인가?"

"농민들만 죽어나는구나."

중건은 이를 갈았다.

"나한테 맡기시오."

느닷없이 중건이 팔을 걷으며 말했다.

"맡기라이? 자네가 우떻게 하겠다는 것고?"

상수가 물었다.

"배를 습격합시더. 미곡선米穀船 말이오."

"습격을 해? 우떻게?"

"수명이하고 같이해 보겠습니다."

수명도 턱을 조이고 고개를 끄덕였다.

"할 수 있소!"

"좋은 생각이다. 내가 뒤에서 돕겠다. 일이 끝나거든 잠시 이곳을 떠라! 남아 있으므로 꼬리가 잡힌다."

상수는 두 사람을 번갈아 바라보며 뒷일을 말했다.

"부산으로 가서 조방朝紡에 들어가도록 하게. 그 회사 노조에 내가 연락해 놓을 낀께네. 조방 노조는 남포동 부두노동조합하고 서로간에 헙조가 잘 되고 있으이, 자네 같은 사람이 활동하기에 좋은 곳일세. 지난봄 부두 파업 때 실은 조방에서도 동조해서 디에서 많이 도왔었지. 종내 화주貨主 놈이 손을 들고 노무자들에 요구사항을 들어주지 않을 수가 없게 됐지."

"저도 큰 데 가서 일해 보고 싶었는데, 잘됐습니다. 부산으로 가도록 하겠습니다."

중건은 기대에 부풀어 말했다.

"저는 여기서 공부를 마칠 깁니더."

수명이 말했다.

"그까짓 알량한 공부는 해서 뭐 하노? 왜놈들 밑에서 출세해 볼려고?"

중건이 입이 불룩 나와 가지고 툴툴거렸다.

"출세가 아이라, 사람은 평생을 두고 배워야 하는 걸세."

부두에는 화물선이 이틀째 정박해 있었다.

항구도시는 산비탈에 자리를 잡고 있어서 도로 곳곳에서 바다가 내려다보였다.

지붕 사이로 하얀 기선과 흔들리는 어선의 돛대가 보이고 갈매기가 오르락내리락 유유히 날고 있는 것이 보인다.

부웅! 붕!

뱃고동 소리도 간간이 들린다.

구름 낀 궂은 날에는 눅눅한 바닷바람을 따라 갯내음이 비릿하게 골목길로 굽어든다.

소백산맥이 갈비뼈처럼 백두대간에서 뻗어 나오다가 오르락내리락 건너뛰기를 반복하더니 마지막으로 불끈 솟은 무학산 줄기가 가파르게 바다로 곤두박질하고, 개항지로서 항구는 여기에 자리를 잡았다.

시베리아의 대륙기단도 여기쯤에 와서는 무학산의 산세에 기세가 꺾어 기온은 온화한 해양성 기후를 형성했다. 지도상에서 보면 경남 바닷가의 남쪽에서 약간 서쪽으로 치우친 남미서南微西에 위치해 있는 산과 바다의 도시이다.

항구의 바깥바다는 툭 터진 진해만이다.

마산항은 마치 진해만 바다로부터 구덕을 파서 들여놓은 김칫독같이 묻혀 있는 내항內港이다. 바다 어귀에 돝섬이 파도를 가로막고 떠 있다. 결코 너울이 질 수 없는 잔잔한 바다 … 아늑한 천연의 양항良港이다. 항구는 폐병 환자들의 새너토리엄(요양소)이 자리 잡고 있는 요양도시이기도 하였다.

바다에 떠 있는 화물선은 철선이었다. 페인트칠이 벗겨진 철판은 산소에 시달려 벌겋게 녹이 슬었다.

중건과 수명은 화물선을 보러 부둣가로 갔다. 생선 내장 썩는 냄새가 구릿하게 어판장에서 풍겨왔다. 배는 부두에 바싹 붙여 대어 놓고 정박하고 있었다. 각 군면에서 도착할 공출 쌀가마니가 예정보다 늦어지고 있었다.

갑자기 부두가 부산해졌다.

소달구지 셋이 줄을 이어 양곡 가마니를 싣고 부두에 막 도착한 참이었다.

'이제 겨우 북면에서 도착했구나. 칠원, 내서, 산인은 아직도 감감무소식이니 한밤중에나 내려올 것인가? 오기나 올 것인가?'

아카보赤帽를 비뚜로 눌러쓴 쓴 서기가 연필과 필기판을 손에 들고 소달구지 쪽으로 가면서 큰 소리로 툴툴거렸다.

"다들 안 일어나고 머 하노? 퍼뜩 서둘러, 퍼뜩!"

그는 그늘에서 드러누워 자고 있는 하역 노무자들을 향해 삿대질을 해대며 외쳤다. 노무자들은 마루보시丸ト 운수용역회사가 고용해서 부리는 일용 인부들이었다.

노무자들은 어슬렁어슬렁 짐 더미 앞으로 걸어 나와 줄을 지어 늘어섰다. 작업은 줄 늘어선 순서대로 시작되었다. 한 명씩 나서서 가대기로 찍어 둘러멘 쌀가마니를 보이며 자기의 번호를 불러 주면 서기는 가마니에 붙인 딱지를 들여다보고 필기판의 작업일지에 노무자의 고유번호와 쌀가마니의 중량을 적어 넣는다. 그러고 나서 노무자는 잔교棧橋를 타고 배로 올라가서 짐을 부린다.

"다음!"

서기는 줄을 서서 기다리고 선 인부에게 번호를 대라고 재촉한다. 인부들은 차례차례 순번대로 작업을 계속한다.

"인제 온 조선천지 다 굶겨 죽일 참이구나!"

중건이 울컥 속이 받쳐 올랐다.

"도대체가 일본놈은 꼬라지도 안 보이는데 우리 쌀이 실려 나가고 있다. 조선 사람이 조선 쌀을 져다 나르고 있네."

수명이 말했다.

"글쎄 말이다. 서기라는 놈부터 쌀가마니를 싣고 있는 인부들까지 모조리 조선 사람들뿐일세. 저 사람들이야 시키는 대로 할뿐이지만, 도대체 손가락도 까딱 않고 쌀을 훔쳐 가는 일본놈들은 어떻게 생긴 놈들이야? 곡괭이로 내리찍어도 시원찮을 놈들!"

중건은 무지몽매한 조선 사람들을 뒤에서 부리는 일본 사람들에 대해서 분노의 마음으로 치가 떨렸다. 분노가 치솟는다.

"저것이 쌀가마니라. 쌀이야말로 농민의 피가 아니던가. 해가 중천 높이 훤한 대낮에 겁도 없이 감히 도둑질을 해대고 있구나. 이 날강도 같은 놈들!"

노盧 씨는 어제 석 짐밖에 져 나르지 못했다. 도시 노무자같이 생기지 않은 선병질腺病質 체구의 그는 쌀가마니를 짊어지는 일이 항상 힘에 버겁다. 요 며칠간 일감은 있다가 없다가 했다.

아침은 풀죽을 쑤어 먹고 나왔다. 점심도 굶었다.

노 씨 차례가 되어, 쌀가마니를 둘러메는데 몸이 푹 꺼져 내려앉는 느낌이었다. 그가 둘러멘 짐은 60kg들이 한 가마니였다. 달구지 위에서 짐을 부리는 인부가 그나마 개중에 가벼운 짐을 골라 준 것이었다. 장골들은 예사로 70kg들이나 80kg들이를 번쩍 둘러메고 총총걸음으로 져다 날랐다.

　노 씨는 아랫배에 안간힘을 주고 가까스로 일어서서 발걸음을 내딛기 시작했다. 허리를 가재 등처럼 구부리고 힘겹게 한 발짝 한 발짝 걸음을 떼어 놓을 적마다 비칠거린다.

　뱃전에 겨우 이르러 잔교를 밟고 올라가는데 출렁출렁 흔들리는 판자의 율동 때문에 보폭의 균형을 맞추지 못하고 폭 고꾸라졌다.

　선창 바닥에 굴러떨어져서 볏가마니에 깔렸다.

　중건과 수명이 뛰어갔다.

　수명이 쌀가마니를 들자 중건이 노 씨의 몸을 일으켜 세우는데 목이 뒤로 젖혀진다. 목을 받치고 축 처진 몸을 곧바로 일으켜 세우려고 하자 "끙!" 하고 비명을 지른다. 볏짐에 눌려 허리를 다친 모양이었다.

　"그늘로 데불고 가서 눕혀 주우라!"

　노무자 가운데 누군가 말했다.

　어물공판장 옆 건물 벽에 '氷'(빙) 자를 동그라미로 둘러친 제빙공장 그늘까지 중건이 노 씨를 안고 가서 뉘어 주었다.

　노 씨는 나이가 지긋이 든 병약해 보이는 사람이었다.

　"이 낫살에 무슨 막벌이 노동을 한다고 … 쯧쯧!"

　중건이 혀를 찬다. 수명도 같은 생각이었다.

　"오죽하면 노가다판에 나왔겠는가. 다 먹고살려고 하는 일 아닌가."

　중건은 병약한 노인을 내려다보다가 서서히 분노의 불덩이가 관자놀이를 팔딱팔딱 치며 머리끝으로 솟구쳐 오른다.

　"오냐, 이놈들아! 쌀을 한 톨이라도 싣고 나가게 되는지 두고 보자. 택도 없다!"

노 씨는 그길로 부두하역 작업에서 쫓겨나고 말았다.

화물선은 출항이 예정보다 늦어졌다.

당초 군청에서 보고한 가을걷이가 예상보다 미루어져 공출 작업이 계획대로 진행되지 않고 차질이 났기 때문이었다.

예정된 항운일자보다 사흘이나 지났다.

"더 지체할 수 없다. 선적을 끝내고 내일은 떠나야 한다. 여순 사령부에서 야단이 난 모양이다. 빨리 오라고."

선장은 전보쪽지를 기관장 앞으로 내밀어 보였다.

"기관장은 내일 하오 5시 출발 준비에 만전을 기하시오!"

선장은 출항을 하명했다.

"내일 하루분은 되는 대로 싣도록 하고, 모자라는 쌀은 가다가 군산이나 인천에서 보태 싣기로 하고."

새벽 2시.

방파제 끝에서 중건과 수명은 옷을 벗어 개켜서 바위틈에 끼워 넣는다. 얕은 파도가 바위를 핥으며 찰싹거리고 있다.

새파란 인광燐光이 방파제를 둘렀다.

방파제 건너편 잔교에 붙여 댄 화물선의 선장실 창문으로 랜턴 불빛이 새어 나오고 있었으나, 야간 경비자는 보이지 않는다.

비린내가 훅 풍겨 왔다.

하늘에는 상현달이 졸린 듯 실눈을 뜨고 있다.

맨몸으로 벗은 둘은 그물을 실은 부판浮板 널빤지를 띄우고 물에 들어섰다. 파란 인광이 놀란 물고기같이 기겁을 하고 퍼덕거린다.

물때는 간물이었다. 둘은 판자 끝을 쥐고 밀면서 헤엄을 시작했다. 의외로 물은 찼다. 둘은 오한이 들어 부르르 진저리를 친다. 10월의 바다는 수온이 낮았다.

물살을 가르는 소리가 파도 소리에 묻혀 들리지 않도록 서서히 헤엄쳐 나간다. 상체는 두 손을 받친 판자의 부력에 의존하고 발을 저어 조용히 나아가고 있었다. 물속에서 갑자기 물커덩, 하고 말랑말랑한 물체가 중건의 발에 걸렸다. 그는 허겁지겁 발을 웅크렸다. 소름이 끼치고 공포가 엄습해 왔다.

"해파리를 찼지? 놀래기는 … ."

나지막하게 쉰 소리로 수명이 속삭였다.

둘은 배의 후미 쪽을 어림잡고 서서히 바다를 건너 거리를 좁혀 갔다. 멀리서 통통배의 엔진소리가 잔잔한 수면을 타고 들려온다.

널빤지를 배의 고물머리에 갖다 대고 잠시 동정을 살폈다. 뱃전을 핥는 물소리가 찰싹거린다.

"잠시 있어. 물속에 들어갔다 나올 테니까."

수명이 물 밑으로 자맥질해서 들어갔다. 손을 휘저어 스크루를 찾는다. 물속을 팔로 휘젓는데 견고한 금속물체가 손끝에 닿았다. 두 손으로 아래위를 더듬어보니 넓은 쟁기 같은 날개가 확인되었다. 스크루가 틀림없다. 물때가 끼어 미끈미끈했다.

팔랑개비처럼 벌어진 날개가 셋. 구심점을 향하여 모이는 한가운데에 굵은 회전축이 나사못 뚜껑 같은 것으로 연결되어 있는 것이 손가락으로 확인되었다.

숨이 가빠왔다. 겨우 1분이나 지났을까. 그는 수면으로 솟구쳐 올랐다.

"찾았다!"

수명은 가쁜 숨을 몰아쉬며 말했다.

한 손으로는 떠 있는 판자를 잡고 다른 한 손으로 접어 놓은 그물코 끄트머리를 잡아당겨서 가슴에 쓸어안고 중건에게 속삭였다.

"따라 들어와. 내가 그물을 안고 있을 거니까, 풀어서 감아!"

수명은 깊은 들숨을 들이켜서 물고기 부레처럼 한껏 허파를 부풀리고는 다시 자맥질한다.

중건도 뒤따른다. 물속에서 수명이 스크루에 다가가서 중건의 손을 거기에 갖다 대어 준다.

중건은 수명의 품에서 그물을 잡아당겨 스크루의 날개를 덮어씌우기 시작한다. 날개 셋을 어지간히 다 끝냈다고 생각되자, 나머지 그물을 회전축을 중심으로 하여 둘둘 감아 버렸다.

중건이 수명의 손등을 두드려 작업완료를 알렸다.

그들은 수면으로 올라왔다. 둘은 판자에 상체를 의지한 채 깊은 숨을 몰아쉬고, 조용히 방파제를 향해 저어 갔다.

뭍으로 올라서자 심한 오한惡寒이 든다. 수중에서 체온을 너무 많이 빼앗겼다. 이빨이 마주치면서 달그락거리고, 몸이 벌벌 떨린다. 추위를 버티느라 웅크렸기 때문에 어깻죽지가 아프다.

배에는 아직도 랜턴 불이 비치고 있다.

그들은 옷을 챙겨 입고 서둘러 어판장을 향해 갔다. 이른 새벽시장이 열리기 전 활어시장 경매꾼들이 모닥불을 지펴 놓고 둘러서서 불을 쬐고 있었다. 둘은 어판장 건물 속으로 숨어들어 갔다.

어둠 속에서 상수가 나타났다.

"어떻게 됐어?"

"잘됐소."

"배는 인자 못 뜰 거요."

상수는 겨드랑이에 낀 삐라를 한 뭉치씩 둘에게 떼어 준다. 나머지 한 뭉치는 도로 자기의 겨드랑이에 낀다.

"어시장 안에는 중건이가 뿌려라!"

상수가 속삭였다.

"수멩이는 선착장과 부두 하역 작업장을 맡아라! 불 옆에는 가지 마라! 얼굴이 드러난다. 기선 매표소 앞에는 내가 뿌린다."

그들은 삐라를 끼고 급히 흩어졌다.

그들은 밤중에 부두로 나오기 전 학교 교무실로 가서 상수가 손수 철필로 유지油紙를 긁어 쓰고 중건이 등사를 밀어 박아 냈던 것이다. 전단지에는 이렇게 쓰여 있었다.

노동자, 농민 동무 여러분!

쌀은 우리의 피요, 살이요, 목숨이로다. 절대로 우리로부터 한 발짝도 뺏아 나갈 수가 없소이다. 일제는 우리를 수탈하고, 지주는 우리의 피를 빨고 있으니 헐벗은 우리는 단결하여 오로지 투쟁합시다.

우리의 손으로 일제와 지주를 다 같이 몰아낼 때까지.

애국단 백

다음 날 저녁 무렵 미곡 선적작업을 끝내고 화물선은 밤이 되어 출항했다. 군용물자 수송은 미군 비행기의 공습을 우려해서 야밤중에 운항을 하도록 되어 있었다.

밤새 뱃길을 달려서 다음 날 오전 중 군산에 닿을 것이다. 거기서 공출미를 채워 싣고 밤새 중국 여순항으로 직항할 것이다.

배는 시동을 걸자 얼마 못 가서 시름시름 하다가 바다 한가운데서 서 버렸다.

"스크루가 이상하다!"

배의 이상을 감지한 기관사가 일단 기관을 진단해 보고 물 밑으로 들어갔다. 확인한 결과, 물 밑에서 어망용 그물이 스크루를 칭칭 말아 감고 있었다.

"그물이 걸려 있습니다."

선상으로 도로 올라온 기관사는 선장에게 보고했다.

"무슨 소리야! 그물이라니?"

"누가 부러 그물을 읽아매었습니다."

전쟁이 막바지에 다가갈 즈음에, 인근 군항軍港 앞 바다에는 갈지자로 항로를 정해 놓고, 군함은 말할 것도 없이 기선이고 어선이고 통통배고 간에 모든 배는 이 뱃길을 반드시 지키도록 규제하고 있었다.

바다 밑 물목에다 해군이 방어용 그물을 쳐서 잠입潛入하는 미군 잠수함의 스크루가 여기에 걸려들도록 정치망으로 올가미를 해 두고, 뱃길은 이것을 갈지자로 피해서 다니도록 따로 정해졌던 것이다.

"그물로 배를 잡다니, 물괴기가 웃겄네."

우습게 보고 발동선 한 척이 바로 질러 나가다가 실제로 그물에 걸려 버린 일도 있었다.

화물선은 스크루가 회전을 시작하면서 회전축과 날개의 틈 사이로 촘촘한 세코그물이 깊숙이 물려 들어가 있어서, 오도 가도 못 하고 바다 위에 떠 있었다.

"당장 잘라내라! 서둘러야 한다."

선장이 소리쳤다.

"부산 조선소에 연락해서 예인선을 불러 뭍으로 올려놓고 작업하도록 하는 것이 좋겠습니다."

기관사가 의견을 제시했다.

"시간 없다! 그물 자르는데 무슨 예인선을 부른단 말이야. 그놈의 예인선이 오가는 사이에 시간이 다 간다."

선원들이 물속으로 자맥질해서 스크루 날개 사이로 가위 날을 넣어 그물 실밥을 일일이 잘라내고 후벼내는데 밤낮으로 꼬박 이틀이나 걸렸다. 수병水兵들은 물 밑에서 숨이 차서 1분 이상을 버티지 못했다.

배는 출발항의 출항이 지연되어 목적지에 도착하는 데 예정보다 일주일 이상 늦어졌다. 관동군에 양곡조달이 그만큼 늦어지고 말았다.

즉각 경찰이 나섰다. 이 사건은 누군가 불령선인不逞鮮人이 저지른 행위가 틀림없는데, 수사 범위를 백방으로 벌여 조사를 착수했다. 우선 목격자를 수색했으나 보았다고 나서는 사람이 없었다. 유일한 단서로 수거한 삐라에 쓰인 필적 감정도 벌였다. 경찰서에 보관된 범인 용의자들이 남긴 자필 기록들을 대조해 보고 심지어 공전학교 및 중학교 교무실에 찾아가서 학생들의 자필서까지 낱낱이 대조해 보았으나 유사 필치를 찾아낼 수가 없었다.

사건은 미제未濟로 수사가 일단 종결되었다.

경찰서 사상반 형사 오카다岡田가 경무무도관 도장의 문을 밀고 들어섰다.

"여어, 오랜만입니다. 오늘은 무슨 바람이 불어서 5단께서 오셨소이까?"

관장 사범이 낙법을 가르치느라고 훈련생을 다다미 바닥에 메어치다가 그를 보고 반갑게 맞아들인다.

"요새 몸이 근질근질해서 몸 좀 풀러 왔소이다."

그는 관장과 잠시 인사를 나누고 도복으로 갈아입었다.

"관장님, 들건대 야스오 군이 실력이 출중하다 하니 오늘은 대련을 한 번 했으면 합니다."

"좋지요. 야스오 군도 선배님과 대련을 갖게 되면 영광으로 알 겁니다. 오이, 야스오! 이리 나와!"

사범은 야스오를 오카다에게 인사를 시킨다.

"이분은 사상반 형사 오카다 5단이시다. 앞으로 깍듯이 모시도록 하거라."

"반갑네. 잘 부탁하네 … 실은 내가 오른쪽 손목의 인대를 다쳐서 제대로 될는지 걱정일세."

오카다는 검은띠를 다시 한 번 졸라매었다.

둘은 절을 하고 대련에 들어갔다.

오카다는 바위 같았다.

야스오가 기합을 넣어 잡아채 보지만 꿈쩍도 않는다. 오카다도 야

스오가 만만한 상대가 아님을 알아본다. 다잡아 후려 채 보면 야스오
는 앙버티다가 갑자기 얍! 하고 역습으로 공격해 오는 솜씨가 제법이
었다.

야스오는 목덜미가 벌겋게 부어올랐다. 숨을 헐떡인다.

오카다 5단은 끝낼 때가 되었다고 판단하고 대련생의 다리를 걸어
번쩍 들어 꼬나 메쳤다.

오카다는 왼손 하나로 상대를 제압했다. 끝내 오른손은 쓰지 않았
다. 오른손은 쓸 수 없는 불구였다.

대련은 끝나고 관원들의 박수소리를 들으며 둘은 마주 서서 절을 하
고 자리로 물러나서, 다른 관원들의 시합을 관전했다.

유도장에 나온 지 얼마 안 되는 초년병이 서투른 낙법으로 떨어지다
팔을 잘못 짚어 왼 팔꿈치가 탈구脫臼가 되었다.

"팔을 이리 내 봐!"

마침 관장이 잠시 자리를 비운 사이여서 오카다가 나서서 한 손으로
팔목을 쥐어 잡고 다른 한 손으로는 탈구한 손목을 잡아당겼다.

우두둑 소리가 났다. 그리고는 팔뚝을 도로 팔꿈치에 박아 넣었다.

"됐다. 부기浮氣는 며칠 지나면 가라앉을 테니 걱정 말게나."

오카다는 오랜 선수생활 중에 여러 경험을 통하여 접골 다루는 솜씨
도 상당한 수준에 이르렀다.

"야스오 군, 차나 한잔 할까?"

둘은 관장실로 갔다.

오카다는 주전자에 든 엽차를 두 잔에 따라서 한 잔은 야스오에게
권했다.

"자네, 실력이 대단했어. 꾸준히 단련하게. 조선체전 같은 데 나가 우승을 하도록 해 보게. 충분히 할 수 있을 것 같네."

그는 후루룩 소리를 내어 엽차를 한 모금 마시고 나서 야스오를 건너다보며 물었다.

"한 가지 궁금한 것이 있는데, 자네 학교서 말이야, 여름방학 전 기말고사 때 백지동맹이 있었지?"

"예. 근데요?"

"그 사건의 주모자가 누구였어?"

"조센징 아이들인데, 아마 천중건이 주동했을 겁니다. 그 녀석이 조센징 학생들의 오야붕 노릇을 하고 있으니까요. 불령선인 놈!"

"천중건을 뒤에서 사주하는 자가 누구 있지?"

"그건 잘 몰라요."

"그놈은 지금 어디 가 있는가?"

"모릅니다. 학교에 안 나온 지 좀 되었어요."

"그놈하고 친하게 지내는 놈은 누구야?"

"강청수하고 장수명이 정도요."

"강청수란 놈은 어떤 놈이야?"

"건방진 자식. 항상 젠체하고 거드름을 피우는 놈인데, 그놈도 불순한 놈이에요. 계집애 꽁무니나 쫓아다니고 … 늘상 중건이 편에 붙어서 아이들을 부추기고 … 백지동맹도 필시 같이 모의했을 거구요. 엉큼한 놈. 무슨 짓거리를 하고 다니는지 잘은 모르지만, 언젠가는 일을 한 번 저지를 타이프예요."

"그래도 그 녀석은 학적부 품행란에 쓰인 담임선생의 소견을 보면

'품행방정, 솔선수범'이라고 되어 있고 학업성적이 대단히 우수하다고 나와 있던데?"

"그건 오카다님이 그 아이를 잘못 보신 거예요. 겉 다르고 속 다른 놈이에요."

"집이 군하고는 가까운 이웃이니까 … 그 녀석 요즘 수상한 사람하고 접선하는 것 못 보았어?"

"형색이 수상한 사람?"

야스오는 고개를 갸웃하고 생각하더니 대답했다.

"아뇨."

"혹시 그런 사람이 보이거든 즉시 연락을 주기 바라네. 불순분자가 한 놈 이곳으로 굴러 들어왔다는 제보가 있어서 말이야."

"가만있어 보세요. 그게 바람이 세게 불던 날이었으니까 … 그저께 저녁때였군요. 낯선 사내가 앞집으로 들어가는 것을 2층에서 내려다본 적이 있어요. 못 보던 사람이었어요. 대문으로 들어가면서 뒤를 힐끗 살펴보더라고요."

"누구네 집이라고?"

"강삼준의 집요. 우리 집하고 마주 보고 있어요."

"그래애, 강삼준. 그 낯선 사람의 인상착의는?"

"키가 크고 양복을 입었는데 … 그런데 바람이 몹시 불어서인지 옷깃을 귀까지 높이 세우고 있었어요. 나카오리中折모자를 썼고요."

"으음 모자라 … 뭐 다른 특징은 더 없고?"

"어둡고 멀어서 잘 보이지가 않아서 뭐 별로 … 아아, 생각난다. 모자가 바람에 날렸는데 머리가 훌렁 벗어져 있었어요."

"으음. 공산명월이 맞다."

오카다는 깊은 신음 소리를 냈다.

'총독부 경무부 특고에서 온 전보에 의하면, 연해주에서 내려온 공산주의 밀파간첩 용의자의 특징에 대머리라 되어 있었지.'

오카다는 직감하였다.

'이놈이 바로 곽상수다. 그간 혈안이 되어 정보를 캐고 있었는데, 오냐 제대로 걸려들었다. 미곡선 습격도 이놈의 소행이 분명하다.'

"고맙네. 그놈이 다시 나타나는 대로 즉시 연락해 주기 부탁하네. 내가 찾고 있는 사람 같으니까."

그는 불량배 오야붕이 꼬붕한테 하는 식으로 야스오의 어깨를 툭 치고 헤어졌다.

오카다는 경찰서로 돌아오자 강삼쥰네 집 주위에 잠복근무를 세우고 동태를 살피도록 했다.

2. 꼬리 밟히다

산림주사 사사키는 산을 둘러보고 내려오는 길이었다. 동구 밖 언덕을 지나는데 남녀 두 사람이 그의 인기척에 서낭당 뒤로 숨는 것을 보았다.

사사키는 이상하다 싶어 일삼아 그들 뒤를 밟아 봐야겠다고 작정했다. 몸을 더 숨길 곳이 없게 되자 사사키를 보고 두 남녀는 멈칫 놀라면서 엉거주춤 서 있었다. 여자는 북면댁 끈님이었고, 옆에 선 키 큰 남자는 처음 보는 사나이였다. 이마가 넓었다.

사사키는 쏘아보는 끈님의 눈길을 피해 그 사내를 아래위로 훑어보고, 더 이상 그 자리에 있는 것이 좋지 않겠다는 느낌이 들어 돌아서 나왔다.

'가만 있자, 저 사내가 수상쩍은데 …….'

그는 줄곧 사내에게 신경이 쓰였다.

'그러고 보니 … 혹시 오카다 형사가 이야기하던 공산명월이 아닐까?'

그는 발길을 돌려 얼른 경찰서로 향했다.

남자는 곽상수였다.

그는 마산에 내려온 이래로, 옛날 야학시절 같이 다니던 끈님에 대한 생각이 머리를 떠나지 않았다.

'뉘 집 아낙이 되어 있는고?'

한 번 만나보고 싶었다. 불현듯 생각이 나서 둘이서 걷던 야학 길을 찾아왔다가 웬 아낙을 지나치게 되었다.

고개를 떨어뜨린 채 스쳐 지나간 그녀가 문득 끈님이 아닐까 하는 느낌이 들어 뒤돌아보았다. 동그만 어깨 하며 수그린 머리 하며 그녀의 뒷모습에서도 그는 영락없는 끈님의 모습을 알아챘다.

상수는 떨어져서 그녀를 미행했다. 윤기 없이 흐트러진 푸수수한 쪽진머리를 한 그녀는 행색이 무척 초라해 보였다. 삶에 지친 시골아낙의 모습이었다.

가슴이 설레었다. 인적이 뜸한 언덕길에 들어서자 그는 잰걸음으로 그녀에게로 다가갔다.

"끈님이!"

등 뒤에서 나지막이 불렀다.

그녀는 깜짝 놀라서 어깨를 움츠리며 뒤돌아보았다. 상수가 서 있었다.

"옴마야!"

"오래만이다. 잘 있었더냐?"

그가 곁으로 다가섰다.

연해주 언 땅에서 그렇게도 보고 싶었던 얼굴이었다. 온통 세상이 하얀 북만주 눈밭에서 못내 그리던 얼굴이었다.

언뜻 아래위로 훑어본 상수는 훤칠하게 키가 자랐고 덩치도 늠름하게 장부다웠다. 끈님은 그를 마주보기가 어색했다.

가슴이 떨려왔다. 남이 볼까 두려워서 그런가. 아니면 남편 아닌 딴 남정네 곁에 서 있다는 일말의 죄책감에서일까. 아니면 어린 날 가슴 죄며 몰래 만나던 사내를 오랜만에 마주해서일까.

"우리 저쪽으로 가자."

상수가 서낭당 쪽을 가리켰다.

둘은 서낭당 옆 신목神木 밑으로 갔다.

"우째 지냈더노? 이기이 울매 만이고, 엉?"

상수가 그녀를 살펴보며 물었다.

끈님은 상수를 올려다보더니 자조 섞인 소리로 답했다.

"못 죽어서 살고 안 있나!"

그러나 곧 후회했다. 오래간만에 만난 사람 앞에 무심코 자신의 초라한 행색을 내비치는 타령조의 소리로 들렸을까 해서였다.

상수는 생각했다.

'얼마나 사는 것이 허했으면 저런 소리를 할꼬?'

하필이면 그 자리에 사사키가 나타났다. 끈님은 멈칫하고 상수로부터 잠시 떨어졌으나, 그자는 두 사람을 번갈아보고 머뭇거리더니 얼른 자리를 떴다.

끈님은 옷섶을 여미며 물었다.

"그런데, 그쪽은 우째 지냈는고?"

"잘 있었다. 지금은 만주에 가 있다. 거어서 농사짓고 있다."

"아아들은 멫이나 두었제?"

상수는 배가 동산만큼 불러온 몸으로 역까지 배웅을 나와 주던 언년의 모습이 언뜻 머리에 떠올랐다.

"아즉 …."

그는 말끝을 흐렸다.

"아즉도 자석을 안 듰던가배."

끈님은 그의 입에서 가족 이야기를 확인하고 싶었다.

"하모. 그란데 곧 기별이 있을 거 같다. 니는 몇이나 두었더노?"

"자석 이약을 하모 머하겠노. 고마 다 버렸는데 …."

상수는 그녀의 가족에 대해서는 더 묻지 않는 것이 좋겠다고 생각했다. 필시 자석 운이 순탄치가 않은 것같이 보였다. 이 지경에 끈님의 남편에 대해서 물어보고 싶었으나 그럴 처지가 아닌 것 같아 다음에 말을 끄집어내기로 하고 잠시 미루기로 하였다.

"그래, 여어는 우째 내려왔는고?"

끈님이 말머리를 돌린다.

"볼일이 있어서. 한 두어 달 더 있다가 올라갈라꼬 …."

"크일 하는가배 …."

"세상 바꿀라꼬 일하러 왔다. 내가 옛날에 새 세상 만들어야 한다고 안 카더나. 곧 좋은 날이 올 끼다."

"아즉도 그런 소리로 하고 있노?"

끈님은 상수가 하는 말이 무슨 말인지 또 무슨 일을 하고 있는지 겉가량으로 어림잡을 수가 없었다.

"오데서 묵고 있는고?"

"여게저게. 여관서도 자고 … 거어는 집이 오덴고?"

그녀는 대답이 없다.

상수는 미루어 짐작컨대 끈님이 퍽 어렵게 사는 것같이 느껴졌다. 그래서 돕고 싶었다. 호주머니 속에 손을 넣어 쥐이는 대로 지전을 꺼냈다. 그리고 얼른 그녀의 손을 잡고 쥐어주었다.

"보태 쓰거라. 내는 없어도 되는 돈이다."

"이기이 돈 아이가? 와 이카노? 내가 니 돈 받을라꼬 여게까지 따라 왔겠나."

끈님이 깜짝 놀라 펄쩍 뛰며 사양한다.

"암말 말고 받거라. 우짠지 니한테 주고 싶어서 그란다."

그때 느닷없이 두 사내가 나타나서, 상수의 양쪽에서 겨드랑이를 끼고 그중 한 사내가 그의 손에 수갑을 채웠다.

순식간의 일이었다.

그리고 끈님의 손에도 수갑을 채웠다.

"돈은 증거물로 압수한다."

주고받던 돈을 가로채서 챙긴다.

그들은 두 사람을 데리고 어둑어둑한 밤길을 걸어 경찰서로 데리고 갔다.

오카다는 곽상수를 처음부터 거칠게 다루어야겠다고 마음먹었다. 뿌리를 내리고 있는 공산당 조직을 이번 기회에 낱낱이 밝혀내 통째로 일망타진해서 아예 싹을 잘라 놓아야겠다고 다짐했다.

'아카赤 놈들은 지독한 독종들이니까 만만하게 다루어서는 결코 안 되지. 그렇다고 민완형사 오카다의 명성에 금이 가서도 될 일이 아니지. 요시(좋아)! 언제까지 안 불고 버티는지 두고 보자.'

오카다는 유도복을 걸치고 떡 벌어진 어깨를 펴고 의자에 버티고 앉아 심문을 시작했다.

지하실은 천장에 달랑 매달린 30촉 전등 하나가 불그스레 밝히고 있을 뿐 어두컴컴한 구석은 음침한 한기가 흘렀다.

수갑이 채인 상수는 이름을 확인하는 오카다의 물음부터 시작하여 묵묵부답으로 일관했다.

"그놈에게 가죽조끼를 입혀라!"

형사보조 장인달은 곽상수의 웃통을 모두 벗기고 물에 불린 가죽조끼를 입혔다. 옷은 꽉 끼었다. 가슴을 여미는 옷끈을 잡아당겨 바짝 조여 맸다.

"강삼준의 집에 찾아온 이유를 말해라."

오카다가 물었다. 야스오 학생이 집 앞에 수상한 사내가 강삼준의 집으로 들어가는 것을 보았다는 이야기를 토대로 하여 캐물었다.

곽상수는 피비린내가 서린 퀴퀴한 공기를 맡으며 고개를 저었다.

오카다는 벌떡 일어섰다.

곽상수에게로 다가가서 겨드랑이를 잡고 번쩍 들었다가 허리치기로 메다 꼬라박았다.

곽상수는 바닥에 콕 박히면서 고꾸라졌다. 팔꿈치를 시멘트 바닥에 찧었는지 뼈가 시큰거린다. 오카다는 상수를 일으켜 다시 패대기를 쳤다. 계속 몇 차례 더 처박고는 의자에 앉혔다.

상수는 공중회전을 당하고 나서 아직도 덜 깨어 정신이 얼얼하다.

"강삼준 집에 온 목적을 분명히 말하랏!"

오카다는 험상궂은 얼굴을 지었다.

젖은 가죽의 물기가 말라가면서 상수가 걸친 조끼가 조여들기 시작했다. 갈비뼈를 바작바작 죄어 온다. 가슴통이 뻐근하고 답답해진다. 호흡이 가빠왔다.

"말 못 하겠어?"

"그저 인사차 들러 … 헐떡헐떡 … ."

"거짓말 마라! 공작자금을 받았지? 여자에게 건넨 돈이 거기서 나온 것 맞지?"

곽상수는 가슴이 뻐개지는 것 같은 통증을 견뎌내고 있었다. 눈앞이 뿌얘지다가 흐릿해 왔다. 물에 불렸다가 마르면서 짜부라지는 가죽조끼는 갈비뼈를 바스러뜨릴 정도로 수축되어 왔다.

"아직도 입을 못 열겠다? 요시!"

오카다는 곽상수를 다시 일으켜서 공중회전을 시켜 팽개쳤다. 곽이 바닥에 떨어질 때를 맞추어 오카다도 육중한 체중을 실어 팔꿈치로 그의 왼쪽 발목을 내리찍었다. 우두둑, 하는 둔탁한 소리가 들렸다.

"아아아!"

발목뼈가 탈구했다. 상수의 발목은 금세 부어올라 복숭아뼈가 파묻혔다.

"아이구 아야야!"

그는 발목을 쥐고 앉아 있을 뿐 발을 딛고 일어설 수가 없다.

"그대로 오래 두면 절름발이 신세가 된다. 빨리 불어라. 그러면 접골로 제자리에 박아 주겠다."

곽은 악을 바락바락 쓰며 욕을 해댔다.

"원숭이 새끼! 쎄가 만 발이나 빠져 뒈질 놈!"

이 말을 형사보조 장인달로부터 전해들은 오카다는 화가 머리끝까지 솟구쳤다. 곽상수의 아가리를 찢어 놓겠다고 손가락을 입에다 밀어 넣었다.

상수는 오카다의 손가락을 깨물어 버렸다.

"으와앗!"

오카다는 펄쩍 뛰었다. 손가락뼈가 하얗게 드러나 보이더니 이내 피가 뭉클 솟았다.

오카다는 그 큰 덩치를 웅크리며 절절 맨다.

그의 오른쪽 손목은 늑대에게 변을 당해 힘줄이 끊어졌는데, 그 위에 오른쪽 손가락까지 물렸으니 이성을 잃고 날뛰기 시작했다.

오카다는 북만주 치치하얼齊齊哈爾에서 기마부대 소속 군조軍曹로 복무할 당시 일요일에 늑대 사냥을 나간 일이 있었다.

"자, 너희들은 가 쪽에서 몰아붙여라. 내가 가운데서 추격해 나갈 테니까."

말에 올리타서 양쪽으로 거느린 부하 두 명에게 지시했다.

10월 누른 들판, 바람에 털을 날리며 늑대는 필사적으로 달아나고 있었다. 왼쪽으로 꺾으면 왼쪽 기수가 앞을 가로막아 빠져나가지 못하게 막았다. 또 오른쪽으로 틀면 오른쪽 기수가 앞을 막아 몰아쳤다. 오카다는 왼손으로 말고삐를 죄며 오른손으로 권총을 발사했다. 총알은 빗나갔다.

늑대는 총소리에 겁을 먹고 전력으로 질주했다. 기수와 늑대의 간격은 좁아들고 있었다.

양쪽의 기수가 오카다 군조보다 앞서 나아가 늑대를 둘러싸는 꼴로 몰아붙였다.

갑자기 늑대가 우뚝 섰다. 달리던 말도 제자리에 섰다. 더 이상 달릴 수가 없다고 단념한 모양이다. 기수를 향하여 돌아서서 잇몸과 이

빨을 드러내고 으르렁 앓는 소리를 내었다.

오카다는 권총을 들고 늑대를 겨냥했다. 순간적으로 늑대가 그의 시야에서 사라졌다. 그와 동시에 오른쪽 팔목이 불에 댄 듯 뜨끔했다.

"아앗!"

권총은 떨어졌다.

늑대가 용수철처럼 뛰어올라 그의 팔목을 물어뜯었던 것이다. 이도 저도 더 나아갈 수 없는 막다른 곳에서 늑대는 마지막 수단으로 필사적으로 결사항전을 해 왔던 것이다.

오카다의 손목에서는 피가 흘러내렸다.

타탕! 탕! 탕!

양쪽 가의 기수들이 발사한 총알은 늑대의 옆구리를 관통했다. 늑대는 공중으로 뛰어 올랐다가 떨어졌다. 땅바닥에 누워서 헐떡거리며 기울어진 저녁 햇살에 저주의 눈빛을 띠고 오카다를 노려보고 있었다.

그의 손목에서는 피가 흘러내렸다. 주먹이 쥐어지지 않는다. 손아귀 힘줄이 끊긴 모양이다.

그는 말에서 내려 왼손으로 권총을 주워 올려 늑대를 향해서 미친 듯이 난사했다. 늑대는 탄환의 충격을 받을 적마다 몸통이 출렁댔다.

찰칵!

6연발의 권총은 멈추었다. 공이치기가 빈 격철擊鐵 소리를 냈다. 총알이 떨어졌다.

옆에서 따라온 부하 기수가 옥도정기를 가져와서 상처에 바르고 붕대로 싸매 주었다. 오카다는 그길로 기마부대에서 의병제대를 하고 경찰에 투신하였다.

아직도 그는 오른쪽 손목이 불구다. 오카다는 이를 부드득 갈고 눈에 불을 켜며 곽상수의 하복부를 냅다 발길로 내질렀다.

"불지 않으면 절름발이로 만들어놓을 테다. 다리병신 각오해라. 평생 기어다니도록 해 놓으마!"

오카다는 상수의 오른 발목을 쥐고 비틀어 꺾어 버렸다.

우두둑!

왼쪽에 이어 오른쪽 발목도 탈구했다. 양쪽 발 모두 못 쓰게 되었다.

오카다는 곽을 비행기를 태우기로 하였다.

곽상수의 양 겨드랑이와 등판 사이에 끼운 나무막대를 끈으로 묶어 공중에 매달아 놓고, 몸체를 돌려가며 줄을 감았다. 줄이 어지간히 감겼다 싶자 오카다는 손을 놓았다. 꼬인 줄은 풀리기 시작했다. 곽의 몸뚱이는 공중에서 뱅글뱅글 돌기 시작하였다. 회전은 가속이 붙었다. 줄은 되감기면서 감속이 되었다. 그러나 다시 풀리면서 회전은 또 가속했다.

곽상수는 얼굴이 노래지다가 구역질로 토사물을 뿌렸다. 드디어 정신을 잃고 말았다.

장인달은 곽을 풀어서 바닥에 그대로 뉘여 놓고 얼굴에다가 바께쓰로 찬물을 쏟아붓고는, 철제문을 걸어 잠그고 오카다와 함께 위층 형사실로 올라갔다.

시간이 얼마나 지났는지 곽상수는 발가락이 쓰려서 깨어났다. 천장에 매달린 전구가 내비치는 희미한 불빛으로 주위가 어슴푸레 눈에 들어왔다. 고개를 들고 발께를 내려다보니 배가 볼록한 표주박같이 생긴 쥐가 발가락을 쏠고 있었다. 움칠 발을 오므렸다. 쥐는 도망가지 않고 잠시 물러서서 동정을 살핀다. 그는 소름이 끼쳤다.

발목은 부은 데가 욱신욱신 찌르는 듯 아리다.

곽상수는 절망했다. 닥쳐올 고문에 대한 공포가 고무풍선처럼 불어났다.

'인제 다 틀렸구나. 살아날 길이 도저히 없구나.'

먼 곳에서 '왜액!' 하고 울려오는 기적소리처럼, 오카다의 말이 고막을 뚫고 들어와 머릿속을 흔들어 놓는다.

"지금 불지 않으면 다음 순서는 전기로 지질 테다. 각오해라."

'나는 죽게 된다. 시간문제다.'

상수는 비상용으로 챙겨온 아편 생각이 났다. 그는 팬티의 봉선을 따라 끼워 두었던 아편조각을 뜯어내어 입에 털어 넣고 주전자의 물을 꿀꺽 삼켰다. 정신이 흐릿해 온다.

'… 그렇다, 네놈들 장살杖殺에 죽느니 그럴 바에야 차라리 내 손으로 ….'

상수는 수갑 찬 두 손으로 주전자를 받쳐 들었다. 주전자 주둥이 끝을 목통에다 겨냥해 힘껏 찔러 박았다.

지하실로 도로 내려온 오카다는 곽상수가 자결한 현장을 발견했다. 처참한 광경이었다. 피가 흘러내린 목에 주전자가 박혀 있었다.

"악독한 놈. 독하게도 뒈진 놈. 독하게 지은 죗값으로 지옥에나 떨어져라."

오카다는 끔찍한 주검을 앞에 두고, 상수의 공작임무를 캐내지 못하게 된 것을 못내 아쉬워하며 외면한 채 중얼거렸다.

곽상수는 눈을 뜬 채 오카다를 쳐다보고 있었다. 시체를 되돌아본 오카다는 만주 벌판에서 죽어 가던 늑대의 저주와 원한에 찬 눈빛을 느꼈다.

"얼른 강삼준을 잡아 와야 한다. 놓쳐서는 안 된다. 서둘러라!"

오카다 일행은 뛰어나갔다.

밤늦은 시간이었다.

(3권으로 계속)

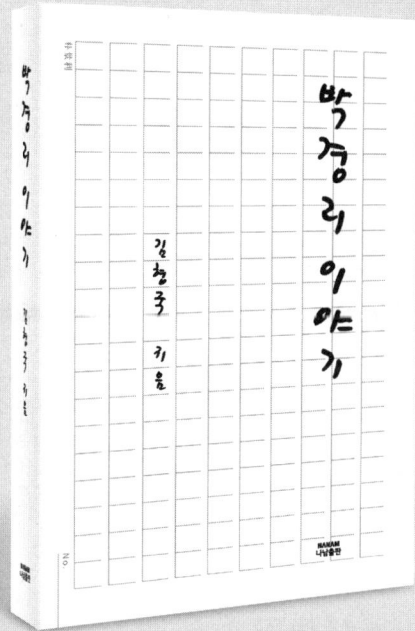

은빛까마귀 고승철 장편소설

언론인 출신 작가 고승철이 증언하는 정치권력의 실상!

장기집권 야욕을 불태우는 현직 대통령과 이를 막으려는 애송이 기자의 숨 막히는 '육탄대결'을 그린 소설. 얼치기 운동권 김시몽은 대권을 잡고 영구집권 음모와 노벨문학상을 받기 위한 공작을 펼친다. 이를 눈치챈 수습기자 시현이 특종보도한다. 이 과정에서 김시몽 통령은 시현을 비롯한 관련자를 안가로 납치, 조선시대 방식의 국문(鞠問)을 가하는데….

신국판 | 320면 | 12,000원

개마고원 고승철 장편소설

평화의 무대 개마고원에서 펼쳐지는 비밀프로젝트!

불우한 유년을 딛고 성공한 CEO 장창덕과 재벌 기업가 윤경복은 대북사업의 일환으로 북한 반체제 활동자금을 지원한다. 개마고원에서 북한 지도자를 만난 장창덕은 한반도에 새 패러다임을 열어줄 아이디어를 털어놓는데…. 6·25 전쟁 당시 가장 참혹했던 장진호 전투가 벌어진 비극의 무대 개마고원이 이제 한반도 평화를 꿈꾸는 희망의 무대가 된다.

신국판 | 408면 | 12,800원

소설 서재필 고승철 장편소설

한국 근현대사 최초의 르네상스적 선각자 서재필!
광야에서 외친 그의 치열한 내면세계를 밝힌다!

'몽매한' 조국 조선의 개화를 위해 온몸을 던졌던 문무겸전 천재 서재필을 언론인 출신 소설가 고승철이 화려하게 부활시켰다. 구한말 개화의 소용돌이 속에서 펼치는 웅대한 스케일의 스토리는 대(大)서사시를 방불케 한다. 21세기 지금 정치 리더십이 실종된 한국, 그의 호방스런 기개와 날카로운 통찰력이 그립다! **신국판 | 456면 | 13,800원**

여신 고승철 장편소설

흙수저 반란사건의 내막!
한국판 '돈키호테'의 반란은 과연 성공할 수 있을까?

영화관 '간판장이'였던 탁종팔은 자수성가해 부초그룹의 회장이 된다. 그는 한편 부초미술관을 세워 국보급 미술품을 모은다. 겉보기엔 돈 많은 미술 애호가인 듯하지만 탁 회장의 야심은 만만치 않다. 바로 '헬조선'의 구조 자체를 뒤바꾸는 것! 그의 야심에 장다희, 민자영 등 '흙수저' 출신의 걸물이 속속 모여드는데… . 신국판 | 312면 | 13,800원

춘추전국시대 고승철 시집

'경쾌한 독설'의 미학 고승철 작가, 시인으로 데뷔하다

웅대한 스케일의 장편소설들을 발표해 온 고승철 작가의 첫 시집. 언론계에서 여러 인간 군상(群像)을 접한 경험을, 소설을 쓰며 언어를 벼린 경륜으로 녹여 냈다. 거침없는 문체와 언어유희로 던지는 질문들에서, 작가가 말하는 '경쾌한 독설'의 미학을 느낄 수 있다. 4×6판 변형 | 188면 | 12,000원

파피루스의 비밀 고승철 장편소설

이집트 신화의 비밀을 파헤쳐 '참 나'를 찾다
죽음이 두려운 이들에게 들려주는 진실의 힐링 메시지

고대 상형문자해독이 취미인 임호택은 우연히 이집트에서 신화가 기록된 문서를 해독하는데, 문서에는 자신은 인간이며 신을 참칭했다는 이집트 왕의 고백으로 시작해 충격적 내용이 펼쳐진다. 죽음이 두려워 신을 만들어내고, 그 신의 손안에서 죽음을 더욱 두려워하는 역설을 발견하며 현재 우리 삶의 의미를 묻는다. 신국판 변형 | 340면 | 14,800원

나남
nanam

Tel. 031-955-4601
www.nanam.net